# 盛世的前夜

## 从仁寿宫政变到玄武门之变

PREFACE OF THE PROSPEROUS TIME

周知惟 著

团结出版社

© 团结出版社，2025 年

**图书在版编目（CIP）数据**

盛世的前夜：从仁寿宫政变到玄武门之变 / 周知惟著 . —北京：团结出版社，2025.2. —ISBN 978-7-5234-1188-9

Ⅰ . I247.5

中国国家版本馆 CIP 数据核字第 2024AE7134 号

责任编辑：张　茜
封面设计：谭　浩

| 出　　版： | 团结出版社 |
|---|---|
| | （北京市东城区东皇城根南街 84 号　邮编：100006） |
| 电　　话： | （010）65228880　65244790（出版社） |
| | （010）65238766　85113874　65133603（发行部） |
| | （010）65133603（邮购） |
| 网　　址： | http://www.tjpress.com |
| 电子邮箱： | zb65244790@vip.163.com |
| 经　　销： | 全国新华书店 |
| 印　　装： | 三河市东方印刷有限公司 |
| 开　　本： | 170mm×240mm　16 开 |
| 印　　张： | 24.25　　　　　　　　　字　数：429 千字 |
| 版　　次： | 2025 年 2 月　第 1 版　　印　次：2025 年 2 月　第 1 次印刷 |
| 书　　号： | 978-7-5234-1188-9 |
| 定　　价： | 78.00 元 |

（版权所属，盗版必究）

# 代序

大唐，一个令无数人向往的盛世，它的辉煌如同璀璨的星辰，照亮了历史的长河。然而，正如黎明前的黑暗，盛世开启之前，也经历了一段从分裂走向统一，从纷乱走向稳定的历程。

经过南北朝战火的淬炼，隋朝本可以开启属于自己的盛世，但因隋炀帝杨广的好大喜功、残酷暴虐，开拓创新的隋王朝，在风起云涌的农民起义中灰飞烟灭。隋二世而亡，但其对边疆的治理以及大运河的开通，不仅为唐朝拓边打下了基础并有效加强了唐朝的中央集权。与此同时，隋朝在政治制度上的创新如"三省六部制""科举制"等制度的实行，更是为唐朝软实力的提升，提供了强大助力。这一切犹如交响乐的前奏，为大唐盛世的开启拉开了序幕，为唐朝后来"贞观之治""开元盛世"的辉煌打下了坚实的基础。

作者巧妙地将这段历史比作"盛世的前夜"，这不仅契合历史的规律，更让我们对这段历史充满了期待与好奇。作者周知惟老师，是新浪微博知名新知博主，将遥远晦涩的历史，用幽默轻松的语言描绘出来，一直是他的强项。在这本书中，作者以其独特的视角和幽默的语言，带领我们走进从隋朝仁寿宫政变到唐朝玄武门之变这一历史时期，身临其境地感受历史的厚重与残酷。那些看似枯燥的历史事件在作者的描绘下，变得生动有趣，读后不禁让人会心一笑。

这已不是我第一次与周知惟老师合作。语言幽默、通俗易懂一直是周老师所秉承的写作风格，但是所用事实有案可稽、有据可查，必要之处有史料佐证，也一直是周老师多年来坚持的写作态度。这样的写作方式，让周老师的作品既比正史更加通俗有趣，又比演绎小说更具真实性。读周老师的作品不仅能让我们享受到阅读的乐趣，同时还能获得知识的滋养。

愿这本书有幸成为您书架上的一颗明珠，为您的生活增添一抹亮色。让我们随着书页的翻动，跟随周知惟老师一起揭开历史的面纱，走进那个波澜壮阔的时代，感受那些英雄的豪情万丈，体会那个时代的风云变幻。

张海波

2024 年 11 月 20 日

# 目录

## 第一章　夺嫡：一帆风顺　001
　　合格的太子　002
　　既生勇，何生广　006
　　一厢情愿　010
　　试　探　013
　　强强联合　015
　　杨素的圈套　018
　　最大的障碍　020
　　后院起火　022
　　最后的倔强　026

## 第二章　继位：一波三折　031
　　心腹大患　032
　　有去无回的旅行　035
　　崩逝前的意外　038
　　进退两难　041
　　杨广弑父真相　043
　　汉王谋反　046
　　长驱直入　049
　　昏招迭出　052
　　擒贼先擒王　056

## 第三章　"强国计划"：兴，百姓苦　059
　　第一个"强国计划"　060

东京营建工程　　062
　　第二个"强国计划"　　065
　　下江都：自黑行动　　067

## 第四章　威震四夷：杨广的雄主人设　　071
　　功高不震主　　072
　　耀武扬威　　075
　　秋后算账　　080
　　写诗嘲讽汉武帝　　083
　　向汉武帝学习　　085
　　恐　吓　　087
　　开疆辟土　　089
　　狼狈的西巡　　091
　　盛世危机　　093

## 第五章　一征高句丽：阅兵式征战　　095
　　桀骜不驯　　096
　　劳师动众　　098
　　揭竿而起　　100
　　制胜的秘诀　　102
　　聪明人打笨仗　　104
　　初战告捷　　106
　　将在外，君命必受　　108
　　执迷不悟　　110
　　诈降：一败涂地　　112

## 第六章　二征高句丽：祸起萧墙　　115
　　征辽总结大会　　116
　　张衡的自我救赎　　118

见火不救：二征高句丽　　　　　　　　122
　　功亏一篑　　　　　　　　　　　　　　124
　　蓄谋已久　　　　　　　　　　　　　　127
　　杨玄感的三个选择　　　　　　　　　　130
　　洛阳保卫战　　　　　　　　　　　　　132
　　反胜为败　　　　　　　　　　　　　　135
　　杨玄感大战卫文升　　　　　　　　　　137
　　劝　　进　　　　　　　　　　　　　　140
　　直取关中　　　　　　　　　　　　　　142

## 第七章　原形毕露：雄主人设的崩塌　　147

　　三征高句丽：耻辱的胜利　　　　　　　148
　　可怕的预言　　　　　　　　　　　　　151
　　雁门之围：杨广命悬一线　　　　　　　155
　　坚守还是突围　　　　　　　　　　　　157
　　有惊无险　　　　　　　　　　　　　　159
　　杨广惹怒三军　　　　　　　　　　　　161
　　自欺欺人　　　　　　　　　　　　　　163
　　三下江都：逃避　　　　　　　　　　　166

## 第八章　瓦岗英雄：李密反客为主　　　169

　　步步惊心：李密的逃亡之旅　　　　　　170
　　入　　伙　　　　　　　　　　　　　　173
　　大败张须陀　　　　　　　　　　　　　176
　　骄兵必败　　　　　　　　　　　　　　179
　　翟让让位　　　　　　　　　　　　　　181
　　"陪睡"的人：虞世基　　　　　　　　 183

## 第九章　晋阳起兵：深藏不露的李渊　　185

　　深藏雄心　　186
　　人到中年不由己　　189
　　老谋深算　　192
　　空城计中计　　196
　　忍辱负重　　198
　　晋阳起兵　　202

## 第十章　直捣京师：李渊入主关中　　205

　　李渊的糖衣炮弹　　206
　　李世民哭谏　　208
　　开国第一战　　210
　　折中式战术　　214
　　20万大军攻隋都　　217

## 第十一章　江都兵变：不得人心的叛乱　　221

　　雄主向昏君学习　　222
　　无路可退　　226
　　杨广的"三线生机"　　230
　　朕负天下不负君　　233

## 第十二章　大唐开国：低开高走灭两国　　237

　　李渊称帝　　238
　　第一个目标　　240
　　开国第一败仗　　242
　　联"凉"抗"秦"　　244
　　李世民复仇　　246
　　放虎归山　　252
　　虎落平阳　　256

活捉大凉皇帝　　260

## 第十三章　初战中原：李渊的至暗时刻　　263

　　开国第一大案　　264
　　问题少年李元吉　　267
　　失败的正名　　269
　　龙兴之地沦陷　　271
　　临危受命　　273
　　一个玩笑引发的叛乱　　274
　　秦王大战宋金刚　　277

## 第十四章　乘胜出击：唐军兵临洛阳　　281

　　从胡人到天子　　282
　　王家军　　286
　　万军丛中擒大将　　288
　　尉迟恭救主　　290
　　围攻洛阳　　292

## 第十五章　中原决战：李世民一战擒"二王"　　297

　　从农民到明君　　298
　　唇亡齿寒　　301
　　一封信引发的争论　　303
　　虎牢关对峙　　306
　　窦建德的机会　　309
　　定鼎之战：虎牢关决战　　311
　　"二王"的结局　　315

## 第十六章　统一江南：战神李靖灭两国　　317

　　用人不避仇　　318

  李靖灭梁    320

  从挚友到敌人    325

  一封伪造信    327

  辅公祏的末日    328

## 第十七章　兄弟反目：矛盾愈演愈烈　　333

  属意的接班人    334

  后宫"围剿"秦王    336

  魏徵献计    340

  太子出征    343

  李建成谋反案    345

  迁都风波    349

  好心办坏事    352

  矛盾升级：李建成摆鸿门宴    354

## 第十八章　手足相残：玄武门之变　　357

  秦王府人心惶惶    358

  釜底抽薪    360

  李建成的阴谋    363

  政变讨论会    365

  玄武门之变    368

  妥协的智慧：秦王即位    373

# 第一章

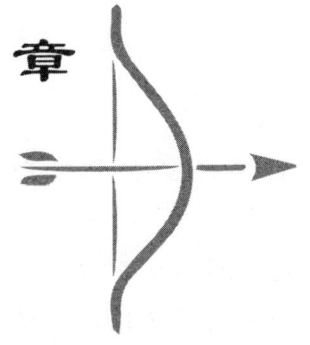

## 夺嫡：一帆风顺

合格的太子
既生勇，何生广
一厢情愿
试探
强强联合
杨素的圈套
最大的障碍
后院起火
最后的倔强

## 合格的太子

败给杨广，杨勇应该心服口服。

但这不是因为杨勇昏庸无道，不配做帝国的储君，谁都能将他取而代之，而着实是因为杨广太精明。

事实上，杨勇完全算得上一位合格的太子，偶尔，他还会给隋文帝杨坚制造一些惊喜。杨勇绝非长于深宫之中而不知世事艰难的纨绔子弟。早在北周时期，他就做过地方官，任洛阳总管，治理北齐故地。杨勇的这段地方工作经历显然是合格的，甚至体现出了一定的政治才能。因为没过多久，他就被征召回朝，担任更重要的职务。

当时，北周朝廷已被杨坚掌控，杨坚篡代之心呼之欲出，于是以杨勇为上柱国、大司马，兼内史御正，负责参与机要，全面接手京师禁卫军。杨坚对杨勇的器重还远不止这些。杨坚称帝的当年，就把杨勇立为皇太子。

即位的当年，他就下令"军国政事及尚书奏死罪已下"，都让杨勇参与决断。这固然是为了培养杨勇的执政水平，让他进行即位前的实习。可是，如果杨勇是一个昏庸无能的人，凭杨坚严苛的性格，可能让杨勇一开始就参与朝廷大事吗？

杨坚这样做，只能说明，他认为凭杨勇的业务能力，已经可以处理朝廷大事。

事实证明，杨坚的判断没有错。

杨坚讨厌流民，因为流民既是社会的不安定因素，也不能给帝国带来赋税，而帝国开创之初，山东地区遍地流民。而与此相反的是塞北，地广人稀，土地多到没人耕种。于是，杨坚想出了一个一举三得的办法，那就是将山东流民移民到塞北，如此一来，既解决了山东的流民之患，也消除了塞北地广人稀的尴尬，被移民的流民也可获得一份赖以生存的土地。

可杨勇却对这个皆大欢喜的办法提出了强烈的反对。塞北是苦寒之地，让中原百姓，背井离乡到苦寒之地生活，他们能愿意吗？关键还在于，这些人都是流民，一无所有，光脚的不怕穿鞋的，如果朝廷用强，他们会怎么做？

想到这里，杨坚不禁打了个冷战，当即放弃移民的念头。可以说，杨勇的劝谏，很可能阻止了一场旷日持久的动乱。然而，这仅仅只是杨勇为帝国做出的贡献之一。

杨坚的从谏如流，极大地鼓舞了杨勇进谏的热情，其后，杨勇多次就朝政提出自己的真知灼见，且多次受到杨坚的认可与采纳（是后时政不便，多所损益，帝每纳之）。

可以说，此时的杨坚对杨勇是比较满意的。有一年，杨坚得意扬扬地对大臣说："前代经常发生废立太子的事，而朕的五个儿子是一母所生，可以说是真正的亲兄弟。哪像前代的帝王，后妃众多，生下的儿子你争我夺，这是亡国之道啊！"

当然，我们知道，杨坚最后被事实"打脸"了。他比前代帝王更加尴尬。他引以为傲的同胞五子，后来也为皇位大打出手，全不得善终，而且他苦心孤诣开创的隋王朝也二世而亡。所以从这点上看，他还远不及他所嘲讽的前代帝王。

但是，杨坚说这番话时，透露出两个非常重要的信息。

其一，他当时完全没考虑过废太子，否则他绝不会嘲讽前代废立之事。像杨坚这样的雄主，而且又是开国之君，对接班人的要求必然非常高，然而，当时的他却从未考虑过换太子，说明他对杨勇的满意。

其二，杨坚对杨勇的人品很信任，否则，虽然杨勇与其他四子是同胞兄弟，他也不会夸海口杨隋不会出现手足相残的现象。纵观中国历史，同胞手足同室操戈的现象还少吗？

既然杨勇那么优秀，杨坚为何不惜"自打自脸"也要将他废黜？

除了杨广的攻击与诋毁，杨勇本身也有两大缺点：其一是奢侈，其二是好色。前者引起父亲杨坚不满，后者激怒了母亲独孤皇后。但平心而论，杨勇这两个缺点，放在寻常皇室，根本不能算缺点。

先说杨勇的第一个缺点奢侈。有一年，杨勇竟然在蜀铠上雕刻花纹，这让杨坚很担心。他担心杨勇沾上纸醉金迷的坏毛病，于是严肃地教育杨勇："前代帝王，没有一个因奢侈而长保江山的。你是太子，是朕的接班人，如果不能保持朴素的作风，将来如何治理国家？你应该向朕学习。朕虽然做了皇帝，但还是把过去的衣服佩饰各留存一件，时常看看，以自警戒。"

杨勇作为一个皇太子，而且从小出身优渥，如果连在蜀铠上雕刻花纹都算奢侈，大兴土木的秦皇汉武又算什么？杨勇之所以被批评奢侈，是因为他的父皇母后都是很节俭的人。

先说父亲杨坚。作为富有四海的皇帝，杨坚用膳，桌子上只许有一道肉食，谁要私下给他多加一道肉食，他就要掀桌子骂人。而且，每遇到饥荒，他就要降低自己的伙食标准。有一年，关中饥荒，杨坚派近臣考察百姓的生活水平，听说百姓只能吃豆末和糠时，他一个大男人，坐在龙椅上呜呜痛哭起来，然后宣布"与民同苦"，硬是一个月没吃肉。

再说杨勇的母亲独孤伽罗。作为一个女人，而且是母仪天下的皇后，按说是全天下最应该打扮的人，可是，独孤伽罗却经常穿着朴素的衣服，也很少使用名贵的化妆品。开皇初年，突厥和隋朝互市，出售一筐价值八百万钱的明珠。有人劝独孤伽罗买下来，没想到独孤伽罗却说："我要那玩意儿干什么！我拿着这八百万钱干什么不好？还不如把它赏给守卫边境的将士们。"

他们夫妻俩崇尚节俭，于是希望天下人都像他们那般节俭，以至于开皇年间，老百姓无论贫富，大多穿得很朴素，大街上几乎见不到穿绫罗绸缎的人。

杨坚是一个性格十分严苛而且刻薄寡恩的人，他的三皇子秦王杨俊早逝，便与他严苛、寡恩的性格有很大的关系。

杨俊的王妃崔氏是一个嫉妒心很强的女人，得知杨俊养了许多小老婆，一怒之下，竟然对杨俊下毒。当然，由于作案水平有待提高，崔氏没有把杨俊毒死。

杨俊被自己老婆下毒，按说杨坚应该好生安慰和照顾他，可是，杨坚见杨俊生活过于奢侈，反而认为他是咎由自取，并罢免了他的一切职务。

杨俊很伤心，也很害怕，加上中毒未愈，结果得了重病。可即便如此，杨坚对他的不满也没有消除。为了取得父亲的谅解，杨俊抱病派人上书谢罪。结果杨坚非但没有原谅他，反而又严厉地训斥了他一顿，说："你作为朕的儿子，却带头骄纵不法，朕都不知道怎么说你！"杨俊至死都没有获得杨坚的谅解。

开皇二十年（600），年仅30岁的杨俊在痛苦与恐惧中撒手人寰。他去世后，其幕僚建议为他立碑，没想到杨坚却冷冷地说："立什么碑！如果想要留名，一卷史书就够了。如果子孙不能保存家业，立碑又有什么用，不过是送给人家做盖房子的基石罢了！"

据有限的史料显示，杨勇只是谈不上简朴，但绝对没有多么奢侈。只不过，由于他的父母过于节俭，相比之下，就显得有些奢侈。

再说杨勇的第二个缺点好色。杨勇到底有多好色呢？

《隋书·杨勇传》用了4个字概括："勇多内宠。"意思是说，杨勇有很多妻妾，其实杨勇一共也就一妻四妾。1个男人拥有5个妻妾，在古代贵族家庭，是司空见惯的事。比如康熙帝的太子胤礽，妻妾多达 15 人，是杨勇的 3 倍。

可是，既然杨勇的妻妾并不多，为何史书上却称他多内宠？

这主要还是受杨坚和独孤皇后影响。杨坚和独孤皇后感情很深，虽然除了皇后独孤伽罗外，他还有三位夫人，但独孤伽罗在世时，他只宠幸独孤伽罗一人。而独孤伽罗也是"一夫一妻"制的狂热支持者，她最反感的就是男人妻妾成群。独孤伽罗后来很讨厌开国功臣高颎，而她讨厌高颎的一个重要原因，就是高颎在原配去世后，口口声声说和原配感情深无意续弦，背地里却和小妾生了一个儿子。

杨勇的情况，可比高颎严重得多。他不仅有一妻四妾，他还冷落了他的原配——元妃。关键这位原配元妃，是独孤伽罗亲自挑选的。

"一夫一妻"制的狂热支持者独孤伽罗，见寄予厚望的儿子和自己唱反调，不仅接连纳妾，还冷落原配，出于女人的"感性的愤怒"，挑唆杨坚一起大肆向外传播儿子多内宠，弄得满城风雨，这实在不足为奇。

杨勇冷落元妃，却宠幸姬妾云氏，先后和她生了三个儿子，这可把独孤伽罗气坏了，不禁骂道："我对睍地伐（杨勇的字）早就忍无可忍了！就知道宠幸那个姓云的，还生下了那么多猪狗（专宠阿云，使有如许豚犬）！"

无论从哪方面看，杨勇的好色，都只能归于普通皇室子弟一类，绝不像传言的那般荒淫放纵。其实，杨坚后来之所以对杨勇那么反感，不仅因为"子不类父"，还因为另一位皇子的存在。

## 既生勇，何生广

汉高祖刘邦也不太喜欢太子刘盈，他认为刘盈性格柔弱，与自己敢作敢为的豪迈气概格格不入，常常感叹"子不类父"。他更喜欢三皇子刘如意。刘如意虽然年幼，但聪明伶俐，长得也和他很像，所以他一度想废黜刘盈，改立刘如意为太子。一个年幼的刘如意，都足以动摇太子的地位，何况已经成年且出类拔萃的杨广？

在杨坚和独孤伽罗看来，天底下没有比杨广更完美的儿子，他不仅继承了父母的所有优点，而且将这些优点都发挥到了极致。

杨坚生活简朴，杨广的生活也非常简朴，有时甚至比他更简朴。杨广13岁被封为晋王。一天，杨坚驾临杨广的府邸，发现府中乐器的弦大多断绝，而且蒙上了一层厚厚的尘埃，对此杨坚非常高兴。因为在杨坚看来，这说明杨广生活简朴，不喜欢声色犬马，否则乐器经常使用，怎么可能蒙上尘土？

杨广后来出任河北军政长官（河北道行台尚书令），每次入朝，都是一副风尘仆仆的样子。杨坚看到杨广那副有些狼狈的模样，就更高兴了。因为他发现杨广车马侍从都非常俭素，所以才会弄得有些狼狈。

独孤伽罗倡导"一夫一妻"制，而杨广是"爱情标兵"。在对爱情的忠诚上，他比杨坚做得更出色。杨广在独孤伽罗眼中，绝对是百年难得一遇的"老实人"。

他从不和别的女人眉来眼去，尽管他的生活中从不缺少美女，也从不缺少想对他投怀送抱的美女。他所宠幸的、所临幸过的只有一人，那就是他的原配萧氏。他当时的两儿一女，也都是和萧氏所生。

萧氏是梁明帝萧岿的女儿，温婉聪慧，知书达礼，是一位不折不扣的大家闺秀。最重要的是，萧氏也是独孤伽罗亲自挑选的儿媳妇。杨勇和杨广的原配都是独孤伽罗挑选的，看到杨勇对原配冷冰冰，而杨广却和原配如胶似漆，独孤伽罗怎么可能不偏爱杨广？

当然，仅凭这两点，还不足以让杨坚废长立幼。杨广之所以能取代杨勇，是因为他还有一个一俊遮百丑的优点，以及两个杨坚所不具备的优点。

先说一俊遮百丑的优点。这个优点就是孝顺。杨坚是皇帝，也是父亲。对一个父亲而言，孩子最宝贵的优点就是孝顺。如果不孝顺，再多的优点都没有意义；如果孝顺，哪怕有很多缺点，也显得无关紧要。

任何一个皇帝，在选择接班人时，都会考虑一个大前提，那就是皇子是否孝顺。如果不孝顺，直接排除。谁也不愿意让一个不孝之子做接班人。

那么，杨广到底有多孝顺？

杨广在父母面前温顺得像一只永远没有脾气的绵羊，父母说一，他绝不说二；父母往东，他绝不往西。他以父母的所好为所好，以父母的所恶为所恶，嘘寒问暖，竭尽所能，无微不至。

而且，杨广还非常善于使用迂回战术，以表达对父母的孝顺。出任扬州总管期间，每次杨坚和独孤伽罗派使者到扬州，他总要以最隆重的礼节迎接，并亲自到扬州边界上去迎接。

再说两个杨坚所不具备的优点。

其一，杨坚的形象不佳，但杨广却英俊潇洒。

据史料记载，杨坚长得很奇怪，相貌有点像龙（龙颜），额头上有五条柱子似的头纹直达头顶（额上有五柱入顶），手掌上还有一个呈"王"字的纹理（有文在手曰"王"），目光外射。而且，他的上下身比例很不协调，上长下短。这副尊容如果走到大街上，估计能吓人一跳。

杨坚真的长得如此奇怪吗？这当然只是一种夸张的描述，目的是证明杨坚圣人奇表，天生不凡。但由此也可推断，杨坚的相貌很一般，甚至整个形象气质也不出众，否则史书上应该记载他"姿貌雄伟"。

反观杨广，史书上明确记载他"美姿仪"，无论形象气质都非常出众，迷倒万千少女。毋庸置疑，从古至今形象都非常重要，如果形象不重要，也犯不着将形象不佳的杨坚美化成圣人奇表了。形象出众的杨广，自然更容易在众兄弟中脱颖而出，获得父母的偏爱。

其二，杨坚文化水平不高，但杨广是享誉文坛的大才子。

杨坚虽然出生于贵族家庭，父亲杨忠官至北周大司空，但他从小不喜欢读书，所以文化水平不太高。

杨坚早年有一个名叫荣建绪的朋友。当初，杨坚计划篡夺北周政权，拉荣建绪入伙，没想到荣建绪宁死不从。后来杨坚做了皇帝，问荣建绪："当初叫你入伙你不入伙，现在朕当了皇帝，你后悔吗？"这个问题可真让人尴尬。可没想到荣建绪从容不迫地说:"臣位非徐广,情类杨彪。"杨坚顿时一脸蒙说:"朕虽然不知道你说的什么,但估计不是什么好话。"

杨坚猜得没错。徐广是东晋大臣,而杨彪是东汉名臣,两人都经历过改朝换代,但都对旧王朝念念不忘。荣建绪的意思是说:"我的心情和杨彪一样,你说我后不后悔没有跟你一起篡位?"

反观杨广,从小博览群书,历史典故信手拈来。而且,他的文化造诣很高,他的诗文,并存雅体,归于典制,犹如一股清甜的甘霖,一洗南朝以来浮华艳丽的文风。

他的代表作《与越公书》《建东都诏》《冬至受朝诗》及《饮马长城窟行》,都是当时文化界学习的典范(*当时缀文之士,遂得依而取正焉*)。

文化水平不高的杨坚,看到杨广如此才华横溢,自然感到脸面有光,对这个给自己争脸的儿子另眼相待。此外,据史书记载,杨广还有许多优点。

其一,杨广智商很高,魏徵在《隋书》也夸赞他"少敏慧"。

古人虽然重德,但也非常重才,而且越是雄主,越重视才能。汉武帝的太子刘据为人宽仁、孝顺,可以说是位非常有德的太子,但汉武帝对他依然不太满意,常常感叹他"不类己",不像自己那样性格豪迈、雄才大略。杨坚也是一代雄主,显然,杨广的高智商(通常意味着能力强),能成为他争夺太子之位的一个很大的加分项。

其二,杨广非常具有领袖气质。

杨广不仅形象出众,而且性格深沉,不苟言笑。这样的人站在人群中,很容易形成鹤立鸡群的画面感。而事实也的确如此,杨广经常会成为朝野关注的焦点(*朝野属望*)。

被杨坚封为晋王后,杨广开府养士,利用自己的声望广招天下贤才,门下汇聚了上百博学之士,形成了一个比较有影响力的文化、政治集团。更值得一提的是,有学者认为,杨广以亲王身份开府养士的做法,直接启示了一代明君李世民。李世民做秦王时,召秦王府学士,未必不是效仿杨广。

其三,杨广年少建功,誉满天下。

杨广19岁被任命为平陈总司令(行军元帅),率领50万大军南下伐陈,并一举攻破南陈首都建康,俘虏陈后主陈叔宝,南陈因而灭亡,天下一统。诚然,杨广只是伐陈的挂名总司令,实际负责军务的是高颎,但是,战后杨广的声望绝不会比高颎低。因为他在攻破建康后，做了两件天下称赞的大事。

其一，杨广下令将陈叔宝宠幸的奸佞之臣湘州刺史施文庆、散骑常侍沈客卿等人押往南陈宫门，斩首示众，以谢南陈百姓。

其二，封存南陈府库，秋毫不取，以彰显隋朝伐陈的正义性（不是贪图南陈的财物，而是救民水火）。

这两件事传播出去后，天下臣民，无不对杨广赞不绝口（*天下称贤*）。

此时的杨广，简直是一个梦幻般的传奇，既能提笔安天下，又能马上定乾坤，而且还对爱情忠贞不二（独宠一人，和原配萧氏如胶似漆）。

杨勇虽然也有闪光之处，但在杨广阳光普照般的优点面前，几乎可以忽略不计。鲜有人知，杨勇其实也是个才子，善于撰写辞赋，但由于杨广的文学才华太出众，完全把他的这一优点掩盖了。杨勇和杨广的差距，比李建成和李世民的差距还大。杨勇虽然占据血统优势，但无奈杨广的实力太强，在太子之位的争夺上，两人是"一时瑜亮"。

若干年后，被囚于深宫之中的杨勇，想必也曾在某个凄冷的夜晚，发出过"既生勇，何生广"的悲叹。然而，杨勇被杨广打败，真的仅仅是因为杨广实力太强吗？李纲第一个不同意。

## 一厢情愿

李纲是杨勇的老师兼参谋（太子洗马）。他认为，杨勇是个很任性的人，正是任性酿成了他的悲剧。

有一年，杨勇宴请东宫工作人员，让"秘书"（左庶子）唐令则弹琵琶助兴。大家一边喝酒聊天，一边欣赏动听的乐曲、曼妙的舞姿，推杯换盏，言笑晏晏，现场充满了欢乐的气氛。然而，在一簇簇阳光般灿烂的笑脸中，却有一个大煞风景的面孔，他严肃而死板，与现场气氛格格不入。这个人就是李纲。

李纲冷着脸，嚯地站起来，瞪了一眼杨勇，欲言又止，然后马上转过头去，嗔视着唐令则，教训道："你弹什么琵琶！谁让你弹的琵琶！"

唐令则蒙了："我弹琵琶怎么了？"

李纲指着唐令则骂道："你身为太子的侍从官，不引导太子向善便罢了，居然如此自轻自贱，把自己当歌伎。再说，你弹的这是什么玩意，流里流气的，若是让陛下知道了，岂不会连累太子？"

原来如此！但大家都认为李纲是个没有情趣的老古董，太子听听音乐，让"唐秘书"弹琵琶助助兴，至于这样上纲上线大发脾气吗？

没想到李纲"变本加厉"，他决定把上纲上线进行到底，竟以强迫地口吻说："请太子严惩唐令则！"气氛顿时变得紧张起来。所有人都屏住了呼吸。唐令则的心更是扑通扑通跳个不停，他忍不住瞄了杨勇一眼，心情却立刻平缓下来。

杨勇看到李纲那副小题大做的样子就厌烦："我就想听个音乐，犯得着这样上纲上线吗？"

乍一看，李纲确实有些上纲上线，事实上，放在一般皇室，这也确实不是什么问题。可问题的关键是，老杨家不是一般皇室。杨坚是一个生活非常朴素的人，杨勇在蜀铠上绣个花纹，都被他教训了一顿，如果他知道杨勇召集工作人员，在东宫吃吃喝喝、弹弹唱唱，而且弹唱的还是市井俗曲，会怎么想？

可杨勇却坚持认为自己没错，拒绝听从李纲的忠告。任性的杨勇既不善约束自己的喜好，也不善约束自己的情感，在对待与杨坚的父子关系上，总是一厢情愿。

作为一位开国太子，他出生时，父亲杨坚还不是皇帝，只是北周官员，所以，两人有过一段父慈子孝的寻常父子关系。然而，随着杨坚的称帝，他和杨坚的关系不可避免地变质，父子亲情逐渐变淡，君臣尊卑正在源源不断地融入其中。可杨勇转变不过来，仍把杨坚当作昔日的老父亲，以为杨坚还像从前那般无私地关爱他，父子两人仍像从前那般心心相印毫无嫌隙。

这种一厢情愿的结果就是：杨勇在杨坚面前不知收敛，冒犯了作为皇帝的杨坚，最终招致杨坚的猜疑。

杨坚曾经担心杨勇会对他不利。开皇十九年（599）的一天，杨坚突然下令将东宫精锐卫士调走，用来保卫自己。

宰相高颎说："陛下把东宫精锐都调走，恐怕太子的安全难以得到保障。"

没想到杨坚却说："我经常外出巡幸，所以必须多一些精锐卫士，太子天天待在东宫，要那么多精锐卫士干什么？"

说着说着，杨坚不经意流露出真实想法："让东宫保持强大的警卫力量，这是一个极大的弊政。"

为何是极大的弊政？因为杨坚已经开始提防杨勇，担心杨勇利用东宫警卫力量攻击他。杨坚调走东宫精锐，无疑也是一个强烈的信号释放，那就是：他和杨勇那种毫无嫌隙的父子关系，早已一去不复返。

按说，杨勇应该有所警醒，学着收敛性子，可遗憾的是，一年后，他犯了一个更大的错误。这个错误直接导致他失宠，并使杨坚产生了废长立幼的念头。

开皇二十年（600）冬至，朝廷百官朝见杨坚后，又一同去东宫拜见杨勇。杨勇非常高兴，特意穿着礼服，安排乐队接待百官。

没想到杨坚听说后却满脸阴郁。一天上朝，杨坚当着满朝文武的面问："听说冬至那天，百官都去朝见太子，这是什么礼法？"

太常少卿辛亶回答："陛下说得不对。"

杨坚很纳闷："有什么不对？难道你们没有朝见太子？"

辛亶说："不是，我们确实去了东宫，但那不叫朝见。我们是去祝贺。"

杨坚说："如果是去祝贺，那最多不过几十个人，怎么可能文武百官都去？而且，还是由有关部门召集，大家一同前往。而太子呢，也好像早有准备似的，特意穿着礼服接待。"

所以，他怀疑杨勇与百官暗通款曲，培植私人势力。为了避免太子勾结百官作乱的悲剧发生,杨坚甚至还下了一道有些撕破脸皮的诏书。他在诏书中说:"虽然太子是我的接班人,但也是我的臣子,文武百官朝见太子、地方官给太子上贡,这些都有违礼法,应该全部停止。"

此诏一下,无异于公开了皇帝与太子的矛盾,也宣示着太子的地位开始动摇。精明的杨广也从这道诏书中听到了进攻的号角。

## 试　　探

　　杨广从小就深得杨坚和独孤伽罗的喜爱。这种喜爱是双重的，其一是父母对儿子的喜爱，其二是帝后对皇子的喜爱。

　　有一年，杨坚请相士给诸子相面。相士看到杨广后，肃然起敬，道："晋王眉上双骨隆起，贵不可言。"言外之意，杨广将来能做皇帝。当时，杨坚已经立杨勇为太子，杨广将做皇帝，岂不意味着杨勇将被废黜？

　　一边是寄予厚望的太子，一边是疼爱有加的次子，手心手背都是肉，按说杨坚应该感到很纠结，可事实上，杨坚却充满期待。一天，他问大臣韦鼎："我几个儿子，谁能成为我的接班人？"已经立杨勇为太子，却又问谁能成为他的接班人，杨坚的心意已经暴露无遗。韦鼎还能如何回答？回答杨勇，杨坚肯定不高兴；可如果回答杨广，似乎更不合适，一旦传出去，难免落下逢迎皇帝的丑闻。韦鼎想了想，耍了个滑头，说："陛下和皇后最喜欢谁，就立谁，这种事臣不便说。"

　　听后杨坚很满意，显然，杨坚已经产生改立杨广为太子的念头。当此之时，杨广只要用力推一把，杨勇就会从太子之位上摔下来。

　　但杨广并没有这样做，他太了解杨坚了，一旦这样做了，第二个遭到杨坚猜疑的，就很可能是他。如此一来，杨广势必被杨坚拉入"黑名单"，难有翻身之日。

　　杨广其实很想推杨勇一把。一旦杨勇重新取得杨坚的信任，恢复稳固的地位，就是想推也推不动。想推，但自己又不能出手，这该如何是好？那便只有一种办法——借刀杀人。可关键在于，借谁的刀？谁愿意充当杨广夺嫡的马前卒？

　　谁也没有料到，杨广借的竟是自己的亲生母亲——独孤伽罗的刀。独孤伽罗确实很喜欢杨广，也确实很讨厌杨勇和她唱反调，可她毕竟也是杨勇的亲生母亲，虎毒尚且不食子，她能狠得下心对付自己的亲生儿子吗？杨广其实也不确定。所以，他决定试探一下。

　　杨广一副忧心忡忡的样子去见独孤伽罗，独孤伽罗以为他有心事要倾诉，没想到杨广的第一个动作不是开口说话，而是下跪，接着就是流泪。独孤伽罗见状，也跟着潸然泪下。这正中杨广下怀。

他的时机把握得特别好。见独孤伽罗时，他马上就要离京返回扬州任上。杨广一流泪，独孤伽罗立刻认为他是因为不舍，她也舍不得杨广，所以跟着潸然泪下。见气氛烘托得差不多了，杨广乘机告诉独孤伽罗："孩儿流泪，不仅是因为不舍，还因为害怕。"

独孤伽罗又心疼又好奇："你为什么害怕？"

杨广又伤心又无奈地说："我平常向来很尊敬大哥，实在不知道是怎么得罪他了，他最近对我总是怒气冲冲的样子，还想诬陷我。我真的很害怕，哪一天大哥会在父皇和母亲面前中伤我，甚至下毒害我。"

杨勇冷落独孤伽罗为他挑选的原配，却先后宠幸了好几个小老婆，就已经让独孤伽罗非常不满，如今听说杨勇又要残害手足，而且还偏偏是她最喜欢的儿子，独孤伽罗如何还能控制愤怒的情绪？

显然，独孤伽罗已经开始对未来产生担忧，她必须避免杨勇残害手足的悲剧发生。那么，怎样才能避免这一切呢？这是不言而喻的。独孤伽罗不仅恨杨勇，也恨杨勇的爱妾云氏。所以她对杨广说："我一想到我和陛下百年之后，你们几兄弟要跪拜云氏，心里就痛得厉害！"

看到母亲那双仇恨的眼睛、那副决然的表情，杨广眼泪泛滥得更厉害，只不过，那是伪装成伤心的兴奋的泪水。然而，当杨广拜别独孤伽罗后，又有些担心。他太了解自己的母亲了。独孤伽罗是个很感性的人，别看她当时一副恨不得掐死杨勇的样子，谁能保证，第二天一觉醒来后，她还能延续对杨勇的仇恨？此前，杨勇的原配元妃去世，独孤伽罗怀疑是被杨勇毒害所致，当时也是一副对杨勇恨之入骨的样子，可结果如何？

杨广认为，自己必须再做些什么，坚定母亲扳倒大哥的决心。为此，他决定请一位高人出山。

## 强强联合

这位高人就是杨素。

杨素出身于历史上赫赫有名的顶级贵族家庭——弘农杨氏,这个家族从西汉初年开始发迹,始祖是西汉开国功臣杨喜。杨喜因攻打项羽有功而被汉高祖刘邦封为赤泉侯。自杨喜始,这个家族如同"开挂"一般,名臣猛将层出不穷,如司马迁的女婿、西汉丞相杨敞,就是杨喜的玄孙。

弘农杨氏是以武功发家,后代却转而学文,并诞生了许多经学大家、文化名臣,如西汉经学家杨宝、被誉为"关西孔子"的东汉太尉杨震、三国名士杨修等,都是杨喜的后人。

杨坚自称出自弘农杨氏,不过,这一身份遭到了许多历史学家质疑。著名历史学家陈寅恪便认为,杨坚的祖上不过是个山东寒族,杨坚之所以冒充弘农杨氏后人,无非是给自己脸上贴金。

而杨素是弘农杨氏的后人应该是无疑的。杨素也是弘农杨氏杰出的一员。他是隋朝开国功臣,曾统帅大军参与平陈之战,因战功卓越,被杨坚封为越国公,后又被任命为大隋宰相。

如果杨广能说服杨素相助,无异于如虎添翼。不过,他首先考虑的是另一位开国功臣,也是他的好朋友宇文述。杨广最终决定请杨素相助,与宇文述有很大的关系。

宇文述是代郡武川(今内蒙武川县)人,时任安州总管。他的名气在今天可能不是很大,但他有一个家喻户晓的儿子。《隋唐演义》里有个大反派名叫宇文化及就是宇文述的儿子。

杨广向宇文述请教夺嫡之策,没想到宇文述却告诉他:"这种事你找我没用。"
见杨广流露出失望的神色,宇文述忙说:"不过,我可以向你推荐一个人。"
"谁?"杨广迫不及待地想知道答案。
宇文述加重语气,却又轻声地说:"杨素!"
宇文述又说:"杨素现在正受宠,你没看到他儿子杨玄感都被封为大将军了吗?

请他相助，大事必成。"

杨广闻言大喜。可短暂的兴奋过后，又陷入忧愁之中，杨素凭什么帮自己夺嫡？

他已经官居宰相，被封国公，可谓位极人臣，还有何理由冒着掉脑袋的风险参与一场政治赌博？

可宇文述却说："这事先不急，杨素跟你父皇一样，有些话不能当着他的面说，得找个中间人沟通。"

由谁来做中间人最合适？宇文述说："杨约。"

杨约是杨素的弟弟。杨素对这个弟弟非常信任，常常与他商议朝廷大事，到了言听计从的地步。

可是，杨约又凭什么给杨广充当中间人？

宇文述笑道："杨约贪财。如果晋王信得过我，给我一笔钱，我去帮你搞定杨约。"

宇文述提着一袋子钱去找杨约喝酒。酒过三巡。宇文述猛地拍了一下鼓鼓囊囊的钱袋子，说："赌一把怎么样？"

杨约的眼光逐渐黯淡下来，说："好吧，反正闲着也是闲着。"

然而没过多久，杨约又开始两眼放光，因为他发现自己的运气非常好，宇文述一袋子钱都输光了。可宇文述的表现十分反常，反倒眉开眼笑，好像和钱有仇似的。杨约百思不得其解。

宇文述说："这些钱都是晋王的，是他让我输给你的。"杨约恍然大悟。

"晋王想让我做什么，只要在我能力范围之内，我一定全力相助。"

宇文述就等这一刻。但是，他却并没有提出任何要求。因为他很清楚，废立之事风险很大，杨约和杨素同在一条船，如果杨素翻船，他还能独存吗？所以，他未必愿意说服杨素帮助杨广夺嫡。

宇文述沉思了片刻，突然笑着说："杨兄，你可错了，我不是求你帮忙，我是来帮你的，帮你们一家的。"

杨约又百思不得其解："你帮我，就应该让我输钱，你怎么还输上了？再说，我也没什么需要帮忙的啊。"

宇文述说："你和你大哥当权这么多年，没少得罪人吧？"

杨约在心里哼哼："得罪了又怎样！我大哥是宰相，正受陛下器重。"

宇文述说："得罪了那么多人，还混得这么潇洒，不就是仗着陛下的宠幸吗？可你想过没有，陛下百年之后呢？"

"太子？"宇文述说，"你可拉倒吧！你大哥把太子也得罪了，太子登基后，不杀你大哥就不错了！"

难道陛下驾崩之日，就是杨家倒霉之时？杨约心往下一沉，忙握着宇文述的手说："求宇文兄指条明路。"

宇文述说："办法倒有，只不过有些风险。"

"只要你大哥和晋王合作，扳倒太子，辅佐晋王登基，如此一来，晋王必然感激你大哥，老杨家不就能长保富贵了吗？"

"扳倒太子可不容易！"杨约用颤抖的手端起酒杯，一饮而尽，说："这个风险确实有些大啊。"

宇文述说："其实也没多大。陛下早就想废太子改立晋王了，只不过一时无法下决心，你不会不知道吧？就算你不知道，但有件事你一定知道：晋王从小就深得陛下和皇后的宠爱，而太子因为生活作风问题，屡受帝后斥责。所以，扳倒太子真不难。"

杨约半喜半忧，想到已经收下宇文述的好处，而且他的话确实有道理，于是当场答应下来。

杨素显然比杨约更有胆色，当他得知这一计划后，竟喜不自胜，拍着手道："老弟你可真是个人才，我怎么就没想到呢？"

但杨约比杨素更清醒，他说："大哥，你先别急着高兴，扳倒太子需要时间，万一太子还没扳倒，皇上就驾崩了，咱兄弟俩会死得更难看。"

杨素忙问："那该如何是好？"

杨约说："都知道陛下是个妻管严，你赶紧去结交皇后，皇后不喜欢太子，大哥多努力一下，相信很快就能扳倒太子。"

## 杨素的圈套

几天后,杨素入宫侍宴,看到独孤伽罗又在抱怨杨勇,趁没人时,他乘机说道:"晋王殿下孝悌恭俭,和陛下可真像啊!"

一听到这话,独孤伽罗顿时泪流满面,仿佛遇到知音一般,忙说:"你说得可太对了!晋王对我的孝顺,真是没的说。还有他媳妇,也非常孝顺,每次我派婢女去她那里,她都热情接待,还常常同寝共食。"

独孤伽罗又忍不住抱怨杨勇:"哪像太子就知道跟阿云鬼混,整天不务正业,沉迷酒色,还猜忌兄弟。"

"太子算是废了,我也不对他报什么期望,但你知道我最担心什么吗?"独孤皇后忧心忡忡地对杨素说:"如果我和陛下百年之后,他暗害晋王,那可怎么办?"

那么,如果杨勇登基,真的会报复杨广吗?

杨勇虽然任性,但并不愚蠢,杨广和杨素联手夺嫡,已经被他察觉。但遗憾的是,他毕竟智慧有限,东宫中除了李纲那种一本正经的直臣,也缺乏足智多谋的谋臣相助,所以不知如何应对,惶恐不安。

无奈之下,杨勇下了一步臭棋。这步臭棋就是行厌胜之术。所谓厌胜之术,通俗地说就是跳大神,利用巫术镇压鬼怪趋吉避凶,或诅咒所厌恶的人。在宫里行厌胜之术,绝对是封建王朝最大的忌讳。遥想当年,汉武帝穷治巫蛊之案,弄得天翻地覆,血流成河,连太子刘据也未能幸免。

不过,杨勇的厌胜有些特殊,它只有防御之心,而无攻击之念。按说,杨勇既已知晓杨广欲夺嫡,就应该扎杨广的小人,可事实上,杨勇只是让一个叫王辅贤的神棍制造了五种兵器,并在后园建造了一个房屋简陋的平民小村,时常穿着粗布衣服在其中休息,希望以此化解灾祸。

即使在自己最危险的时候,杨勇也没有想过置杨广于死地,又怎么可能稳坐帝王之位后,对杨广痛下杀手?

见杨勇惶恐不安,杨坚于是派人到东宫探望,目的有二:一方面,打探情况,担心杨勇因不安而做出过激举动;另一方面,表达对杨勇的关心。

可谁曾想，关心最后变成了伤心。

杨坚派杨素到东宫观察。杨勇听说杨素要来东宫，表现得非常热情，特意整饰仪容，等候他的到来。可杨素不知葫芦里卖的什么药，刚走到东宫门口，就停了下来。杨勇在东宫等了很久，也不见杨素到来。渐渐地，他脸上的热情越来越少，开始不耐烦，甚至火冒三丈。

没想到这正中杨素下怀。正当杨勇怒不可遏的时候，杨素突然出现在他面前。杨勇忍无可忍，当着杨素的面，说了一些难听的话。杨素拜别杨勇，转身就去了仁寿宫，向杨坚打小报告。

这一切都是杨素设计的圈套。他故意停在东宫门口，迟迟不见杨勇，目的就是激怒杨勇，以便让他留下把柄。

但这还不是最无耻的。杨勇虽然动怒，但显然只是生杨素的气，可杨素跑到仁寿宫后，却添油加醋了一番，说："太子心怀怨恨，行事可疑，恐怕宫里会发生变故，陛下应该有所防备。"

杨坚本就不信任杨勇，杨素又造谣污蔑杨勇，偏偏杨素又深受杨坚信任，试问，杨坚岂能不猜疑杨勇？

独孤伽罗见状，乘机"捅了杨勇一刀"。作为杨勇的母亲，她竟然派人监视杨勇，抓杨勇的把柄，甚至捏造罪名攻击他。然而，和杨坚的所作所为相比，独孤伽罗不过是小儿科。为了防止事变发生，杨坚对杨勇采取了三项措施。

其一，将杨勇的亲信——东宫"警卫部队司令"（左卫率）苏孝慈调走，出任淅州刺史，以免杨勇与他勾结，谋朝篡位。

其二，将东宫"警卫部队军官"全面置于诸卫府管理，并将"东宫警卫部队"精锐全部调走。

其三，在东宫附近设置"特务"，全面监视杨勇的行踪，并随时向杨坚汇报。

事情到了如此地步，杨坚的废立之心可谓呼之欲出。接下来发生的事情，也无疑证实了这点。

太史令袁充竟然对杨坚说："臣最近观察天象，皇太子应该废黜。"

听到这话，杨坚深表遗憾，他说："天象早已出现，只可惜，群臣都装聋作哑，不敢说啊！"

废立太子毕竟是国家大事，杨坚还需要群臣的支持。那么，群臣愿意支持杨坚废长立幼吗？高颎第一个反对。

## 最大的障碍

高颎，渤海蓨县（今河北景县）人，和杨素一样，他也是隋朝开国功臣。但他的革命资历比杨素高很多。

杨坚称帝后，高颎就被任命为隋朝首相（尚书左仆射），而杨素直到 11 年后，也即开皇十二年（592），才被任命为尚书右仆射（次相）。杨素担任首相的时间就更晚，直到 20 年后的仁寿元年（601），才接替高颎担任尚书左仆射。

高颎是个文武双全的奇才，除了政治上成就极高，军事上的成就也很高。高颎有两件无与伦比的战功。

其一，杨坚把持北周朝政，意欲改朝换代时，相州总官尉迟迥起兵反叛，高颎亲自领兵平叛，在沁水上架桥，大破尉迟迥军。

其二，杨广统帅 50 万大军伐陈，由于他年轻不谙军务，实际主持军务的就是高颎。高颎灭陈后，被杨坚加授上柱国，晋爵齐国公，赐布帛九千段，可见其战功之卓著。

高颎不仅比杨素资历高，在杨坚心中的分量，也远大于杨素。他是隋初当之无愧的第一重臣，也是杨坚最信任的大臣。

杨坚当年见到高颎，永远是一副和颜悦色的样子，而且从不直呼高颎的大名，总是亲切地称他为独孤公（高颎鲜卑姓独孤）。高颎率兵南下伐陈时，有人向杨坚进谗，称高颎有谋反意图，杨坚二话不说，立刻将进谗者杀了。灭陈后，高颎位极人臣，声威达到鼎盛，连他自己都产生了高处不胜寒之感，担心功高震主，于是向杨坚请辞。没想到杨坚强烈反对，并盛赞了高颎一番，说："你独孤公是天降良辅，朕实在离不开你，你就不要再打辞职报告了。"

杨坚这番话，可不是假心假意的政治作秀，有事实为证。此后，有一年，右卫将军庞晃在杨坚面前说高颎坏话，杨坚龙颜大怒，将庞晃降职，尽管庞晃是他发迹前的老友。又有一年，天下水旱不调，尚书都事姜晔、楚州行参军李君才认为是高颎失职所致，请求杨坚罢免高颎。杨坚再一次龙颜大怒，结果姜晔、李君才均被罢官。

李世民曾把魏徵比喻成镜子，但最早把大臣比喻成镜子的不是李世民，而是杨坚，而被比喻成镜子的大臣正是高颎。见高颎经常被人攻讦，杨坚对高颎说："你独孤公就像一面铜镜，经常被摩擦，但越磨越亮。"

如此位高权重、深受器重的高颎，当他反对杨坚废长立幼时，意味着什么？是否意味着，杨坚会听从高颎的建议，放弃废长立幼的念头？或者，杨坚碍于高颎的声望和颜面，下不了废长立幼的决心？但很遗憾，高颎非但没有保住杨勇，还把自己也搭进去了。

杨坚曾就废立之事咨询过高颎的意见，还拿所谓的天意大做文章，说："有神灵告诉晋王妃，晋王将拥有天下，独孤公，你看我要不要顺从天意？"

没想到高颎严肃地说："长幼有序，陛下怎么能够废长立幼？"

看到高颎那副坚定的样子，杨坚感到非常失望。从此，他对高颎越来越疏远，最后罢免了他的一切职务。

可是，高颎不过是反对废长立幼，并没有威胁杨坚的地位，杨坚为何要将他免职？杨坚罢免高颎，有两方面原因：一方面，受独孤伽罗影响。独孤伽罗决心替杨广扫除障碍，于是经常对杨坚吹枕边风，攻击高颎；另一方面，杨坚自己也想罢免高颎，因为他认为高颎将成为帝国的不稳定因素。

高颎和杨勇的关系非常特殊，他是杨勇的亲家，其子高表仁娶了杨勇的女儿。既然如此，他又强烈反对废长立幼，如果还将他留在宰相的位置上，将来杨广登基后，他会不会辅佐杨勇发动政变，争夺皇位？

罢免高颎后，杨坚自以为扫除了废长立幼最大的障碍，一天，他公然在朝堂上表达了废黜杨勇的想法。可杨坚万万没想到，自己话音甫落，左卫大将军元旻就站出来唱反调。

元旻提醒杨坚："废黜太子可不是开玩笑，一旦诏书发布，将来可就后悔莫及。"

当然，最让杨坚生气的还是这番话。元旻居然用质疑的口气说："陛下说太子不合格，有什么证据吗？依臣看，那些所谓的太子的劣迹，多半都是谣言，希望陛下调查清楚。"

杨坚说："我当然有证据。"

大臣们大多不以为然："太子确实不够优秀，但也还算老实本分，就算犯过错，又能是多大的事？"

只见杨坚冷冷地说："那就传姬威上殿吧！"

## 后院起火

姬威是东宫属官,深受杨勇信任,扳倒杨勇,对他有何益处?事实上,姬威原本没打算做证扳倒杨勇,他只不过是想出卖些情报,赚一笔可观的外快。

杨广的亲信段达找到姬威,给他送了一份重礼,又说给他介绍一个副业——暗中观察杨勇的动静,然后汇报给杨素。

毫无疑问,这是对杨勇的背叛。但姬威认为,这毕竟不是直接出卖杨勇,而且一举两得,一来可以获得一笔丰厚的报酬,二来也可以攀上晋王杨广的高枝,毕竟杨勇的地位已经动摇,于是便答应下来。

可姬威万万没料到,事情的发展速度超出了他的想象。杨素每次收到姬威的情报,都会大做文章,然后大肆宣传。如此一来,杨勇的负面新闻纷至沓来,在朝野传得沸沸扬扬,长安城的官民,几乎每天都可以吃到杨勇的"大瓜"。

段达乘机对姬威说:"太子的过失,皇上都已知晓,而且,皇上已决定废黜太子。你如果愿意告发太子,将来还愁荣华富贵?"

可如果姬威不愿意呢?那就不是得罪杨广那么简单。第一个要收拾他的,恐怕就是杨勇。因为如果姬威拒绝与杨广合作,杨广方面出于报复,势必会将他出卖杨勇的事泄露出去。同时在杨坚看来,他就是第二个高颎。高颎是开国功臣,杨坚对他多少还留有几分情面,对姬威可不会客气。姬威已经骑虎难下,只能一条道走到黑。很快,杨坚便收到了姬威告发杨勇的奏疏。

开皇二十年(600)九月二十六日,杨坚急忙从仁寿宫归来。次日,驾临大兴殿,他明明心情愉悦,却装作满面愁容的样子,说:"我刚返回京师,按说应该很高兴,可为何却开心不起来呢?我现在很郁闷啊!"

显然,杨坚的话蕴含深意。他希望大臣们听到这番话后,立刻逢迎道:"都是因为太子不成器,才使得陛下如此郁闷。"然后他便可乘机公布杨勇的"罪状",宣布将他废黜。

可大臣们完全不接招,一个个装聋作哑。过了一阵,终于有一位大臣站了出来。这位大臣名叫牛弘,时任户部尚书,深得杨坚敬重。那么,他是否给杨坚一个借坡下驴的机会呢？答案是否定的。牛弘的话让杨坚很失望，他居然说："都是因为臣等不称职，才让陛下如此忧劳。"

想装聋作哑，不出声便可，有必要这样糊弄我吗？杨坚怒火中烧，可又不便发作，只好把气撒在别人身上。

他瞋视着东宫属官："仁寿宫离京师不远，可我每次从仁寿宫返回京师，都严备仗卫，如入敌国，你们知道这是为什么吗？"

东宫属官把头摇得像拨浪鼓。杨坚说："难道不是因为你们这些人想谋害我？"

"这话可有何证据？"

杨坚说："暂时还没有。"

"那该怎么办？"

杨坚说："这好办，来人啊，把太子左庶子唐令则等人带下去，严加审讯。"

杨坚想从唐令则等人口中撬出一些不利于杨勇的信息，但显然这不容易做到，因为他们并没有任何谋反意图，即使为了自保，也不会轻易污蔑杨勇。

这又该如何是好？

杨坚对杨素说："太子的劣迹，是不是传播得还不够广泛？我看有些大臣还不知道似的。"

于是，杨素紧接着又传播了两条有关杨勇的流言。

第一条意指杨勇有意包庇谋反分子。杨素说："我当年奉旨请太子调查刘居士谋反案，太子居然勃然大怒，还说：'刘居士的余党都已经伏法，还调查什么？再说，这关我什么事？你是右仆射，要调查你去调查，别来烦我。'"

第二条意指杨勇对杨坚心存怨恨。杨素说："太子曾经说过，陛下改朝换代，是把'我的脑袋'别在裤腰带上闹革命啊！幸好一切顺利，否则首先被宰的肯定是我。我为陛下承担了如此大的风险，可他做了皇帝后，却处处限制我的自由。"

听到杨素传出的流言，杨坚竟产生了一种大仇得报的快感。为了让杨勇彻底身败名裂，杨坚竟不顾皇家体面，又补了三刀。

第一刀：抨击杨勇好色。杨坚对杨素说："杨勇这个畜生，平常私生活不检点就算了，有一次，他竟然指着皇后的侍女说：'这些人都是我的'。"

第二刀：指责杨勇是杀人凶手，而且还想弑父。杨坚说："杨勇的发妻元妃，一个多好的姑娘啊，可杨勇却对她冷冷冰冰。元妃后来不幸暴毙，我一直怀疑，她是被杨勇毒死的。我曾经派人责问杨勇，这畜生居然说应该杀了元孝矩。元孝矩可是他的岳父，他为何如此狠毒？这明显是想害我而迁怒他人。"

第三刀：怀疑杨勇被戴绿帽子了。杨坚说："杨勇宠幸的那个云氏，是个私生女，有其父必有其女，他父亲在外面乱搞女人，谁能保证她不会在外面乱搞男人？她生的那几个儿子，没准儿压根就不是杨勇的！"

有人想必会说，既然杨勇如此不堪，当初为何还要立他为太子？为何直到今时今日才想废黜他？杨坚早就料到有人会如此质疑，所以他说："你以为我不想？可我这人重感情啊，想到他是我发迹前所生，又是长子，一直于心不忍，希望他能够痛改前非，没想到这畜生烂泥扶不上墙。"

既然太子无可救药，该如何是好？就只能将其废黜，另择贤能。开皇二十年（600）九月底，杨坚公然在朝堂上表达了废黜杨勇的想法。在表达这一想法前，他还特意谦虚了一番："我虽然不如尧舜贤德，但也不能将天下托付给杨勇这种昏庸无德之人。现在，我打算将他废黜，以安天下。"

如前所说，杨坚的决定遭到了元旻的反对，元旻质问杨坚有何证据证明杨勇昏庸无德，杨坚于是宣姬威上殿。

杨坚当着满朝文武的面，对姬威说："杨勇平常和你很亲近，他的情况你最清楚，快和大臣们说说，他到底是个什么样的人。"

姬威于是开始历数杨勇的罪状，但都是胡说八道。

姬威说："太子为人骄横，常常对我说，那些劝谏我的人，就应该通通干掉。杀他上百个人，一切都清净了。"

可事实是，杨勇从未杀过一个劝谏他的人。李纲多次直言劝谏，杨勇非但没杀他，甚至都没有给他穿过小鞋。

姬威又说："东宫'警卫司令'苏孝慈被调走时，太子气得胡子都翘了起来，还扬言：'这个仇我记住了！大丈夫终有一日，要杀伐果断以求快意！'"

可事实是，杨勇当时得知杨广算计他，手足无措，惶惶不安，怎么可能还表现得如此霸气？况且，杨勇本就不是一个霸气的人。

姬威还说："太子还说过，陛下不满他多姬妾，可齐后主高纬和陈后主陈叔宝姬妾难道不多？他们当年也是太子，既然他们可以，他为什么不可以？"

高纬和陈叔宝都是因沉迷女色而亡国的亡国之君，杨勇怎么可能将自己和他们相提并论？

可杨坚偏偏深信不疑，尤其是，当姬威说到杨勇曾请女巫占卜，预测他活不过开皇十八年时，还不禁潸然泪下。

杨坚痛心疾首地说："谁不是父母生养，杨勇这畜生，他怎么能这样？我最近在读《齐书》，看到齐高祖高欢纵容他的儿子们，就气愤不已，我怎么能够效仿这种人？"

于是，杨坚一纸令下，杨勇和他的儿子，以及东宫部分属官皆被拘禁和逮捕。杨勇被拘禁时，像杀猪一样号叫，坚称自己无罪。这让杨坚很尴尬，他一定要让杨勇乖乖认罪。

## 最后的倔强

向来软弱的杨勇，被拘禁后却表现得异常坚强，杨坚和独孤伽罗屡次派出使者督促他认罪，但他始终咬紧牙关，坚称无罪。

杨坚派使者问："既然你说自己是清白的，那元旻的事是怎么回事？"

杨勇被拘禁后不久，元旻就被逮捕入狱。元旻公然反对废黜杨勇，遭到打击报复不足为奇，但罪名完全是莫须有。这桩冤案的铸成，一共有三个主要责任人。

第一个就是杨素。最先想到报复元旻的就是杨素。当然，杨素不是为报复而报复，他报复元旻的主要目的，是拖杨勇下水。于是，他指使党羽举报元旻，称元旻与杨勇暗中勾结，杨勇经常派亲信裴弘给元旻送信，信上写着"勿令人见"。

第二个责任人是杨坚。一听到杨勇和元旻传递信息，杨坚登时两眼放光，说："难怪我在仁寿宫的动静，杨勇都一清二楚，难道不是因为元旻这个恶徒吗？"于是派人将元旻控制住。

第三个责任人是元胄。见元旻落难，元胄乘机落井下石。

元胄是北魏皇族后裔，时任右卫大将军，元旻被关押的当天，他正在宫里当值，到了换岗时间，却迟迟不下班，还跑过去对杨坚说："陛下知道臣为何到了下班时间还不下班吗？都是为了防备元旻啊！臣早就发现这小子不正常了！"

于是，杨坚借坡下驴，将元旻关进了大狱。

杨坚派使者问杨勇："快说，你有没有和元旻暗中勾结？"

杨勇义正词严地说："没有！"

杨坚面带难色，问杨素："杨勇这畜生嘴硬得很，死活不认罪，该如何是好？"

杨素胸有成竹地说："陛下莫慌，臣已经找到了更有利的证据。"

更有利的证据是几十斗艾绒。杨素搜查东宫时，查到了几千个火燧和几十斗艾绒。相比艾绒，其实火燧更有故事。

有一天，杨勇看到一棵老槐树，问："这种老槐树有什么用？"

有人回答："古槐树适合做取火之物。"

杨勇考虑到卫士们都习惯带火燧，于是令工匠伐树做了几千个火燧，打算赐给身边的卫士们。只可惜，他还没来得及分发，就被杨坚拘禁。

这个故事显然不利于污蔑杨勇，反而能体现他关照下属，所以杨素没有用它做文章。杨素本来对艾绒也没多大兴趣，这不过是一些由艾叶加工的物品，但他很好奇，杨勇为何要收集多达几十斗的艾绒？

杨素向姬威询问，他曾是杨勇的亲信，应该能解答这个问题。姬威的话半真半假："这些艾绒都是喂马的。太子养了一千匹马，他曾说，陛下在仁寿宫，我若是用这些马守住城门，陛下自然要饿死。"

于是杨素马上质问杨勇："你养一千匹马，是不是要造反？"

杨勇反问杨素："我听说公家养了好几万匹马，我堂堂一个太子，不过养了一千匹马，怎么就成谋反了？"

杨素只好转移话题："我搜查东宫的时候，可是找到了不少奢侈品，这些东西你敢说不是你的？"

杨勇说："是又怎样？犯法吗？"

杨素说："还真犯法。"

于是，他立刻下令将东宫的服饰玩物，凡是可能经过雕刻装饰的，悉数陈列到宫廷（素又发东宫服玩，似加琱饰者，悉陈之于庭），作为杨勇荒淫的罪证。

杨素做这件事时，恐怕万万没想到，本意是为抹黑杨勇的他，却证明了杨勇的清白。杨素搜集杨勇荒淫的罪证，没有收集到堆积如山的奢侈品，只好拿一些可能雕饰过的服玩充数，这难道不恰恰说明，杨勇并没有传言的那般奢侈吗？

凭这些东西，岂能让杨勇乖乖认罪？结果毫无悬念，杨坚和独孤伽罗又先后派出多批使者催促杨勇认罪，但杨勇坚称自己无罪。

可无罪又能如何？杨勇其实不是不明白，杨坚也好，独孤伽罗也罢，并非不知道自己无可废之罪，但为了扶杨广上位，他们只能强迫他认罪，毕竟他们不敢轻易废黜一个无罪的太子。

为了废黜杨勇，杨坚说过许多言不由衷的话，但有一句话一定发自肺腑，那就是不能把大隋江山交给杨勇。在杨坚看来，只有杨广才能守住大隋江山，光大他的事业。所以，废杨勇而立杨广，这不仅是个人情感的问题，还关系到大隋王朝的命运。显然，杨勇的坚持已经毫无意义。

开皇二十年（600）十月九日，杨坚派使者召杨勇到武德殿觐见。杨勇见使者的神色异常冷酷，联想到前几次拒绝认罪让杨坚龙颜大怒，登时如临末日，道："至尊不是想杀我吧？"

杨勇战战兢兢地跟随使者来到武德殿，只见杨坚身着戎装，身边环列着一群全副武装的卫士，武德殿各处皆被卫士严密把守，一只苍蝇都飞不出去。文武百官全到了，皇室宗亲也全到了。百官站在武德殿东面，皇室宗亲站在武德殿西面。杨勇却被禁止入殿，他只能和儿子们站在武德殿外庭院里。

杨坚冷冷地看了一眼杨勇，然后对大隋"国务院副秘书长"（内史侍郎）薛道衡说："宣诏吧！"

薛道衡缓缓打开诏书，朗声宣读道："太子之位，实为国本，苟非其人，不可虚立。皇太子杨勇，性识庸暗，仁孝无闻，委任奸佞，所犯过错，不可胜数。但百姓者，天之百姓，朕恭天命，属当安育，虽欲爱子，实畏上灵，岂敢以不肖之子而乱天下？杨勇及其儿女为王、公主者，并可废为庶人。"

这话说得多么冠冕堂皇！百姓，是上天的百姓，我杨坚不过是替上天养育百姓，虽然疼爱自己的儿子，但岂能让不孝子扰乱天下！

可是，你说我所犯过错不可胜数，我到底犯了哪些过错？你找到证据了吗？杨勇越想越不服气。

看到杨勇那副愤愤不平的样子，杨坚连忙派薛道衡传话："你的罪恶，人神共弃，废了你是顺从天意人心，不要再痴心妄想了！"

杨勇猛地抬头，只见四周林立的卫士们杀气腾腾，登时腿一软，跪伏在地，说："我本来罪不可恕，应当斩首示众，幸亏陛下仁慈，才得以保全性命，我还有什么不服气的呢？"

说这话时，杨勇泪如雨下。话说完，泪满衣裳。在场诸臣，无不黯然神伤，替杨勇难过，可没有一人敢挺身而出，反对废黜杨勇。杨坚冷冷地看着杨勇，杨勇绝望地看着百官。杨坚不再说话，百官一言不发，杨勇欲言又止。杨勇鼓起勇气，但猛地发现，杨坚脸上开始流露出不耐烦的神色。他赶忙起身，向杨坚拜别，离开武德殿而去。

被废黜后，杨勇就被软禁在内史省（后被迁往东宫软禁），从此失去自由，直到四年后被杨广矫诏赐死，也未能离开一步。

杨勇被废后不久，杨坚召来东宫属官，称杨勇之所以被废，都是因为属官们教导不力，没有让他走上正道。没想到有人很不服气，当众反驳杨坚。这人就是李纲。李纲说："按陛下的逻辑，太子变坏，都是属官没有教导好，那这些属官都是谁挑选的？不是陛下自己吗？依臣看，这都是陛下之过，非太子之罪。"

杨坚一时语塞。但他也很不服气，想了半天，说："我挑选的属官，也不全是坏人，你李纲不就是好人吗？可你怎么没有把杨勇教好？可见，杨勇天生不成器，即使东宫属官全是好人也没用。"

李纲说："你说得对，太子变坏，确实是属官们没教好。"

杨坚以为李纲已经认输，没想到李纲转口又说："陛下只要将唐令则等佞臣斩首，更换贤能之士，怎知臣不能教好太子？自古废长立幼，国家很少不发生动乱，希望陛下好好考虑，以免将来后悔。"

这话杨坚听进去了，只可惜，他只采纳了一半。杨勇被废四天后，十月十三日，杨坚在大兴宫广阳门外再次召集百官，下诏将元旻、太子宠臣唐令则等处斩，罪名分别是离间君亲，包藏祸心；阿谀奉承，误导太子。

对于杨勇，杨坚只是宣布给予他五品官俸禄，其他处分维持不变。此诏一下，人群中旋即传来一个刺耳的声音。杨坚对此并不意外，但他却万万没料到，这位公开反对废黜太子的大臣，既不是皇室宗亲，也不是朝廷重臣，而竟是一个不入流的小官。此人名叫杨孝政，官居文林郎。文林郎官阶很低，不过是一个九品散官。

杨孝政在奏疏中给出了他的理由："太子本性不坏，只不过是被小人教坏了，陛下应该对他加强教育，而不应废黜。"为了顾及杨坚的颜面，杨孝政已经说得相当委婉。如果他真认为杨勇已被教坏，那么，他最多感到惋惜，而绝不至于冒着生命危险反对废黜一个"已经变坏"的太子。杨坚又是如何回应的呢？他打了杨孝政一顿（上怒，挞其胸）。

杨勇被废24天后，十一月三日，杨坚下诏立杨广为皇太子。

杨广终于得到了朝思暮想的太子之位！然而，被册封为太子的那一刻，他非但没有得意忘形，反而保持着十分冷静的头脑，并做了一个让杨坚非常放心的决定。

杨广深刻吸取杨勇被废的教训，他清醒地认识到，杨勇被猜忌的一个重要原因，就是没有摆正自己的位置，过于倚重父子之情而忽视君臣之礼。

杨勇当太子时，东宫臣僚见到他，往往自称为臣。这一现象，杨勇认为理所应当，因为在他看来，太子就是二皇帝。

杨广却认为，天无二日，国无二主，皇帝是君，太子就只能是臣，既然是臣，就断然没有官员向太子称臣之理。所以,被立为太子后,杨广立刻上奏,请求禁止东宫属官向他称臣。杨坚欣慰地下诏赞同。

其后的一两年时间里,宫里都无大事发生,显然,杨广的太子之位非常稳固,否则难免惹出风波。可即便如此,杨广依然丝毫不敢掉以轻心,因为他知道,宫外有个人正对着他虎视眈眈。

# 第二章

## 继位：一波三折

心腹大患

有去无回的旅行

崩逝前的意外

进退两难

杨广弑父真相

汉王谋反

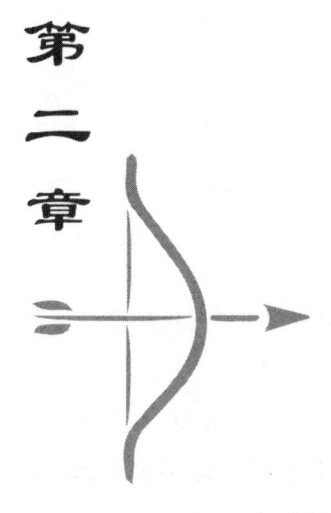

长驱直入

昏招迭出

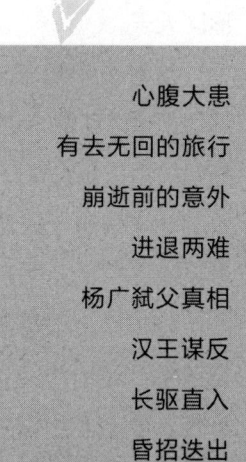

擒贼先擒王

## 心腹大患

正对杨广虎视眈眈的,是他的四弟蜀王杨秀。

杨秀可不是等闲之辈,无论能力、权力,还是威望,都足以对杨广构成较大威胁。

先说能力。杨秀武艺高强,骁勇善战,是一员威震三军的猛将。再说权力。杨坚曾任命他为西南道行台尚书令、益州总管,总管二十四州军事,在蜀地颇有势力。最后说威望。杨秀姿貌雄伟,不怒自威,文武百官无不对他敬畏三分,是一个颇有影响力和威慑力的人物。而且杨秀一直野心勃勃,很早就开始结交朝臣。

杨坚曾派兵部侍郎元衡出使蜀地,杨秀乘机与元衡结交,并利用他上奏朝廷,为自己扩充部队、增加属官。杨坚也早对杨秀有所防备,不仅拒绝了他的请求,还忧心忡忡地对独孤伽罗说:"我在世时,这小子还不至于做得太过分,但我百年之后,他一定会举兵造反。"

为了避免悲剧发生,杨坚开始逐渐削弱他的兵权。眼看着自己的力量一天天被削弱,杨秀颇有些破罐子破摔之感,不仅变得奢侈起来,还经常僭越,车马服饰形同天子。

这对杨广而言,无疑是一个利好消息。可杨秀的野心如股市,有跌也有涨,一切视市场环境而定。杨勇被废后,杨秀愤愤不平。这让杨广非常紧张,他很担心杨坚的预言会成真。

为了防患于未然,他决定先下手为强。杨广无一兵一卒,动武肯定不行。那便只能文斗。这是杨广的强项。

杨广马上收集杨秀的黑材料。可让他无奈的是,杨秀小错不断,大错不犯,自己手中掌握的这点黑材料,远不足以扳倒他。最后还是杨素出马,炮制了一份黑材料,才让他进入杨坚的黑名单。

杨坚于是召杨秀入京。别看杨秀四肢发达,但头脑并不简单,杨坚的诏书一到,他就敏锐地嗅到了危险。他下意识抗拒入京,可皇命又不可违,所以他感到非常纠结。他迟迟不愿入京,最后想出一个一举两得的办法——向杨坚称病,如此,既可避免入京，又没有违抗皇命。

然而，他的"副秘书长"（益州总管司马）源师却告诉他："你这个办法烂透了，陛下是傻子吗？难道看不出你装病？"

杨秀勃然不悦，说："这是我的家事，关你什么事？"

"这怎么不关我的事？"源师苦口婆心地说，"作为你的幕僚，你的事就是我的事。听在下一句劝，殿下还是赶紧入京，再不走，难免被陛下猜疑，到时陛下龙颜大怒，派一使者前来，殿下该如何是好？"

杨秀依然不愿入京。果然，朝廷开始猜疑杨秀。为了防止杨秀在益州作乱，朝廷下令将原州总管独孤楷调任益州总管，并命他火速赶往益州上任。然而，独孤楷抵达益州后，杨秀还是不愿入京。独孤楷好说歹说，杨秀才决定启程。可让人始料未及的是，杨秀出发才四十多里，就后悔了，而且还想偷袭独孤楷，夺回益州的军政大权。

杨秀一旦行动，势必和朝廷撕破脸皮。如果他还得手，那么，一场战乱很难避免。所幸独孤楷早有防备。杨秀见状，只好继续赶路。

仁寿二年（602）八月十九日，一代贤后独孤伽罗去世，杨坚痛不欲生。杨广自然也是悲痛欲绝，哀不能胜。

不过，外间却有传言，杨广当着群臣的面大哭一场后，回到东宫却谈笑自如，还吃了几碗肉。而杨秀此时仍在入京途中。

杨秀大概在当年十一月抵达长安。一到长安，杨坚马上召见他，但却一言不发。整个召见期间，杨秀都提着心吊着胆，等候杨坚的雷霆之怒，可杨坚始终没有对他说一句话，更不必说发怒。杨秀糊涂了，他实在不知父亲葫芦里卖的什么药。

第二天他就找到了答案。次日，杨坚派使者狠狠地骂了他一顿。这些批评的话语中，不乏不实之处，依杨秀的个性，难免不服气，甚至跑到杨坚面前大发牢骚，也不是没有可能。可出人意料的是，杨秀表现得很"识时务"，连忙上书认罪，称："儿子作为藩王，却不遵法律，罪该万死。"

朝中大臣见状，乘机替杨秀求情。而求情最恳切的，竟然是太子杨广。杨广率领几个宗室，当着满朝文武的面，一把鼻涕一把泪，求杨坚宽恕杨秀。

杨秀毕竟是他的亲生儿子，既然他已经"知错"，满朝文武包括杨广也都出面求情，按说杨坚可以借坡下驴宽恕他了，可谁曾想，他把脸一横，冷冷地说："以前杨俊奢侈浪费，我用为父之道教训他；现在杨秀残害百姓，我应该用为君之道惩治他！"

大臣庆整吓了一跳，忙说："陛下，你的儿子不多了！您总共就五个儿子，庶人杨勇被废，秦王（杨俊）已经去世，何必还要这样对待蜀王？蜀王性格耿直，臣担心他一时想不开，到时陛下悔之无及！"

这话很有道理，没想到杨坚勃然大怒："我几个儿子我不知道？叫你提醒我？"说罢，嚷嚷着要割庆整的舌头。

这一下，满朝静默无言。杨坚乘机说道："应该将杨秀斩首示众，以谢百姓！"满朝文武无不吓一大跳。杨坚说的究竟是气话还是认真的？谁也不敢断言，只知道，杨坚最后把杨秀交给杨素审理。如此看来，杨秀凶多吉少。

杨广鼻涕眼泪甩了一大把，他为自己没能说服父亲宽恕四弟而感到自责，然后哭哭啼啼回到家里，含着泪，继续收集杨秀的黑材料。

宫中最忌讳行巫蛊之术，杨广却告诉杨素："杨秀曾行巫蛊诅咒至尊，你不信，就去华山脚下挖，那里还埋藏着杨秀行巫蛊用的木偶人。"

杨素派人去挖，果然挖出一个木偶人。木偶人被捆住手脚，心脏处钉着一颗钉子，上面写着两个人的名字，一个是杨坚，另一个是杨广的五弟汉王杨谅，还写着一段诅咒语："请西岳慈父圣母神兵收杨坚杨谅神魂。"

杨广如何知道杨秀行巫蛊之术的？又为何对木偶人的埋藏地如此清楚？原因很简单，因为这个木偶人就是他派人埋下去的。仅此一条"黑材料"，就足以让杨秀万劫不复，但杨素唯恐扳不倒他，又炮制出两条罪不可恕的黑材料。

第一条，制造谣言，惑乱人心。杨素称，杨秀曾经妄述图谶，宣传长安有妖异，而在蜀地伪造祥瑞，意图很明显，那便是欺骗百姓：长安的天子不受上天庇佑，蜀王才是真命天子。

第二条，密谋出兵攻打京城。杨素称，杨秀已经准备好檄文，还扬言指日出兵问罪。

看到这三条罪状，杨坚的双手止不住地颤抖。他痛心疾首地说："天底下怎么会有这样的人！"

杨素眼巴巴地看着杨坚，就等他宣判杨秀的死罪。没有这三条罪状，杨坚尚且扬言要将杨秀斩首示众，现在有了这三条罪状，杨秀岂非在劫难逃？杨坚穷治杨秀案，株连多达百余人，然而，他终究狠不下心处死杨秀。

仁寿二年（602）十二月二十日，杨坚下诏将杨秀废黜庶民，软禁于内史省。

杨勇、杨秀被废，杨俊去世，杨广的四个兄弟，能对他构成威胁的，只剩下五弟汉王杨谅。杨谅得知四哥杨秀被废，颇为不安，蠢蠢欲动。

## 有去无回的旅行

事实上，早在杨勇被废时，杨谅便有不安之感，因此还产生了谋反的念头。为此，杨谅做了两个重要决定。

第一个决定是扩充兵马。扩充兵马需要缘由，无故扩充兵马，恐怕部队还未壮大，便已遭致朝廷猜疑，身陷囹圄。但这对杨谅而言不是问题。杨谅时任并州总管，杨坚曾打算让他出兵征讨突厥。杨谅于是对杨坚说："突厥势力仍然强大，太原为天下重镇，应该加强防备。"杨坚认为有理。杨谅于是光明正大地招兵买马，锻造兵器，召集了数万亡命之徒。

有兵而无将，再多的兵，也不过是乌合之众，杨谅的第二个决定便是结交豪杰。杨谅结交了两位当世著名豪杰，一位名叫王頍，是南梁名将王僧辩之子，智勇兼备，通晓兵法；另一位名叫萧摩诃，乃南陈名将。杨谅如果起兵，王萧两人都无疑是非常合适的统兵大将。此时的杨谅，可谓有兵有将，万事俱备，但是，他却迟迟没有行动。没有行动的原因很简单，杨坚还在。不到万不得已，他不会造老子的反。

那么，杨谅招兵买马，阴蓄异图，杨广有没有察觉？当然有所察觉，所以他即位后的第一件事，就是着手解决杨谅的威胁。可是，既然杨广早就察觉杨谅心怀异图，为何直到即位后才对他下手，而不是像对付杨秀那样立刻出击？

他不是不想，而是不能。不能的原因有二：其一，他虽然知道杨谅心怀异图，但并没有掌握任何证据。当然，杨广可以像对付杨勇那样，炮制伪证，诋毁杨谅。杨广为何不这样做？这便不得不提第二个原因，杨谅深受杨坚宠爱。

杨坚对杨谅的宠爱，可不比对杨广少，从以下两件事中便可看出端倪。

第一件，开皇十七年（597），杨谅被任命为并州总管，上任时，杨坚亲自相送。这样的待遇，连杨广都没有享受过，更不必说其他皇子。

第二件，杨谅就任后，杨坚允许他在辖区内便宜从事，不必拘泥律法。这样的特权，杨广也没有得到过。

因此，即使杨广掌握真凭实据，也未必能彻底扳倒他，更不必说利用伪证。

强行为之的结果，很可能是搬起石头砸自己的脚，没扳倒杨谅，反倒暴露了自己。杨广对付杨谅最好的战术，就是"敌不动，我不动"，当时机不成熟时，就暂且先稳住他，以待将来。

由于杨广的忍耐，宫里又平静了一年多，直到仁寿四年（604）春天。这年春天，杨坚决定到仁寿宫避暑。

仁寿宫是杨坚特意为避暑修建的，位于今陕西麟游县，居大兴城（隋朝都城）西北，距大兴城约三百里。由于离大兴城比较近，杨坚经常到仁寿宫居住，有时一住就是半年，并在这里处理朝廷大事。

大臣们早已习以为常。可这一次，却有一位叫章仇太翼的大臣，强烈反对杨坚到仁寿宫避暑。章仇太翼反对的理由，杨坚认为非常荒谬。章仇太翼居然危言耸听地说："陛下千万不能去，你这一去，恐怕就回不来了！"

杨坚当场勃然大怒，立刻下令将章仇太翼下狱，并声称：从仁寿宫避暑回来后，就杀了他。

章仇太翼想不明白，杨坚为何如此不信邪？要知道，他除了是杨坚的大臣，还有另外一个身份，那就是一个高明的占卜师。他自幼聪明过人，被誉为神童，博览全书，佛道双修，精通占候算历之术（*博综群书，爰及佛道，皆得其精微。尤善占候算历之术*）。最让章仇太翼引以为傲的事，是他曾经精准预言杨勇的结局。

杨勇当太子时，听闻章仇太翼的大名，于是决定将他召为东宫属官。章仇太翼掐指一算，发现杨勇将来必被废黜，所以不想给杨勇当属官。但最后，由于杨勇强迫，章仇太翼只好接受征召。

既然章仇太翼的预言如此精准，杨坚为何对他的劝谏熟视无睹？章仇太翼被迫接受征召后，说过一句话，这或许是杨坚不信任他的原因。按说，既然章仇太翼精通占卜术，能预测杨勇的结局，自然也能算到自己的结局，可是，当他到东宫入职后，居然长叹一声："我被迫而来，不知自己的归宿在哪！"

如果杨坚知道这句话，一定很不服气：你章仇太翼连自己的结局都算不清楚，凭什么断言我到仁寿宫避暑会一去不返？

仁寿四年（604）一月下旬，杨坚乘坐龙辇，四周簇拥着盔明甲亮的卫士，一行人浩浩荡荡从大兴城出发，于当月二十七日驾临仁寿宫。

入住仁寿宫后，杨坚心情愉悦，身体并没有任何不适。

进入四月后，天气渐渐炎热起来，好在仁寿宫山清水秀，防暑设施也很齐全，杨坚也没有感觉不适。

可没过多久,杨坚突然感觉身体不适,不过,病情并不严重。杨坚当时已是年满63岁的老人,这在古代已算高龄,哪能没有些小病小痛?所以杨坚没有太过担心。一切似乎如杨坚所料,四月身体开始不适,直到七月初,杨坚的身体都没有太大问题。

七月五日,杨坚还能处理朝政,将灵州总管段文振调任云州总管。可谁曾想,短短五天过后,杨坚的病情突然加重,以至于自感来日无多。

七月十日,这一天,杨坚有气无力地躺在病床上,下诏召集文武百官。看着鱼贯而入的百官,杨坚唏嘘不已,与他们一一握手告别。这时,杨坚突然想起章仇太翼的预言,于是连忙把杨广叫到身边,嘱咐道:"章仇太翼是个人才,我来日不多,你到时候回大兴城,记得赦免他。"

此时距杨坚驾崩只有三天。

可让杨广始料未及的是,这短短72小时里,竟发生了一场震惊天下的事变,不仅让他差点与唾手可得的皇位失之交臂,还背上了遗臭千古的骂名。

## 崩逝前的意外

老皇帝命在旦夕，作为太子，杨广的心弦绷得紧紧的，一刻也不敢放松。他此刻恨不得自己有分身术。作为儿子，他必须尽可能陪伴在杨坚身边，以尽孝道。可作为帝国的下一任领导人，他又不能时刻陪伴着杨坚。他手中的事情千头万绪，件件都很重要，件件都亟待他处理。其中最重要的莫过于这三件事：

第一件是维稳。皇位更替之际，野心家们难免蠢蠢欲动，必须严防意外事故发生，杨广必须做好应对突发事变的预案工作。

第二件是筹备登基大典。老皇帝驾崩后，为避免夜长梦多，太子必须尽快即位，其中又涉及许多重要事项，比如撰写即位诏书、确定登基礼仪、登基场地布置，等等。

第三件是筹备国丧。老皇帝的丧事，必须办得隆重庄严，而且也要防止意外发生，无疑是一项庞大而烦琐的工作。

如此多要事亟待处理，仅靠杨广一个人，当然忙不过来。所幸，当时杨素也在仁寿宫，杨广于是写了一封信，请杨素提一下意见。

这封信里有许多不便公开的敏感信息，按说，凭杨广的谨慎，他不应该写信，最好与杨素私下密谈，即使没有机会，也应该亲自把这封信交给杨素。可出人意料的是，杨广居然是派人把这封关系到自己前途命运的密信送给杨素。

杨素的表现也令人费解。收到密信后，针对杨广的问题，杨素写了一封回信。同理，他应该亲自把回信交到杨广手中，可他偏偏选择让一个官人送信。

而这个官人很不靠谱。他拿到这封回信后，直奔杨坚的寝宫而去。很少有人注意到，官人的"神操作"事件也很可疑。按说，如此重要的密信，杨素必然千叮咛万嘱咐，让官人当面送给杨广。既然如此，官人没见到杨广，就不会把密信交出去，这封密信又怎么可能到达杨坚手中？这封原本是为防止事变发生的密信，却偏偏酿成了一场震惊天下的事变。

杨坚看到密信后，勃然大怒，决定对杨广采取措施。此时的杨广，处境已经非常危险，然而"屋漏偏逢连夜雨"，正当杨坚怒不可遏时，又听到了一条更令他震怒的爆炸性信息。

爆炸性信息的提供者是宣华夫人。宣华夫人是南陈末代皇帝陈叔宝的妹妹，南陈灭亡后，她被杨坚纳入后宫，深受宠幸，尤其是独孤伽罗去世后，她便成了杨坚的枕边人，还一度执掌后宫。

据说，宣华夫人原本考虑过向杨坚隐瞒这条信息，因为它不仅威胁杨广的地位，也事关自己的名节。

所以，那天她侍奉杨坚时，一开始并没有说话。但杨坚见她神色异常，主动询问她发生了什么。

这一问，顿时让宣华夫人积压的情绪奔涌而出。她瞪着水灵灵的大眼睛，眼泪刷刷地往下掉，哭泣的样子又可爱又可怜，把老皇帝的铁石心肠都融化了。

杨坚温柔地说："你别总是哭嘛，到底发生了何事，我一定为你做主。"

"太子他……"宣华夫人面带潮红，讪讪地说，"今早，臣妾去更衣，太子突然闯进来，想对臣妾……臣妾拼命反抗，太子才没有得手。"

"这个畜生！"杨坚气得疯狂地捶击龙床，并发出绝望的怒吼："独孤误我！独孤误我啊！我怎么能把大隋江山交给这个畜生！"

杨坚的愤怒实属正常，可问题的关键是，杨广真的对宣华夫人做过非礼之事吗？很多人认为，杨广没有非礼宣华夫人的动机，非礼之事很可能是史家捏造，理由有如下三点：

其一，杨广是个自制力很强的人，为了得到帝位，矫情自饰了一二十年，又怎么可能在杨坚病重，帝位触手可及的关键时刻，犯下侵犯后妃的低级错误？

其二，杨广和宣华夫人早就相识，杨广夺嫡时，曾多次向宣华夫人送礼，希望宣华夫人成为他夺嫡的帮手，而宣华夫人也确实出了不少力。既然两人的交情如此深，杨广何至于要侵犯自己的老朋友？

其三，杨广并不是一个荒淫放荡的人，从皇子到皇帝，他的私生活都相对比较检点。当然，他也有过荒淫之举，但主要集中于晚年，当时隋朝大势已去，心灰意懒的他破罐子破摔，于是沉迷酒色。既然如此，他怎么可能在当太子时，就做出侵犯后妃的荒淫之举？

但是《隋书·宣华夫人传》曾对这段历史作过记载：

（杨坚驾崩后）太子遣使者赉金合子，帖纸于际，亲署封字，以赐夫人。夫人见之惶惧，以为鸩毒，不敢发。使者促之，于是乃发，见合中有同心结数枚。诸宫人咸悦，相谓曰："得免死矣！"

宣华夫人为何会担心杨广赐毒药？宫人们看到杨广送给宣华夫人的同心结后，又为何高兴地大呼"得免死矣"？只有一种可能，那就是此前宣华夫人确实状告过杨广非礼，所以她担心杨坚驾崩后，杨广会乘机报复，而宫人们则担心被牵连。

密信事件和非礼事件让杨坚对杨广无比失望，他马上召来兵部尚书柳述和黄门侍郎元岩，吩咐道："赶快让我儿子来见我，我有大事要宣布！"

## 进退两难

杨坚还有四个儿子健在，分别是废太子杨勇、太子杨广、庶人杨秀、汉王杨谅，他究竟要召见哪个儿子？

柳述、元岩下意识认为是杨广，没想到杨坚却告诉他："召见杨勇。"

但按理说，他应该召见汉王杨谅。因为他此时已决定废黜杨广，召见谁，便是想改立谁为太子。杨秀因罪被废，杨勇被他说成不仁不孝不友的纨绔子弟，只有杨谅比较清白，何况他又非常宠爱杨谅，难道不该改立杨谅为太子？

可杨坚想召见的偏偏是杨勇，这说明什么？他当初非常清楚杨勇是个合格的太子，之所以把他说得一无是处，完全是为了扶更优秀的杨广上位。

得知杨坚想召见杨勇，柳述、元岩接下来的所作所为，让人十分迷惑。按说，废立太子的关键时刻，当务之急是让杨勇入宫，可柳述、元岩离开寝宫后，却并没有立刻派人通知杨勇，而是先跑到办公室写敕书，然后把写好的敕书送给杨素阅览。结果，杨素甫一看完敕书，转身就把消息告知杨广。

这一消息对杨广而言，无异于死刑宣判，一旦杨勇入宫，他失去的岂止是太子之位，连生命安全都无法保障。杨广不可能坐以待毙，他必然会采取行动。

这便不得不提杨广团队应对突发事变的能力。在很短的时间内，杨广团队就制订了一份严密的政变方案。这个时间到底有多短？柳述和元岩写好敕书后，杨广团队才开始谋划，而柳述和元岩还未下发敕书，杨广的人便已开始行动。

政变方案主要分三步，三步几乎同时进行。

第一步，矫诏逮捕柳述、元岩，务必在敕书下发召杨勇入宫前，把他们控制住。

第二步，调集东宫卫士，由宇文述、郭衍统领，把守仁寿宫，严禁任何人出入。

第三步，派东宫"秘书"（右庶子）张衡进入大宝殿杨坚寝宫，侍奉杨坚（实为监控）。

第一步执行得非常顺利，杨广的人赶到时，柳述、元岩还在修改敕书，结果被关进大狱。第二步执行得也很顺利，在东宫卫士的无死角把守下，仁寿宫连一只苍蝇也飞不出去。然而，第三步遇到了很大的麻烦。

张衡进入杨坚寝宫后的第一件事，就是将寝宫里所有人员一律赶走。他必须防止杨坚与除他之外的任何人交流，以免杨坚利用他们通风报信，带兵救驾。按说，杨坚君临天下二十多年，身边必然有几个心腹宦人，想把他们从杨坚身边撵走，恐怕没那么容易，但事实上，这一行动执行得比较顺利。不过，麻烦也随之而来。杨坚很快便发现，整个寝宫，除了他和张衡，再无其他一人。生性多疑的他立刻意识到危险降临。

那么，杨坚是如何应对的？史书上并未记载，但不难推测，杨坚肯定龙颜大怒，然后拿出帝王的权威，对张衡威逼利诱，命令他临阵倒戈，替自己对付杨广。

张衡又是如何应对杨坚的威逼利诱的呢？张衡想必感到很痛苦。作为仁寿宫政变的主要参与者，张衡并非人们想象的那样，是个奸邪无耻的小人。恰恰相反，他是太学生出身，有骨鲠之风，以敢谏闻名。他曾留下一段"扣马谏雄主"的佳话。

张衡年轻时入仕北周，他当时的老板，正是一代雄主周武帝宇文邕。有一年，宇文邕不顾满朝文武反对，在太后丧期内外出打猎。张衡为了阻止宇文邕，竟公然拦驾，只见他免冠露发，让人抬着棺材，大义凛然地挡在宇文邕的队伍前，并趁宇文邕不备，立刻冲过去扣住他的马，以死相谏。宇文邕最终被张衡的凛然无畏打动，不仅没有怪罪他，还赐给他一匹马，并擢升他为次子汉王宇文赞的侍读。

政变发展到这一步，接下来的戏码，往往就是"弑君"。只有除掉杨坚，才可能避免意外发生，确保政变彻底成功。然而，弑君是天底下最大逆不道的事，即使是最奸邪狠毒的野心家，也不敢轻易为之，何况张衡这样一位耿直的大臣？张衡万万不愿成为弑君的千古罪人，遗臭万年。显然，张衡已经陷入进退两难的境地。其实，何止张衡，杨广难道不是进退两难？他当时的处境，比张衡更痛苦。

# 杨广弑父真相

在仁寿宫政变前，杨广一直在苦心经营自己的贤德太子、孝顺儿子的人设，他比张衡更在乎声誉。即使不考虑声誉，杨广也不愿弑父。杨坚一直对他很好，虽然现在想废黜他，但也是他有错在先，他能狠得下心杀死数十年来对他宠爱有加、器重有加的亲生父亲吗？

仁寿四年（604）七月十三日，隋文帝杨坚驾崩于仁寿宫大宝殿，享年64岁。杨坚的死，与杨广到底有没有关系？这是一桩千古悬案，在破案前，我们不妨先看一下与杨广同时代的三位名人的看法。

第一位名人是魏徵，他是唐初宰相，出生于隋朝建国前一年（580），可以说与杨坚、杨广都是同时代人，而且是《隋书》的主编。魏徵认为杨广很可能没有弑父，所以，在修撰《隋书》时，没有记载杨广弑父。但是，杨广弑父之事在民间传得沸沸扬扬，于是魏徵在《杨素传》中记载了仁寿宫政变，并提了一笔："上（杨坚）以此日崩，由是颇有异论。"

第二位名人是赵毅，《大业略记》的作者。赵毅认为杨坚是被杨广下令毒死的，进毒的是杨素和张衡，所以他把这件事写进了《大业略记》（帝事迫，召左仆射杨素、左庶子张衡进毒药。帝简骁健官奴三十人，皆服妇人之服，衣下置仗，立于门巷之间，以为之卫。素等既入，而高祖暴崩焉）。

第三位名人是杨谅，他是杨广的五弟。杨广即位后，杨谅造反，却并没有发布声讨杨广弑父的檄文。杨谅为何不这样做呢？这可是打倒杨广的绝佳手段。真相很可能是：他当时并未听到杨广弑父的传言。

除了以上三位与杨广同时期的名人，后世又有两位名人发表过看法，他们的观点都比较犀利。

第一位名人是司马光，他是宋代史学家，《资治通鉴》的作者。司马光倾向于杨广弑父之说，所以，在《资治通鉴》中详细记载了非礼事件和密信事件。但是，他手中掌握的史料，并不足以支撑他的判断，所以，他没有明确记载杨广弑父，只是提了一笔："中外颇有异论。"

第二位名人是马总，他是中唐时期的大臣，《通历》的作者。马总的出生时期比司马光早两百年，为何把他排在司马光之后？因为他的记载比司马光劲爆得多，比赵毅的还耸人听闻。

马总在《通历》中记载：

> 太子无礼，宣华诉之。帝怒曰："死狗，那可付后事！"遽令召勇，杨素秘不宣，乃屏左右，令张衡入拉帝，血溅屏风，冤痛之声闻于外，崩。

以上五位历史名人，明确认为杨坚被弑的，只有赵毅和马总，但两者又有不同。赵毅在《大业略记》中明确记载，杨坚是被杨广弑杀（仆射杨素、左庶子张衡进毒药），杨广是主犯，杨素和张衡是从犯。马总却没有明确指出杨广下令弑杀杨坚，更可能是杨素自作主张（杨素秘不宣，乃屏左右，令张衡入拉帝）。所以，明确认为杨广弑父的，其实只有赵毅一人。然而，赵毅的记载很不靠谱，首先，《大业略记》是一本野史，本身可信度就不高；其次，关于杨广弑父的这段记载，也有可疑之处。

杨广弑父前，挑选骁健宫奴作为护卫可以理解，但为何要让他们穿上女人的衣服？扮宫女？有这必要吗？况且，一个满脸横肉、五大三粗的男人，穿上女人衣服，就像婀娜多姿的宫女了？这段记载，更像是小说家杜撰的情节，目的是增加故事的戏剧性。

魏徵的记载，应该最接近历史真相。首先，作为杨广的批判者，他没有任何理由替杨广遮丑；其次，作为隋唐时期人、唐代重臣，他认识许多隋朝旧臣，也掌握后世任何史学家都不能拥有的丰富的一手资料，甚至还有当事人（参与仁寿宫政变的将士）可以"采访"。可即便如此，他也没有明确记载杨广弑父，更拿不出杨广弑父的证据。

人们之所以怀疑杨广弑父，除了野史杜撰和正史上暧昧不清的记载，还有一个非常重要的原因。就是张衡后来被杨广赐死，自尽前大呼："我为人作何物事，而望久活！"有人认为，这是张衡对弑君的忏悔。

杨谅造反时，并没有听说过杨广弑父的流言，这说明什么？至少在杨广即位之初，有关他弑父的流言并没有传播开来。

这条流言是何时开始传播的？很可能就是张衡被赐死后。张衡自尽前的话传出去后，人们想到他曾参与仁寿宫政变控制杨坚，于是发挥想象，怀疑杨坚是被弑杀。所以，事情的逻辑可能要颠倒过来：不是张衡自尽前的大呼可以作为杨广弑父的证据，而是张衡自尽前的大呼，给杨广招致了弑父的骂名。

五年后（609），祖君彦为瓦岗领袖李密写了一篇讨伐杨广的檄文，檄文中便提到了杨广弑父之事，更是让这条流言传得天下皆知。然而，檄文里的声讨，是出于政治上丑化的需要，怎能轻易当真？骆宾王为徐敬业撰写《讨武檄文》，也大骂武则天弑君鸩母，但这完全是子虚乌有。

早在仁寿四年（604）正月，杨坚客观上就表现出了"退居二线"的想法。这年正月二十八日，杨坚下诏："赏罚支度，事无巨细，并付皇太子。"杨坚驾崩八日后，仁寿四年（604）七月二十一日，杨广于仁寿宫即位，宣布次年改元大业，一个充满争议的时代徐徐拉开序幕。

杨广即位后的第二个月，就面临着一场轰动天下的严峻考验。

# 汉王谋反

杨广即位后，摆在他眼前亟待处理的有三件大事。

第一件是如何对待杨勇。这原本不会成为一个问题，但由于杨坚临终前又想重新册立他，让杨广意识到，他的存在对自己始终是个威胁。于是杨广把心一横，伪造杨坚遗诏，将他赐死。赐死杨勇后，杨广突然良心发现，又追封他为房陵王。

第二件是如何处置柳述和元岩。按说，杨广应该处死柳述、元岩，毕竟他们是杨坚临终前废立之事的参与者，如果不处死他们，万一他们四处宣扬此事，岂不会影响杨广即位的合法性？可杨广的处理结果却大出人们所料，只是将柳述和元岩除名流放，一个流放龙川（今广东河源境内），另一个流放南海（今广东佛山境内）。

柳述是杨广的妹夫，他的夫人是杨广的妹妹兰陵公主。柳述被判流刑后，杨广不希望妹妹跟着他到龙川受苦，也不愿看到她在长安守活寡，于是命令她和柳述离婚，并承诺为她再找一个如意郎君。

没想到兰陵公主是个烈女，死活不愿和柳述离婚。非但如此，她还要求杨广废黜其公主身份，让她陪着柳述流放。

杨广气得大骂："天下男人都死光了吗？你非得跟着柳述去受苦（天下岂无男子，欲与述同徙耶）！"

可兰陵公主却说："我又没让你赦免柳述！先帝把我嫁到柳家，我就是柳家人，柳述有罪，我应该连坐。"

就这样，兄妹俩关系闹得很僵。兰陵公主始终不同意改嫁，而且，为了表达对杨广的不满，她还扬言不再朝见杨广。杨广怒气冲天，但也无可奈何。

第三件是解决五弟汉王杨谅的威胁。这个问题最棘手，难度最大，比对付大哥杨勇和四弟杨秀难度还大许多。其难度主要体现在以下三方面：

其一，杨谅蓄谋已久。早在杨坚晚年，杨谅就心怀异志，暗中结交豪杰，所以，他必然对杨广早有防备。

其二，杨谅地盘很大。出于偏爱，杨坚曾任命杨谅为并州总管，总领北齐故地五十二州军事。

其三，杨谅兵强马壮。他拥有自己的兵工厂，仅私人武装就达数万，而且可以在广大统治区大肆征兵，拉起一支数十万人马的队伍完全不成问题。

显然，对付杨谅，不能硬拼，只能智取。玩阴谋是杨广的特长，他马上便想到了一个兵不血刃制服杨谅的办法，那就是伪造一份杨坚的敕书，征召杨谅入朝。可杨广始料未及，自己聪明反被聪明误，靠这份敕书非但没有智取杨谅，反而加速了他的叛变，自己被杀得措手不及。

杨谅一看到敕书，立刻断定："这是伪造的！"

杨谅为何如此肯定？此事说来话长，简单地说，与杨坚以己度人的心理有关。

杨坚还是北周权臣时，为了篡权夺位，曾伪造敕书，征召北周宗室入朝，然后乘机将其除掉。所以，他即位后，非常担心大臣们有样学样，也伪造敕书征召他的儿子入朝，篡夺大隋江山。

为了防止悲剧重演，杨坚于是和杨谅密约："如果有敕书征召你入朝，你记得检查两个地方，一是敕书上的敕字，我会在敕字旁多加一点，二是玉麟符能不能契合，如果对不上，敕书肯定是假的。"

杨广岂能料到杨坚生前与杨谅有过一个这样的密约？所以，他发给杨谅的敕书中规中矩，杨谅看了半天，也没发现哪里多出一点。

既然敕书是伪造的，说明朝中有人欲对他不利，入朝是羊入虎口，杨谅当即召集部下，宣布起兵。然而，他的决定当场遭到了他的得力助手之一——并州总管司马皇甫诞的强烈反对。

皇甫诞连珠炮似的一连说出三大反对理由——

其一，军事上不占优势。杨谅的兵力不如朝廷，武器装备虽然精良，但也绝不可能是朝廷的对手。

其二，政治上不占优势。太子已经登基，君臣地位已经确定，起兵就是叛乱，得不到广大人民群众的支持。

其三，造反的代价太大。老老实实入朝，也许还能保全富贵，一旦起兵失败，即使想做一介平民，也不可能了。

皇甫诞边说边流泪，他是真心为杨谅着想。没想到杨谅非但不领情，反而勃然大怒，把皇甫诞关进了监狱。

虽然刚宣布起兵，就遭到得力助手的强烈反对，但杨谅的起兵并不坎坷，因为他得到了大多数部下的支持，而且，他总领的五十二州，居然多达十九个州跟随他起兵。

杨谅当时信心勃勃，他认为连老天爷都在暗示，他很快便会击败朝廷大军，取代二哥杨广成为大隋王朝的真命天子。大家一定很好奇，杨谅为何会产生这种莫名其妙的自信，认为老天爷正在暗示他即将成为皇帝？原来，杨谅宣布起兵的同时，并州境内盛传着一条这样的童谣："一张纸，两张纸，客量小儿做天子。"

于是他兴奋地说："一张纸，两张纸是什么意思，这不重要，重要的是，客量小儿说的就是我，哈哈，这是老天爷提醒我要当皇帝了呢！"

有人问他："你怎么知道客量小儿说的是你？这完全不相关啊！"

杨谅跳起来说："这可太相关了！我小名叫阿客，大名叫杨谅，是不是客量（谅）？我是先帝的小儿子，是不是小儿？所以，客量小儿是不是我？"

杨谅随即召来心腹王頍、裴文安等人，商量制定作战方略。

王頍早就盼望着这一刻。杨谅能走到今天这一步，王頍可谓"功不可没"。作为名将王僧辩的儿子，王頍天生骄傲，加上满腹韬略，所以，他一直有生不逢时之感。他不太喜欢盛世，更喜欢乱世，因为在他看来，只有乱世才能施展自己的雄才伟略，实现自己的人生价值，所以，他平常没少煽动杨谅起兵。

当杨谅向他咨询作战方略时，王頍激动地说："我已经想了两套作战方案！"

## 长驱直入

听到王頍有两套作战方案，杨谅皱了一下眉头，因为他不喜欢做选择。

王頍开门见山，问："殿下是想当真皇帝，还是想做土皇帝？"

"当然是真皇帝！"说罢，杨谅又很好奇："真皇帝怎么说？土皇帝又怎么说？"

王頍说："如果殿下想当真皇帝，我向殿下推荐第一套作战方案：重用手下的关西籍将领，他们的家属都在关西，殿下可率领他们向西出兵，直捣京师，杀朝廷一个措手不及，一举攻下大兴城。"

杨谅说："这主意不错，那做土皇帝呢？"

王頍说："做土皇帝就是割据北齐旧地，殿下就应该重用关东人，牢牢把握住基本盘，与朝廷形成东西对峙之势。"

杨谅说："这主意也不错，基本盘很重要，我一定要好好把握住，不然就成丧家之犬了。"

王頍也皱了一下眉头，说："那殿下到底选择哪套方案？"

杨谅想了半天，突然蹦出一句："可以两个都选吗？"

时任并州总管兵曹的裴文安向杨谅建议："两线分兵是兵家大忌，很可能被朝廷逐一击破，我们应该集中优势兵力作战。所以，我的看法是，既然已经起兵，就不要想着割据苟安，应该集中兵力攻打京师。"

可杨谅还在想着他的基本盘，他说："把部队都调过去跟二哥死磕，万一失利，我岂不是死无葬身之地？"

裴文安只好退而求其次，折中一下："既然殿下担心后方，不如这样，留下老弱驻守后方要地，集中精锐部队西进。我请求担任西进部队前锋，殿下率领主力紧随其后，以迅雷不及掩耳之势攻入霸上。如此一来，京师势必震动，来不及调兵遣将，上下猜疑，人心离散，十日之内，大事可定！"

这是一套最适合杨谅的作战方案，无异于给杨谅吃了颗定心丸。让老弱驻守后方要地，以防后方意外发生。裴文安当前锋，杨谅率主力紧随其后，如此，杨谅进退有余，前方战事顺利则进，不顺则退。

这也是一套扬长避短，可行性很高的作战方案。杨谅集团的短处是什么？虽然杨谅统领十九州，拥兵三十万，可谓地广兵多，但和整个国家相比，就显得地狭兵少。杨谅集团的长处又是什么？具有主动优势，起兵事发突然，朝廷毫无防备，很难在短时间里组织有效的反击。所以，杨谅集团不能和杨广拼硬实力，那无异于以己之短攻人之长。只有趁朝廷不备，集中主力部队，长驱直入，直捣京师，杀杨广一个措手不及，才有成功的可能。一旦攻克京师，其他地区可传檄而定，毕竟杨谅也是杨坚的儿子，无论杨广做皇帝，还是杨谅做皇帝，大隋王朝还姓杨。

听到裴文安的作战方案，杨谅非常高兴，可是，他并没有严格执行。他转念一想："不能把鸡蛋放在一个篮子里，万一西进部队失利，那我不是只剩下一些老弱部队了吗？"于是，他决定再折中一下，留下老弱和少部精锐守卫后方，将其余主力部队一分为五，改编成五路大军，五路出击。

第一路军总指挥是余公理，杨谅任命他为大将军，率兵南下太谷（今山西晋中境内），攻取河阳（今河南孟津南）；第二路军总指挥是綦良，杨谅任命他为大将军，率兵向东南方挺进，直趋滏口（今河北磁县），攻取黎阳（今河南浚县）；第三路军总指挥是刘建，杨谅任命他为大将军，率兵东出井陉关（今河北井陉西），攻取燕赵之地；第四路军总指挥是乔钟葵，杨谅任命他为柱国，率兵北上岚州（今山西岚县），攻取雁门（今山西代县）；第五路军总指挥是裴文安，杨谅任命他为柱国，与副总指挥纥单贵、王聃直捣京师。

原本是集中所有主力直捣京师，在杨谅的折中下，变成了只有五分之一的主力直捣京师，向西推进的力量势必大大削弱，所幸，裴文安不仅是位军事理论专家，也是位实战高手，在他的指挥下，第五路军一路长驱直入，很快便推进到蒲州城（今山西永济）。蒲州是杨谅集团西进路线上的一个战略要地，它的得失，直接影响到京师的安危。蒲州境内有个蒲津关，是黄河的重要渡口，攻下蒲州，便可占据蒲津关渡过黄河，而渡过黄河，便已进入京畿地区。

得知叛军已推进到蒲州，杨广大惊失色，赶忙任命丘和为蒲州刺史，镇守蒲津关。丘和是一员战斗经验丰富的老将，曾因功被封为平城郡公，杨广对他寄予厚望。可是，他却让杨广非常失望。杨广无论如何也没料到，老谋深算的老将丘和，居然被年轻的杨谅摆了一道。

第五路军抵达蒲州后，杨谅并没有下令攻城。他在城外不远处安营扎寨，并暗中发布了一道特殊的军令——挑选数百名精锐，让他们穿上女人的衣服，并戴上女人的面罩。

这样做有何目的？让精锐们伪装成返回长安的宫人，进入蒲州城内，与城外的第五路军主力来个里应外合。这不失为一个智取蒲州的妙计，成败的关键在于，这些伪装成宫人的精锐，能否骗过蒲州城的守卫。

按说，孔武有力的军人扮女人，很容易露馅，可蒲州守卫一见是宫人，根本不敢随便检查，就这样，精锐们顺利进入蒲州城内。精锐们一入城，直扑刺史府而去，丘和被杀得措手不及，正当他准备反击时，更倒霉的事情发生了。

丘和万万没想到，蒲州城内竟有大量叛乱分子，精锐们入城后，第五路军主力紧随而上，城内豪杰见状，立刻起兵响应。小小的刺史府，竟遭到三方势力围攻，最终，蒲州长史高义明、司马荣毗被生擒，丘和越城而逃。

蒲州被攻克后，裴文安立刻率兵向蒲津关挺进，准备西渡黄河。然而，当他距蒲津关不过百里——6个时辰的强行军距离时，突然接到杨谅的军令，让他率兵撤退。裴文安目瞪口呆，胜利就在眼前，杨谅为何下令撤兵？这不是前功尽弃吗？

## 昏招迭出

杨谅虽然把皇甫诞关进了监狱，但对他的某些观点，其实还是挺认同的。皇甫诞认为杨谅斗不过杨广，杨谅深以为然，这也正是他下令让裴文安撤兵的原因。杨谅还是决定做割据一方的"土皇帝"。

前面说过，杨广占据绝对优势，杨谅只有趁其不备，直捣京师，才可能成功，割据一方和四面出击没两样，都将面临朝廷大军的四面包围，难逃一败。

既然如此，杨谅为何还要割据一方？因为在杨谅看来，今时不同往日。如今，他已经攻占蒲州，蒲州是叛军直捣京师的西进要道，自然也是朝廷大军东出平叛的要道，所以，他认为只要牢牢守住蒲州，朝廷大军便无法东出，自己便可高枕无忧，安安心心回到并州当"土皇帝"。

正因如此，下令裴文安撤兵的同时，杨谅还做了一个重要决定，以第五路军副总指挥纥单贵为"蒲州军区司令"，镇守蒲州，并拆毁蒲津关渡口，以防朝廷军东渡黄河。

裴文安撤兵后，紧急求见杨谅，他希望杨谅回心转意。见到杨谅后，裴文安不厌其烦，苦苦相劝，他的每一句话都很有道理，只可惜，没有说到杨谅的心坎里。他痛心疾首地对杨谅说："兵贵神速，我们应该出其不意，直捣京师，殿下这样做，会给朝廷喘息之机，大事去矣！"

可如前所说，杨谅已经决定当"土皇帝"，所以，裴文安口中的大事，他已经不再关心。既然决定做"土皇帝"，裴文安自然也无用武之地，杨谅于是将他调任晋州（州治在今山西临汾）刺史。

蒲州失守的消息传来，杨广勃然大怒，他下令将丘和革职为民，同时打出了一张王牌。这张王牌就是杨素，他被杨广任命为"蒲州战役总指挥"，负责收复蒲州。收复蒲州需要东渡黄河。渡河破敌，难度可不小，因为敌人可以在半渡之际发起进攻，让你进退失据，一败涂地。换作一般将领，肯定采用人海战术，比如带兵20万，即使只能渡过去十分之一，也有两万人，足以与蒲州叛军一战。

可杨素不是一般将领，他被誉为大隋战神。对他而言，人多未必势众，有时反而是累赘，比如收复蒲州，他就不建议进行大兵团作战。那么，杨素究竟使用了多少兵力？只有区区 5000 骑兵。

5000 骑兵如何攻下一座军事重镇？杨素决定采取夜袭战术。他收集了几百条商船，下令于夜深人静之时渡河，然后杀蒲州叛军一个措手不及。

但这也有个问题，5000 人一同渡河，有动静是难免的，一旦惊动河对岸的叛军，后果可想而知。但这难不倒杨素，他下令在船内铺上厚厚的茅草，这样踩上去就没有声音；同时让士兵们咬着木棒，这样他们不能说话，渡河时就不会引起喧哗。

杨素深夜指挥部队渡河，次日拂晓时分，5000 精兵如神兵天降，全部悄无声息地抵达对岸。这时，蒲州叛军还在睡觉，杨素立刻下令进攻，叛军果然措手不及，损失惨重，"蒲州军区司令"纥单贵见大势已去，狼狈而逃，蒲州刺史王耽献城投降，蒲州光复。

蒲州被杨广夺回，意味着朝廷大军东出的道路已经打通，杨谅做"土皇帝"的美梦随时可能破碎。

"屋漏偏逢连夜雨"，被杨谅派出攻城夺地的另外四路大军，战事进展也很不顺利。第一路军在余公理的指挥下，翻越太行山，挺进河内，结果被杨广任命的大将史详打败。第二路军就更是惨不忍睹。总指挥綦良指挥不力，接连打了两个败仗，第一战进攻慈州（州治在今河北磁县），被慈州刺史上官政打败；第二战进攻相州（今河南安阳），又被相州官员薛胄打败。但綦良心态还不错，又率兵进攻黎阳。没想到这一战更窝囊，史详打败余公理后，挟大胜之威进逼黎阳，第二路军军心大乱，不战而溃。第三路军的表现也很窝囊。杨谅令总指挥刘建从井陉出发，攻取燕赵之地，可刘建还没离开井陉，就被杨广亲命的上大将军李子雄打败，弃军而逃。第四路军的表现稍好，但结果也令人遗憾。杨谅原计划让总指挥乔钟葵从雁门出发，攻城夺地，后来，杨谅遭到代州总管李景的攻击，于是调乔钟葵攻取代州。乔钟葵围攻代州一个月不克，杨广派朔州刺史杨义臣解围，乔钟葵大败。

此时的杨谅，虽然还具备比较雄厚的实力，但观他和杨广在这次战争中的表现，胜败形势已经很明朗。在收复蒲州、大败叛军四路大军的一系列军事行动中，杨广体现出了一个高明的领导人卓越的用人之术。

杨广先后起用杨素、史详、李子雄、杨义臣等将领，他们无一人是庸才。在人们印象中，杨广和他的父亲杨坚一样，也是个性格多疑的人，但在这一系列军事行动中，也体现了用人不疑的一面。

任命李子雄为上大将军的同时，杨广又任命长孙晟为相州刺史，辅佐李子雄。

长孙晟可是个了不起的人物，他的儿子、女儿、女婿都堪称"历史名人界顶流"，儿子是唐代凌烟阁二十四功臣之首长孙无忌，女婿是李世民，女儿则是李世民的发妻一代贤后长孙皇后。他本人是隋代著名外交官，曾多次奉命出使突厥，靠三寸不烂之舌，分化瓦解突厥，安定大隋北疆。

凭长孙晟的能力，辅佐李子雄绰绰有余，可是，他却要求杨广另选贤能。这是为什么？原来，长孙晟是为了避嫌，因为他的长子长孙行布正在杨谅军中。

没想到杨广毫不介意，并对他表达了充分的信任："我相信您是个识大体的人，不会因为父子私情而损害国家大义。相州本属齐地，人心不稳，需要一位德才兼备的人镇守，此人非你莫属，所以您还是不要推辞了。"

领导话都说到这个份上，长孙晟还能说什么？最后，他与李子雄并肩作战，为朝廷的平叛战争做出了重要贡献。识人用人历来是个老大难的问题，杨广能把每一个人都用对，这确实非常了不起。

反观杨谅，他便缺乏识人之明，连出三大昏招。

第一大昏招：将裴文安调离蒲州前线，而让纥单贵镇守蒲州，结果蒲州迅速被杨素收复。

第二大昏招：任命余公理等四人为四路大军总指挥，这四人都是平庸之辈，结果四路大军皆以失败告终。

相比前两大昏招，第三大昏招最不应该，其代价也非常惨重，差点让杨谅沦为丧家之犬。

杨谅宣布起兵时，手下除了皇甫诞，还有一位亲信也强烈反对，他就是并州主簿（负责文书、参与机要）豆卢毓。豆卢毓除了是杨谅的下级，还是杨谅的大舅哥，其妹妹是杨谅的妃子。得知杨谅想造反，他和皇甫诞一样，苦苦相劝。杨谅把皇甫诞关进了监狱，那么，他又是如何对待豆卢毓的？

按说，他应该也把豆卢毓关进监狱，原因很简单，既然豆卢毓反对起兵，说明他是杨广的支持者。

杨谅起兵后，豆卢毓对弟弟豆卢懿说："我反对起兵，当然可以一个人逃回朝廷，但我不能走，因为那只是为个人安危考虑，不是为国家着想。我决定暂且假意跟随杨谅，伺机而动。"

可杨谅仍对豆卢毓深信不疑，他决定带兵攻打介州（今山西介休）时，留下两人驻守大本营晋阳，其中一人是总管府属官朱涛，另一人正是豆卢毓。结果杨谅刚出城，豆卢毓就杀了朱涛，释放皇甫诞，并下令关闭晋阳城门。

杨谅闻讯，赶忙回师夺城。虽然，杨谅最后夺回了晋阳，并处死了豆卢毓和皇甫诞，但这一次后院起火，所造成的人心不稳与分裂，却是难以弥合的。军事上的频频失利，加上后院起火，摧毁了杨谅的自信心，也严重影响了军队的士气，使其战斗意志越来越薄弱。

此时叛军虽然看似还很强大，但就像一个虚弱的胖子，只要稍稍用力一推，就会怦然倒地。杨广于是乘机发起了对杨谅反动集团的大反攻。

## 擒贼先擒王

大反攻的总指挥是杨素。早在杨素收复蒲州后，杨广便任命他为并州道行军总管，率领数万大军讨伐杨谅。杨素很乐意替杨广打这一仗，既不为名，也不为利，只为教训杨谅。

起兵需要名义，总不能单刀直入，杨谅说："我带兵入京不是造反，而是为了帮二哥杨广，因为他身边有个反贼，这个反贼就是杨素。我要替二哥除掉杨素这个反贼！"

就任"并州战区总司令"后，杨素亲率大军，从蒲州出发，直扑杨谅的主力而来。擒贼先擒王，这个道理杨谅不明白，但杨素洞若观火，只要拿下杨谅，其他叛军部队可一战而定。

杨谅的主力在哪里？在蒿泽（今山西平遥）一带。

从蒲州到蒿泽，其间隔着晋州、绛州、吕州等城镇，这些城镇均由杨谅的部将把守，为此，杨素将部队均衡地一分为四。他从部队中挑选6000精兵，平均分成三支队伍，这三支队伍用来干什么？牵制晋州等三座城镇的守军，如此，便可防止敌军从背后偷袭。然后，他军主力队伍，继续向蒿泽一带进军，寻求与杨谅主力决战。

当部队推进到高壁（今山西灵石南）时，杨素突然停了下来，他撞上了杨谅的大军。杨谅已经摸清杨素的战略意图，他当然要御敌于外，于是派大将赵子开率十余万大军迎战杨素。双方在高壁附近形成对峙。

赵子开是个玩人海战术的高手，他利用人多势众的优势，在每一个路口都竖起栅栏，严防死守，同时率主力在高壁岭据守，形成居高临下之势。朝廷军一见叛军的阵势，无不惊恐失色。

叛军阵型战线绵延五十多里，像一条横亘在朝廷军面前的巨龙，随时可以把高壁搅得山崩地裂。可杨素却面不改色。但此时，他再一次做出分兵的决定。他留下一部分主力驻扎在高壁，继续与叛军对峙，自己则偷偷率领另一部分主力，潜入高壁东南的霍山（今山西霍州境内），沿着悬崖山谷进军。

进入谷口后，杨素下令扎营。至此，战斗虽然还未开始，但战局已基本尘埃落定。赵子开万万没想到，与他对峙的朝廷军主力只是疑兵，目的是让他误以为，杨素要在高壁与他展开决战，而忽视后方防守。而进入谷口的这支部队，才是杨素真正的撒手锏。谷口正位于叛军防守薄弱的后方。

当杨素率军绕到叛军后方时，赵子开仍茫然不知。杨素一旦发起进攻，叛军势必被杀得措手不及，结果可想而知。然而，杨素并没有立刻发起进攻。万事俱备，只欠东风。杨素的东风是什么？强大的士气。由于叛军人多势众，朝廷军不敢与叛军交战，靠这样的士气，虽是偷袭，但也很难一鼓作气打败敌人。一旦首战失利，叛军反应过来，朝廷军便会成为瓮中之鳖。

所幸，在鼓舞士气方面，杨素有一套独门秘法。这套秘法虽然残忍，但行之有效，那就是钓鱼执法，将胆怯者斩首。开战前，杨素派人挑选三百人留守。由于士兵们害怕与叛军作战，于是纷纷报名请求留守，导致行动迟缓。杨素二话不说，直接将留守的三百人一律斩首。然后，杨素又派人问："谁还愿意留守？"谁还敢留守？留守就得掉脑袋！士兵们异口同声，一律表示愿意上阵杀敌，声如雷霆。

杨素见军心可用，立刻下令对叛军发起突袭。战斗过程毫无悬念，叛军果然措手不及，自相践踏而死伤者，就多达数万，朝廷军大获全胜。

前线战报传来，杨谅大为惊恐，不过，他接下来的反应，倒不失果勇，急忙率领手下近十万人马进入蒿泽，突击战后疲劳的杨素。只可惜，这种果勇并没有持续多久。杨谅刚进入蒿泽，天上就下起瓢泼大雨。这一下雨不要紧，把他身上的果勇洗刷殆尽，恐惧又重新占据了思想的高地。杨素是百战名将，又挟大胜之威，自己能打败他吗？还是暂避其锋芒，撤吧！

王頍急得直跺脚。他一针见血地指出："杨素孤军深入，又刚打了一场大战，正是人马疲劳之时，殿下率军发起突击，一定能打败他。如果撤退，这不是长他人志气，灭自己威风吗？"

只可惜，杨谅并没有采纳王頍的建议。这不是杨谅第一次拒绝王頍。作为杨谅起兵的谋主，王頍自以为文韬武略不输杨素，但自起兵后，就几乎被杨谅晾在一边，言不听计不从。此前每一次被拒，王頍都会打起十二分精神，继续为杨谅出谋划策，可这一次，他再也提不起积极性，因为他绝望了。绝望的王頍做了一个绝望的预言，他对儿子说："现在情况很糟糕，我军必败。"

然而，王頍料到了杨谅必败，却没有料到，杨谅的失败如此迅速。从前线撤兵后，杨谅退守清源（今山西清源）。杨素稍事休整，立刻率军进攻清源，如王颎所料，叛军士气因撤兵大打折扣，面对挟大胜之威的朝廷军几无还手之力，名将萧摩诃被擒。眼看着清源即将失守，杨谅连忙率军撤出清源，回老巢晋阳驻守。杨素当即率军追击，并将晋阳围得水泄不通。

杨谅顿时陷入绝境。坐困孤城，士气低落，既无援兵，又无力突围，该如何是好？杨谅选择了下城投降。气势汹汹的杨谅起兵，不过才持续一个多月，便以失败告终。

杨谅投降后，杨素乘机发起全面反击，一切如他所料，失去主心骨的叛军，不过是一群乌合之众，朝廷军如摧枯拉朽，一举将叛军余党彻底平定。

杨谅被押往大兴城，等待他的，将是最严厉的制裁。满朝文武都建议杨广处死杨谅，可杨广却力排众议，宽恕了杨谅一命，只是将他从宗室除名，削职软禁。

杨广从轻处置杨谅，只因他是自己的亲弟弟，但对杨谅的同党，就没有这么仁慈。杨广下令严审杨谅谋反案，被卷入该案，判处死刑和流放重刑的，就多达二十余万家。

早已料到杨谅败亡，且早就开始给自己留后路的王颎，也未能幸免。杨谅兵败后，他打算逃到突厥避难，可由于道路断绝，加上朝廷追捕紧急，无法脱身。但他又不甘心被捕，王颎最终选择了自尽。

临死前，他对儿子说："我死后，你赶快找个地方躲起来，但千万不要去投奔亲戚朋友！"只可惜，儿子逃亡途中几天没吃饭，受不了饥饿投奔朋友，结果在朋友家被捕。杨广借杨谅谋反案，掀起了一场疯狂的大屠杀，将所有潜在威胁清除殆尽。

向来自信的杨广，为何变得如此敏感，大肆株连，赶尽杀绝？有一个非常重要的原因，那就是他必须毫无后顾之忧，做一件开天辟地的大事。

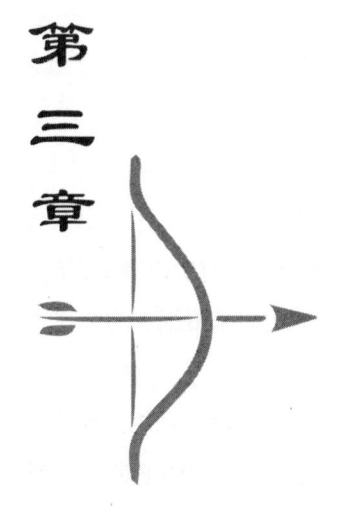

# 第三章 『强国计划』：兴，百姓苦

第一个"强国计划"
东京营建工程
第二个"强国计划"
下江都：自黑行动

# 第一个"强国计划"

杨广想做的那件开天辟地的大事,就是让隋朝变成一个领土有史以来最辽阔、经济有史以来最繁荣、文化有史以来最兴盛、国际影响力有史以来最强大的统一的多民族王朝。

如果给这个宏伟的理想设定一个具体的目标,那就是超越巅峰时期的汉朝。

"千里之行,始于足下",杨广从来不是一个空谈主义者,平定杨谅之乱一个多月后,他就全身心投入到建设大隋的伟大事业中。

仁寿四年(604)十一月二十一日,杨广下诏宣布建设大隋的第一个计划,那就是营建一个政治和经济上取代大兴城的第二首都。这个第二首都就是洛阳。

可是,杨坚已经在长安营建一座大兴城,杨广为何还要营建洛阳?据《隋书·炀帝纪》记载,杨广营建洛阳的直接原因,与杨谅叛乱有关。

杨谅在关东起兵,朝廷被杀得措手不及,这说明什么?大兴城离关东太远,一旦关东发生事变,朝廷不能第一时间了解情况,很容易陷入被动。

这一次叛乱,由于杨谅犹豫不决,给了朝廷喘息之机,叛乱才得以迅速平定,下一次,换作一个英明果断的人起兵,朝廷还能如此幸运吗?所以,在关东地区营建一座国都,在军事战略上很有必要。

当然,如果仅出于军事考虑,杨广也没必要如此急切、坚决地营建洛阳,还有一个关系到皇帝和百官生存的重要原因。这个原因就是大兴城所在的关中地区,粮食供应越来越紧张,已经很难养活庞大的皇室和官僚队伍。

事实上,早在西汉时期,关中就已经开始出现粮食供应紧张的苗头。汉武帝时期,长安每年缺粮约400万石,最多的一年,需要从外地输入600万石粮食,才能维持长安居民的正常生活所需。

从秦汉开始,关中地区气温逐年降低,降水量逐年减少,导致关中沃土日趋贫瘠化、黄土化,耕地面积大大减少。另外随着关中人口的增加,资源消耗量越来越大,于是不可避免地产生过度耕种、开采等现象,加上建造宫殿、房屋大规模砍伐树木,破坏植被,进一步导致水土流失,沃土贫瘠化。

战国时期，关中为何能成为产粮胜地？一个非常重要的原因，便是拥有先进的水利设施。比如郑国渠的修建，使关中4万顷盐碱地得到灌溉，不仅大大增加了关中的耕地面积，也大大提高了粮食亩产量。

可是，到隋代，郑国渠等水利设施，因年久失修、河床下切等原因，灌溉面积骤减十分之八九，这自然严重影响了关中的粮食生产。开皇十四年（594），关中大旱，粮食供应问题十分严峻，杨坚只好率领宗亲百官到洛阳"就食"。跟随杨坚同往洛阳"就食"的，还有一大群关中百姓。

有人想必会说，关中缺粮，完全可以从外地运粮，没必要修建一座国都，这太劳民伤财了！但事实上，与修建国都相比，从外地运粮才是真正的劳民伤财。当时交通不发达，运粮的代价太大，如果陆运，从关东运几十石粮食，到关中后，可能只能剩下一石。因为运粮途中，运粮的人要吃粮，运粮的牲口也要吃粮。

水运的消耗虽然比陆运小许多，可关东到关中的水路非常不便，而且大兴城东边有一处天险三门峡，船根本过不去，粮食运到这里后，还是只能陆运。

当然，营建洛阳，也不可能彻底解决粮食供应问题，还是需要从外地输入粮食，毕竟国都的非农业人口太多，除了皇帝、宗室和百官，还有驻军、宫人、工匠、特殊移民等，但和大兴城相比，洛阳有两个巨大的优势。

其一，洛阳的农业生产环境优于大兴城，与定都大兴城相比，粮食输入量必然大大减少。其二，正如杨广在营建洛阳的诏书中所说，洛阳居天下之中，不像大兴城那么偏远，而且水路通畅，如此一来，运粮的成本大大减少。

仅凭军事战略和粮食供应两大原因，就足以支撑杨广营建洛阳，但杨广应该还有一个非常重要的原因，只不过不便在诏书中明说。

北魏孝文帝为何执意把都城从平城迁到洛阳？一个很重要的原因：孝文帝致力于推动汉化改革，而平城作为旧都，反对改革的鲜卑老贵族势力庞大，如果留在平城，改革的阻力太大。

杨广也是如此。大兴城是关陇集团的势力范围，杨广立志建设大隋，难免推行一系列改革，触动关陇集团的既得利益，所以，他们必须远离大兴城，摆脱关陇集团的阻扰，如此才能甩开膀子干事业。

大业元年（605）三月十七日，杨广隆重宣布，洛阳营建工程正式开工。在开工仪式上，杨广郑重强调了一个营建原则，那就是一切从简，不要把宫殿修建得富丽堂皇（务从节俭，无令雕墙峻宇复起于当今）。

## 东京营建工程

洛阳被称为东京，这是因为，它位于大兴城以东。

东京营建工程的"项目经理"是杨素，"总工程师"是宇文恺。这两人皆不是第一次负责皇室工程建设，宇文恺曾是大兴城营建工程的"总工程师"，而杨素曾是仁寿宫营建工程的"项目经理"。杨素担任仁寿宫营建工程"项目经理"时，他的搭档"总工程师"正是宇文恺。

仁寿宫是杨坚下令修建，两人明知杨坚是个生活简朴的人，却把仁寿宫修建得非常雄伟壮丽。杨坚验收时，气得大骂："你们这样劳民伤财，是让我结怨于天下！"

可骂完之后，杨坚的表现又很矛盾。这样一座劳民伤财的宫殿，按说，杨坚应该很抗拒入住，可事实上，他住得非常享受，晚年经常在此避暑。如果说宫殿已经建成，不住也是浪费，那么，杨坚的这一举动，就着实令人大跌眼镜。在独孤伽罗的劝说下，他居然还赏赐给杨素钱百万、锦绢3000段。

杨广说东京修建一切从简，在杨素和宇文恺看来，不过是作秀而已。连艰苦朴素的开国之君杨坚都抗拒不了豪华宫殿的诱惑，何况含着金钥匙出生的杨广？

结果，洛阳城修建得比杨广预想的豪华很多。

洛阳城周长六七十里，包括宫城、皇城、外郭城、含嘉仓城和若干小城，其中最豪华的建筑当属乾阳殿。

乾阳殿是宫城正殿，也是举行大典和会见外国使臣的重要场所，不仅十分豪华，而且非常雄伟。据史料记载，乾阳殿由十三间房子组成，支撑屋顶的柱子足足有二十四围大，台基高达两三米，殿高超过50米。

50米的建筑，在今天可能不算什么，但在古代无异于摩天大厦。要知道，在隋代800年后修建的紫禁城，最高的建筑宫殿太和殿，也不过37米，而大家熟知的乾清宫，还不及乾阳殿一半高，只有20米。

然而，乾阳殿虽然豪华雄伟，但毕竟只是一座正殿，论劳民伤财的程度，与显仁宫无法相提并论。显仁宫是禁苑，相当于杨广的后花园，里面充斥着各种奇花异木、奇珍异兽。这些珍稀动植物从何而来？都是不惜一切代价从全国各地搜罗而来的，建造假山的石头，都是从岭南地区运送来的。

可即便如此，杨广还嫌不够气派，又开始修筑西苑。

西苑内有一条渠，名叫龙鳞渠，杨广下令沿龙鳞渠修建十六院，每院皆极尽奢华，并由一名如花似玉的四品夫人主持。杨广每当兴致高涨时，就会在一个月光如水的夜晚，率领几千婀娜多姿的宫女在西苑骑马驰骋，并光顾十六院的夫人们。

西苑内还有一个湖，周长十余里，里面建造有蓬莱、方丈、瀛洲等仙山，每座山皆高出水平面 30~60 米，山上还建造了许多华丽的宫殿，一眼望去，仿佛人间仙境。

作为一位自命不凡的帝王，杨广追求的是极致，不仅在享受上做到极致，在实用上也要做到极致。

营建洛阳的目的是什么？沉迷于追求享受的杨广并没有忘记初衷，那就是解决粮食供应的问题。于是，杨广在洛阳修建了三座"超级粮仓"。

第一座粮仓是含嘉仓。含嘉仓总面积约 43 万平方米，比半个故宫还大，共有 400 多个粮窖，可以储藏 583 万石（约 23.6 万吨）粮食，可供数十万人一年食用。

第二座粮仓是回洛仓。回洛仓周长约 10 里，共有 300 多个粮窖，储粮可达 10 万吨以上。

第三座粮仓是洛口仓。洛口仓比含嘉仓还大好几倍，共 3000 多个粮窖，每个粮窖可以储藏粮食 8000 石，一共可储藏约 2400 万石。

洛阳的营建，是一个超级工程。古代生产力落后，国家承受能力脆弱，越是超级工程，越要循序渐进，尽可能延长工期，给百姓喘息之机。然而，杨广偏偏是个急性子，在他的催促下，东京营建工程于大业元年（605）三月开工，到大业二年（606）正月，除洛口仓和回洛仓等少数配套设施还未动工外，洛阳城基本竣工，整个工期不过 10 个月。

当年四月，杨广率领文武百官，在千乘万骑的簇拥下，浩浩荡荡驶入洛阳新宫。为了这盛大的一刻，隋朝百姓付出了沉重的代价。东京营建工程投入的人工，每月最高可达 200 万人，而隋朝人口最高值不过 4600 万，也就是说，东京营建工程每月人工投入，占全国总人口的 4.3% 以上。

这些辛劳的建设者，有相当部分没有看到洛阳竣工的那天，据史料记载，"东都役使促迫，僵扑而毙者，十四五焉。每月载死丁，东至城皋，北至河阳，车相望于道"。参与营建洛阳的百姓，死亡人数高达十分之四五，这一记载未免太夸张，甚至每月人工 200 万也可能有些夸张，但也足见其代价惨重。

　　当然，说杨广完全没有意识到这个问题，恐怕也不符合事实。因为入住洛阳新宫不久，他就下令大赦天下，并免除全国百姓当年赋税。只可惜，杨广这种对百姓的体恤之心，并没有保持多久。洛阳城竣工短短 7 个月后，他就开启了另一场声势浩大的行动。

## 第二个"强国计划"

杨广的第二个"强国计划"是，开凿一条沟通祖国南北的大运河。这条大运河就是著名的隋唐大运河。

关于杨广开凿大运河的动机，以前基本持否定态度，认为他纯粹是为了到江都（扬州）游玩，而现在肯定的声音越来越多，认为他是为了加强对江南的统治。

杨广在执行大运河计划时，犯了两大错误。这两大错误非常敏感，很容易让人浮想联翩。

第一大错误是第一期工程由中段开始。隋唐大运河北起涿郡（今北京），南到余杭（今浙江杭州），从北到南沟通五大水系，分别是海河、黄河、淮河、长江和钱塘江。五大水系又由四条运河沟通，分别是沟通海河和黄河的永济渠、沟通黄河和淮河的通济渠、沟通淮河和长江的邗沟、沟通长江和钱塘江的江南河。通常来说，开凿一条沟通南北的大运河，要么从北到南开挖，要么从南到北开挖。如果从北到南，第一期工程就是永济渠；如果从南到北，第一期工程就是江南河。而杨广的选择却是：从中段开挖，也就是说，他制定的第一期工程，是先开凿通济渠和邗沟。通济渠沟通"黄河和淮河"，邗沟沟通"淮河和长江"，而洛阳横跨黄河，江都在长江北岸，开凿通济渠和邗沟，沟通了洛阳到江都的水路。这很容易让人误会，开通大运行是为了方便杨广到江都游玩。

第二大错误是大运河开凿时期下江都。大运河第一期工程还未竣工，杨广就开始为下江都做准备，先派人从长安到江都修建四十多座离宫，又派黄门侍郎王弘到江南督造龙舟和各种船只几万艘。大业元年（605）八月，第一期工程刚竣工，杨广就迫不及待地宣布下江都。这不能不让人怀疑，杨广开凿大运河是为了到江都游玩。

事实上，杨广开凿大运河的动机，显然是公心大于私心。如果他开凿大运河的目的，只是到江都游玩，那么，他开凿通济渠和邗沟便可，完全没必要再劳民伤财开凿永济渠和江南河。

那么，杨广为何要开凿永济渠和江南河？永济渠于大业四年（608）开凿，是为了征讨高句丽，便于运送军粮；江南河于大业六年（610）开凿，其目的也是方便向京师运送粮食。这都是出于公心。

即使开凿通济渠和邗沟，杨广也至少有部分公心。他抵达江都后，并不是一味地游山玩水，确实做了一些工作，以加强对江南的统治，比如免除扬州总管府辖区百姓三年赋税、对江南贵族和知识分子随才叙用。

既然如此，为何还有这么多的民怨呢？因为百姓们太苦了！

开凿通济渠，投入人工超过百万；开凿邗沟，投入人工 10 余万；开凿永济渠，投入人工更是高达 500 万；开凿江南河，投入人工也在百万左右，总投入人工高达 700 余万。

投入 700 万人工是什么概念？隋朝有 4600 万人口，但不是所有人都是服役人员（丁男），女性、二十一岁以下男性、六十岁以上老人都无须服劳役，全国丁男可能也就 1000 万左右。这也就意味着，杨广开凿大运河，竟然出动了全国 70% 左右的男丁。

由于工程量巨大，加上工期紧迫，以至于男丁不够用，连妇女也被征去开凿运河，这在中国历史上十分罕见。

营建洛阳，史称"僵扑而毙者，十之四五"，开凿大运河，又有多少人献出了宝贵的生命？又有多少家庭家破人亡？一个让人家破人亡的超级工程，老百姓怎么可能愿意相信：它是一个关系到大隋天下稳定和长治久安的伟大战略。他们更愿意相信，这是统治者为了一己私利，对他们进行的残酷的剥削与压迫。

于是，杨广眼中高瞻远瞩的伟大战略，成了百姓眼中昏庸的罪证，后人笔下亡国的祸根。可此时的他犹如一个豪放的棋手，只顾着自己大开大合，所考虑的只是这一步棋有何意义，而永远不会考虑棋子的感受。于是，他心安理得地开启了那场声势浩大的行动。

## 下江都：自黑行动

那场声势浩大的行动正是下江都。下江都这种巡游之事，其实很寻常，杨广不是第一人，只不过是最声名狼藉的。杨广巡游的排场之大，足以让作为千古一帝的秦始皇也瞠目结舌。

他所乘坐的龙舟，即使放在今天也堪称豪华。杨广的龙舟长200尺（约60米），宽50尺（约15米），面积大于两个篮球场。这条龙舟不仅大，而且配套设施优良，堪称宫殿式设计。龙舟高45尺（约13米），比四层楼还高，设计成四层，最上层是正殿、内殿和东西朝堂；中间两层共120个精装修房间，全由金玉装饰；最下一层是宦官和船夫居住的地方。

与杨广的龙舟同样豪华的，是萧皇后的翔螭舟。翔螭舟略小于龙舟，但也是四层宫殿式设计，装修也和龙舟一样，以金玉装饰，整个船体金碧辉煌，犹如一座水上宫殿。

然而，这还只是大排场的冰山一角。下江都的不仅有杨广和萧皇后，还有一大群社会各界人士，如后妃、宗室、文武官员、高僧、各国使臣等，他们的乘船也非常豪华。

后妃的乘船分为两等，一等名叫浮景船，又叫小水殿，共9艘，三层宫殿式设计，由高级妃嫔乘坐；二等名叫荡彩舟，二层豪华装修，共36艘，由贵人、美人、夫人等中下级妃嫔乘坐。

宗室和官员等人的乘船分为四等，一等为五楼船，由诸王、公主和三品以上高官乘坐；二等为三楼船，由四品官员和高僧乘坐；三等为二楼船，由五品官员和各国使臣乘坐；四等为黄篾舫，由五品以下官员乘坐。

除了这些豪华乘船，还有大量精装修的船。这些船大概有几千艘，它们都有一个上档次的名字，如平乘、青龙、艨艟，由护卫士兵乘坐。

几千艘豪华不等的船只，在新开通的运河上绵延两百多里，场面相当壮观。尤其到夜晚，几千艘船只一同点燃灯火，仿佛一条蜿蜒前行的闪闪发光的巨龙。

为了这壮观的一幕，老百姓被沉重的劳役弄得家破人亡，本以为杨广宣布下江都后,他们终于可以喘口气了,可谁曾想,这是新一轮压榨的开始。

杨广下江都,不是一天两天可以抵达目的地,如此庞大的随行队伍,路上大家都要吃饭,该怎么办?杨广说:"这好办,队伍所过之处,方圆五百里内进献饮食。"不仅要吃得饱,还要吃得好。如果吃得不好当地官员会受到严惩,轻者贬职,重则摘掉乌纱帽,甚至性命不保。反之,如果供应的饮食丰盛,当地官员就会受到赏赐。

于是,沿途各地官员们想方设法,不惜一切代价为杨广进献美食,结果造成了严重浪费,也给百姓造成了很大压力。

然而,对沿途老百姓而言,供应 10 万人吃好喝好还不是最扰民的。

杨广的船队虽然壮观,但有一个缺陷,那就是科技含量不高,只能靠纤夫拉着走。唐人所撰的《隋遗录》上说,每条船征调纤夫多达一千人。而且,为了满足自己的低俗趣味,杨广还特意下令,不要男纤夫,只要女纤夫,且必须是肤白貌美大长腿(每舟择妙丽长白女子千人)。明人所撰的《隋炀帝艳史》更是借题发挥,称杨广征调的纤夫都是十五六岁的妙龄少女,而且每位少女都有一位特殊的工作伙伴——嫩羊(莫若再选一千嫩羊,与美人相伴而行,岂不美哉)。

羊能有多大的力气?为何用羊不用牛马?因为在中国古人心中,羊是一种具有色情含义的动物,古代那些风流帝王就常乘羊车光顾后宫。其实,正史上的杨广并没有这样庸俗,但他给百姓造成的伤害,可一点不比野史上描述得轻。

据《资治通鉴》记载,杨广一共征调了 8 万余名纤夫。这些纤夫主要为贵族和官僚们服务,至于普通士兵,杨广没有为他们配备纤夫,他们必须得自己拉纤。

根据服务对象,纤夫分为若干种,有不同的名号,人数也各不相同,比如拉龙舟的名叫殿脚,共 1080 人;拉翔螭舟的名叫殿脚,共 900 人;拉高级妃嫔所乘浮景舟的名叫黄夫人,每船 100 人,共 900 人。

纤夫都是从平民百姓中征调的,他们大多衣着寒酸。富丽堂皇的龙舟前面,却是一群衣衫褴褛的纤夫,在杨广看来,这实在大煞风景。于是他下令让纤夫们统一着装,一律身穿华丽的锦袍。毫无疑问,购置锦袍的巨额费用,最终都会转移到百姓头上。

纤夫们像牛马一样拉了两个月船,大业元年(605)十月,终于把杨广拉到江都。百姓们也终于松了一口气,可他们万万没想到,杨广甫一下船,就开启了新一轮折腾。

为了向江都群众展现朝廷的气派与威严，杨广决定组建一支36000人的"超级仪仗队"，并为文武百官每人定做一套华丽的礼服。这一切需要各种各样大量的物料，其中最重要的一种就是用来装饰的羽毛，杨广于是下令全国各地进献羽毛。

如此一来，全国各地掀起了轰轰烈烈的捕捉鸟兽运动，地方官吏们无孔不入，水陆空三管齐下，水上、陆地、空中都设置捕捉鸟兽的罗网，那些长着华丽羽毛的鸟兽几乎被捕尽杀绝。

当时民间盛传着这样一个令人辛酸的故事：

乌程（今浙江湖州境内）有一棵一百多尺高的大树，树上有一只羽毛很漂亮的鹤，人们于是想爬到树上捕捉鹤。可是，这棵树长得太直，四周又没有可以攀附的枝条，无奈之下，人们只好决定伐树。树上除了鹤，还有一个鹤巢，里面有许多小鹤。看到有人伐树，鹤急得直跳脚，树一倒，它的宝宝们就会摔死。为了阻止人们伐树，鹤决定牺牲自己，于是忍着钻心剧痛，将自己的羽毛一根根拔下来，扔给树下的人们。

听到这个故事，有人感动，有人难过，但也有人居然厚颜无耻地宣称：天子造羽仪，鸟兽自献羽毛。

物料准备齐全后，还得有人来制作。杨广一纸令下，十余万工匠被征调，参与组建仪仗队和制作礼服。

一切准备妥当后，杨广开启了彰显威严的盛大出行。那场面可谓空前绝后，比秦始皇游会稽还盛大，羽仪卫队填街溢路，绵延二十多里，把江都群众看得目瞪口呆。杨广在江都住了五个月。这五个月里，他挥金如土，风光无限，度过了人生中颇为得意的一段时光。

大业二年（606）三月，杨广踏上了返回洛阳的旅途。出发时，他踌躇满志，决定回到洛阳后，做一件比肩秦皇汉武的大事。

# 第四章

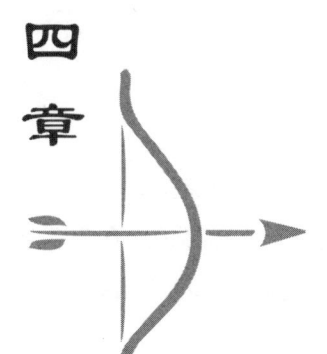

## 威震四夷：杨广的雄主人设

功高不震主
耀武扬威
秋后算账
写诗嘲讽汉武帝
向汉武帝学习
恐吓
开疆辟土
狼狈的西巡
盛世危机

## 功高不震主

大业元年（605）四月底，杨广回到洛阳。三个月后，宰相杨素病重。

杨素是杨广的天字第一号功臣，在夺嫡、仁寿宫之变和平定杨谅之乱等重大事件中，杨素都发挥了不可替代的巨大作用，功勋卓著。杨素一旦离去，对杨广而言，无异于痛失臂膀。

可是，当杨素病重的消息传到宫中时，杨广却暗自窃喜。杨广为何窃喜？因为他自坐稳皇位那天起，就开始把杨素视作潜在的威胁。

可杨素不是杨广的铁杆心腹吗？杨广为何要将他视作威胁？因为杨素的威望太高，功劳太大了！杨素是隋朝开国功臣，杨坚最器重的重臣之一，在军政界享有极高的威望，仅凭这一条，就足以让杨广提防他。何况，杨素后来又成为杨广的"事业导师"，立下一系列卓著功勋，成为大隋礼绝百僚的第一重臣。

到大业二年（606）时，杨素已经官居极品。他当时身兼三大显职：司徒、尚书令和太子太师。司徒是三公之一，虽然不掌握实权，但象征着崇高的身份和地位，是一个正一品荣衔。尚书令是尚书省的长官。隋朝三省长官（尚书令、内史令、侍中令）都是宰相，但尚书令的地位比其他两省长官都高，其他二省长官都只是三品官，而尚书令却是二品官，所以，尚书令相当于大隋首相。但实际上，尚书令的地位比首相更尊贵。因为尚书令地位太高、职权太大，隋代虽有尚书令之职，但极少授予臣下，尚书省的实际长官是副长官尚书左仆射。尚书左仆射才是实际上的大隋首相，而尚书令更像是西汉初年的相国，那是为了尊崇功臣而特设的职务，位在丞相之上。太子太师相当于太子的老师，也是一个正二品高官。

杨素所获得的赏赐也极其丰厚，群臣无人能及。平定杨谅之乱后，杨广赐杨素布匹5万段、高级丝绸1000匹，还特意把杨谅的姬妾20人赏给他。

杨素的子侄辈也跟着沾光，儿子杨万石、杨行仁、侄儿杨玄挺都被赐开府仪同三司。这是一个从一品荣衔，获得此衔者，可以像三公那样开设独立办公场所。

大业元年，杨广又赐给杨素洛阳豪宅一套，以及2000段布匹。

大业二年，杨广更是实封杨素食邑2500户，也就是说，这2500户百姓的赋税不必上缴政府，直接送到杨素府中。这种封赏在魏晋以后十分罕见。

不过，杨素虽然官居极品、封赏已极，但他并不像其他功臣那样，喜欢在皇帝面前摆资格，居功自傲，恰恰相反，他非常注意维护和杨广的君臣关系，对杨广颇为顺从。更难能可贵的是，他很早就对自己的处境有着清醒的认识。他知道，功高是非多，无论自己如何顺从，都难免被杨广猜疑。

那么，究竟怎样才能消除杨广的疑心？杨素决定自诬。有一段时间，杨素特别贪婪，大肆购买土地、旅店、水磨等经营产业，像商人一样拼命赚钱。还有一段时间，杨素特别沉迷享受，在大兴城和洛阳大肆修建房子，穷尽奢华，把自己弄得像个纨绔子弟。

杨素之所以这样做，就是向杨广表明，自己胸无大志，爱财如命，贪图享受。一个爱财如命、贪图享受的人，是绝对没有争夺天下的野心的。可令人遗憾的是，即使杨素已经如此败坏名节表明心迹，杨广还是对他不放心。得知杨素病重，杨广表面上很担心，常常派名医给他治病，可私下里，却不断问医生两个问题：杨素会不会死？什么时候死？

杨广甚至还曾使厌胜之术，想把杨素诅咒死。有一天，负责观察天象的太史向杨广奏报：隋分野将有大丧。意思是说，隋这个分野对应的地区，将有一个大人物去世。由于楚地在隋分野对应地区内，于是杨广马上封杨素为楚公。这难道不是让杨素去应天象，诅咒他死吗？

杨广不想让杨素活着，杨素自己也不想再活下去。看破这一切后，杨素便不再服药，任由病魔摧残他老迈衰弱的身体。

弟弟杨约认为他太悲观，劝他服药："陛下对大哥还是有感情的，只要大哥再低调一些，对陛下再顺从一些，陛下不至于那样。"

没想到杨素却高傲地说："那种夹着尾巴做人的日子，我宁死不过了！"

杨素一针见血地说："我名位已极，功高不赏，自古以来，人臣做到这个境界，都是很危险的啊！何况陛下又是一个那么多疑的人。我还活着干什么？"

大业二年七月二十三日，大隋杰出的政治家、军事家杨素与世长辞，享年63岁。

杨约说得没错，杨广对杨素还是有感情的。现在杨素已经如他所愿去世了，杨广永远不用再提防他了，往日的情谊便如潮水般涌上心头。杨广于是下令厚葬杨素，给了一大堆赏赐，极尽哀荣。

他对杨素及其家属的赏赐有：追赠光禄大夫、太尉和弘农等十郡太守，赐载丧的辒辌车、执剑仪仗四十人，以及辒辌车前后仪仗队和乐队，还赐粮 5000 石、布帛 5000 段，并派鸿胪监专门主持丧事。

处理完杨素的丧事后，杨广卸下了心头的一块重石，使他得以从容俯瞰壮阔的大隋江山，以确定前进的方向。

## 耀武扬威

杨广很早就想到北方巡视。问题是，北方是突厥的势力范围，突厥人欢迎杨广巡视吗？

突厥是6世纪崛起于蒙古高原的草原霸主，有人说他们是匈奴人的后裔，也有人说他们是平凉杂胡，但他们自己却说："我们是狼的后裔！"

有一个悲惨而励志的故事，几乎每一个突厥人都耳熟能详：

很久以前，匈奴有一个部落住在西海（今咸海）西部，后来，部落遭到其他部落攻击，整个部落被屠杀殆尽，只剩下一个十岁的小男孩。

敌人本打算将这个小男孩处死，但见他年龄太小，动了恻隐之心，又担心斩草不除根，他将来会为部落报仇，于是想出了一个折中的办法：饶他一命，但砍断他的手脚，让他变成一个废人。

小男孩被砍断手脚后，被敌人扔在草泽之中，自生自灭。没想到他命不该绝，一头母狼见他可怜，于是悉心照顾他，并将自己猎取的肉喂给他吃。就这样，在母狼的关照下，小男孩逃过一劫。

若干年后，小男孩长成了一个魁梧健硕的青年，并和母狼日久生情，双方结合，母狼怀孕，生下了十个男孩。

十个男孩长大后，各自外出开门立户，并各自取了一个姓氏。其中有一个男孩给自己取的姓是"阿史那"。这位姓阿史那的男孩非常贤能，最终组建了一个部落，并被部落子民推选为君长。这位人与狼的爱情结晶、姓阿史那的君长，就是突厥人的老祖宗。

突厥兴起后，起初臣服于柔然，6世纪中期击败柔然，并取代柔然成为新任草原霸主。

当时，中国正处于南北朝时期，北方有两个王朝，一个是北周，另一个是北齐。两个王朝互相攻伐，都想"统一"对方，而雄踞草原的突厥是一支可以倚仗的强大力量，于是，突厥便成了北周和北齐极力拉拢的对象。

两个王朝皆对突厥采取纳贡与和亲的政策，这让突厥可汗志得意满，不可一世。

公元572年，突厥第三任可汗木杆可汗去世，遗命其弟即位，是为佗钵可汗。

佗钵可汗即位后，看到北周和北齐的贡物源源不断地送来，竟狂傲地对部下说："我南方俩儿子这么孝顺，我想过穷日子都很难哦（我在南两儿常孝顺，何患贫也）。"

只可惜，好景不长，6世纪后期，一个强大的王朝在中国北方巍然崛起，正是杨坚所开创的隋朝。杨坚不愿再惯着突厥，所以，在开创隋朝的当年（581），他就下令停止向突厥纳贡。

突厥气急败坏，立刻发兵南下，侵扰隋朝北方边境，杨坚当即调兵反击，后来更是主动出兵讨伐，对突厥穷追猛打，把突厥当时的领导人沙钵略可汗彻底打服了。

于是，突厥和中原王朝的关系发生了史无前例的逆转。以前，突厥可汗把中原王朝当儿子，而在隋朝，却是中原王朝把突厥可汗当儿子，而且，这个儿子还是主动送上门的。

开皇四年（584）的一天，鉴于自己的老婆原北周千金公主已经认杨坚为干爹，沙钵略可汗也乘机写了一封"认爹的信"。

他在信中说："尊敬的大隋皇帝，我老婆是你女儿，那我应该就算你儿子了吧（皇帝是妇父，即是翁，此是女夫，即是儿例）？愿我们两国世代友好。"

杨坚回信："照这么说，我还真是你爹（既是沙钵略妇翁，今日看沙钵略共儿子不异）。"

沙钵略可汗终生都对杨坚非常恭顺。杨坚派使者赐他酒食，他会率部下跪拜接受赏赐。

有一次，他一天之内亲手射杀18头鹿并将鹿尾、鹿舌进献给杨坚。沙钵略可汗对杨坚恭顺的同时，杨坚也对沙钵略可汗非常仗义。

沙钵略可汗在位时，突厥分为东、西两部，西突厥的领导人是达头可汗，他经常带兵攻袭沙钵略可汗。沙钵略可汗向杨坚告急，请求率部迁入漠南，杨坚不仅答应了他的请求，还下令派兵接应他。开皇七年（587），沙钵略可汗去世，杨坚罢朝三日，以示哀悼。

沙钵略可汗去世后，弟弟莫何可汗即位。莫何可汗西征阵亡后，侄儿都蓝可汗即位。都蓝可汗是沙钵略可汗的儿子，起初也对杨坚非常恭顺，但最终却不幸沦为一颗倒霉的棋子。

为了削弱突厥势力，杨坚设计离间都蓝可汗和他的弟弟染干的关系，故意重赏染干，薄待都蓝可汗。都蓝可汗果然勃然大怒，于是发兵攻打染干，并宣布与隋朝断交，侵扰隋朝边境。

杨坚乘机出兵讨伐都蓝可汗，不过，隋军还没有出塞，都蓝可汗就被部下所杀。都蓝可汗死后，染干在杨坚的扶持下，成为东突厥的新任大可汗，是为启民可汗。启民可汗是个铁杆亲隋派，他对隋朝的恭顺，比沙钵略可汗有过之而无不及。

大业三年（607）正月初一，启民可汗到洛阳朝见杨广，竟然提出改穿隋朝服饰。启民可汗想改穿隋朝服饰，意味着他不仅要在政治上归顺隋朝，在文化上也要成为隋朝的一份子。这是一件大好事。如果启民可汗真能率领突厥百姓改穿隋朝服饰，突厥就会彻底融入隋朝，成为隋朝大家庭中的一员，北方边境也会迎来和平与安宁。

可是，杨广却拒绝了启民可汗的提议。此时的杨广还拥有大政治家博大的心胸和清醒的头脑，他清醒地认识到，改服意味着文化归顺，而文化归顺意味着生活方式的改变，如果启民可汗强行推行改服政策，会严重影响突厥百姓习以为常的生活方式，难免引发动乱。然而，杨广虽然不赞同启民可汗的提议，但他依然非常高兴，因为他知道，如果自己巡视北方，启民可汗一定会敲锣打鼓欢迎。

四月中旬，杨广从大兴城出发，终于开启了他的北巡之旅。这次北巡，场面之大，绝不逊于下江都。杨广的随从队伍中，不仅有后宫、宗室、百官、僧尼、艺人等社会各界人士，还有一支人数高达50万、拥有10万匹战马的超级军队。

如杨广所料，启民可汗果然敲锣打鼓欢迎他。杨广刚离开大兴城，停驻赤岸泽（今陕西大荔县西南）时，启民可汗就派儿子拓特勒来朝见。九天后，五月十八日，启民可汗又派他的侄儿毗黎伽特勒来朝见。又过五天，启民可汗派出一位特使，向杨广表达了自己的诚意：请求亲自到边塞迎接杨广。

可是，杨广并没有同意启民可汗的请求。杨广有自己的打算，那就是率领50万大军，直接浩浩荡荡挺进突厥境内，向突厥炫耀大隋强盛的兵力。

六月二十一日，杨广的车驾抵达榆林郡（今内蒙古准格尔旗东北），突厥近在咫尺，随时都可以入境。但杨广却下令停止前进。因为他有一个担忧，大军贸然进入突厥境内，万一启民可汗产生误会怎么办？所以，在进入突厥境内前，他决定先派人通报启民可汗。

被杨广派去通报启民可汗的是长孙晟。长孙晟是隋代著名外交家，杨坚当年能让沙钵略可汗死心塌地地臣服隋朝，离不开长孙晟的贡献。长孙晟是个善于制造外交惊喜的人。见到启民可汗后，长孙晟向他通报杨广的下一步行动。启民可汗当然举双手支持，不仅如此，他还把归附自己的几十个酋长召集起来，商量如何接待杨广。在长孙晟的建议下，启民可汗决定修一条御道来欢迎杨广。

为了给杨广修御道，启民可汗发动全体突厥百姓，从榆林郡开始修，修到他的牙帐后（今内蒙古和林格尔县），又一直修到蓟县（今北京西南）。这道御道堪称壮观，长达3000里，路宽100步，完全符合杨广北巡的需求。从御道的终点，可以看出启民可汗对杨广的忠诚，因为杨广计划北巡的终点，就是蓟县所在的涿郡。

得知启民可汗为自己修了一条3000里的御道，杨广非常高兴，对回宫复命的长孙晟连连称赞，并允许启民可汗前来朝见。启民可汗心花怒放，立刻带着夫人义成公主来榆林行宫朝见杨广，并向杨广汇报突厥的接待工作。

六月二十七日，杨广上北楼观看打渔，并宴请文武百官，商讨入塞队伍的阵型部署。

50万大军入塞，不讲阵型肯定不行，容易发生踩踏事故，关键还在于，如果队伍没有阵型，一旦遭到敌人突袭，必然混乱失序，很可能全军覆没。

太府卿元寿认为，入塞队伍阵型的部署，可以效仿汉武帝北巡。元寿说："汉武帝当年北巡，旌旗千里不绝，所以，臣建议把全军分为二十四部，从头至尾排列，每部相隔三十里，这样就可以七百里旌旗不绝。"

杨广为何出动50万人北巡？不正是追求排场吗？现在，元寿建议他效仿汉武帝部署队伍阵型，这对杨广而言，岂不是"锦上添花"？

没想到定襄太守周法尚却强烈反对："部队绵延千里，其间必有山川阻隔，一旦遭遇不测，首尾不能相顾，必败无疑！"

杨广问周法尚："那你有什么好方案？"

周法尚当然明白杨广所指的好方案是什么。他说："臣建议将部队列成方阵，这样部署也很壮观。关键还在于，这样部署和坚守城池一样，可以让后宫妃嫔和百官家属居于阵中，一旦发生变故，可以指挥部队四面反击。如果战事顺利，就派骑兵追击；倘若不顺，就在阵外环列战车作为堡垒，屯营固守，可谓万全之策。"

杨广同意了周法尚的方案。看到大军即将启程，启民可汗认为机不可失，再一次请求改穿隋朝服饰。启民可汗为何一定要在杨广抵达突厥前实现改服的夙愿？因为他认为，这是欢迎杨广巡视突厥最好的礼物。如果杨广抵达突厥后，看到清一色的隋朝服饰，仿佛巡视内地，他该有多高兴啊！

为了让杨广同意他改服，启民可汗在奏疏中说："当年我被兄弟们追杀，走投无路，是谁救了我？是伟大的先帝啊！如今我锦衣玉食，这一切是谁赐予的？是伟大的陛下啊！我现在已经不是昔日的突厥可汗，而是陛下的臣民，我理应率领突厥子民改穿大隋服饰。"

杨广看到奏折后很感动，但依然理智地拒绝了启民可汗。他在赐给启民可汗的玺书中说："只要你们真心恭顺朝廷，又何必改服？"

三天后，七月七日，杨广驾临榆林城东营帐，宴请启民可汗等人。

这座营帐是宇文恺设计的。它的设计初衷，就是为了彰显大隋的富饶强盛，所以设计得又大又豪华，可以容纳几千人。宴会的规格也很高，堪称国宴，不仅有各种色香味俱全的美食，还有各种赏心悦目的歌舞表演，整个场面既隆重又热闹。启民可汗和酋长们哪见过这种场面？纷纷情不自禁地称颂隋朝富强，并争相向朝廷进贡牛羊骆驼，数量多达几千万头。

杨广非常高兴，于是他下令重赏启民可汗等人，仅赏给启民可汗的财物，就多达二千万段布帛，并将他的地位列于诸侯王之上，并赐予"赞拜不名"的特权。

什么是赞拜不名？一般大臣觐见皇帝时，皇帝身边有个赞礼官，宣读大臣的姓名，比如宣某某觐见，被赐予"赞拜不名"特权的大臣觐见时，赞礼官不宣读姓名，而宣读官职或爵位，以体现对该大臣的尊重。

这场皆大欢喜的宴会结束后，杨广本打算近期内启程，可是，榆林行宫突然发生了一起变故，使他不得不推迟入塞时间。

## 秋后算账

七月下旬的一天，杨广收到消息，有三位开国功臣诽谤朝政，居心不轨。

第一位是高颎。杨坚在位时，高颎被削职为民。杨广即位后，高颎被任命为太常卿，负责宗庙祭祀和文化礼乐等工作。第二位是贺若弼。贺若弼，洛阳人，曾是杨广的老部下。当年，杨广统帅八路大军讨伐南陈，贺若弼就是其中一路大军的总指挥，任吴州总管。

贺若弼和高颎可谓同是天涯沦落人，杨坚在位时期，他也被削职为民。但不同的是，高颎被削职为民很冤，而贺若弼多少有些咎由自取。

贺若弼骁勇善战，是一位百里挑一的名将，但有一个致命的缺点，那就是不够谨言慎言。贺若弼的父亲名叫贺若敦，也是一位出色的将领，但由于居功自傲，口出怨言，被北周权臣宇文护赐死。临死前，贺若敦悔不当初，对贺若弼说："我一心想平定江南，可如今因言获罪，毕生的理想不能实现了！你应该继承我的遗志，也要对我的遭遇引以为戒，切不可重蹈为父的覆辙！"只可惜，贺若敦的良苦用心白费了，他临死前的一番忠告，贺若弼一个字也没听进去。

贺若弼为人自负，目中无人，当年，高颎和杨素受杨坚重用时，他最喜欢做的一件事，就是攻讦高颎和杨素无能。贺若弼逢人就说，唯恐人不知，以至于连杨坚都知道了。

杨坚问他："我任命高颎和杨素为宰相，你却总是当众骂他们无能，是何用意？"

贺若弼居然一本正经地说："我实话实说而已。高颎，我的老朋友；杨素，我的舅子，他们的真实水平，我再清楚不过了。"

当时，与贺若弼齐名的名将有三人，分别是杨素、韩擒虎和史万岁。有一次，杨广问他："杨素、韩擒虎和史万岁三人都是当世名将，谁最厉害？"

没想到贺若弼傲慢地说："杨素是猛将，不是谋将；韩擒虎是斗将，不是领将；史万岁是骑将，不是大将。"

杨广说："那你认为谁是大将？"

贺若弼把头一扬："就是我贺若弼。"

因为口出狂言，贺若弼得罪了不少人，后来，他因居功自傲被下狱，大臣们竟建议将他处死，所幸杨坚念及他有功，手下留情，只将他削职为民。

第三位是宇文弼。宇文弼，洛阳人，为人博学多才，是一位文武双全的能臣。北周时期，他曾率军与南陈军交战，三战三捷；隋朝建立后，三次出任封疆大吏，历任朔州、代州、吴州三州总管，政绩卓越，后被调回中央，先后担任刑部尚书、礼部尚书。

三人中，高颎和宇文弼都是老成持重之人，贺若弼虽然口出狂言，但也对朝廷忠心耿耿，为何会被弹劾诽谤朝政？其实，与其说高颎等人诽谤朝政，不如说他们"诽谤"杨广。高颎、宇文弼和贺若弼都曾公开地批评杨广。

杨广北巡，高颎、宇文弼和贺若弼随驾同行。在榆林郡停驻时，杨广曾下诏征集全国各地民间乐舞，没想到遭到高颎的强烈反对。

在高颎看来，民间乐舞不够庄重，是靡靡之音，甚至还有不少淫词艳曲，不适合帝王欣赏，帝王就应该听雅乐，这样才能培养王者风范。

可杨广听腻了刻板的雅乐，就喜欢活泼的民间艺术，所以没有听从高颎的劝谏。

高颎很生气，回去就向太常丞李懿说："周宣帝宇文赟就因为喜欢听这种轻浮的音乐亡国，殷鉴不远，陛下怎么一点也不吸取教训！"

如果说高颎只是批评杨广喜欢散乐，事态还可能不会太严重，可高颎越说越愤慨，先后在不同事件上批评杨广。

杨广重赏启民可汗，高颎马上跑去向大臣何稠抱怨："陛下对启民可汗的赏赐太多了！"

提到启民可汗，高颎又火冒三丈，他早就看启民可汗不顺眼。他说："别看这个胡虏一副老实样，其实一肚子坏水，关键是他现在很清楚中原的虚实、山川形势，恐怕会成为一大祸患。"

说完"意犹未尽"，高颎又跑到观德王杨雄面前，直接批评整个朝廷："最近朝廷真是太无纲纪了，上上下下没点规矩，这样下去怎么行？"

不仅高颎在抱怨杨广，宇文弼、贺若弼也指责杨广厚待突厥。

宇文弼说："论奢侈，周宣帝和当今陛下相比，那真是望尘莫及（天元之侈，以今方之，不亦甚乎）。"

贺若弼说:"陛下这样花钱如流水,大搞排场,大把往突厥撒钱,迟早会把国库败光。"

当有人向杨广告发高颎等人私下议论之后,他果然勃然大怒,并很快给高颎等人定罪。高颎、贺若弼和宇文弼都是德高望重的老臣,高颎曾长期担任宰相,门生故吏遍布朝廷;贺若弼是一代名将,在军中颇有威望;宇文弼三次出任封疆大吏,在地方的影响力不可谓不大。如果这三人联手,那就是朝廷、地方和军队三股势力合流,足以撼动杨广的皇位。

尤其是高颎,在杨广看来,他极度危险。即使他在杨广面前表现得无比低调恭顺,杨广也很可能提防他,因为高颎是废太子杨勇的亲家,其子高表仁娶了杨勇的女儿,而且当初他明确反对改立杨广为太子。

如此看来,杨广一定不会对高颎等人心慈手软。七月二十九日,杨广下令将高颎、贺若弼和宇文弼处死。这还没完,杨广又下令将高颎的儿子一律流放边疆,贺若弼的妻儿没为官奴。

高颎从政二十多年,以天下为己任,鞠躬尽瘁,功勋卓著,史称"海内富庶,高颎之力",深得朝野敬重,被杨广杀害后,"天下莫不伤之"。

可杨广却如释重负,没几天就宣布开启入塞行动。

## 写诗嘲讽汉武帝

八月六日，杨广正式启程入塞，50万队伍结成方阵浩浩荡荡北上，像一座移动的城池，场面十分壮观。可杨广仍嫌不够壮观，又让宇文恺制造了两大壮观的建筑。

第一个建筑是观风行殿。观风行殿是一座移动的宫殿，以便杨广在北巡途中欣赏沿途风景。这座宫殿不仅装修豪华，关键是非常大，可以容纳几百人。宫殿底部设有轮轴，如此一来，这座巨大的宫殿便可以推着走。

第二个建筑是行城。行城即行走的城，它是观风行殿的外围护卫，设有望敌楼等军事设施。同时，它还设有观光台，可以欣赏沿途的风景。行城的规模比观风行殿更大，豪华程度也不输观风行殿。它的周长长达 2000 步，主体虽然是由木板搭建，但全部用华丽的布蒙上，然后让画师在布上图绘各种精美的纹饰和景色，俨然就是一个巨大的艺术品。

这两大建筑在队伍中十分瞩目，迎接的队伍远远望见行走的宫殿，齐刷刷跪下，朝队伍磕头。八月九日，杨广在千乘万骑的簇拥下抵达启民可汗的营帐。

这时，他情不自禁地想起了汉武帝北巡。汉武帝虽然是一代雄主，可他当年北巡时，哪有自己这般风光？不仅汉武帝，有史以来，有哪个中原君主能在游牧民族的地盘上，让游牧民族从可汗到百姓，成群结队地向自己跪拜？一种古今第一人的自豪感油然而生，杨广感慨万千，诗兴大发，于是他写了一首傲气凌云的诗，言语之中得意扬扬，不乏对汉武帝的嘲讽——

> 鹿塞鸿旗驻，龙庭翠辇回。
> 毡帐望风举，穹庐向日开。
> 呼韩顿颡至，屠耆接踵来。
> 索辫擎膻肉，韦韝献酒杯。
> 何如汉天子，空上单于台。

杨广的意思是说启民可汗刚来归顺，突厥王侯们又来朝拜，朕厉不厉害？你说汉武帝当年也这么厉害？汉武帝能跟朕比吗？朕到塞外巡视，游牧民族兄弟们齐刷刷跪拜，又是献酒又是献肉，哪像汉武帝，他一到，游牧民族兄弟们全跑光了，只能一个人尴尬地杵在单于台上吹西北风。

话虽如此，但杨广内心深处，还是对汉武帝非常崇拜，对汉武帝的事业非常向往。

对此裴矩非常清楚，于是，他决定向杨广提出一个足以影响世界的超级战略。

# 向汉武帝学习

裴矩，是隋朝著名"外交家"，也是著名的将军，是一位文武双全的能臣。他曾作为使臣出使突厥，也曾作为将领征讨突厥，大隋北疆的安定，也离不开他的巨大贡献。

裴矩不仅对突厥的情况了如指掌，还是一个"西域通"。裴矩拥有丰富的与西域人打交道的经验。西域胡商向往大隋的繁荣富庶，纷纷跑到张掖（今甘肃张掖）做买卖，使得张掖很快便形成一个繁荣的对外贸易市场。而被杨广派去管理张掖对外贸易市场的，正是裴矩。

在此期间裴矩获得了大量有关西域的重要信息。每遇到一国胡商，他都会主动与对方交流，了解当地的山川形势、风土人情。并撰写了一本叫《西域图记》的地方志，书中详细记载了西域44国的情况，包括各国的地理、风俗、服饰等。还制作了一幅西域地图，图上不仅精确地展现了西域山川全貌，还标记了西域所有的重要地点，以及进入西域的交通要道。

九月二十三日，杨广一行回到洛阳后，他还沉浸在北巡的壮举中不能自拔，并期盼着有朝一日到更大的世界闯荡。裴矩见状，乘机向杨广提出了他的超级战略。那就是开辟丝绸之路，加强中原与西域各国的联系。只不过，这一战略的实施难度比较大，因为在隋朝和西域各国之间，还横亘着西突厥和吐谷浑。

西突厥是突厥汗国分裂而来的。开皇三年（583），突厥汗国一分为二，一部势力范围在蒙古高原，另一部控制着天山南北两麓，势力范围可达中亚。由于前者位于东方，所以被称为东突厥；后者位于西部，所以被称为西突厥。

吐谷浑是个历史悠久的政权，早在公元4世纪便已立国，由慕容部鲜卑人吐谷浑创建，势力范围包括今甘肃南部、青海，向西可达塔里木盆地以东。

西突厥和吐谷浑对隋朝的态度都不太友好，但两者又有不同。

西突厥是明目张胆地与隋朝对抗，而吐谷浑则比较"阴险"，表面上与隋朝和亲，维持相亲相爱的和平关系，背后却时不时地捅刀子。自和亲后，吐谷浑每年都会到隋朝朝贡，看似非常恭顺，但每次朝贡期间，都会想方设法搜集隋朝情报，然后把情报卖给西突厥。

显然，无论西突厥还是吐谷浑，都不会乖乖让道，以便隋朝与西域诸国交流往来。隋朝若想实现这一战略，就只能对西突厥和吐谷浑采取强制手段。然而，西突厥和吐谷浑都是实力雄厚的大国，隋朝能让它们屈服吗？

裴矩坚信能。他对杨广说："我大隋繁荣富庶，兵强马壮，翻越昆仑山，完全不成问题。不仅如此，我们的行动还会得到西域各国的支持，这样又多了几分胜算。"

杨广问："你怎么知道西域各国会支持我大隋？"

裴矩自信地说："我管理张掖对外贸易市场时，经常有西域商人给我送信，说他们国家想成为大隋的臣属。因为西突厥经常欺负他们，他们早就忍无可忍。"

杨广说："可那样做对我们有什么好处？"

裴矩说："西域各国都是富国，归顺之后纳贡，可以充盈国库；另外，与西域各国联系，可以从东西两线夹击西突厥和吐谷浑，安定边陲，开疆拓土。"

杨广突然激动地站起身来："裴矩，朕要向你宣布三件事。第一件事，升你为黄门侍郎；第二件事，朕要赏你布帛五百段；第三件事，朕要把'外交'事务全部交给你处理，沟通西域的事也由你来干。"

裴矩连忙谢恩，并乘机送给杨广一个惊喜："臣已经想到对付西突厥的办法了。"

# 恐　吓

西突厥的领导人是处罗可汗。处罗可汗对隋朝的态度很不友好，但是，他从来不敢把事情做绝。因为他的母亲生活在隋朝。

处罗可汗的母亲姓向，是中原人，一生有过两段婚姻，第一段婚姻是嫁给处罗可汗的爸爸泥利可汗，第二段婚姻是嫁给处罗可汗的叔叔婆实，所以向氏既是他母亲，也是他婶婶。突厥有"兄死妻其妻"的风俗，于是在他父亲死后，他的叔叔婆实便娶了向氏。

开皇末年，向氏和婆实到大兴城朝贡，其间遇上西突厥内乱，所以以难民的身份滞留在了大兴城。处罗可汗虽然桀骜不驯，但却是个大孝子，一直非常思念母亲。

裴矩对杨广说："这一点可以好好利用一下。"

"如何利用？"

裴矩说："可以派人出使西突厥，利用他对向氏的思念，说服他主动归顺我大隋。"

派谁去最合适呢？杨广千挑万选，最终选择了崔君肃。

大业四年（608）二月六日，崔君肃从洛阳出发，抵达西突厥后，本以为处罗可汗会隆重接待自己，没想到他的态度非常傲慢。更让崔君肃忍无可忍的是，宣读杨广的诏书时，处罗可汗坐在可汗大位上一动不动。

只见崔君肃大喝一声："你知道启民可汗为什么归顺大隋吗？因为他打不过你。归顺大隋就是为了对抗你。你扪心自问，如果启民可汗能说服陛下出兵相助，你还能斗得过他吗？"

听到此，处罗可汗心往下一沉。

崔君肃笑他天真："我知道你正在想什么，但你更应该想一想，自己这些年对大隋干了多少坏事，我大隋朝野上下早就对你恨之入骨，你觉得陛下会放过这个联合消灭你的机会吗？但陛下一直没有下决心出兵，你知道这是为什么吗？"

听崔君肃这么一说，处罗可汗想不明白，杨广有何理由不教训自己。

崔君肃说："多亏你有个好母亲！向夫人听说朝廷要出兵讨伐你，天天跑到宫门外哭泣，替你谢罪，替你求情，陛下这才放弃出兵，派我来劝你改过自新。"

听到这话，处罗可汗顿时涕泪纵横。

崔君肃严肃地提醒他："如果你不听劝，向夫人就犯了欺君之罪，一定会被陛下处死。处死向夫人后，陛下第一件事，肯定就是答应启民可汗，联合出兵教训你。"

"我现在给你一个选择，"崔君肃语重心长地说，"要么死抗，到时向夫人死，你也要死，要么归顺大隋向陛下称臣皆大欢喜。你好好考虑下吧。"

处罗可汗耷拉着脑袋，半天没有说一句话。称臣说得轻巧，称臣之后，他就不再是至高无上的西突厥可汗，而是杨广的臣仆。这无异于从天堂跌入凡尘。

崔君肃用犀利的眼神盯着处罗可汗，等候他的回应，可处罗可汗却目光闪烁，处处回避崔君肃。

忽然，处罗可汗一跃而起，快步趋至崔君肃面前，终于低下了高贵的头颅。

此时的处罗可汗，和大隋的藩王没两样，恭顺地匍匐在崔君肃——天子使者脚下，再三拜谢，双手捧过杨广的招降诏书。

西突厥的问题就这样被崔君肃兵不血刃地解决了。接下来，就是搬走横亘在丝绸之路上的另一座大山——吐谷浑。

## 开疆辟土

据《突厥列传》记载，处罗可汗当时可谓内外交困——"当大业初，处罗可汗抚御无道，其国多叛，与铁勒屡相攻，大为铁勒所败"。当隋朝的使者气势汹汹而来时，处罗可汗岂能不心虚？裴矩正因考虑到这点，才建议派使者招降处罗可汗。既然心虚，处罗可汗初见崔君肃时，为何又表现得非常傲慢？从心理上分析，这很正常，一个人越是心虚，越是胆怯，往往表现得越傲慢，以掩盖自己的心虚与胆怯。当发现自己的傲慢没有压倒崔君肃时，处罗可汗的心理防线顿时崩溃。这时，崔君肃又乘机拿与东突厥联合出兵，以及向夫人的安危威胁他，处罗可汗岂能不乖乖就范？所以，崔君肃的胜利，归根结底是隋朝军事实力的胜利。

吐谷浑当时正处于鼎盛时期，国土东西 4000 里，南北 2000 里，拥有如此雄厚的实力，吐谷浑自然不会老老实实臣服隋朝，尽管它的首领伏允也曾宣称自己是隋朝藩属国君主。

杨广于是决定对吐谷浑用兵。如何才能以最小的代价打败甚至吞并吐谷浑？

裴矩说："我有办法，让铁勒和我们一起夹击吐谷浑，他们从西边打，我们从东边打，这样吐谷浑就会腹背受敌。"

可问题的关键是，铁勒凭什么和隋朝一同夹击吐谷浑？

铁勒自称匈奴的后裔，主要活动范围在今青海以东到蒙古高原中部，大业初年，势力一度渗透到今甘肃一带，还曾侵扰敦煌。

铁勒原本臣服于突厥，后不堪突厥压迫，闹起了独立，所以，突厥对它的成见很大。突厥一分为二后，铁勒的处境非常尴尬，因为它恰好被东西突厥夹在中间，可以说两面都是敌人。在这种情况下，如果铁勒还和隋朝结仇，无异于自寻死路。所以，侵扰隋朝边境后，铁勒可汗立刻派人向杨广请罪，并主动提出归顺隋朝。

杨广派裴矩出使铁勒，商讨归顺事宜。裴矩乘机对铁勒可汗说："可汗愿意归顺大隋，陛下非常高兴，可归顺这么大的事，可汗得拿出点诚意来。"

裴矩说："最近吐谷浑很不老实，陛下打算教训它，如果可汗真想做大隋的臣子，就应该同仇敌忾。"

没过多久，铁勒可汗就给隋朝制造了一个惊喜。

大业四年（608）七月，铁勒突然发兵攻打吐谷浑，吐谷浑毫无防备，被杀得措手不及，慌忙率兵东逃，一直逃到西平（今青海西宁）境内。

此时，隋朝还没有对吐谷浑宣战。吐谷浑还有机会重振旗鼓，率军杀回西部，收复被铁勒攻陷的国土。只可惜，出来混迟早是要还的，伏允为他的两面三刀付出了惨重的代价。

吐谷浑的国王慕容伏允表面上一直对隋朝非常恭顺，还自称隋朝藩属国君主，于是，伏允逃到西平后的第一件事，不是鼓舞士气杀回去，而是派使者向隋朝紧急求助。

杨广当即同意发兵，以观德王杨雄为总指挥、宇文述为副总指挥，统帅大军前往西平支援伏允。伏允一见隋朝大军，顿时心花怒放，不料，隋军冲入吐谷浑阵营，挥刀就砍，举枪就刺。伏允恍然大悟，原来杨广以支援为名袭击吐谷浑。

但现在醒悟为时已晚，隋军主力已经深入阵营，吐谷浑军心大乱，斗志全无，成了隋军手下待宰的羔羊。伏允见大势已去，慌忙率残部夺路而逃，躲入山谷之中。

此战，隋军大获全胜，俘虏吐谷浑王侯以下贵族200余人，招降百姓十余万，并将吐谷浑东西4000里、南北2000里的辽阔土地纳入隋朝版图。

前方捷报传来，杨广龙颜大悦，他激动地说："吐谷浑之地，已是我大隋的国土，朕要到自己的土地上去看一看。"

## 狼狈的西巡

大业五年（609）三月，杨广决定西巡。

此次巡游主要有两个目的——其一是对新国土进行镇抚。其二则是畅通丝绸之路，以便西域各国入京朝贡，与西域各国建立和平友好的外交关系，同时发展对外贸易。

三月初，杨广从大兴城出发，先后巡视扶风郡、西平郡，并于五月九日抵达拔延山（今青海化隆回族自治县马阴山）。在拔延山，杨广兴致大好，举行了一场大规模围猎行动。这场围猎行动，不仅是一场娱乐活动，更是一场大规模军事行动的前奏。

五月底，杨广出动四路大军，对覆袁川（今青海湖东北）形成四面合围之势。第一路大军以元寿为总指挥，驻守覆袁川南面的金山；第二路大军以段文振为总指挥，驻守覆袁川北面的雪山；第三路大军以杨义臣为总指挥，驻守覆袁川东面的琵琶峡；第四路大军以张寿为总指挥，驻守覆袁川西面的泥岭。

出动四路大军包围覆袁川的目的是什么？正是围剿据守覆袁川的吐谷浑残部。这场军事行动非常顺利，在隋军的四面出击下，吐谷浑一败涂地，伏允仅率数十骑突围。

六月初，杨广又派刘权追击伏允。刘权从伊吾道进军，伏允向青海湖败退，刘权追击途中，先后俘虏1000余人，一直追到伏俟城（今青海共和县境内）。

吐谷浑残部基本被扫清，杨广欣喜之余，做出了一个重要决定，将原吐谷浑故地划分为四个郡级行政区，分别是西海郡、河源郡、鄯善郡和且末郡，并让刘权镇守河源郡积石镇，捍卫四郡和平。镇抚新国土的目的宣告完成。

划分四郡的两天前，六月十七日，杨广抵达燕支山（今甘肃焉支山）。在这里，他也实现了西巡的第二个目的——与西域各国建立和平友好的外交关系。

扫清吐谷浑残部后，丝绸之路进一步打通，在杨广和裴矩的策划下，大批隋朝使者陆续前往西域各国，游说各国归顺大隋，成果丰硕。

杨广抵达燕支山那日，道路两侧人潮人海，人们都身穿"奇装异服"，相貌也大多和中原百姓不同。杨广经过了解才知道，他们都是西域各国首领、使臣，分别来自西域27个国家，为了迎接杨广而来。

如此壮观的场面，杨广当然不能一人独享，他要让全隋朝百姓都知道，于是，他下令燕支山附近两个郡——张掖和武威的百姓都来围观这壮观的一幕。

杨广认为穷人会影响大隋的国家形象。于是他吩咐当地官员："百姓穿不上好衣，政府提供；百姓骑不上好马，政府提供；百姓坐不上好车，政府提供。总之，务必保证所有前来围观的百姓都穿好衣、骑好马、坐好车，向西域各国展现大隋人民良好的精神风貌和生活水平。"

这一决定的效果无疑是显著的，西域各国首领见隋朝百姓都穿华服、骑良驹，无不对隋朝更加向往。张掖和武威都是大隋边郡，边疆地区的经济尚且如此繁荣，老百姓尚且如此富裕，大兴城和洛阳又当如何？

六月二十一日，杨广抵达观风行殿，举行盛大的国宴，款待西域各国首领和大臣使者，并给予了丰厚的赏赐。

杨广志得意满，一个月后，他宣布西巡行动圆满结束，踏上了返京的旅途。

然而，相比出巡时的一帆风顺，返程时却遭遇凶险，损失惨重。队伍途经大斗拔谷，此地位于今甘肃民乐县东南甘、青两省交界处的扁都口，地势险要，道路狭隘，最窄只能容纳一人。

这样的地形条件，即使一支小型商队通过，也很不容易，何况杨广的队伍有十多万人，而且有大量的车马辎重。杨广只好下令将队伍排成一条超级长龙，缓缓地鱼贯通行。

队伍通过大斗拔谷时，天气骤变，暴风雪交加，而随行人员缺乏防寒物资，一边提心吊胆地过山路，一边还要忍受暴风雪的侵袭。结果，事故频发，队伍中不断有人倒下，士兵冻死冻伤大半，马驴冻死十分之八九，文武百官衣服都被雪水打湿，狼狈不堪。

队伍乱作一团，杨广身边的后妃和公主被挤到混乱的队伍中，和杨广失联，最后跟随四处奔逃的士兵来到山间躲避风雪，还混杂在军士中休息了一晚，直到次日风雪消停，才找到杨广的銮驾。

九月，杨广率领劫后余生的队伍回到大兴城。虽然遭此困厄，但杨广的心情并不坏，刚回到大兴城没多久，他又率领文武百官浩浩荡荡地向东进发。

## 盛世危机

杨广西巡宴请西域各国首领和使臣时，他们纷纷夸赞大隋的繁荣，并表达了对东都洛阳的向往。其后，西域各国使臣、商人纷纷汇聚洛阳，所以，杨广想在洛阳举办一场普天同庆的盛大活动，以展现大隋强盛的国力。

十一月十三日，杨广抵达洛阳，开始为盛大活动做准备。活动日期定在次年，也就是大业六年（610）正月十五，元宵节这一天。

每到正月十五，洛阳端门外到建国门内处处张灯结彩，搭台唱戏，戏场绵延八里不绝。百姓们纷纷前来赏灯看戏，人数多达数万，以至于朝廷不得不在道路两旁搭棚。艺人和百姓们都穿着华丽的衣服，尽情欢愉，通宵达旦。

大业六年的正月十五尤为热闹。这一天，端门街举行盛大的百戏表演，戏场周长5000步，仅演奏乐器的艺人，就多达18000余人，优美的音乐声闻数十里。

杨广还下令在端门街四处点灯，灯火密密麻麻，通宵不灭，使端门街到处都是暖暖和和、亮亮堂堂的，如同阳光明媚的春天。除了排场大，活动时间也是前所未有的长。以往元宵节活动，短则一天，最长也不超过三天，而这一年的活动却持续半个月，直到月底才结束。

如此大排场、长时间地举行活动，耗费的财力可想而知，不过，它带来的效果，也是非常明显的。

热闹的活动吸引各国使臣前来围观，他们一路目光所及，都是干净宽阔的街道，鳞次栉比的屋宇，商品琳琅的市场，衣着光鲜的市民，进入端门街后，更是满眼繁荣锦绣，处处笙歌飞扬，让人流连忘返，因此更加赞叹大隋的繁荣，所以，活动甫一结束，他们就纷纷提出要与大隋进行贸易交流。

事情发展到这一步，如果接下来顺其自然，结局定然是美好的。只可惜，贸易交流开始前，杨广下了一道画蛇添足的命令，使这次贸易交流以尴尬收场。

贸易交流主要集中在丰都市场。丰都市场是洛阳三大贸易市场之一（另外两个是大同和通远），位于洛阳城东，周长约8里。

洛阳本就是举世闻名的大都市，而丰都市场又是洛阳的商业中心，其繁荣自不待言，然而，杨广仍嫌丰都市场不够繁荣，不足以彰显大隋的强盛，于是，各国政要进入丰都市场前，他提出了三点指示。

一、对丰都市场基础设施进行全面整改，比如道路整修、建筑确保整齐划一、街道装饰（房子张灯结彩，树上挂上丝绸）。

二、各商户进行店铺升级整改，比如老板和服务员务必穿华丽的衣服、店内必须挂设帷帐、把店里的高端货物都摆出来。即使市场里摆地摊的小贩，比如卖菜大爷，也必须用龙须席铺地。

三、凡外国客商到饭店吃饭，商家都不许收费，还得一脸自豪地告诉他们："大隋富饶，吃饭不要钱。"

杨广在指示中强调，凡外国客商经过酒食店，店主都应主动邀请他们入店。

当外国客商酒足饭饱准备结账，店主却告诉他们"大隋富饶，吃饭不要钱"时，他们真的会认为隋朝已经富裕到如此地步了吗？这种鬼话连乡野村夫都骗不到，何况头脑精明见多识广的商人？

他们进入丰都市场，一路上看到了许多令人叹为观止的形象工程，连树都被打扮得花枝招展，但也看到了衣不蔽体的穷人，于是他们问市人："大隋也有穷人，衣不蔽体，为什么不把这些丝绸送给他们做衣服，却要缠到树上？"

外国客商的疑问，不仅捅破了杨广精心编制的繁荣表象，也暗藏着大业初年的盛世危机。

外国客商能看到洛阳衣不蔽体的穷人，而且还将其当作质疑大隋富强的证据，可见洛阳的穷人已经为数不少。洛阳城尚且如此，其他郡县又当如何？但杨广似乎并没有发现潜伏在盛世背后的危机，在他看来，大隋尚处在如日中天的鼎盛时期。

隋朝正处于开国以来最强盛的时期，具体表现在，国土面积和人口都已达到新高峰——全国户口超过890万，人口保守估计在4600万以上，国土面积东西9300里，南北14815里。

魏徵编撰《隋书》也情不自禁地感叹道："隋氏之盛，极于此也！"但这句话也透露出一个重要信息，那就是大业六年的隋朝，已经开始走下坡路。那么，大业六年到底发生了什么，以至于这一年成为隋朝由盛转衰的转折点？

# 第五章

## 一征高句丽：阅兵式征战

桀骜不驯
劳师动众
揭竿而起
制胜的秘诀
聪明人打笨仗
初战告捷
将在外，君命必受
执迷不悟
诈降：一败涂地

## 桀骜不驯

大业六年（610）的杨广其实很郁闷，尽管他举办了一场盛况空前的元宵活动，让各国使臣对隋朝的强盛羡慕不已，极大地满足了他炫耀国力的虚荣心。但有一件事始终无法释怀。当各国首领纷纷对他俯首称臣时，有一位外国首领却对他颇为不逊，那副桀骜不驯的面孔时常在杨广脑海中涌现。这人就是高句丽的国王高元。

高句丽是个历史悠久的地方政权，建立于公元前1世纪，首任国王名叫高朱蒙。建国之初，高句丽还很弱小，地不过一县，而且依附于中原王朝，但经过五六百年发展，到大业年间，已经成为地跨辽东和朝鲜半岛北部，东西近2000里、南北1000余里的东北亚大国。

随着实力的增强，高句丽对中原王朝的依赖越来越小，渐渐开始闹独立，有时甚至还袭击中原王朝东北边境。

开皇十八年（598），高句丽便对隋朝辽西地区发动了一次军事突袭。这次突袭的规模不小，高句丽军多达万人，统帅正是高元。不过，虽然高元来势汹汹，但最终还是铩羽而归，被营州战区总司令（营州总管）韦冲击退。

高元入侵的军情传到大兴城，杨坚龙颜大怒。杨坚大怒，不仅在于作为藩属国的高句丽竟敢入侵宗主国，还因为高元恩将仇报。

8年前，高元的父亲第25任高句丽首领高汤去世，高元即位，杨坚遣使拜上开府仪同三司，并让他袭爵辽东郡公。没想到高元嫌辽东郡公爵位太低，提出让杨坚封他为王。杨坚虽然不悦，但出于安抚高句丽，还是答应了他的要求。

可杨坚万万没想到，高元得了好处就翻脸不认人，被封为王的第二年，就率兵袭击隋朝边境。这次袭击正是开皇十八年（598）的那次。被高元恩将仇报后，杨坚决定给高元一个教训，于是以杨谅为总司令，统帅水路两路大军，征讨高句丽。

但令人遗憾的是，由于粮道不畅，军粮短缺，加上疾疫侵袭，隋军的士气很低。以这样的士气，长途奔袭攻打以逸待劳的高句丽，结果可想而知。

但征讨高句丽的命令已经发出，隋军也已经出动，如果半途撤军，杨坚的颜面何存？大隋的威严何存？所幸，隋军行至辽水的时候，高元的心理防线崩溃了，主动上书谢罪，而且措辞极其恭顺谦卑，自称"辽东粪土臣元"。杨坚于是就坡下驴，宣布赦免高元，撤回征讨大军。高元经此一事，终杨坚之世，都不敢侵扰隋朝边境，然而在他的内心深处，并没有真正归顺隋朝。

大业三年（607），杨广北巡，抵达启民可汗的牙帐时，各国政要纷纷前来拜见，当时高元的使者也在场，但他却不是为朝拜杨广而来。高元的使者是奉命出使东突厥的，所以他本不打算拜见杨广，最后还是启民可汗考虑到不合适，引见他觐见杨广。

得知原委，杨广颇为不悦，裴矩乘机建议他征讨高句丽。他说："高元桀骜不驯，陛下千万不能放纵，否则何以在各国树立权威？况且，征讨高句丽，师出有名。"

杨广说："此话怎讲？"

裴矩说："高句丽自古以来就是中原王朝的领土。它原本是商朝箕子的封地，两汉魏晋时期都是中原王朝的郡县，如今却闹起了独立，成为一个国家，此时出征收复国土，名正言顺。"

杨广说："你说得好有道理，可问题是，怎么打？你想好作战方案了吗？"

裴矩说："陛下有出兵的雄心就好，但臣以为，还是先不要出兵。不战而屈人之兵，善之善者也！高句丽使者亲眼目睹强大的突厥归顺大隋，心中必然恐惧，陛下可以乘机胁迫高句丽遣使入朝。"

很快，杨广便让人起草了一份恩威并施的诏书，向高句丽使者宣读："朕明年打算到涿郡去，你回去告诉高元，只要归顺大隋，朕必有重赏。但如果高元不来朝见朕，朕就会亲自巡视高句丽。"

高句丽使者吓出一身冷汗，救火似的往国内赶。高句丽使者向高元传达杨广的旨意后，高元果然惊恐不已，一连几天寝食难安。

但按杨广和裴矩的设想，高元当然应该恐惧，但不应该没完没了的恐惧，因为诏书中已经说得很明白，只要诚心归顺大隋，就能得到杨广的善待，除非，他压根没想过归顺大隋。事实果然如此。第二年正月，杨广眼巴巴等候高元前来朝拜，可整个正月，高元的人影都没见着。高元只派了使者朝拜杨广，而且准备的贡礼很少。杨广龙颜大怒，决定出兵征讨高句丽。

大业六年（610）三月，杨广决定离开江都，北上涿郡，亲自征讨高句丽。与此同时，杨广的诏令如雪片般飞入全国各地，各地官员都必须在最短的时间内完成朝廷交代的征辽任务。

大业七年（611）四月，杨广抵达涿郡。箭在弦上，一触即发。

# 劳师动众

隋朝时期，帝王们劳师动众征讨高句丽，实在有不得已的苦衷。

高句丽已经威胁到中原王朝的安全。魏晋时期，趁中原大乱，高句丽迅速向西扩张，而且越扩张野心越大。到南北朝时期，高句丽更是野心勃勃，不断挑战中原王朝权威，甚至制定了联络北方游牧民族夹击中原王朝的战略。开皇十八年（598）高句丽对辽西地区的突袭行动，就是这一战略的实践。此战，高元率领的是一支联军，除了高句丽军，还有一支部队来自东北地区的靺鞨。所以，从中原王朝的战略安全考虑，征讨高句丽不仅没错，而且势在必行。

一个王朝不可能永远强盛，如果不趁国力强盛时，将高句丽的嚣张气焰打下去，待到国力衰弱时，一旦高句丽作乱，后果不堪设想。但是，杨广指挥的征讨高句丽之战，却完全没有起到镇压的作用，因为杨广的战术真的是一败涂地。

在战争的准备阶段，杨广就犯了一个巨大的战术错误，让国家付出了沉重的代价，也让整个军事行动蒙上了一层惨淡的阴影。

杨广决定采取人海战术征讨高句丽。打仗并非人们想象的那样，军队人数越多越好，事实上，当军队人数达到一定规模时，继续增兵反而是增加负担。军队人数越多，后勤压力越大，一旦发生后勤问题，比如粮食短缺，士气很容易崩溃，人数再多也不过是乌合之众。除了后勤问题，军队本身的管理和指挥也是个大问题。战场上，这么多人，如何排兵布阵？如何协调各部？如何防止意外发生？这些都非常考验一个统帅的素质和能力。所以，不到万不得已，绝不能采取人海战术。

据出兵前统计，隋军人数高达113万，号称200万，亘古罕见。要知道，当年隋朝灭南陈之战，为了统一整个南中国，也不过出动50万大军。高句丽虽然号称东北亚大国，但人口只有数百万，只相当于隋朝的几个大郡，完全没必要投入巨大的兵力。

隋朝总人口不过4000多万，投入113万大军，相当于出动全国2.5%的人口征战，而且这些人都是年轻力壮的丁男，对国家经济造成的影响可想而知。

但对于战前的隋朝百姓而言，他们还无心算未来的经济账，因为眼前的劳役便已让他们焦头烂额，苦不堪言。

百万规模的超级军队，需要多少军粮？需要多少武器装备？需要多少车马战船？这一串串天文数字，都是压在隋朝百姓身上的大山。

军粮不需要百姓筹集，但需要百姓运送。从巩县（今河南巩义）和黎阳（今河南浚县）两地开始运送，把洛口仓和黎阳仓的粮食运到涿郡，但是运粮的百姓却是征调自江淮地区。也就是说，江淮地区百姓先要马不停蹄地赶到洛口仓和黎阳仓，然后马不停蹄地将粮食运到一两千里外的涿郡，其间艰辛可想而知。

武器装备的制造和运送均由百姓承担。部分士兵也承担运送装备的重任。比如河南和江淮等地制造的五万辆兵车，就是由士兵们运送。

军需物资的运送，动用的人数也是惊人的，保守估计有数百万。据《资治通鉴》记载，运送军粮的船队绵延千里不绝，而运送武器装备的队伍"往还在道常数十万人，填咽于道，昼夜不绝"。

杨广是个急性子，恨不得一夜之间就万事俱备，所以民夫们只能夜以继日地运送，以最快的速度将物资运到前线，结果劳累而死者相枕于道。

但最让人苦不堪言的，还是战船的制造。杨广令幽州总管元弘嗣往东莱海口造船300艘。由于工期紧迫，官吏们督促严苛，以至于工匠和役丁们昼夜不休，站在水中工作，结果"自腰以下皆生蛆，死者十分之三四"。

如此惨无人道的役使民众，百姓们能不怨声载道吗？

## 揭竿而起

杨广征调六十余万鹿车夫运粮，每两人推一辆鹿车，一辆鹿车载粮三石，结果还没到目的地，粮食就没了。粮食吃完了，就没法交差，只能逃亡。然而，更令人无奈的还不在此。有的民夫费尽千辛万苦，终于把粮食运到目的地，有关官吏检查，发现粮食质量不好，拒不接收，还强迫民夫出钱买下，以补偿损失。

幸运躲过劳役的百姓，日子也过得很苦。由于大量丁男被征去服役，导致大批田地无人耕种，粮食产量锐减，粮食价格暴涨，东北地区更是涨到一斗米几百钱。

百姓们连饭都吃不起，贪官污吏们还要火上浇油。他们打着征讨高句丽的旗号，向百姓们肆意摊派，横征暴敛，弄得鸡飞狗跳，天下骚动，百姓们纷纷破产，走投无路。

"今亡亦死，举大计亦死，等死，死国可乎？"山东邹平人王薄未必知道陈胜这句名言，但他一定明白这个道理。

面对杨广的穷兵黩武、不恤民力，贪官污吏敲骨吸髓般的压榨，他愤怒地作了一首诗《隋大业长白山谣》——

> 长白山前知世郎，纯着红罗锦背裆。
> 长槊侵天半，轮刀耀日光。
> 上山吃獐鹿，下山吃牛羊。
> 忽闻官军至，提刀向前荡。
> 譬如辽东死，斩头何所伤。

横竖都是一死，与其为暴君杨广卖命，窝窝囊囊地死在辽东，还不如跟官兵拼了！于是王薄振臂一挥，走投无路的百姓纷纷前来投奔，不到一年时间，便拥有数万大军，攻占山东多座城镇，成为威震天下的义军领袖。

王薄揭竿而起后，平原郡人刘霸道也举起了造反的义旗。刘霸道虽然名叫霸道，但为人一点也不霸道，他仗义疏财，喜欢打抱不平，深受当地百姓敬重。甫一起义，百姓们蜂拥般前来投奔，没过多久，部队便发展到十余万人。

王薄和刘霸道的起义让杨广感到愤怒，却并不意外。让杨广感到意外的是窦建德。窦建德出生于农民家庭，世代务农。杨广下诏征讨高句丽，他被征召入伍，因骁勇而被直接提拔为下级军官（以勇敢选为二百人长）。一个农民，因征辽之事做了军官，按说，他没理由反对征讨高句丽，至少作为既得利益者的他，不会那么仇视杨广，可是，他还是义无反顾地反了。

窦建德造反的理由，恰恰是反对征讨高句丽。他对好友孙安祖说："文帝时，国家强盛，征讨高句丽尚且没占到便宜，何况如今？陛下不体恤百姓，劳师动众，天下必定大乱。大丈夫应该把握机会，成就大业。"

窦建德高举义旗后，也是云集景从，很快便拥兵过万。窦建德之后，天下风起云涌，起义的烽火燃遍全国各地，不可胜数，义军少则数百，多则数万，猛烈冲击隋朝地方政府，攻城略地，天下俨然有大乱之势。

大业七年（611）十月，杨广下诏全国各地官兵征剿义军。可效果并不理想。

杨广该何去何从？

右尚方署监事耿询说："陛下应该马上停止征讨高句丽，先把国内叛乱平定下去再说。"

没想到杨广勃然大怒："朕准备了一两年，现在万事俱备，你让朕撤兵？你信不信朕先把你给撤了？"

耿询鼓起勇气说："如果陛下撤兵，让天下百姓得以喘息，撤掉臣一人的职务，又有何妨？"

杨广当即火冒三丈，令左右逮捕耿询，拖出去斩首示众。大臣何稠一见这阵势，忙为耿询求情。

何稠是大隋著名建筑师，杨广出巡时的观风行殿，就是出自他之手。由于技艺高超，总能满足杨广对高级建筑的需求，何稠一直深受杨广器重。杨广于是赦免了耿询。

耿询可赦免，但征讨高句丽的计划却一刻也不能停。

## 制胜的秘诀

大业七年（611）年底，全国各地军队便已汇集涿郡。

出征前，杨广意气风发，他问合水令庾质："朕以百万大军亲征高句丽，你认为朕能取胜吗？"

庾质本来是个京官，担任主管天文历法的太史令。他还有一个儿子，在齐王府任职，担任齐王的属官。齐王是杨广的次子杨暕。老子是皇帝的宠臣，儿子是皇子的心腹，这不失为一段君臣相亲相爱的佳话。

可杨广却不这样认为。他不喜欢杨暕，他认为杨暕张扬跋扈，野心勃勃，进而怀疑庾质的忠诚："你为何不能一心一意侍奉朕？却让你儿子去侍奉齐王？"

庾质说："陛下怎么能这样想？臣侍奉陛下，臣之子侍奉陛下之子齐王，这不正说明臣对陛下一心一意吗？"

杨广反而勃然大怒："齐王是什么人，你心里不清楚吗？"就这样，庾质被杨广逐出京城，贬到合水县担任县令。

出兵高句丽前，杨广突然很想念庾质，于是将他征召至御前，充当征辽的参谋顾问。

面对杨广的提问，庾质小心翼翼地答道："陛下此次征讨高句丽，自然是会大获全胜，但是，陛下不能……"

庾质的回答戛然而止。他想了想，不能的措辞未免有些激烈，因为那是在否定杨广，于是马上改口道："依臣的愚见，臣不愿，不愿陛下御驾亲征。"

不愿无关乎对错，只是庾质对杨广私人情感的流露，可以理解成：御驾亲征的决定虽然无比英明，但庾质太担心杨广的安危，所以不希望他御驾亲征。

可即便如此，杨广依然不悦，因为他知道庾质话里有话。

他质问庾质："朕征调百万大军，集结于此，现在连敌人的影子都没见到，你却让朕退回后方？"

庾质只好实话实说："如果御驾亲征，万一没有取胜，岂不是有损陛下的威名？"

庾质还真没有轻视杨广。杨广是文学天才，也是权谋高手，政治天赋也不错，但并不是一位出色的军事统帅。

他既没有卓越的军事天赋，也没有丰富的作战经验，年轻时虽然曾统帅50万大军伐陈，但全国人民都知道，他只是个挂名统帅，实际负责统帅工作的是高颎，而具体负责前线军事指挥的则是杨素、贺若弼、韩擒虎等人。

所以他对杨广说："如果陛下留在这里，只是传授一下谋略，下达一下命令，让三军将士得以尽展其才，火速前进，杀高句丽一个措手不及，必定可以取胜。"

"朕御驾亲征三军将士就不能尽展其才？朕看你就是害怕，不敢跟朕御驾亲征，所以才找这么个借口。"

杨广生气地说："既然你那么怕，就留在这里吧，看朕如何大破高句丽。"

## 聪明人打笨仗

大业八年（612）正月初三，征讨高句丽的大军正式出动！

出征前一天，正月初二，杨广举行了隆重的出征典礼，并下诏宣布高句丽不修职贡、侵扰辽东等罪状，号召隋军广大指战员同仇敌忾，英勇战斗。百万大军如巨浪般滚滚而行，而这支超级军队背后的景象则更为壮观——两百万军需物资运送人员。

然而，隋军的阵容虽然壮观，但阵形却一言难尽。

百万隋军分为左右两大方面军，两大方面军又各分十二路大军，每路大军设大将、亚将各一人，共二十四路大军。

二十四路大军全部摆成一字长蛇阵出发，而且，杨广还规定每天只出发一支军队，每支军队前后距离必须保持在40里，每支军队各营也必须连营而进，各营之间的距离保持一致。

这种出兵阵形暴露出两大问题：其一是安全隐患大。百万大军以一字长蛇阵出发，势必千里绵延不绝，首尾不能相顾，一旦遇袭，后果不堪设想。其二是容易错失战机。兵贵神速，每日才出发一支军队，大军何时才能全部抵达辽东战场？恐怕军队还没出发完毕，高句丽就早有防备。

事实上，仅大军的出发仪式，就耗费了长达一个多月的时间。

隋军除了二十四路大军外，还有御营六军、骑兵四团、步卒四团、辎重兵和散兵四团，这些部队均排在二十四路大军之后，依次出发。御营六军最后出发。这六军分别是：内、外、前、后、左、右六军，也排成一字长蛇阵，绵延八十里不绝。

各部队出发时，杨广还制定了严格的行军纪律，各部队无论进军、停驻、扎营，都必须遵循仪法，以保持军容的壮观和行军的节奏感。

如此呆板的行军，简直让人怀疑，隋军不是去打仗，而是去参加阅兵典礼。

阅兵典礼我们都看过，现场除了走方阵的军人，还有两类人群必不可少，一是奏乐壮威的文艺工作者，二是观看阅兵典礼的观众。征讨高句丽大军中也有这两类人群。

杨广征调了一支军乐队,所以隋军各部队出发时,敲锣打鼓,军乐激昂,各部队之间尽管相距数十里,但依然鼓角之声相闻。而观众则是御营六军中的非战斗人员,他们包括宗室、百官、外国政要、僧侣、文武百官家眷等社会各界人士。

出征带上社会各界人士,让他们跑到战场上围观,已是惊世骇俗,更令人惊讶的是,其中还有大量女眷。古代有妇人不入军之说,因为古代军人都是男性,妇人入军容易影响士气。可杨广却认为,让女眷们随同出征,并不会影响隋军士气。

他对宇文述说:"根据礼法,七十出征可以带妇人,你今年六十七,年近七旬,可以带上家中女眷。"

宇文述是杨广的忘年交,曾协助杨广夺嫡,现任隋军左军第九军大将。作为一名高级将领,宇文述当然明白妇人不入军的道理,所以他决定婉拒杨广的好意:"带上女眷出征,恐怕不合适吧?"

杨广说:"妇人不入军,是指打仗的时候。至于把妇人带到营帐里,又有什么关系呢?当年项羽出征,不也常常带着虞姬吗?"

由于有大量女眷等"观众"随行,隋军的行军速度可想而知。直到三月初,还没有抵达辽东战场。

左侯卫大将军段文振忧心忡忡,他紧急上书杨广:"行军速度一定要加快,只要出其不意攻克平壤,伤其根本,高句丽不难征服。如果不能抓住时机,战事必然久拖不决,后勤就会成为一个大问题,到那时,如果高句丽联合靺鞨前后夹击我军,后果不堪设想。"

杨广却认为段文振有些危言耸听。按他的设想,隋军百万大军一到,高句丽君臣就会吓破胆,纷纷向隋军投降。

所以,他为二十四路大军分别设立了一名受降使者。受降使者主管抚慰受降之事,具有很大的自主权和独立性,不受大将节制。

段文振认为杨广太天真,他在奏疏中提醒杨广:"高句丽奸险狡诈,应该严加防备,不要轻易相信他们的投降,以免中了人家的缓兵之计。"

杨广仍旧不以为然。三月十二日,段文振在行军途中抱憾而终,杨广深表哀悼,但依然没有采纳他的建议。后来,杨广为此付出了惨痛的代价。

## 初战告捷

隋军抵达辽东战场时,高句丽并未如杨广设想的那样,君臣上下惶惶不可终日,争先恐后向隋军投降,反而早已修筑坚固的防御工事,并以辽水为天险抵抗隋军。

杨广令隋军临辽水摆开阵势,企图以优势兵力强渡辽水,没想到遭到高句丽的顽强阻击,始终跨不过这道天堑。杨广放眼望去,辽水上隋军战船烽烟弥漫,一片狼藉,不断有隋军将士中箭落水,而对岸却依然遥不可及。隋军士气渐渐受挫,攻势也越来越弱,再这样消沉下去,战争的前景堪忧。

杨广清醒地意识到,该有人来振奋士气了。此时左屯卫大将军麦铁杖主动请缨。

麦铁杖是始兴(今广东韶关)人,在将星荟萃的大隋王朝,他不是才能最杰出的,但绝对是最具传奇色彩的。他早年是南陈的一个贼,被捕后沦为官奴,负责给陈后主撑伞。虽然在皇帝身边工作,但麦铁杖一点也不老实,常偷偷跑出去打劫盗窃。后来东窗事发,但陈后主竟赦免了他。

因为陈后主认为他是个"人才",不忍将他治罪。

麦铁杖的身体素质非常强,力大无穷,几百斤的巨石举过头顶,气都不用喘一下。更值得一提的是,麦铁杖还非常善于奔跑,是个短跑奇才。他飞奔起来,简直如风驰电掣,连战马也跑不过他。

他曾经从南陈首都建康一口气跑到南徐州打劫。建康到南徐州足足有一百多里,麦铁杖跑完一百多里,还有力气打劫,可见他的奔跑天赋多么强。更令人惊讶的是,麦铁杖打完劫,又一口气跑回建康。这时,正是次日清晨,上朝的时候,麦铁杖也不休息,依然健步如飞,入宫给陈后主撑伞。

除了武才出众,麦铁杖的人品其实也可圈可点,尽管他曾是个抢劫犯。据史书记载,麦铁杖性格外向,喜欢交朋友,而且重情重义,知恩图报。

南陈灭亡后,麦铁杖投入杨素军中,因骁勇善战受到杨素赏识,后跟随杨素平定杨谅之乱,又因战功卓越,受到杨广器重。麦铁杖因此对杨广非常感激,无时无刻不想着报答君恩。

当隋军进攻受挫,亟须鼓舞士气时,麦铁杖非常激动,因为他终于等到了报恩的机会。所以他对部下说："这正是我报答陛下的时候。况且，大丈夫性命自有归宿，怎么能窝窝囊囊地死在床上呢？"

于是他自请担任前锋。出发前，他对三个儿子说："你们不必为我担心，我深受国家厚恩，今天正是以死报国的时候，我死得其所。我死后，陛下一定会厚待你们的。"

杨广命宇文恺修建三座浮桥配合麦铁杖进攻。

宇文恺是大隋首屈一指的建筑师，连观风行殿那样雄伟、奢华、精巧的建筑都能制造，建造三座浮桥更不在话下。可杨广万万没料到，宇文恺这一次发挥失常，建造的浮桥短了一丈多。结果，麦铁杖率军冲锋到距对岸一丈多的位置时，无法前进。

无奈之下，麦铁杖只好跳水，从水中发起登陆战。麦铁杖跳水后，身后英勇的隋军将士也纷纷跳水，如此一来，战场形势又迅速发生逆转，原本占据上风的隋军又处于劣势。因为隋军跳水后，站在对岸的高句丽军获得了居高临下的优势。

隋军站在水中作战，本就十分艰难，还得仰攻高句丽军，然后还得爬上岸，登陆的难度实在太大。结果，这一丈多的河面也变成了一道难以逾越的天堑。

隋军苦战多时，损失惨重，始终无法登陆，最后麦铁杖杀出一条血路，终于登上了对岸，但结果却以悲剧收场。麦铁杖虽然登陆，但隋军将士还在水中，这也就意味着，他孤身一人杀入敌军的千军万马之中。

杨广在对岸亲眼目睹了麦铁杖在千军万马中纵横驰骋，直至壮烈牺牲的整个过程。杨广为之潸然泪下，下诏追封麦铁杖为宿国公。麦铁杖牺牲后，隋军士气再度陷入低迷，杨广只好暂且收兵，择日再战。

撤兵之后，大家一致认为，此次隋军登陆受挫，主要原因在于浮桥短了一丈多。于是，杨广又命另一位建筑大师何稠接桥，将那一丈多的缺口补上。

两天后，何稠向杨广汇报，三座浮桥均已加长。杨广再次指挥隋军发起登陆战。这一次，隋军势如破竹，迅速攻到对岸，与对岸的高句丽守军展开血战。高句丽大败，死者上万。

隋军乘势长驱直入，将辽东城团团包围。收到前线捷报，杨广喜出望外，连忙令人准备龙舟。他决定渡过辽水，亲临一线指挥攻打辽东城的战斗。

杨广出发前，特意叫上了两位尊贵的客人，一位是西突厥处罗可汗，另一位是高昌国国王鞠伯雅。杨广想让处罗可汗和鞠伯雅目睹隋军攻下辽东城，以此威慑西突厥和高昌国。但很遗憾，他的愿望并没有实现。

## 将在外，君命必受

兵不厌诈，当有人建议杨广派轻兵突袭高句丽时，杨广却固执地拒绝了。

杨广说："我们征讨高句丽，不是为了开疆扩土，也不是为了功名利禄，而是吊民伐罪，是为了推翻高元的反动统治，拯救高句丽人民于水火。所以，朕要强调一个原则，那就是我军必须光明正大地打赢这一仗。"

杨广要求全军分为三路，务必三路人马同时出战，不许单独出战。这种战术安排，未免有些死板。协同作战当然没错，但何谓真正的协同作战？应该是在合作的基础上，各部队充分发挥主观能动性，而不是强行将各部队绑在一起。战场瞬息万变，如果每次遇到战情，都必须等到其他部队集结才出战，难免贻误战机。

俗话说"将在外，君命有所不受"，这也是因为战场局势易变，如果事事请示君主，难免贻误战机。只有给予将领们充分的自主权，才能随机应变，出奇制胜。可杨广却告诉征辽将领们："一切军事行动，都应该向朕汇报，等待命令，不许擅自行动。"

这一下，将领们的自主权被彻底剥夺，几乎沦为杨广手中的提线木偶。如果杨广是个高明的操控者，倒也问题不大，毕竟他也身临前线，可以随时捕捉战情，制定应对策略。但很遗憾，他不是。

隋军对辽东城发起猛攻，高句丽几次出战不利，只好闭城固守。由于隋军将领失去自主权，所以攻城战打得中规中矩，无非就是最常见的你攻我守，结果猛攻数日，辽东城依然岿然不动。当然，隋军毕竟人多势众，高句丽虽能守住一时，但只要隋军持续不断地攻下去，耗也能把高句丽耗死。

果然，连续多日猛攻后，高句丽终于撑不住，声称要向隋军投降。当此之时，辽东城摇摇欲坠，隋军根本不必理会高句丽，只要一鼓作气，便可攻下辽东城。然而，隋军攻城前，杨广又提出了一条指示，只要高句丽宣布投降，就必须停止进攻，等候他的命令。于是，将领们只得停战，派人奏报杨广，等候命令。

段文振临终前曾提醒杨广，高句丽人奸险狡诈，如果他们投降，千万不要轻易相信。即使没有段文振提醒，杨广也应该能想到这点，毕竟当时的辽东城岌岌可危。然而，杨广却选择了相信。

隋军于是与高句丽商量投降事宜，结果高句丽一面敷衍，一面加工加点修补城墙和防御工事，待一切妥当，立刻翻脸。杨广勃然大怒，当即下令隋军攻城。又是一段旷日持久的猛攻，高句丽再次撑不下去，又再次向隋军提出投降。

碍于君命必受的指示，隋军依然不敢乘机攻下辽东城，但将士们并不沮丧。因为他们相信，奸诈的高句丽人虽然故技重施，但英明的陛下一定不会愚蠢到上当两次。但结果让他们很失望，杨广再次选择了相信。

杨广有一种错误的逆向思维，每当高句丽人宣布投降时，他就想：人人都说高句丽是诈降，高句丽肯定也知道，如果他们真是诈降，为何还要这样做呢？可见他们是真降。这种错误的逆向思维，让高句丽人的诈降屡屡得逞，辽东城获得多次喘息的机会。

结果，隋军从三月下旬开始攻城，直到六月中旬，苦战近三个月，也没有攻下辽东城。

杨广有些焦急，百万大军要吃饭，后勤是个大问题，如果辽东城再久攻不下，一旦发生粮草危机，真如段文振预料的那样，高句丽乘机联合靺鞨夹击隋军，后果不堪设想。

必须尽快破城了，杨广暗下决心。

## 执迷不悟

六月十一日，杨广驾临最前线，指挥攻打辽东城的战斗。

为了监督将士们的行动，杨广特意让何稠建造了一座六合城。此城位于辽东城西，距战场只有几里，杨广住进六合城后，可以随时了解前线隋军将士的动态。但让杨广很失望的是，虽然自己已经驾临最前线，将领们也严格遵照他的指示指挥战斗，但战况并没有得到多大改善。不仅辽东城，高句丽各城皆严防死守，隋军至今没有攻下一座城池。

各路大军中，只有江淮水军的表现稍显出色，它的指挥官是右翊卫大将军来护儿。

来护儿是江都人，曾跟随杨广平定南陈。杨广即位后，作为天子最信任的旧部，来护儿深受杨广器重，历任右骁卫大将军、左骁卫大将军、右翊卫大将军等要职，被封荣国公，恩宠无人能及。

杨广亲征高句丽，命来护儿统帅江淮水军，渡海先行，从浿水（今朝鲜大同江）登陆高句丽。江淮水军威武雄壮，船队绵延几百里，行进至距平壤60里时，遭遇前来迎战的高句丽军。来护儿不负所望，指挥部队从容迎战，大破高句丽军，并扫清前路一切障碍，使平壤城暴露在隋军的火力之下。

来护儿决定一鼓作气，率军攻破平壤。平壤是高句丽的国都，一旦被攻克，对高句丽士气的摧毁，无疑是毁灭性的。然而，当他决定出发时，却遭到了周法尚的阻拦。

周法尚是江淮水军的副总指挥，他反对攻打平壤的理由，深得杨广之心。

他对来护儿说："孤军攻打平壤太冒险了，平壤是高句丽国都，防守必然严密，不如等待各路军队集结，再攻打也不迟。"

来护儿对杨广那套死板的协同战术早就不以为然，他批评周法尚："打仗哪有不冒险的，战机稍纵即逝，等到各路大军集结，黄花菜都凉了。"

于是，来护儿没有听从周法尚的建议，亲率4万精锐直扑平壤城而去。

来护儿攻向平壤城途中，一路势如破竹，直到杀到平壤城下，高句丽军还是不堪一击。隋军士气高涨，来护儿更是得意扬扬，一见高句丽军撤入城中，想也没想，立刻指挥部队尾随而上，并顺利攻入平壤城。

一般攻城战，攻入城中，就意味着取得胜利，但来护儿攻平壤是个例外。来护儿始料未及，高句丽军这一路都是佯败，目的就是把他引入平壤城，因为他们早已在平壤城内埋下伏兵。入城之后，来护儿放纵士兵劫掠，隋军军纪开始涣散。

再强大的军队，一旦失去纪律，就会变成乌合之众。当隋军混乱失序时，高句丽伏兵乘机杀出，隋军被杀得措手不及，来护儿孤身突围，4万精锐只剩下几千残兵。

来护儿之败，并不在于未遵循杨广的指示孤军奋战，而是骄傲轻敌。高句丽的伏击战术并不是十分高明，如果来护儿保持清醒的头脑，完全能够发现其中蹊跷。如果来护儿没有中计，4万隋军精锐，即使不能攻下平壤，也绝不至于被高句丽军杀得一败涂地。

来护儿的战败，不仅让杨广对自己的战术更加充满信心，也让他变得更加自负，下达命令时往往一意孤行，不顾实际。

宇文述统帅的第九军等九路大军作为后续部队，奉命驰援辽东前线，由于后勤补给困难，杨广下令让士兵们自己背着军需物资行军。

军人的身体素质强，如果只是背上几十斤物资，行军几十里地，那完全不成问题。可问题是，士兵的军需物资很沉重，而行军路程又很遥远。一个隋军士兵，需要背负百日粮食，以及排甲、枪槊、衣物等装备物资，总重量超过三石。而部队是从泸河镇（今辽宁锦州）和怀远镇（今辽宁辽阳）出发，集结于鸭绿江西岸，路程长达两三百公里。背着三石的物资，行军两三百公里，而且还要赶时间，别说人，即使牛马也受不了。

士兵们实在背不动，只好边走边扔，减轻负担。

这当然不是办法。可杨广得知后，不是设法解决后勤问题，而是不近人情地下令：敢有遗弃物资者，斩首示众！

他们也不再敢公然遗弃物资，于是都在营帐中偷偷挖坑，将物资埋下去。结果，部队才行军一半，大部分粮食物资都被埋弃，军中面临断粮危机。

这样的部队，即使能走到前线，但还有战斗力吗？宇文述刚抵达前线，就产生了撤兵的念头。

## 诈降：一败涂地

乙支文德突然造访隋军军营。乙支文德是高句丽重臣，此次出使隋军大营，是奉高句丽领导人高元之命，商讨投降事宜而来。高句丽并不是真降，乙支文德自然也不是真为商讨投降之事而来，而是来侦察隋军军情。

这一次，杨广没再上当。他早就料到高句丽可能故技重施，于是给右翊卫大将军于仲文下了一道密旨："若遇高元及乙支文德来者，必擒之。"

但很可惜，杨广的先见之明并没有取得预期效果。乙支文德一到隋军大营，于仲文就准备执行杨广的密旨，将他逮捕起来。没想到遭到尚书右丞刘士龙的训斥。

刘士龙为何反对逮捕乙支文德？因为他是杨广任命的受降使者，其职责就是主管抚慰受降之事。杨广给于仲文下密旨时，忘了给刘士龙也下一道密旨，要求他配合于仲文的工作。刘士龙不知情，所以警告于仲文："陛下三令五申，我们是为吊民伐罪而来，要优待降者。现在人家诚心诚意来投降，你非但不加以抚慰，反而想把人家逮捕，这是严重违背陛下的指示。"

没有人比于仲文更懂杨广的指示，毕竟杨广给他下了密旨，按说，他不必理会刘士龙的抗议，但他却听从刘士龙的建议，把乙支文德放走了。

刚放走乙支文德，于仲文又后悔了，于是马上派人追赶乙支文德。于仲文派去的人很快便赶上了他，但那人不是乘机逮捕乙支文德，而是替于仲文传话。于仲文希望把乙支文德骗回隋军大营，然后再乘机逮捕他。可乙支文德头也不回地渡过鸭绿江而去。

于仲文慌了，这时他才真正意识到，自己犯下的错误究竟有多严重。宇文述也慌了，因为他发现后勤问题越来越严重，军中余粮已经撑不了多少时日。所以他决定和于仲文商议撤兵。

于仲文强烈反对撤兵，还主张派精兵追击乙支文德。对于于仲文的建议宇文述也强烈反对。于仲文勃然大怒："宇文将军统兵10万，却连一个小贼都打不败，还有什么脸面见陛下？"

宇文述突然发现于仲文的坚持不无道理，皇帝让你干一件事，你干了，没干好，那是能力问题；但如果不干，那就是态度问题。态度问题往往比能力问题更严重，尤其是在杨广这种极度自尊的皇帝面前。

于是他马上听从于仲文的建议，率兵渡过鸭绿江，与高句丽军展开激战。

隋军渡江时士气很低落，士兵们由于连续多日没吃过饱饭，触发了强烈的思乡之情，谁也不愿奔赴异域作战。但渡江之后，隋军的进展却非常顺利，一日之内，七战七捷。

接二连三的胜利让宇文述放松戒备，加上迫于各方压力，于是指挥部队长驱直入，东渡萨水（今清川江），兵锋直抵平壤城外30里处。

高句丽决定再次投降。这又是一次诈降，而且连姿态都没做足，上次诈降好歹是乙支文德亲自出马，这次只是由乙支文德派出一名使者谈判。

乙支文德的使者告诉宇文述："如果大隋能撤兵，高句丽一定臣服大隋，而且我们大王还会亲自朝拜大隋天子。"

这种话，高句丽诈降时想必不止说过一次，还有何信用可言？可是，宇文述居然毫不怀疑，接受了高句丽的投降。宇文述当然不会如此愚蠢，他的受降，实在有不得已的苦衷。

杨广原计划水陆两军夹击平壤，可水军初战失利，宇文述率领陆军杀到平壤城外时，水军并没有如期抵达。而且陆军的军粮危机愈发严重，而且将士们连日行军作战，已经非常疲惫，而平壤城险峻坚固、防守严密，短时间内根本不可能攻下。所以，宇文述决定乘商议投降之际，率军撤回鸭绿江西岸，但为时已晚。

此前高句丽每一次诈降，都是发生在遭到隋军猛攻难以支撑的情况下，可这一次，为何隋军尚未攻打平壤，高句丽就宣布投降？

隋军士气高涨时，尚且不能连战连捷，为何宇文述率军渡江后，士气低落的隋军却能一日之内七战七捷？

这反常的一幕幕背后，隐藏着高句丽一个大胆的计划——偷袭隋军主力。

当隋军渡过鸭绿江时，乙支文德就开始策划这一计划，因为他发现了隋军的可乘之机——士兵面有饥色，显然遇到了粮食危机，不能持久作战。

隋军渡江后七战七捷，是乙支文德故意打败仗，目的是消耗隋军的战斗力，同时把隋军引诱到平壤。只要隋军进入平壤，计划就基本成功。

因为隋军既然不能持久作战，而平壤城险峻坚固短期不能攻下，就必然同意高句丽的投降，然后撤兵，这时，高句丽便可倾全国之力袭击隋军。这看上去似乎胜算并不大，因为隋军撤退时不可能不设防，高句丽又有什么把握可以偷袭成功呢？

高句丽有两大制胜因素：其一，隋军本就思乡心切，一旦宣布撤兵，将士们必然更加归心似箭，这会严重降低全军上下的警惕意识与战斗意志。其二，隋军进攻平壤，是渡萨水而来，撤回国内必然也要渡萨水，而萨水在高句丽境内。

宇文述的警惕意识其实还是很高的，撤兵前，他下令部队结成方阵，其目的就是防止高句丽偷袭。由于隋军战斗意志不强，这一部署效果并不明显。

隋军出发后，高句丽军立刻从四面八方涌来，包抄攻袭隋军。隋军无心恋战，只是一味地被动防守，且战且退，一直退到萨水东岸。接下来，就是西渡萨水。渡萨水是隋军撤军最大的一道难关，但只要渡过萨水，隋军全身而退基本不成问题。

七月二十四日，宇文述指挥隋军渡萨水，当隋军渡至中途时，高句丽军突然发起袭击，猛攻隋军后部。隋军仓促应战，损失惨重，左屯卫将军辛世雄当场战死，全军大溃，将士们毫无斗志，疯狂向西岸奔逃，一日一夜行程四五百里，直到鸭绿江岸才敢喘息。

原计划协同宇文述作战的来护儿，得知前线溃败，只好率军从海路撤退。这一战，隋军一败涂地，诸军皆溃，只有两支部队例外。第一支部队是王仁恭统帅的断后部队。这支部队虽然伤亡不小，但成功挡住了高句丽军，使主力部队得以渡过萨水。第二支部队是卫文升统帅的一路大军。这路大军由于警惕性强，没有被高句丽偷袭得逞，成为前线唯一一支全身而退的部队。

百万大军征讨高句丽，初战告捷后，九路大军共35万人浩浩荡荡渡过辽水，深入高句丽境内作战，如今只剩下区区2700人。付出如此惨重的代价，而收获却少得可怜。除了攻占高句丽一座武厉逻城，设置辽东郡和通定镇外，隋军可以说一无所获。

七月二十五日，在极度的失落与不甘中，杨广率余部启程回京。回京途中，征辽的挫败感不断涌上心头，他越想越不服气，越想越不甘心，越想越无法接受这一耻辱的结局。

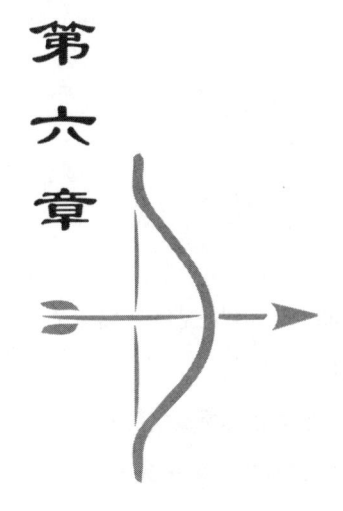

# 第六章 二征高句丽：祸起萧墙

征辽总结大会

张衡的自我救赎

见火不救：二征高句丽

功亏一篑

蓄谋已久

杨玄感的三个选择

洛阳保卫战

反胜为败

杨玄感大战卫文升

劝进

直取关中

## 征辽总结大会

回到洛阳后，杨广召开了一个征辽总结大会。

会上，杨广实事求是地指出，此次征辽虽然略有斩获，但从战争全局来看，无疑是一场彻头彻尾的败仗，一定要追究导致失败的责任人。

杨广说："头一个责任人就是宇文述。意志不坚定，还没上战场，就想着撤兵。到了前线，又骄傲轻敌，中了高句丽人的诡计，然后又想着撤兵，结果被高句丽人袭击，这才导致大败。"

于是，宇文述被捆得像粽子一样，押赴朝堂，接受杨广的审判。

杨广又说："第二个责任人是于仲文。朕明明给他下了密旨，乙支文德若来投降，立刻将他逮捕。可他把朕的话当耳边风，居然放走了乙支文德。如果他当初执行朕的命令，我军能有后来之败吗？"

于仲文也被捆成粽子，和宇文述并排跪在一起。宇文述和于仲文身后，还有一群被捆成粽子的征辽将领，杨广恨不得赏他们一人一记耳光："攻打辽东城时，我军兵力占绝对优势，为何久攻不下？都是因为你们这些人出工不出力，没有严格执行朕的命令！"

将领们一百个不服气："我们真没有消极作战啊！"

杨广把声调提得很高："你是说朕冤枉你们了？"

将领们又不约而同瞟向于仲文，决定把责任都推到他头上："我们之所以没有严格执行陛下的命令，都是因为于仲文没有如实传达陛下的指示。我们都是被于仲文误导了。"

杨广不可能把朝堂上所有征辽将领都处置，于是借坡下驴，释放诸将，而将于仲文下狱。于仲文也一百个不服气，征辽失败，他确实有责任，但若说他误导了前线所有将领，那简直是千古奇冤。下狱后，于仲文忧愤成疾。杨广也知道他很冤，于是乘机赦免了他。只可惜，于仲文一病不起，出狱后不久，便于家中去世。

其实，相比于仲文，杨广最痛恨的是刘士龙。杨广知道，乙支文德赴隋军军营诈降时，于仲文原本打算将他逮捕，因刘士龙的强烈反对才作罢。所以，他决定严惩刘士龙。将于仲文下狱的同时，杨广宣布将刘士龙斩首示众，以谢天下。

赦免诸将后，杨广俯视着殿下的宇文述，流露出难为情的神色。按他对宇文述的控诉，宇文述应该和刘士龙一样，被斩首示众。可是，他和宇文述相交多年，早已建立深厚的友谊。而且，两人还是亲家，他的女儿南阳公主嫁给了宇文述的儿子宇文士及。他实在不忍处死宇文述。可如果不处置宇文述，又不能服众，最后，他想出一个折中的办法，赦免宇文述死罪，但将他削职为民。

最后，杨广对两位将领进行了褒奖。一位是薛世雄。隋军从平壤撤兵，西渡萨水时，高句丽军将薛世雄所部围困于白石山，薛世雄率部英勇反击，大破高句丽军，成功突围。因此，杨广没有追究薛世雄的责任，后来还提拔他为左御卫大将军。另一位是卫文升。由于他统帅的一路大军，是前线唯一一支全身而退的部队，杨广大感欣慰，加封他为正三品金紫光禄大夫。

总结大会在杨广自以为公正客观的氛围下圆满结束。可不久之后，民间却传出种种非议，非议的内容，不仅包括这次总结大会，还涉及整个征辽战事和杨广即位以来的朝政。而让杨广感到震惊的是，制造非议的人，竟是他当年最亲密的战友。

## 张衡的自我救赎

非议的制造者据说是张衡。张衡是杨广的藩邸旧臣，也是杨广最信任的部下，两人可以说是生死之交。当年，杨坚欲废黜杨广，张衡冒着生命危险协助杨广，参与策划仁寿宫政变，杨广这才化险为夷，并如愿以偿地登上帝位。

杨广即位后，自然对张衡非常感激，倾力回报。他先是提拔张衡为御史大夫，又屡屡大加赏赐，其恩宠之隆，颇自骄贵。

当然，这一切都已成为历史，从大业四年（608）开始，两人的关系便逐渐破裂。

仁寿宫之变后，张衡背负着沉重的道德压力，所以，他迫切希望杨广能成为一代圣君，唯有如此，才能证明他当初的决定是正确的，才能弥补内心深处的愧疚。

可杨广即位以来的所作所为，在张衡看来，骄奢淫逸，好大喜功，穷兵黩武，实在与圣君形象绝缘。既然杨广偏离了圣君路线，作为他最亲密的战友，张衡认为自己有义务帮他一把。

张衡决定使出自己搁置多年的看家本领——直言劝谏。当年，他因直言劝阻周武帝出宫打猎而扬名，他相信，凭他和杨广的关系，杨广一定不会对他的忠言弃之不理。但很可惜，这只是他的一厢情愿。

大业四年，杨广驾临汾阳宫（今山西宁武境内），举行盛大的宴会，张衡当时也在席间。宴后，杨广提出汾阳宫规模太小，希望能扩大一些，并特意让张衡负责施工图的制作。

面对杨广的器重，张衡并不高兴，因为他不想接手这种劳民伤财的工作，也不希望杨广再大兴土木劳民伤财。于是，待大臣们散去后，张衡直言不讳地劝谏杨广："近年来劳役颇多，百姓困顿，希望陛下留意，稍稍减少。"

杨广当时很不高兴，但并没有发作。可事后，他想起这件事，越想越不痛快。有一天，张衡前来奏事，他竟然当着张衡的面，向侍臣说："张衡以为朕是靠他的计谋，才夺得天下。"

张衡究竟有没有这种居功自傲的心理？这其实并不重要，重要的是，一旦杨广产生这种认识，张衡的倒霉日子就接踵而至。

有一天，杨广收到了两封奏折，一封举报齐王杨暕违制，将伊阙令皇甫诩带进汾阳宫；另一封举报杨广巡幸涿郡和祭祀恒岳时，前来拜谒的当地父老大多衣冠不整，有失礼数。

这两份谏书与张衡有何关系？杨广故意找碴儿说："张衡身为御史大夫，发生这种事情，他居然没有及时纠正，太不负责了。"

于是，张衡被外放为榆林太守。伴君如伴虎，既然和杨广关系破裂，外出任职也未尝不好，但张衡万万没料到，麻烦并没有随离京而结束。

大业五年（609），杨广再次驾临汾阳宫，并召张衡相见。杨广能召张衡相见，说明他还念及旧情，可一见到张衡，又怒气冲冲。

杨广生气的原因，让张衡哭笑不得，竟然是他身体肥胖。杨广气鼓鼓地对张衡说："多日不见，朕还以为你瘦了，没想到你还胖了几斤，肯定是没有深刻反省上次的错误。"

于是，杨广不想再让张衡赴宴，说："你长这么胖，还是回去吧。"

张衡非常失落，为了修复他和杨广的感情，他不惜一度放弃原则。

不久，杨广让张衡负责监督营建江都宫，这一次，张衡没再劝阻杨广劳民伤财，也没有拒绝这份劳民伤财的工作。

恰恰相反，他非常珍惜这一份工作，因为他认为这是一个修复和杨广关系的重要契机。只要把江都宫修建得令杨广满意，杨广就可能捐弃前嫌，与他重归于好。但张衡始料未及，自己费尽心思，到头来，却是搬起石头砸自己的脚。

江都宫修建期间，有人向张衡送了一份状纸，状告宫监虐待工人。张衡可能为了赶工期，并没有惩治宫监。还把状纸交给了宫监。结果，宫监对举报人打击报复，经常在工作中给他穿小鞋。偏偏这位举报人不是个忍气吞声的人，而他的运气也不错，正当他决定再次举报时，礼部尚书杨玄感奉命前往江都巡视，于是他立刻向杨玄感喊冤。杨玄感认真听完举报人的举报，当场表示：张衡的处理不当。

于是，他决定找张衡谈话，希望能妥善解决此事。可张衡当天莫名其妙，自己都是泥菩萨过江，却关心起他人的事情来。见到杨玄感后，他居然绝口不提宫监的事，反而替薛道衡喊冤。

薛道衡有何冤屈？薛道衡是杨坚时代的重臣，为人博学多才，是当时的"顶流"诗人，粉丝遍布朝野，连高颎、杨素等朝廷重臣也对他颇为敬重。

作为文学发烧友、诗人的杨广，自然也是薛道衡的众多名人粉丝之一，他先后多次向薛道衡表达了自己的崇敬之情。但令人尴尬的是，薛道衡似乎并不喜欢杨广。

有一次，薛道衡被弹劾结党，杨坚一怒之下，将他流放岭南。杨广时任扬州总管，得知薛道衡的遭遇，连忙派人通知他，让他前往岭南时取道扬州。

他早已做好打算，一旦薛道衡抵达扬州，他就乘机向杨坚上书，把薛道衡留在扬州幕府，如此，薛道衡就不必到岭南蛮荒之地受苦。

杨广这样做，可是冒了不小的政治风险。要知道，薛道衡被贬的罪名是结党，在这种敏感时刻，杨广把他留在扬州保护起来，很容易让杨坚误会他是薛道衡的同党。

可事实上，薛道衡根本没搭理杨广，也没有取道扬州，而选择了取道江陵。宁愿去岭南受苦，也不愿到扬州见杨广，可见薛道衡对杨广讨厌到了何等地步！

杨坚去世后，初登帝位的杨广立刻想到薛道衡，并决定重用他。他满怀期待地对内史侍郎虞世基说："道衡到京城后，朕要提拔他为秘书省长官。"

可薛道衡到京城后，秘书监的任命却迟迟没有下达。

薛道衡抵达京城后，立刻写了一篇歌功颂德的文章，但不是歌颂杨广，而是歌颂杨坚。这篇文章题为《高祖文皇帝颂》。杨广看过该文后，又伤心又愤怒，羞愤交加地说："薛道衡歌颂先帝，此《鱼藻》之义也。"

《鱼藻》是《诗经》名篇，此诗通过歌颂周武王而讽刺周幽王。杨广认为，薛道衡撰写《高祖文皇帝颂》，正是效仿《鱼藻》讽刺自己。

杨广扪心自问，自己没有半点对不起薛道衡，可薛道衡却一次次伤他的心。他那颗对薛道衡阳光般温暖的心，终于在薛道衡的一盆盆冷水之下，变得冷酷无比。他当初对薛道衡有多么崇拜，如今便对他有多么痛恨。然而，薛道衡却丝毫不以为意，行事依旧我行我素。杨广无数次想过处死薛道衡，但每次都不忍下手，直到大业五年。

这一年，薛道衡参加一个律令"研讨会"，和大臣们争论不休。薛道衡一气之下，骂道："你们这些无能之辈，若是高颎还在，这种小事早就解决了！"

祸从口出，薛道衡这话，严重触犯了杨广的忌讳。

高颎被杨广以"诽谤朝政"的罪名处死，薛道衡却公开称赞高颎，这不是反攻倒算吗？杨广勃然大怒。怒火烧毁了他对薛道衡的最后一丝崇拜和恻隐之心。杨广借此机会，疯狂地报复薛道衡，最后将他赐死。

薛道衡被赐死后，天下冤之，张衡也是他的众多同情者之一。张衡以为杨玄感也同情薛道衡,所以,当杨玄感找他谈话时,他脱口而出:"薛道衡太冤枉了!"

没想到杨玄感转身就向杨广狠狠地参了他一本。

杨广万万没想到张衡也是薛道衡的同情者。杨广想不明白:薛道衡三番两次拒绝,甚至讽刺朕,作为朕的挚友,你张衡难道不该和朕同仇敌忾吗?

正当杨广伤心愤怒之时,他又收到了一封有关张衡的弹劾奏章。举报人是王世充。王世充举报张衡阳奉阴违,侍君不忠,他说:"陛下巡游时,张衡经常减少沿途酒食供应。"

杨广一怒之下,下令将张衡押解江都市,斩首示众。当杨广的使者前来逮捕张衡时,张衡的脸色难看极了,因为事先毫无征兆。他无论如何也没料到,当年最亲密的战友突然向自己挥起了屠刀。直到被关进死牢,他还不愿意接受现实。

张衡其实并没有看走眼,杨广还是念旧情的,一直把他关在监狱,过了很久,也没有下令行刑。果然,又过了一段时间,杨广心软了,下令赦免张衡。但他对张衡的情谊所剩无几,虽然赦免了张衡,但同时罢免了他的一切职务,以布衣之身获释回乡。

但对张衡而言,失去职务不是最倒霉的,最倒霉的是失去了杨广的信任。失去职务,一旦表现良好,或杨广又念及旧情,随时可能官复原职。而失去杨广的信任,就很难重获信任,而且后患无穷。张衡的退休生活注定不会安宁。

张衡回乡后,杨广在他身边安插了许多密探,监视他的一举一动。这些密探都是张衡的亲属,可以说,张衡的一举一动都曝光在杨广的视角下。为避免被抓住把柄,张衡从此夹着尾巴做人,没想到还是难逃一劫。

大业八年(612),杨广从辽东败退归来,张衡的小妾一纸举报信,控诉他怨恨杨广,诽谤朝政。这让杨广无地自容,杀心顿起。没过多久,张衡就接到了杨广的赐死诏。杨广这次非杀张衡不可,为了防止他抗旨,还特意派出一名使者,监督他自尽。张衡依然心存侥幸,直到使者催促他自尽。

看到使者那副不容转圜的冷酷面孔,他顿时释然,仰面大呼道:"我为人作何物事,而望久活!"

张衡被赐死,产生了一个非常恶劣的影响。连张衡这样的亲信,即使只是委婉地劝谏杨广,尚且不免一死,其他大臣又当如何?于是,本就惧祸的朝臣更加噤若寒蝉,朝廷上下几乎再无尽忠之言。这对一个王朝而言,无疑是败亡的前兆。

可杨广却乐得清静,因为他终于可以随心所欲地执行他的复仇计划。

## 见火不救：二征高句丽

大业九年（613）二月，杨广决定让宇文述官复原职。这一决定，与他的复仇计划有关。从辽东败退回京后，他愤愤不平地对侍臣说："高句丽竟敢侮慢天朝上国。我大隋国力强盛，即使拔海移山也不在话下，何况收拾这个弹丸小国。"

他决定再征高句丽，一雪前耻。这年年初，杨广就开始大肆征兵，集结于涿郡。由于一征高句丽铩羽而归，杨广对隋军的战斗力产生怀疑，于是他又特意招募了一支特种兵，取名为"骁果"。

骁果即骁勇果敢之意，这支部队与普通隋军有两点不同：

其一，普通隋军战斗意志参差不齐，而骁果个个斗志昂扬。普通隋军是府兵，相当于义务兵，军士们再讨厌打仗，也必须入伍。而骁果是募兵，相当于志愿兵，都是渴望在战场上建功立业的勇士。

其二，普通隋军的战斗力参差不齐，而骁果个个骁勇善战。普通隋军由于是府兵，只要身体正常，即使体弱或年迈，也会被强制入伍。而骁果是募兵，都是军方特意从民间招募的武功高手。

杨广希望在第二次征讨高句丽的战场上，骁果能成为一把直插敌人心脏的尖刀。

但他绝对没料到，骁果确实成为了一把尖刀，但插入的不是敌人的心脏，而正是他自己的心脏。这当然是后话，暂且按下不表。

百万大军需要一位合适的统帅，它关系到第二次征讨高句丽的成败，杨广思来想去，还是认为宇文述最合适，所以才决定让他官复原职。可是，在追究第一次征辽失败责任时，杨广已经把宇文述批判得一无是处，现在又让他官复原职，这岂非自打自脸？

杨广只好承认，当初对宇文述的处罚不公，但他同时认为，责任不在他身上。他在让宇文述官复原职的诏书中说："追究责任的时候，由于有关部门提供的信息不全面，朕才误会宇文述了。我军战败，宇文述并没有责任，责任都在负责后勤的军吏，他们军粮供应不足。所以，朕决定撤回对宇文述的处罚。"

兵已集结，将已归队，接下来，就是举兵攻向高句丽。这一次，杨广依然决定御驾亲征。鉴于上次御驾亲征隋军一败涂地，左光禄大夫郭荣极不赞同杨广再次御驾亲征，但他的话说得很委婉："千钧之弩，不为鼷鼠发机，夷狄无礼，自该臣下讨伐，陛下堂堂大国领袖，何必亲自征讨小小的高句丽？这不是自降身份吗？"

庾质也反对杨广御驾亲征。出征前，杨广问："此次征讨高句丽，你认为结果如何？"庾质说："臣的看法还是不变，我军一定能胜，但陛下没必要御驾亲征。"

一听到这话，杨广就火冒三丈："没有人比朕更懂打仗了。朕上次御驾亲征，亲临一线指挥，尚且难免一败，如果让他人代替，岂不是更会一败涂地？"

三月，杨广从洛阳出发，踏上二征高句丽的征途。

此时，隋朝的国土上狼烟四起，农民起义越演越烈，义军队伍如雨后春笋般涌现，而且大多已成气候，少则数万人，多则十余万。后院已是烈火熊熊，救火还唯恐不及，杨广却见火不救，跑出去发动对外战争，大臣们无论如何也不理解。

杨广说："朕的看法也不变，几个刁民，能掀起什么风浪？待朕征服高句丽，收拾他们不是小菜一碟！"

四月二十七日，杨广亲率大军渡过辽水，两天后，令宇文述和上大将军杨义臣率先头部队直扑平壤而去。

第二次征讨高句丽之战即将打响。

## 功亏一篑

虽然杨广不愿承担第一次征讨高句丽失败的责任，但在他的内心深处，并不真认为自己没有责任。他只是天生骄傲，不肯认错。他心如明镜，自己在指挥上存在明显问题，那就是管得太宽，事无巨细都要干涉，严重限制了前线将领的自主权。所以，此次出征高句丽，他特意强调：前线将领可以相机行事，不必事事请示。

隋军初战告捷。王仁恭率军进抵新城，遭遇高句丽数万大军阻击。王仁恭亲率1000精骑，竟杀得高句丽军连连败退，被迫撤回城内固守。

不过，隋军的整体进展并不顺利。由于上一次战争结束后，高句丽总结出了丰富的战斗经验，所以此次与隋军交战，高句丽表现得非常从容。攻打辽东城的战斗中，隋军将辽东团团包围，四面同时出击，并先后利用飞楼、云梯攻城，甚至还采取了地道战，但高句丽总能见招拆招。

隋军猛攻辽东城20多日，双方皆损失惨重，但辽东城依然岿然不动。隋军又利用冲车攻城。

所谓冲车，相当于古代的装甲车，车身由木板和牛皮包裹，一般有五层高，里面满载士兵，车底装着轮子，由士兵推动。车上还装有一根又长又粗包裹着铁头的木杆（冲杆），用来撞击城墙。

在这次进攻中，杨广特招的骁果一马当先，其中又以沈光的表现最为出众。沈光是吴兴（今浙江湖州）人，他爬到冲杆顶端，临城与高句丽军短兵相接，连杀十几名高句丽士兵。高句丽军见状，潮水般涌向冲杆，围攻沈光。沈光越战越勇，可是，他毕竟是站在冲杆上作战，突然身子一歪，原来一脚踩空，从冲杆上直摔下去。冲杆距地面高达数十米，从上面摔下去，非摔成肉饼不可。千钧一发之际，戏剧性的一幕发生了。

沈光摔至半空，眼前突然出现一条绳索，他连忙伸手，死死抓住。这条绳索是从冲杆上垂下来的，它的另一端被牢牢系在冲杆上，就这样，沈光靠着这条绳索，捡回一条性命。沈光抓住绳索重新登上冲杆后，并没有撤退，又继续向上爬，与城上的敌军鏖战。

杨广站在指挥部向东眺望，亲眼目睹了沈光的英雄事迹，后来，沈光成为他最信任的将领，时常随侍左右。

杨广很担心，辽东城再久攻不下，隋军会重蹈一征高句丽的覆辙。他下令全军再一次发起猛攻，将士们在他极富感染力的战斗宣言下，无不奋勇当先，一往无前，但很遗憾，战事依然没有任何进展。杨广顿时意识到，辽东城久攻不下，不是前线将士的问题，他决定改变战术，寻找新的突破口。

不得不说，杨广颇有些创造性思维，能够在战场上做出一些出人意料的创举。隋军之所以难以攻下辽东城，不正因为辽东城高大，隋军"居下攻上"处于劣势吗？如果把隋军的地势提高到与辽东城同样的高度，隋军还会处于劣势吗？

可如何才能提高地势？一般人既不敢想，更不敢做。可杨广既敢想，也敢做。他下令制作100万个布袋，并将每个布袋都装满土，然后沿着辽东城层层堆积，硬是堆出了一条宽20米左右、高度与辽东城相等的坡道。

如此一来，隋军将士便可登坡道攻城。这种攻城战术，可比利用云梯高效得多，不仅登城难度小，而且可以大队人马同时向城上守军发起进攻。但这也有一个问题，高句丽人不可能眼睁睁看着隋军登上坡道，一定会采取措施阻止隋军，比如向登坡道的隋军将士射箭。

杨广于是再一次发挥他的创造性思维。他又下令制造了一种八轮楼车，楼车的高度比辽东城还高，隋军登上楼车后，面临居下攻上劣势的反而变成了高句丽军。

杨广决定上下两线同时进攻。下线，登坡道攻城；上线，登楼车向辽东城内射箭。如此一来，高句丽军"上下"受敌，"上支下绌"。

杨广眺望前线，不断有隋军士兵从坡道攻入辽东城，起初是单兵攻入，渐渐变成三五成群攻入，后来是数十人同时攻入。前方将士攻入，后方跟随而上。城上的高句丽军迅速被隋军稀释，隋军人数正在超越高句丽军。

杨广更是惊喜地看到，高句丽军已经黔驴技穷，在隋军的强势进攻下，就像一个顽强的弱者，面对身材伟岸肌肉发达的对手，虽然还在竭力抵抗，但只有招架之功，毫无还手之力，而且随着隋军攻势加强，连招架也越来越艰难。

辽东城被攻克已是近在眼前。但正当辽东城摇摇欲坠之时，突然发生了一场意外，导致功亏一篑。意外不是发生在前线，而是后方。

大业九年（613）六月，后方传来紧急军情，杨玄感举兵谋反，兵锋直抵东都洛阳。

隋朝国土上早已遍地狼烟，造反队伍车载斗量，多杨玄感一个不多，少杨玄感一个不少，这似乎并不值得大惊小怪。但杨广对杨玄感谋反非常紧张。

杨玄感出自关陇贵族集团，又担任礼部尚书的要职，在隋朝统治阶层拥有很高的威望和影响力，他的造反，可以直接动摇隋朝的统治根基。

杨广忧心忡忡地对纳言（门下省长官）苏威说："杨玄感这孩子很聪明，现在造反，恐怕必成大患。"

他不自觉地放缓攻势，因为他要思考隋军的下一步动向，是继续攻下辽东城，还是回师平定杨玄感的叛乱。毋庸置疑，这对杨广而言，是个无比艰难的选择。

## 蓄谋已久

杨玄感是杨素的长子。虽然出身顶级贵族家庭，但杨玄感年幼时常被人轻视，人们都说这孩子脑子不太灵活，将来难成大器。只有一人不这样认为，就是他的父亲杨素。杨素逢人便说："我儿子脑子好使，一点也不呆。"知子莫若父，事实证明，杨玄感岂止不笨，简直堪称百里挑一的人才。

杨玄感成年后，喜欢读书，爱好骑射；入仕后，政绩出色，尤其是在反腐问题上，做出了可圈可点的成绩。担任郢州刺史时，他常派人明察暗访，调查下级的廉政情况，只要有人贪污腐败，哪怕只是仨瓜俩枣，也会被他察觉。

贵族家庭出身的孩子往往有一个特点，那就是对皇帝的忠诚度不高，因为皇帝对他们而言，没有那种高高在上的神秘感。皇帝当皇帝前，可能是他们的哥们，不是哥们也可能沾亲带故，总之太熟悉了。

杨玄感认为，如果北周末年起兵的是他的父亲杨素，父亲也能改朝换代，那么，现在皇帝就不是杨广，而是他杨玄感。

高贵的出身和卓越的才能，使杨玄感积累了极高的威望和影响力，国内名流俊才纷纷投在他门下。而恰在此时，杨广在穷奢极欲的同时还四处耀武扬威，结果画虎不成反类犬，弄得朝纲紊乱，怨声载道，威望一落千丈。

于是，杨玄感产生了取而代之的野心。当然，很多人都有野心，但不是所有人都会将野心付诸实践，最终促使杨玄感下定决心的，恐怕还与他当时的处境有关。

杨玄感认为他当时的处境很危险。因为他的父亲杨素曾被杨广猜疑。杨素去世后，杨广竟对侍臣说："假使杨素不死，最终也会被灭族。"

杨广对杨素的猜疑，让杨玄感颇不自安，与其提心吊胆过日子，还不如为理想奋力一搏。早在杨广西巡时，杨玄感就决定下手。当时，杨广西巡返程途经大斗拔谷，遭遇暴风雪，狼狈不堪，杨玄感便决定乘机偷袭杨广的行宫。

这其实并不是一个明智的选择。所幸，杨玄感动手前，与叔父杨慎进行了谋划。杨慎的态度颇值玩味，他并没有反对杨玄感"谋逆"。他只是劝告杨玄感："忠于皇帝的大臣还很多，你可千万别胡来啊！"杨玄感只好取消行动。

杨广继承了父亲杨坚的多疑，对亲贵勋臣们颇为猜忌，但令人遗憾的是，他千防万防，却唯独没有防备杨玄感。非但如此，他还对杨玄感非常赏识，颇为信任。二征高句丽前，杨玄感请兵出征，没想到杨广非常高兴，还说："将门出将，相门出相，此言诚不虚也。"

于是，杨广交给杨玄感一项非常重要的任务，前往黎阳（今河南浚县）督运军需物资，负责百万征辽大军的后勤。杨玄感连忙跪表忠诚："保证完成任务！"

可是，杨玄感到达黎阳后，对工作不闻不问。前方军队早已出动，后方物资却迟迟未至，杨广火冒三丈，派人去催促他。

杨玄感心不在焉地说："我每天加班加点筹集物资，路上反贼太多，所以物资不能按时运抵前线。"

其实，物资不是不能按时运抵前线，而是杨玄感根本没想让它按时抵达。接到运粮任务的当天，杨玄感就和虎贲郎将王仲伯、汲郡赞治赵怀义等人谋划，故意滞留军需物资，扰乱前线将士军心。

这样做的目的是什么？自然是乘机举兵造反。

六月三日，杨玄感进入黎阳城后，索性关闭城门。他担心被人怀疑，于是派家奴伪装成从前线归来的战士，并带来了一个爆炸性的消息——征辽水军司令来护儿谋反。

既然来护儿谋反，作为隋军将领，当然有义务协助杨广平定叛乱。于是，杨玄感乘机大肆征调民夫，召集义兵，制造兵器盔甲。

时间长了，狐狸尾巴难免会露出来。他督运物资的同僚——治书侍御史游元开始怀疑他的动机。

杨玄感只好向他摊牌："独夫肆虐，使自己陷于绝地，这正是天亡他时。我打算率领义兵，诛灭无道之君，不知您有没有兴趣一起？"

游元说："你家受国隆恩，你兄弟几人无不高官厚禄，可你非但不思报国，反而恩将仇报，举兵造反，还道貌岸然地说什么替天行道？"

杨玄感红着脸说："我就问你一句，你跟不跟我干？"

游元大义凛然地说："我宁死不干！"

为了避免游元"捣乱"，杨玄感决定成全他的忠义。游元遇害后，杨玄感召集部下，并挑选身强体壮的民夫5000人、船夫3000人充兵，举行隆重的誓师大会。

会上，杨玄感慷慨激昂地说："皇帝无道，不恤百姓，穷兵黩武，征辽而亡者数以万计,现在我决定与君等起兵,拯救百姓于水火,君等以为如何?"

杨玄感没想到,反响出奇的热烈,民夫们都饱受无休无止的劳役之苦,早就对杨广恨之入骨,一听到这话,无不欢呼雀跃。人心可用,杨玄感起兵已成功一半,但还有一个非常重要的步骤没有完成,那就是制定起兵的方略。起兵后具体该如何行动,是向西直取国都大兴城,还是向东攻打杨广,杨玄感一时还拿不定主意。

恰在此时,一位谋士风尘仆仆地从大兴城赶到黎阳。

## 杨玄感的三个选择

　　这位谋士正是李密。李密和杨玄感一样，也是顶级贵族家庭出身，他的曾祖父李弼是西魏八柱国之一，祖父李耀是北周太保，父亲李宽是隋朝上柱国，封蒲山郡公。

　　与杨玄感不同的是，大业年间的李密，表现得非常低调，而且从未进入政治核心圈，尽管他当时已经袭封蒲山郡公。

　　李密低调，当然不是他喜欢低调，而是杨广不喜欢他。杨广第一次见到李密，就非常讨厌他。当时，李密正在宫里担任侍卫。有一天，杨广入宫，看到一个皮肤黝黑的侍卫，突然一阵心慌。他忙问宇文述："那个皮肤黝黑的侍卫是谁？"宇文述说："他是已故蒲山郡公李宽的儿子，名叫李密。"杨广说："这人仪表不凡，不像个老实人，以后别让他在宫里宿卫了。"李密也很识趣，主动辞官回家，并谢绝一切应酬，只做一件事，那就是读书。

　　也正是读书，让李密和杨玄感成为莫逆之交。有一天，李密坐在牛车上读《汉书》，恰好被杨素看到。他见李密仪表不凡，又酷爱读书，顿时心生好感，于是决定试一试他的才华。他把李密请到家中，与之交谈，果然不出所料，李密是个满腹雄才的人。杨素非常高兴，于是让杨玄感与之结交。

　　杨玄感为人骄傲，经常戏弄李密，但李密每次都会一本正经地告诫他："论带兵打仗，我不如你；但论领导才能，指挥天下豪杰，你不如我。你怎么能够因为家里条件比我好，就轻慢我呢？"

　　每次面对李密这样告诫，杨玄感都嬉皮笑脸，但心里却着实敬佩他。

　　杨玄感起兵后，亟须帮手，他第一个想到的，就是李密。事实上，早在起兵筹备阶段，他就派家奴前往长安，通知李密和弟弟杨玄挺赶赴黎阳。李密抵达黎阳的时间不早不晚，正逢杨玄感起兵。

　　远远望见李密，杨玄感连忙一路小跑过去，并紧紧握住他的手。杨玄感激动地说："你常常以拯救天下为己任，现在正当其时，不知有何妙计？"

　　赶赴黎阳途中，李密便已想好计策，他说："我有上中下三策，不知你选择哪一策？"

杨玄感说:"哪三策,你先说说看呗。"

李密说:"第一策是直取杨广,这也是我的上策。"

杨玄感当时就很疑惑:"就这还上策?恐怕有些难度吧。你不妨说说,如何直取?"

李密:"天子远征辽东,北有强胡,南临大海,东边是高句丽,只有向西一条退路。如果能出其不意,进驻蓟州,据守临渝关(今辽宁抚宁境内),就等于截断了杨广的退路。高句丽得知,必然追击隋军,到那时,隋军前无退路,后有追兵,一旦粮草告罄,必然军心大乱,一哄而散,天子便可一战而擒。"

一旦擒住杨广,便可挟天子以令诸侯,起兵不就成功了吗?这似乎是一个很好的计策。

可杨玄感想了半天,不置可否:"还是先说一下你的中策吧。"

李密说:"中策是攻取大兴城。即刻发兵,向西长驱直入,沿途不要攻城,以最快的速度抵达大兴城,守军一定措手不及,大兴城可一战而下。攻占大兴城后,杨广虽然可以从辽东返回,但已失去根本。我军可以占据关中险要,收买人心,与杨广形成对峙之势,然后再图进取。"

杨玄感有点儿心动,但他依然不置可否:"你的下策又是什么?"

李密有些难为情:"下策可不是什么好计策,搞不好是个馊主意。"

没想到这反而勾起了杨玄感的好奇心:"是不是馊主意,你先说嘛!"

李密说:"这个计策吧,本来也不太坏,如果唐祎没跑的话。"

一提到唐祎,杨玄感就怒不可遏:"他不过就是个小人物,能造成什么影响!他本是河内郡一个小小的主簿,我提拔他当怀州刺史,想让他跟我一起干,没想到他竟然偷偷跑了。"

"我的下策就是袭取东都洛阳,号令四方。可如果唐祎已经把起兵的事告知东都守备,东都一定会有所防备,短期不可能攻下。一旦攻城超过百日,援兵就会从各国各地涌来,后果不堪设想。"

杨玄感哇呀一声:"这明明就是上策,你居然把它当下策!"

李密简直难以置信:"你真认为袭取东都是上策?"

杨玄感说:"没错,文武百官的家属都在东都,只要攻下东都,就能瓦解杨广集团的人心。况且,如果经过城池却不攻取,如何能彰显我军威风?"

李密沮丧地说:"但愿唐祎没有告密。"

杨玄感转过去,以不容商榷的语气下令:"我意已决,大军随时准备出发。"

## 洛阳保卫战

唐祎怎么可能不告密？杨玄感提拔他为怀州刺史，他也不愿跟随杨玄感起兵，说明他忠于朝廷，既然如此，他当然会把起兵之事告知东都。

但即使唐祎不告密，杨玄感也很难拿下洛阳城。杨玄感的军队只有七八千人。主要由民夫和船夫组成，而且装备严重不足，很多士兵都没有弓弩甲胄。

杨玄感首战不利。他的第一战，是攻打横亘在黎阳和洛阳之间，阻挡义军西进的河内郡。河内守军总指挥正是唐祎。杨玄感让弟弟杨玄挺率领一支部队为前锋，攻打河内，唐祎据城坚守，杨玄挺苦战不克。但杨玄感并不泄气，或许，他一开始就没想让杨玄挺攻下河内。

杨玄挺所统帅的，是一支只有 1000 人的偏师，他的任务，可能只是做一次试探性进攻，以便确定义军西进路线。既然河内难以攻克，杨玄感决定取道今河南新乡。

新乡境内有一座重要的渡口——临清关，杨玄感决定从临清关渡过黄河，然后向西突袭洛阳。但很遗憾，这一计划并没有成功。

由于唐祎已经向东都告发杨玄感起兵，东都留守樊子盖动员百姓据守临清关，杨玄感被迫率军东撤。一直撤到汲郡（今河南淇县东），杨玄感突然下令停军，因为他发现，再撤就会撤回黎阳，此地距黎阳只有几十里。

汲郡以南是黄河，杨玄感决定从汲郡南渡黄河，然后再向西进军。这一次，杨玄感没有遇到阻碍，而且取得了意想不到的收获。一路上，投奔杨玄感的百姓很多，据说"从之者如市"，义军实力大增，声威大震。

杨玄感于是兵分三路：第一路军总指挥是杨积善，他也是杨玄感的弟弟，率领 3000 人马从偃师以南沿洛水向洛阳进军；第二路军总指挥是杨玄挺，率军从白司马坂（今洛阳东北）越过邙山向南进军洛阳；第三路军总指挥由杨玄感本人兼任。这支部队对外号称"大军"，其实只有 3000 余人，杨玄感率领它紧随第二路大军，保持十余里的距离。

一周之内，第一路军和第二路军先后与隋军展开激战。东都方面得知叛军西进，决定御敌于城门之外，先后派出两支部队迎战叛军。

第一支部队 5000 人，由河南令达奚善意率领，渡洛水迎战义军第一路军。第二支部队 8000 人，由将作监裴弘策率领，赴白司马坂迎战第二路军。

两支部队的表现都非常令人失望。达奚善意率领第一支部队迅速渡过洛水，在洛水南汉王寺扎营，打算以逸待劳歼灭叛军。义军第一路军总指挥杨积善也做好了打一场硬仗的准备。但他没想到，官军完全是纸老虎，次日，他刚率领义军杀到，官军就乱作一团，不战而溃。就这样，杨积善轻而易举地缴获了官兵所有装备物资。第二支部队在裴弘策的率领下，于白司马坂与第二路军展开激战。官兵盔明甲亮，装备精良，但斗志却远不如义军，交战没多久，稍落下风，便狼狈而逃，武器装备丢得满地皆是。

看着阵脚大乱，一窝蜂败退的官军，义军冲上去就砍，如入无人之境，杨玄挺却突然下令停止追击。官军逃了三四里，发现义军没有追上来，裴弘策当即整顿队伍，决定反击。杨玄挺这才下令进军。官军在对面等候义军杀来，但等了很久也没看到义军，据斥候回报，义军的行军速度很慢，跟散步似的，而且走走停停，现在正坐在地上休息。官军不敢主动进攻义军，义军既然正在休息，一时半会想必不会过来。官军有些累了，也想休息，却不料，义军突然一跃而起，气势汹汹地杀来，官军毫无心理准备，被杀得连连败退。义军五战五胜，兵锋直抵洛阳城东，裴弘策仅率十余骑狼狈逃入城中。

三路大军同时向洛阳迅速推进，杨玄感驻军洛阳城东上春门，准备攻城。

但攻城前，他必须先解决两个问题：一是扩大队伍规模，洛阳城城高墙坚，凭手中这点人马，还不足以攻城；二是鼓舞士气，义军的士气很高，但攻打洛阳毕竟非比寻常，需要将士们拿出百倍的斗志和勇气。

杨玄感很善于利用自己的贵族身份煽动人心，每次举行誓师大会，他都会告诉义军和围观群众一个道理："我身为上柱国，家财万贯，富贵至极，为什么还要冒着灭族的风险起义？都是为了拯救万民于水火啊！"

人们都很吃他这一套，每次誓师大会结束，都会出现这样壮观的一幕：父老争献牛酒，子弟赴军营投军者，数以千计。

没过多久，杨玄感的队伍就扩大到 5 万余人。但攻打洛阳的战事却并不顺利。

隋朝由于是北方统一南方，加上朝廷关陇集团子弟充斥，所以有一种轻视南方人的风气。可杨广二征高句丽前，却力排众议，让一个南方人主持东都的守卫工作。

这个南方人正是樊子盖。樊子盖是庐江（今安徽合肥）人，祖父樊道则是南梁越州刺史。他历仕北齐、北周和隋三朝，自开皇年间起，长期在西北和岭南当地方官，直到大业九年（613）才被调回京城，担任东都留守。

南方人和地方官的身份，给樊子盖在洛阳的工作造成了很大的阻力。那些出身高贵的京官轻视他，不配合他工作。杨玄感攻打洛阳时，京官们自作主张，背着樊子盖进行军事部署，事后也不向他汇报。更有甚者根本不听他指挥。比如裴弘策，当樊子盖派他出征再战义军时，他居然拒绝执行命令。

但樊子盖也不是吃素的，他很懂得如何树立权威，当即令人将裴弘策押出去斩首示众。可京官们还是不太把他当回事。樊子盖只好采取更严厉的措施。有一次，国子监祭酒杨汪见到他，稍有不敬，樊子盖当场勃然大怒，并下令将杨汪斩首。杨汪连忙磕头求饶，直到头破血流，樊子盖才决定赦免他。如此一来，东都所有京官都知道樊子盖是个狠角色，以至于不敢仰视他。樊子盖终于得以号令百官，令行禁止。

杨玄感出动全部精兵攻城，树威后的樊子盖从容调配人马，随机应变，灵活守城，使杨玄感始终无法攻克洛阳。

但樊子盖的树威也带来了一些负面影响。杨玄感攻城时，名将韩擒虎之子韩世谔、观王杨雄之子杨恭道、宰相虞世基之子虞柔、征辽水军司令来护儿之子来渊、宰相裴蕴之子裴爽等40多位贵族子弟应募从军，当他们在城外与义军鏖战时，听说裴弘策被斩，皆不敢入城，索性向杨玄感投降。杨玄感虽然没攻下洛阳，但得到如此多贵族子弟投奔，义军声威复振。

洛阳依然固若金汤，杨玄感预计短期内不能攻下。为了阻止援军救援洛阳，杨玄感决定分兵，把守通往洛阳各要道。

他分出四支部队，第一支5000人，把守洛阳西北慈磵道；第二支5000人，把守洛阳南部伊阙道；第三支也是5000人，把守洛阳东部门户虎牢关；第四支3000人，被派去牵制军事重镇荥阳的官军。

整个中原战场，又逐渐朝义军有利的态势发展。而辽东战场上的杨广，却正处于左右为难的焦灼之中。

## 反胜为败

杨广对农民起义军从来都是不屑一顾，但杨玄感的叛乱，着实令他惊慌。他恨不得立刻撤兵平定叛乱，但看着指日可下的辽东城，又很不甘心，毕竟他为此付出了太多，甚至背负了千古骂名。

苏威一直在安慰他："陛下不必担心，杨玄感这人粗枝大叶，成不了大事。"

"怕就只怕……"苏威连自己也难以说服，"万一大家都效仿杨玄感造反，事情就不太妙了。"

杨广长叹一声："是啊，这可如何是好？"

几天后，杨广收到一个更令人忧心的消息，正是韩世谔等贵族子弟投奔杨玄感。

洛阳人心离散，而辽东军营里，也出了叛徒。此人名叫斛斯政，官拜兵部尚书，和杨玄感私交很深。杨玄感密谋造反时，斛斯政就是他的谋主之一。杨玄感起兵时，弟弟杨玄纵正在辽东军营，后来逃到杨玄感身边。而协助杨玄纵逃跑的，正是斛斯政。

杨玄纵逃跑后，杨广勃然大怒，决定追查杨玄纵的党羽，虽然还没查到斛斯政头上，但做贼心虚的斛斯政极为不安，竟因此投降高句丽。

斛斯政的投降，坚定了杨广撤兵平叛的决心。斛斯政是兵部尚书，掌握隋军太多军事机密，他投降高句丽后，为了取得高句丽的信任，必然会将这些军事机密和盘托出。高句丽一旦清楚隋军底细，隋军若想攻破辽东城，就不再那么容易。既然如此，与其在辽东城下耗着，不如先回国平定叛乱。

斛斯政于六月二十六日投降高句丽，仅过了两天，二十八日，杨广就密令撤兵。但隋军规模太大，无论将士们如何小心，都难免闹出动静。尤其是，杨广为了加快行军速度，下令将多余的武器装备、攻城器械、营垒等物资丢弃，以至于堆积如山，使高句丽人很快发现异常。

由于是匆忙撤兵，隋军撤退时很不成体统，将士们人心惶惶，阵脚大乱，各路兵马分离涣散，毫无章法。

此时正是追击隋军的绝佳时机，但高句丽人聪明反被聪明误，他们担心是隋军的诱敌之计，不敢出城追击，只是在城内击鼓呐喊。直到第二天中午，高句丽才派出少量部队出城，但不是追击隋军，而是侦察隋军是否真的撤兵。

士兵回城汇报，隋军确实正在撤兵，但是，也不排除是诱敌之计。于是，高句丽人又开始在城上敲锣打鼓。又过了两天，高句丽人已经很确定隋军正在撤兵，这才派出一支战斗部队出城追击。虽然是奉命追击隋军，但他们却根本不敢接近隋军，总是与隋军保持八九里的距离。于是，隋军前进，他们也前进；隋军停驻，他们也停驻。

直到将至辽水，得知杨广和隋军主力已经渡过辽水，他们才敢百分之百确定隋军正在撤兵，于是迅速逼近隋军后部。但隋军后部也有几万人，人数是高句丽军的几倍。不过，面对这些归心似箭毫无斗志的隋军，高句丽军毫不畏惧，当即采取包抄偷袭的战术出击。这一战，高句丽军获胜，歼灭了隋军几千老弱残兵。

第二次征讨高句丽，就以这种虎头蛇尾的方式结束。

隋军虽然依然铩羽而归，但损失不太大；高句丽虽是获胜方，但损失也不小，毕竟杨广撤兵前，辽东城正陷入摇摇欲坠的险境。

杨广回国后，想起当初庾质反对御驾亲征，再联想到杨玄感叛乱，突然有些理解他："你当初不让朕御驾亲征，就是担心国内有人叛乱吧？"

又马上问道："你认为杨玄感能成功吗？"

庾质说："他肯定成不了。"

杨广忙问："你就那么确定？"

庾质说："杨玄感确实很有地位，也很有势力，但他没有声望，只想利用百姓，心存侥幸，但如今天下一统，他是钻不到空子的。"

杨广笑着说："你分析得很有道理，但反动派，你不打他，他是不会自己倒下的。"

说罢，他站起身来，对侍臣说："去把宇文述和屈突通两位将军请来。"

## 杨玄感大战卫文升

杨广让宇文述和屈突通乘传车发兵讨伐杨玄感。和宇文述一样，屈突通（复姓屈突，名通）也是一代名将。屈突通是长安人，善骑射，好武略，由于为人正直，性格严厉，江湖人称——"宁食三斗葱，不逢屈突通"，宁愿吃三斗葱，也不愿与屈突通交往，因为你一旦犯错，他能让你比吃三斗葱还难受。

然而，屈突通虽然严厉，却并不冷酷，有事实证明，他其实是个很有慈悲心的人。开皇年间，屈突通奉杨坚之命前往陇西巡视牧场，结果发现有关官吏隐藏了2万多匹马。这件事性质非常恶劣。杨坚龙颜大怒，决定将太仆卿慕容悉达等1500多名管事官吏全部处斩。

屈突通认为杨坚太偏激："人命至重，马再重要，也只是畜生，陛下怎能因畜生而处死1500多人？"

杨坚正在气头上，两只眼睛瞪得像灯笼似的，嗔视着屈突通。屈突通知道自己很危险，所以他已经做好赴死的准备："只要陛下能赦免这1000多名官吏的死罪，臣愿意以死谢罪。"

所幸，杨坚并没有被愤怒冲昏头脑，过了一阵，他冷静下来，当场向屈突通认错，并决定赦免1500多名官吏死罪。这件事也让屈突通在杨坚心中留下了良好的印象，使他深受杨坚和杨广两代帝王器重，历任左骁卫大将军、左侯卫将军等职。

让屈突通这样正直且原则性强的将领领兵平叛，杨广非常放心。让杨广同样放心的，还有征辽水军司令来护儿。

按说，杨广应该猜疑来护儿，毕竟他的儿子来渊已经投靠杨玄感。换作任何人，都难免担心——来护儿会出于关心儿子的安危，或在儿子的怂恿下，加入风头正盛的杨玄感集团。

事情再一次验证了杨广的识人之明，得知杨玄感叛乱后，来护儿的表现令他非常满意。来护儿奉命出征高句丽，行军至东莱（今山东莱州），杨玄感攻打东都的军情传来，他立刻决定，回师救援东都。

但他的决定遭到麾下将领的一致反对，理由是水军奉命攻打高句丽，没有陛下的命令，不能自作主张，擅自回师。所以，他们拒绝执行来护儿的命令。

来护儿痛骂将领们不知变通，他说："洛阳被围，心腹大患；高丽逆命，疥癣之疾，孰轻孰重，你们心里没点数吗？国家有难，岂能视而不见！"

他知道将领们担心什么，所以郑重地表示："如果陛下追究擅自回师之罪，由我一人承担，绝不牵连他人。"

来护儿眸子里突然寒光四射："但是如果还有人阻扰回师，军法处置！"

大军回撤后，来护儿也担心一件事，一支奉命出征的部队突然违令撤退，而且还是直奔东都而去，难免惹人怀疑。他必须马上向杨广汇报，以免引起不必要的误会。杨广当时正在涿郡，于是他让儿子来弘、来整奔赴涿郡汇报情况。

见到来弘、来整时，杨广已经下令让来护儿平叛，所以他高兴地说："来将军回师之日，正是朕下令之时，可见君臣之间是多么默契！"

杨玄感即将面临三路大军围剿。除了宇文述、屈突通所部和来护儿所部两路大军，还有一路大军是由卫文升统帅的。这支军队已经和杨玄感交战。

卫文升名玄，字文升，洛阳人，一征高句丽时，因所部成为前线唯一一支全身而退的部队受到杨广赏识。二征高句丽时，他虽然没有跟随杨广出征，但杨广交给他一项更重要的任务，辅佐代王杨侑留守大兴城。

卫文升是个极具战略眼光的人。杨玄感攻打洛阳时，他完全没必要出兵救援，毕竟他的职责是留守大兴城，只要确保大兴城安然无恙，就圆满完成了杨广交代的任务。但他清醒地认识到，从战略安全的角度上考虑，洛阳是大兴城的一道屏障，只要洛阳还在，大兴城就很难被攻下。反之，一旦洛阳失陷，大兴城势必人心惶惶，杨玄感挟大胜之威攻打大兴城，大兴城能坚守多久？

但令人遗憾的是，卫文升是个战略上的巨人，却是个战术上的凡人，至少他的战术水平远不如杨玄感。

杨玄感与卫文升相反，战略上平庸，却是个战术高手。他具有一种极富感染力的领导魅力，每次作战，必身先士卒，将士们无不被他的慷慨激昂所振奋。每一个目睹杨玄感作战的人都会情不自禁地惊叹：这个长期担任文职的贵族公子，竟然也有西楚霸王之勇！

卫文升和杨玄感的初战发生在洛阳城北。当时，卫文升手握 4 万大军，杨玄感军队数量不详，但保守估计不会超过 4 万，因为他当时总共才 5 万余人，还分出几路人马把守各要道。

卫文升抵达洛阳城北后，杨玄感主动出击，一战便将卫文升击败。卫文升且战且退，驻守金谷。经过短暂休整，卫文升卷土重来，又率步骑两万攻打杨玄感，结果再次被杨玄感击败。

卫文升的军队越打越少，杨玄感却越打越多，已经拥兵10万。卫文升顿时陷入非常尴尬的境地，如果继续进攻，当初人数占优尚且不是杨玄感的对手，现在就更难取胜；可如果就此退兵，当初又何必出兵？但他最终还是选择了迎难而上。他率领仅剩的一万余人进驻邙山以南，邀请杨玄感展开决战。

这一战异常激烈，一天之内，交锋十余次，双方都杀红了眼，但结果有些出人意料，卫文升小胜一筹，杨玄感稍稍退却。

卫文升的胜利其实有运气成分在内。因为官军一个弓弩手侥幸射中了杨玄感的弟弟杨玄挺，导致他当场阵亡，叛军士气受挫。但叛军兵力并未遭受多少损失，受挫的士气，在杨玄感极富感染力的鼓动下，也很快再度振奋。

卫文升驻军邙山以北，打算继续与杨玄感纠缠。虽然，他的人马越来越少，与杨玄感的实力差距越来越大，但他坚信自己一定能取得最后的胜利，因为宇文述和来护儿两路大军正在马不停蹄地奔赴洛阳途中。

# 劝　　进

连败卫文升数场，杨玄感自我感觉非常好，但李密却感觉很不妙。他发现杨玄感有一个毛病——喜新厌旧，只记新人好，不念旧人情，对新人言听计从，却对旧人越来越疏远。

攻打洛阳以来，先后有两位谋士加入杨玄感集团。一位是韦福嗣。他原为内史舍人，被樊子盖派去攻打杨玄感，结果被杨玄感俘虏。杨玄感很喜欢韦福嗣，直接把他从俘虏提拔为"机要秘书"，让他和自己的亲信胡师耽共同负责公文处理。另一位是李子雄。在杨广眼中，李子雄是个吃里扒外的小人，恩将仇报的叛徒。

李子雄是隋朝开国功臣，曾参与统一南陈之战，历任幽州总管、民部尚书、右武侯大将军等职，还被封建昌县公。杨广一度对他非常信任，按说他不应该投奔杨玄感，但李子雄却对外宣称：他从未想过背叛杨广，投奔杨玄感，完全是被杨广逼的！

二征高句丽，李子雄奉命出征，在来护儿手下效力。杨玄感起兵的消息传到行宫，杨广怀疑李子雄，派使者逮捕他，锁送行宫受审。得知杨广派人逮捕自己，李子雄的反应很极端，没人知道这种极端的原因，是真面目被杨广识破，还是痛恨杨广猜忌忠臣。他直接杀了使者，然后头也不回投奔杨玄感而去。

韦福嗣和李子雄的到来，迅速取代了李密在杨玄感心中的地位。虽然杨玄感很信任韦福嗣，但韦福嗣并不想帮杨玄感造反，每次杨玄感和他谋划，他总是把话说得模棱两可。

这一切，李密看在眼里，急在心里。他私下对杨玄感说："韦福嗣还在观望形势呢！他根本不是我们的人，建议您立刻除掉他，留着他恐怕坏大事。"

杨玄感却轻蔑地说："你又在危言耸听。"

李密一阵苦笑。事后，他又无奈又担心地对朋友说："楚公真是个奇葩，喜欢造反，却又不想获胜，我们恐怕都将成为俘虏。"

李子雄倒是真心实意地帮杨玄感造反，但他的所作所为，很让李密担忧。

李子雄加入杨玄感集团后，最关心的一件事，就是杨玄感何时称帝。见杨玄感迟迟不称帝,他就没日没夜地劝说。杨玄感造反,不正是想做皇帝吗?这一劝,终于让他心动,但现在称帝时机成熟吗?

这个问题,还得请教李密。但李密表示这个问题很难回答,他清醒地意识到,杨玄感已经开始冷落他,两人不再像从前那样亲密无间,彼此可以掏心掏肺。他知道,有些话很容易触犯杨玄感的忌讳,招致杀身之祸。

但他最终咬牙决定,即便如此,还是要真诚地和杨玄感谈一次。回答杨玄感前,他毫不讳言地表达了自己的担忧:"从前陈胜称王,张耳劝说,结果被打压排挤;曹操想加九锡,荀彧劝阻,结果被诛杀。我知道,如果我反对您称帝,可能也会落到这样的下场。但我还是要说,因为我不想阿谀奉承。"

杨玄感面无表情,说:"说说你反对的理由。"

李密说:"起兵以来,我们确实打了不少胜仗,但形势依然不容乐观,一是郡县一级的官员几乎无人响应,二是东都的防守力量还很强大,而且各路援兵正在马不停蹄地赶来,起义成功八字还没一撇,就迫不及待称帝,这有意义吗?只能暴露出您的狭隘。您的当务之急不是称帝,而是趁热打铁,尽快平定关中。"

李密的担忧显然是多余的,杨玄感听到这话,并没有任何不满的情绪,反而大度地仰面大笑,从此不再提称帝之事,无论李子雄如何劝说。

形势确实如李密所说,不容乐观,屈突通的大军已经抵达河阳(今河南孟州西),距洛阳不过百里,随时都可能渡过黄河,与洛阳城内守军里应外合,夹击叛军。

杨玄感心急如焚,忙找来李子雄,与他商议对策。

## 直取关中

李子雄对屈突通颇为忌惮。

他对杨玄感说:"屈突通精通军事,一旦他渡过黄河,那就胜负难料了。"

杨玄感忙问:"那该如何是好?"

李子雄说:"其实也好应对,屈突通不是还没渡河吗?您不如分出一支人马,前往黄河渡口阻止屈突通渡河,同时抓紧对洛阳的进攻,争取在屈突通渡河前攻下洛阳。"

杨玄感立刻分兵阻击屈突通。但部队还没出发,洛阳城内守军突然杀出城,直扑杨玄感军营而来。杨玄感被杀得措手不及,他怎么也想不明白,一直"龟缩"城内的守军,为何突然出城主动出击?

直到他发现守军的进攻有一个特点,每次他准备分兵,守军就出城杀来,才恍然大悟。原来,樊子盖早已看破杨玄感意图,所以通过主动进攻叛军军营的战术,使杨玄感无法分兵阻击屈突通。

樊子盖这一招非常成功,由于没有遭遇叛军阻击,屈突通顺利渡过黄河,驻军破陵(今河南孟津东)。此地距洛阳只有二三十公里。

洛阳守军和破陵援军一前一后,对叛军虎视眈眈,西面还有驻扎邙北的卫文升部,杨玄感为避免被打成夹心饼干,只好从攻打洛阳的主力中分出两支部队,一支抵抗卫文升,另一支抵抗屈突通。如此一来,攻打洛阳城的兵力就明显有些不足。樊子盖乘机主动出击,失去兵力优势后的城下叛军被杀得连连败退。

自起兵以来,杨玄感从未如此窝囊,一连打了好几个败仗。眼看着形势对义军越来越不利,杨玄感急忙召开军事会议,商讨对策。李子雄说:"我军连战连败,而洛阳援军越来越多,再打下去只会输得更惨,我建议从洛阳撤兵。"

撤兵之后呢?李子雄的提议深得李密赞同。李子雄说:"我军可以绕过洛阳,直奔关中,打开永丰仓接济贫民,京师之地不难平定。然后,我军以京师之地为后方,把守险要,再向东争夺天下,也可以成就王霸之业。"

这不正是起兵之初李密向杨玄感所献的中策吗?李密虽然很赞同,但他担心杨玄感不会接受，毕竟此方案早已被他拒绝。没想到杨玄感的态度与当时大为不同，他正在认真考虑。

杨玄感认为，既然洛阳已难以攻克，入关也不失为一条出路，但他担心的是，此前已经放出攻克洛阳的大话，一旦撤兵，将士们会怎么想？万一影响士气，人心散了，队伍顷刻间便会瓦解。

李密连忙献上一计："弘化留守元弘嗣手握强兵，我们可以扬言他造反，派人迎接我们。我们放弃洛阳，不是攻不下，而是为了与元弘嗣会师。"

李密的计策给了杨玄感很大的灵感。他连忙下令各部队解除对洛阳的包围，全军向西进发，同时宣称："我军已攻破洛阳，现在要去攻取关中。"

义军进至弘农（今河南三门峡境内），遇到一群身份不明的父老拦道。父老们似乎很拥护义军，他们对杨玄感说："附近的弘农防守空虚，又有许多粮食，可以把它攻下。"

这绝对是一个馊主意。别说弘农只是储粮丰富，即使有一座金山，攻下它又有何意义？杨玄感不可能凭借一座弘农城而对抗整个天下。

杨玄感的当务之急，是袭取关中作为根据地，然后与杨广形成东西对峙之势。如果出兵攻打弘农，就是为了一座毫无战略意义的城池，而错失一块成就霸业的根据地，完全得不偿失。

可杨玄感偏偏对这个馊主意很感兴趣。不过，他暂时还没忘记自己的目的，所以并没有下决心攻打弘农。

弘农太守杨智积却生怕杨玄感不攻打弘农。他对下属说："杨玄感打算攻取关中，一旦让他得逞，后果不堪设想。现在他已进入弘农，我们应该设法牵制住他，阻止叛军西进。"

于是，当杨玄感率军抵达弘农城，杨智积亲自登城，站在城墙上指着他破口大骂。杨玄感果然被激怒，下令攻城。正当义军与弘农守军激烈交锋时，宇文述正率领大军气势汹汹地赶来。

李密赶忙劝阻杨玄感："您欺骗将士们向西进军，兵贵神速，何况追兵即将赶来，怎能在此地耽搁？如果不能攻取关中，退无可守，大众一散，何以保全自身？"

杨玄感没有听从。他相信自己很快便能攻下弘农城，不会耽误突袭关中。攻克弘农城，痛击杨智积，挟大胜之威昂首西行，岂不快哉？然而事与愿违，杨玄感率部猛攻三日，穷尽一切办法，连火攻也用上了，始终没有攻克弘农城。

杨智积生怕杨玄感知难而退，又登上城楼，指着他鼻子破口大骂，还冷嘲热讽，说他是个废物，率领这么多人马，连一座小小的弘农城也攻不下。

看到杨智积那副"小人得志"的样子杨玄感就火冒三丈，但最终理性战胜了感性，他还是选择西行。

只可惜，杨玄感的理性来得太晚。义军绕过弘农城才行军百里，刚抵达皇天原（今河南灵宝市西），就被官军追上。

追上杨玄感的官军，可不止宇文述一路大军，还有卫文升、来护儿、屈突通等多支部队。他们能够追上杨玄感，都要感谢杨智积在弘农对杨玄感的牵制。

杨玄感指挥部队与官兵展开激战。这一战非常壮观，义军摆开阵势，绵延50里而不绝，但可惜中看不中用，一天之内，被官军连败三场。

杨玄感率残部且战且退。大业九年（613）八月一日，退到董杜原的杨玄感重新布阵，与官军展开决战。这一战如群狮搏饿狼，各路官军如愤怒的雄狮一拥而上，扑向早已筋疲力尽如饿狼的义军，结果毫无悬念，义军被官军杀得七零八落，一败涂地。

杨玄感却在人群中越战越勇，所到之处，所向披靡，终于杀出一条血路，突出重围。虽然如此，但杨玄感已是英雄末路，从者寥寥，沦为"隋朝项羽"。

事实上，跟随他成功突围的部下比项羽垓下突围还少，只有十余骑，但和项羽一样，杨玄感突围后，身后也有一支骑兵奋力追赶。杨玄感逃到上洛（今陕西商洛市境内）时，被骑兵追上。只见杨玄感猛地调转马头，朝迎面而来的骑兵大喝一声，这一声力发千钧，猛如雷霆，对面人马皆惊，乱作一团，竟渐渐退去。杨玄感拍马飞奔，东行至葭芦戍（今河南卢氏西）时，身边只剩下一人，就是他的弟弟杨积善。更落魄的是，他的战马也累倒了，只能和杨积善一起徒步而行。

身后是一望无际的追兵，杨玄感自知无法脱身，但他绝不愿被擒受辱，于是对杨积善说："你杀了我吧，别让我被追兵侮辱。"

杨积善沉默了半晌，然后二话不说，抽刀将杨玄感杀死。刀刃上的血还未冷，杨积善又猛地朝自己的胸膛捅去……杨积善模模糊糊地看到追兵正在砍杨玄感的脑袋。他自杀没有成功，追兵砍了杨玄感的脑袋后，将他和杨玄感的首级一并送至杨广的行宫。

杨广决定穷治杨玄感谋反案。他对裴蕴说："杨玄感振臂一挥，就有10万人跟随，可见天下人不必多，多了就容易出反贼。如果不把这些反贼杀干净，无以惩后。"

他让裴蕴和樊子盖处理谋反案。两人秉持他的旨意,大肆株连,先后诛杀3万余人,但其中大半无辜,与杨玄感谋反毫无关联。

杨玄感集团的重要成员大多被酷刑处死。

杨积善被杨广判处车裂之刑。临刑前,他对杨广说:"杨玄感是我杀的,可不可以免死?"杨广冷酷地说:"不行!你杨积善像枭鸟一样狠毒,朕决不能放过你。"于是,杨广不仅处死了杨积善,还将他改姓为枭。

无意谋反的韦福嗣也被处死。杨玄感西进时,韦福嗣就乘机脱离杨玄感,逃到洛阳自首,可即便如此,他依然被杨广处以车裂之刑。

但杨玄感的亲信中,有一人逃过了这场杀戮,他就是李密。杨玄感兵败后,李密逃亡被捕,押送杨广行宫。途中,他趁押送官兵不备,翻墙而逃。而他的传奇事迹,也正从此时开始逐渐步入高潮。

# 第七章

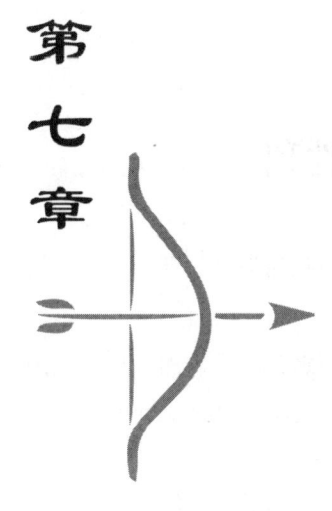

## 原形毕露：雄主人设的崩塌

三征高句丽：耻辱的胜利
可怕的预言
雁门之围：杨广命悬一线
坚守还是突围
有惊无险
杨广惹怒三军
自欺欺人
三下江都：逃避

## 三征高句丽：耻辱的胜利

二征高句丽因杨玄感造反草草收场，与唾手可得的胜利失之交臂，让杨广极不甘心。

平定叛乱后，杨广想到的第一件事，就是再次出兵高句丽。然而，当时的国内环境已不容许他如此任性。国内起义形势越演越烈，已经有不少人称王称帝，比如有个叫刘元进的义军首领，就公然自称天子，建立朝廷。

刘元进是余杭（今浙江杭州）人，长得和刘备一样，双臂下垂过膝。杨玄感攻打洛阳时，他起兵响应，短短一个月时间，就聚集了几万人马。

刘元进是个很有领导魅力的人，杨玄感兵败后，他又收编了拥兵7万的朱燮、管崇部义军，部队一下发展到十多万人的规模，并让今浙江和福建一代的豪杰纷纷杀掉地方官起义而响应他。

但杨广却对刘元进非常鄙视。他一向瞧不起农民起义军，认为他们都是难成气候的乌合之众，而那些农民起义军的首领，本质上仍不是一群见识鄙陋的乡巴佬。他认为刘元进也不例外。

当刘元进进驻建安（今福建建瓯）时，杨广派王世充率数万大军征讨。王世充的表现让杨广很满意。由于义军此前被隋将吐万绪大败，士气大挫，官军渡江后，连战连捷，又利用诱降的手段，坑杀义军3万余人，短短一个月时间，就基本平定起义，并斩杀了刘元进。

这一场速胜，更加坚定了杨广对农民义军的偏见，于是三征高句丽马上提上议程。大业十年（614）二月三日，杨广召集文武百官，商议征讨高句丽之事。

没错，是商议，杨广并没有明确表示出兵，他说："去年征辽失败，实在太可惜了，若不是杨玄感叛乱，辽东城早已攻下。高句丽还未臣服，朕决定再次出兵，当然，现在国内情况比较困难，所以想听听诸位的意见。"

可是，一连好几天，都没有任何人发表意见。大臣们不是不想发表意见，而是不敢。虽然国事越来越乱，但杨广却越来越刚愎自用。

有一次，他居然狂傲地对侍臣说："你们都以为朕是继承先帝的皇位才君临天下，其实，如果让朕和天下士大夫比试才学，朕也应该当皇帝。"

后来，他又把秘书郎虞世南吓了一大跳。帝王们都喜欢标榜自己宽容大度从谏如流，可杨广却毫不讳言地对虞世南说："你给朕记住——朕天生不喜欢臣下进谏，尤其是讨厌那些想靠进谏出名的达官贵人。至于卑贱之士，朕可以稍微宽容些，但如果他们没完没了，朕照样不会心慈手软！"

既然皇帝都已放出话来，要对进谏者痛下杀手，谁还敢反对征讨高句丽？

三月二十日，杨广正式下诏三征高句丽，并再次从全国各地征兵，百路并进。

国内形势决定杨广很难征到足够的兵力。首先，全国各地都已爆发起义，青壮年纷纷投奔义军，导致兵源严重不足。其次，那些没有参加义军的丁男，见二次征讨高句丽都铩羽而归，也不愿从军。为了凑足兵力，各级政府只好抓壮丁，但抓来的壮丁有一个"缺点"，就是战斗意志低下，以至于出征途中不断发生逃亡事件。

就连杨广的随行部队中也有士兵逃亡。从洛阳到涿郡途中，不断有士兵逃亡，杨广为了刹住逃亡之风，只好采取极端手段。

三月二十五日，杨广抵达临渝宫（今河北抚宁境内），祭祀黄帝，并斩杀逃亡士兵献祭，将其鲜血涂在鼓上。但这依然无法阻挡士兵们成群结队逃亡。

和士兵逃亡同样让杨广头疼的是征兵失期。七月十七日，此时距下诏征兵已过去近五个月，杨广也已驾临怀远镇（今辽宁辽中），但所征调的士兵还有相当部分没到。杨广只好停驻怀远等候，可一连等了很多天，士兵们仍然未到。

虽然隋军缺员严重又士气低迷，但胜利却来得很迅速。七月下旬，来护儿兵临毕奢城（今辽宁复县西北），高句丽发兵迎战，隋军大战高句丽军，直逼平壤城。

高元惊慌失措，决定遣使投降。一征高句丽时，高句丽多次诈降，以此获得喘息之机，从容备战。这一次，高句丽不过小败一场，就连忙遣使投降，难道也是诈降？这一次是真降。

此前两次征讨高句丽，高句丽虽然获胜，但都是惨胜。尤其是第二次，高句丽由于损失太大，以至于明知隋军撤军，也不敢贸然偷袭。

两次战争导致高句丽国力大损，摇摇欲坠，此次隋军来战，高元本抱着侥幸心理，试探性地发起反击，结果一触即溃，于是他马上决定投降。

七月二十八日，高元正式遣使出使隋营，商讨投降事宜。为了取得杨广的信任，他还特意给杨广备上了一份"投降礼"。这份投降礼就是叛徒斛斯政。一个背叛自己国家的人，当然无法得到敌人的尊重，只能被当作物品利用，即便他曾经位高权重。

杨广非常高兴，连忙派使者撤回来护儿大军。可来护儿却很不高兴。他对部下说："简直是耻辱！大军三次出征，都没有平定一个小小的高句丽，说出去都没脸见人。"

于是，他产生了一个大胆的想法："高句丽已经非常疲惫，不如乘机攻打平壤，到时擒获高元，高歌凯旋，岂不快哉？"

他随即草拟了一份请战书，希望杨广批准他出兵。

他的助手——曾出使西突厥说服处罗可汗归降的崔君肃，提醒他放弃这个疯狂的念头，没想到来护儿非但不听从，还辩解道："陛下非常信任我，我完全可以自行决断。高句丽已经非常虚弱，我宁可俘获高元受到处罚，也不愿放弃这个机会。"

崔君肃见来护儿固执如蛮牛，只好采取迂回战术，对他的部下说："陛下信任来将军，所以他才如此任性。可你们呢？如果你们跟随来将军抗旨，一定会被陛下严惩。"

诸将一听到这话，纷纷要求撤兵，来护儿只好下令班师。

八月初，杨广也从前线启程回京，但这一次不是回东都洛阳，而是回阔别已久的西京大兴城。

自东都洛阳修建后，杨广很少回大兴城，因为他不喜欢住在大兴城，为何这次突然返回大兴城？因为他要到太庙告捷，向列祖列宗汇报征服高句丽的伟大功绩，尤其是向他的父亲隋文帝杨坚。杨坚当年也打算征服高句丽，但由于粮道不畅，未能如愿，如今自己成就了先皇也无法成就的事业，杨广想想就觉得扬眉吐气。

十月二十五日，杨广抵达大兴城。一回到大兴城，杨广立刻准备太庙祭典，还特意让高句丽使者参与。斛斯政也参与了这次太庙祭典，但是以罪人的身份接受审判，虽然如此，杨广最终也没有放过他。七天后，他被押赴金光门处死，挫骨扬灰。

祭告太庙时，杨广非常希望有一个人参加，他就是高元。如果高元能以被征服的藩臣的身份参加祭典，那该有多么得意！

杨广于是派使者征召高元入朝觐见。但高元拒绝入朝觐见。杨广愤怒地认为，自己又被高元耍了，他当初的投降，完全是出于喘息考虑，而没有任何臣服之心。他立刻下令整顿兵马，准备发起第四次征讨高句丽之战。这一次，他不会再给高元任何偷奸耍滑的机会。

## 可怕的预言

依然没人敢劝阻杨广征讨高句丽，但四征高句丽最终没有成行。杨广主动放弃了第四次征讨高句丽。杨广主动放弃征辽，是因为国内起义蜂起。起义形势的发展，给杨广四征高句丽带来了三大问题。

一是兵源问题。三征高句丽时，便因起义问题，导致兵源严重不足，现在起义形势更严重，就更是难以招兵。

二是军需问题。义军在各地打打杀杀，冲击地方政府，严重削弱了地方政府的行政力量和对辖区的控制力，官府已经没有能力像从前那样挨家挨户征收赋税，因此根本筹不到足够的军需物资。

三是道路问题。随着起义的蔓延，通往高句丽的道路已经很不太平，随处都有纵横驰骋的义军。三征高句丽班师途中，杨广便遭到了义军袭击，邯郸义军首领杨公卿率8000义军伏击御营第八队，劫走42匹御马扬长而去。

关于道路问题，杨广最担心的，还不是部队出征时被义军伏击，毕竟官军无论人数还是装备都远在义军之上，而是粮道被骚扰。

一旦征辽大军抵达高句丽战场，而后方粮道却被义军骚扰，甚至被截断，导致前方军粮短缺，后果不堪设想。

杨广还担心一件事，这件事在他看来比以上三大问题更严重，那就是有人效仿杨玄感，趁他出征高句丽发动叛乱。杨广的担心，已经有具体的怀疑对象，他就是郕国公李浑。

李浑和杨玄感一样，也出自关陇贵族集团。他的父亲李穆是四朝元老，一生历经北魏、西魏、北周和隋朝四个朝代，曾是隋文帝杨坚的父亲杨忠的部下，是杨坚的叔叔辈，先后被封太师、上柱国、申国公，还被赐丹书铁券。

李浑本人也是隋朝功臣之一，时任右骁卫大将军，而且，他早年还和杨广交情匪浅。杨广还是晋王时，出任扬州总管，而护送杨广外任的，正是时任骠骑将军的李浑。

既然如此，杨广为何还怀疑李浑会效仿杨玄感叛乱？因为有人告发李浑谋反。

告发者是宇文述。宇文述和李浑关系不一般，他是李浑的大舅哥，可是，他却常在杨广面前攻击李浑，甚至还指使党羽虎贲郎将裴仁基诬告李浑谋反。

宇文述为何如此针对自己的妹夫李浑？又为何要诬告李浑谋反？李浑是隋代有名的美男子，史称他姿貌雄伟，美髯须，只可惜，他是李穆的第十个儿子，没资格继承李穆的申国公爵位。

但他一直觊觎申国公的爵位。李穆的合法继承人是他的嫡长子李惇，但李惇先于李穆去世。李浑本以为自己有机会，没想到李穆去世后，朝廷让李惇之子李筠袭封申国公。李筠和李浑的关系很坏，李浑认为他太吝啬，一怒之下，竟派人刺死了李筠。李筠遇刺后，由于无子，朝廷只好从李穆的后辈中另选继承人。李浑认为自己的机会又来了，于是找到宇文述，希望他帮自己争取到李穆的继承权。

宇文述无利不起早，李浑见状，只好把心一横，承诺他："如果我能袭封申国公，每年封国内租税收入的一半都送给你。"

宇文述笑歪了嘴，直奔东宫而去。当时东宫的主人还是杨勇，宇文述对杨勇说："立继承人只有两个原则，要么以年龄，要么以才德，申国公李筠后嗣断绝，李穆的子嗣中没一个成器的，除了李浑，不如让他袭封申国公。"

就这样，在宇文述的帮助下，李浑如愿以偿袭封申国公，后改封郕国公。李浑痛恨侄儿李筠吝啬，事实上，他也大方不到哪里去。袭封申国公的前两年，李浑还能兑现承诺，但第三年开始，他就后悔了。想到每年都要把租税收入的一半送给宇文述，李浑就像割肉一样心疼，于是第三年开始他不再给宇文述送钱。宇文述派人索要，李浑也坚决不送。于是，宇文述决定报复李浑。

宇文述诬告李浑谋反是在大业十一年（615），而李浑出尔反尔是在仁寿年间，其间相隔十多年，宇文述为何早不报复晚不报复，偏偏在十多年后报复？

与一位相士有关。这位相士名叫安伽陀，有一天，他忧心忡忡地告诉杨广，民间正在盛传一条谶语——李氏当为天子，并劝他杀尽天下姓李之人。

杨广当然不会这样做，却对一个叫李敏的人产生杀机。隋朝李姓名人很多，比如李密和李渊，这两人无论名气还是能力，都远在李敏之上，杨广为何偏偏对李敏心存杀机？与杨坚生前的一个噩梦有关。

杨坚称帝之初，有一天，他做了一个梦，梦见洪水淹没都城。李敏的小名叫洪儿，联想到"李氏当为天子"的谶语，杨广很担心，这条谶语的应对者就是李敏。杨广召见李敏，将这两件事坦诚相告。李敏明白，杨广这是想让他自杀。

但这与宇文述诬告李浑有何关系？原来，李敏和李浑的关系也不一般，他是李浑的亲侄儿。杨广既已开始猜疑李敏，而李氏门第显赫，他岂能不提防李氏一族？果然，宇文述一告发李浑谋反，杨广立刻采取行动，将李浑一族下狱。

紧接着，杨广让尚书左丞元文都和御史大夫裴蕴负责，审理李浑谋反案。结果连审了几天，都没有找到任何李浑谋反的罪证。

杨广虽想乘机打倒李氏一族，永除后患，但如果没有任何证据，他也不便下手。

正当杨广左右为难时，宇文述自信勃勃地说："臣有办法找到证据。"

宇文述说："这个案子的突破口不在李浑，也不在李敏，而在李敏的夫人。"

李敏的夫人名叫宇文娥英，出身极其显赫，她的父亲是周宣帝宇文赟，母亲是宇文赟的皇后杨丽华，而杨丽华又是杨广的亲姐姐，所以宇文娥英也是杨广的亲外甥女。

宇文述知道宇文娥英从小娇生惯养，吃不了苦，如今她却被李浑谋反案牵连，关进了阴冷潮湿的监狱。

一日，宇文述入监狱巡视，特意召出宇文娥英，语重心长地说："夫人，您贵为陛下的外甥女，又何患无贤夫？"

宇文娥英很纳闷："我有贤夫啊，又高又富又帅，而且善于骑射，精通音律，这不是被你们抓起来了吗？就是李敏。"

"可他现在不是了。"宇文述冷冷地说，马上又恢复语重心长："我的意思是，夫人既然不愁贤夫，又何必吊死在李敏一棵树上？李敏与妖谶相符，陛下是绝不会放过他的，夫人应该早为自己打算。"

宇文娥英早就受够了牢狱之苦："我也想离开这个鬼地方，可这不没想到办法吗？"

宇文述说："如果夫人信得过我，保你立刻出狱。"

"那就请先生赐教。"

宇文述连忙支开狱吏，柔中带刺地说："您可以当污点证人。"

"告谁？"宇文娥英明知故问，因为她不敢相信宇文述竟然让她出卖自己的丈夫。

宇文述却轻松地说："夫人告或不告，李敏都难逃一死，但对夫人来说，不告，您就是李敏的同党；告，就是和反贼划清界限。夫人好好想想吧。"

很快，杨广便收到了一封宇文娥英亲笔书写的举报信，信中写道："陛下英明，李敏和李浑的确想效仿杨玄感谋反。李浑曾对李敏说："你的名字符合谶语，当为天子。现在陛下穷兵黩武，民不聊生，正是天亡大隋之时。若陛下再征讨高句丽，你我必为大将，到时可乘机起兵，一举夺得天下。"

"举报信"是宇文述交给杨广的。杨广看完，竟流着泪对他说："如果没有你，朕的江山社稷不保。"

既然有人证，杨广认为，李浑谋反案已无须再审。杨广宣判：李浑谋反案罪证确凿，李浑、李敏等32位主犯判处死刑，其余亲属除宇文娥英外，无论男女老少，一律流放岭南。

宇文娥英被特赦，恢复自由之身。可终究还是没能逃脱杨广的魔爪，几个月后被赐毒酒而死。

处理完李浑谋反案，杨广自以为除掉心头大患，心情大好，但想到国内起义蜂起，尤其是三征高句丽的失败，又无比沮丧。这种时好时坏的心情，使他在深宫里越住越郁闷，于是把目光聚焦在了塞北。

塞北是他帝王事业走向高潮的标志性地点，当年北巡东突厥，启民可汗亲率各部落首领俯首称臣，何等风光。于是，杨广决定再次北巡东突厥，重温昔日的荣光。但他万万没料到，今日的东突厥，早已不同往日。

## 雁门之围：杨广命悬一线

东突厥早在六年前就变了天。大业五年（609），启民可汗病逝，其子咄吉世继位，号始毕可汗。始毕可汗是个桀骜不驯、野心勃勃的人，他不像父亲启民可汗那样对杨广恭顺有加，早就想脱离隋朝的控制。即位六年以来，他不断发起军事行动，兼并周边各部落，使东突厥的势力逐渐壮大，并引起了裴矩的警惕。

为避免东突厥威胁到隋朝北疆，裴矩向杨广献上一计：将宗室女嫁给始毕可汗的弟弟叱吉设，并封他为南面可汗。这样做可谓一举两得。一是可以分化瓦解东突厥。一旦南面可汗的旗帜成功竖起，东突厥便有两个可汗，一分为二，实力必然大大削弱。二是可以扶持亲隋实力。叱吉设接受隋朝册封，自然就是隋朝的人，而他若想在东突厥立足，也离不开隋朝的支持，更加会对隋朝死心塌地。

一个东突厥两位可汗，其中一位还是亲隋派，东突厥还能对隋朝构成威胁吗？

这一招的确高明，但令人遗憾的是，叱吉设胆小，不敢接受册封。结果老谋深算的裴矩阴沟里翻船，搬起石头砸自己的脚，不仅削弱东突厥的目的没达到，还破坏了隋朝和东突厥本就脆弱的关系。始毕可汗得知此事，对隋朝心存怨恨，更加不愿臣服。

裴矩又心生一计。他知道，始毕可汗有个亲信名叫史蜀胡悉，此人擅长谋略，是始毕可汗最倚仗的谋士。既然无法瓦解东突厥，那就除掉史蜀胡悉，也算是斩断始毕可汗的左膀右臂。

于是，裴矩修书一封，邀请史蜀胡悉到马邑（今山西朔州）相见，说是商讨双方贸易。史蜀胡悉一到，裴矩立刻大刀伺候，将他杀害。

杀史蜀胡悉容易，可如何向始毕可汗交代？裴矩让杨广派出使者到东突厥欺骗始毕可汗。使者对始毕可汗说："朝廷把史蜀胡悉杀了，但他该杀，因为他背叛可汗，跑到边境来投降。"

始毕可汗会相信这种低级谎言吗？当然不相信，从此他不再入朝，甚至产生了报复心理。始毕可汗的机会很快就来了。

大业十一年（615）八月五日，杨广的车驾隆隆驶向塞北。始毕可汗得知，立刻召集各部，并于 3 天后召开紧急军事会议，密谋袭击杨广。为确保一战必胜，始毕可汗不惜下血本，投入几十万骑兵。几十万人是杨广北巡队伍的几倍，何况又是骑兵，一旦始毕可汗发动突袭，杨广恐怕在劫难逃。

所幸，始毕可汗还没出发，就有人将情报传递给了杨广。传递情报的是始毕可汗的可贺敦，也就是始毕可汗的老婆。始毕可汗的老婆为何要帮杨广？因为她是隋朝人，而且是隋朝宗室，曾被封为义成公主。义成公主于开皇年间远嫁东突厥，最初是嫁给启民可汗。启民可汗去世后，由于东突厥有"父死妻其后母"的传统，于是又嫁给始毕可汗。

八月十二日，收到情报的杨广连忙停止北巡，并紧急进入雁门（今山西代县）避难。

杨广刚进入雁门，始毕可汗就亲率几十万骑兵浩浩荡荡奔袭而来，并于次日将雁门围困得水泄不通。突厥骑兵一路势如破竹，雁门郡共 41 座城池，但有 39 座都已被突厥攻破，只剩下杨广所在的雁门郡城和齐王杨暕驻守的崞县（今山西原平）。这两座城池虽然还在坚守，但也是岌岌可危。

敌我实力悬殊，突厥有几十万骑兵，而隋军两座城池的军民总共也不过十五万。关键还在于，城中十分缺少守城物资，以至于士兵们不得不拆毁民房，用门板、横梁等当作简陋的守城工具。粮食也只能供应 20 天。

突厥的攻势越来越猛，一时间万箭齐发，雨点般密集的箭矢从天而降，争先恐后射向城上守军。杨广突然大叫一声，连退了好几步，因为一支流矢射到了他的跟前。宇文述、苏威、樊子盖等重臣齐聚一堂，簇拥在殿下，等候杨广的指示。杨广面色苍白，双眼红肿。他刚抱着幼子赵王杨杲大哭了一场（上大惧，抱赵王杲而泣，目尽肿）。

宇文述知道，以杨广现在的状态，让他指挥守城不太现实。但这无关紧要，因为宇文述原本也没打算守城。他对杨广说："城中粮草不足，坚守是坐以待毙，臣斗胆建议，挑选几千名精锐骑兵，护送陛下突围。"

## 坚守还是突围

宇文述话音甫落，杨广还未开口，苏威就强烈反对。苏威是京兆郡武功（今陕西武功）人，也是出自名门世家，父亲是北周奠基者宇文泰的心腹重臣苏绰，而他时任门下省长官纳言，深受杨广信任。

苏威说："宇文将军，你这是拿陛下的生命去冒险。"

宇文述当场变脸："你什么意思？你是说我想害陛下？"

苏威说："坚守城池我军还有余力，可骑兵作战是突厥人的长处，你却让区区几千骑兵护送陛下突围，这难道还不是冒险吗？"

宇文述却反问道："敌军有几十万之众，能守多久？即使将士们能守住，城内的粮食够吃吗？"

樊子盖也认为宇文述的建议太冒险，他说："宇文将军，你想过没有，用几千人冲破几十万的包围，万一发生意外如何是好？陛下是万乘之尊，岂能轻易出城？"

然而，他认为一味坚守也不是长久之计，所以他建议："守肯定要守，但也别把自己孤立了，一定要想方设法与外界联系，征召各地兵马勤王。"

"陛下，"樊子盖面向愁眉苦脸的杨广道，"现在人心惶惶，当务之急是振奋军心，这件事只有您能做到。"

"需要朕做什么？"

樊子盖欲言又止。杨广的眼神突然坚毅起来："但说无妨，朕恕你无罪。"

樊子盖说："将士们心里都有一个疙瘩，担心又被您派去征辽，只要您宣布不再征讨高句丽，并承诺重赏守城有功的将士，必会得到全军将士的欢呼拥护，何愁军心不振？"

在一旁的萧瑀深以为然。萧瑀是杨广的小舅子，姐姐是杨广的皇后萧氏，时任内史省副长官内史侍郎。

萧瑀说："樊公说得太对了，将士们最担心的，就是解除突厥之祸后，连口气都没喘，就被派去征讨高句丽。臣建议，陛下立刻下一道诏书，宣布赦免高句丽，一意对付突厥，如此，将士们心安，就会奋力作战。"

杨广尴尬地点了点头。

"臣还有一个建议，"萧瑀略有些难为情，"雁门的情况，应该派使者告知义成公主。"

有人不理解："告诉公主有何用？她一介女流之辈……"

萧瑀说："突厥的习俗，可贺敦可以参与军机，如果公主得知陛下的情况，应该会尽力帮忙的。"

"您就那么肯定公主会帮忙？她已经下嫁突厥多年，难道会帮陛下对付自己的丈夫？"

"不帮又如何？我们只是派出一位使者，又没有什么损失。"话虽如此，但萧瑀依然相信义成公主不会坐视不管，他说："别忘了，公主可是中原人，还是以先帝女儿的身份出嫁。况且，公主若想保持在突厥的地位，难免要倚仗母国，又怎么可能对陛下见死不救？"

杨广振奋地说："朕也相信公主不会见死不救。"

杨广缓缓地站起身来，下令道："樊子盖和萧瑀的建议可行，朕决定，坚守待援，你们都下去吧，各司其职。"

杨广于是亲自巡视守城将士，并发表了振奋人心的讲话："众将士，勇敢战斗，打退敌军后，朕重重有赏，凡是参加守城战斗的，人人有份。届时朕亲自监督，一定不让刀笔吏吞没你们的功劳！"

现场群情高涨，声震如雷。

杨广接着为将士们制定赏赐细则："凡守城有功的将士，如果没有官职，一律升为六品官，赏赐布帛百段；已有官职者，官职和赏赐依次增加。"

将士们欢呼万岁，纷纷表示愿意为国效力，奋勇杀敌。

八月二十四日，见军心可用，杨广下诏招募天下壮士，奔赴雁门郡勤王。全国各郡县长官纷纷响应。

同时，向义成公主求救的使者，也乘夜骑马出城，向着茫茫草原奔驰而去。

## 有惊无险

远在江都的王世充得知杨广被困雁门,立刻出动江都所有兵力勤王。为了尽快抵达雁门,行军途中,他衣不解带,藉草而卧,披甲而眠,搞得蓬头垢面,如同乞丐,让杨广大受感动。但这次勤王,表现最好的却不是王世充,而是屯卫将军云定兴。

云定兴的人品有很大的问题。他是废太子杨勇的岳父,其女正是杨勇最宠幸的妃子云氏。杨勇还是太子时,云定兴经常出入东宫,并经常进献奇珍异宝取悦杨勇。杨勇倒台后,他却立马翻脸不认人,和杨勇划清界限,转投杨广。

如果云定兴仅仅只是改换门庭,还谈不上多么恶劣,可他为了自己的荣华富贵,连亲外孙也可以牺牲。投靠杨广后,云定兴一直不受重用,非常郁闷。宇文述告诉他:"你郁闷也没用,你的几个外孙还活着,陛下哪敢用你?"

宇文述也只是随口一说,并没有抱太大期望,毕竟没有哪个外公忍心杀害自己的亲外孙。没想到云定兴立刻表忠心:"那几个没用的东西,何不劝陛下杀了(此无用物,何不劝上杀之)!"

既然外公都说杀,杨广又何必心慈手软?就这样,云定兴以三个外孙的性命为投名状,终于获得杨广的重用。

云定兴虽然善于逢迎,但并无大才,他之所以能在这次勤王中表现出色,完全倚仗一位天才少年。此人,正是李世民。李世民当时只有16岁,得知杨广被困雁门,招募天下壮士勤王,毅然投军,隶属云定兴麾下。此时,李世民的智慧已经远超常人,至少远在他的领导云定兴之上。

云定兴领着一支队伍,急忙奔赴雁门郡,李世民对他说:"将军,您这样做,是去送死啊!"

云定兴却笑着说:"小伙子,你是不是害怕了?"

李世民平静地说:"您知道雁门有多少突厥骑兵吗?几十万。"

云定兴猛然意识到,自己这点人马去勤王,无异于羊入虎口。

"你不会是想让我撤兵吧?"既然是羊入虎口,云定兴想不到还有什么比撤兵更能保全自我。

李世民说："我有一计，可助将军不战而屈人之兵。"

云定兴倒想看看，李世民究竟有何妙计，能吓退突厥几十万骑兵。

李世民说："我军不妨多带旗帜军鼓以为疑兵。白天行军时，大展旌旗，绵延几十里不绝，夜晚则大擂战鼓，声闻数十里。突厥人察知，必然以为我方大批援军赶来，肯定会不战而逃。"

云定兴深以为然，于是采纳了李世民的建议。始毕可汗见云定兴所部旌旗不绝，果然不敢轻举妄动，但是，他并没有下令撤兵。雁门郡城依然岌岌可危。

始毕可汗虽然误以为云定兴统帅的是一路大军，但他毕竟有几十万骑兵，不可能轻易被云定兴吓退。但此时，他的大后方传来一条紧急军情。传送军情的是义成公主，她派人告诉始毕可汗，突厥北部边境告急。

这当然是一条假军情。萧瑀没有看错，义成公主还是心向隋朝的，当她得知杨广的遭遇，于是假传军情，骗始毕可汗撤兵。

始毕可汗信以为真，犹豫再三，认为还是不能放过这个千载难逢、让自己一战封神的大好机会，决定暂不撤兵。但他始料未及，就在犹豫的这段时间里，各路勤王部队纷纷赶到，驻扎在距雁门郡只有100公里左右的忻口。

前有援军，后方告急，这仗还怎么打？

九月十五日，始毕可汗无奈地解除了对雁门郡城一个月零两天的包围，率军撤回草原。始毕可汗撤围时，惊魂未定的杨广不敢轻易相信，待突厥军全部撤走，他才派出一支部队出城侦察，发现山谷空无一人，才确信始毕可汗已经撤兵。

杨广紧接着又派出一支2000人的骑兵，因为他认为被始毕可汗围困一个月之久，实在窝囊，所以想趁始毕可汗撤军时，搞一次偷袭，挽回一些颜面。让两千人偷袭几十万骑兵，这未免太冒险。但这两千骑兵很争气，真打了一个胜仗，俘虏两千突厥老弱凯旋。

虽然如此，但一个月的围困，让杨广北巡的兴致全无。他决定起驾回京。但回西京大兴城还是东都洛阳，是一个值得讨论的问题。杨广希望回洛阳，但苏威却提醒他："大兴城才是国家根本，如今盗贼四起，将士疲惫，陛下理应回大兴城，巩固根本。"

## 杨广惹三军

苏威的话很有道理，杨广不便拒绝。

宇文述永远知道杨广的心思，他说："大兴城肯定要回，但随驾百官的家属都在东都，就这样直接回大兴城，恐怕不太好，不如取道东都再回大兴城。"

苏威说："宇文将军，你到底什么意思？"

宇文述说："我的意思是，先回洛阳，让百官和家属团聚，然后从洛阳出发，经潼关进入大兴城，这样大兴城也回了，百官也和家属团聚了，一举两得，不好吗？"

杨广明白宇文述的真正用意，忙说："宇文将军考虑问题更周到，此议甚好。"

十月三日，杨广的车驾缓缓驶入东都。回到洛阳后，杨广就不想走了。他站在高耸的宫楼上，斜视着大街上来来往往的人群，大发感慨："人还是太多了啊！"

他很后悔，当初应该利用杨玄感谋反案，多杀一些"乱民"，省得他们起兵反叛自己。

樊子盖提醒他："现在不是感慨的时候，雁门被围时，您承诺给将士们的赏赐还没兑现呢。"

"朕怎么把这事忘了？"但他马上发现，自己当时过于激动，一不小心，给将士们的承诺太大，很难兑现。

杨广当时承诺：守城有功的将士，有官者依次升迁，无官者一律升为六品官，且每人至少赏赐布帛百段。

可守城有功的将士多达17000人，如果杨广不打折扣兑现承诺，这17000人都至少是六品官，所赐布帛至少一百七十万段。

赏赐布帛还勉强能做到，但将17000人全部升为六品官，实在不太现实，要知道，隋朝官员总人口也不过1万左右。

苏威也认为杨广的承诺太大，他说："承诺肯定要兑现，但陛下还需慎重考虑，有些赏赐可以适当削减，毕竟现在条件有限。"

樊子盖反对削减赏赐，他说："将士们都眼巴巴望着这笔赏赐，陛下可千万不能失信。"

没想到杨广把脸一冷："樊子盖，你想收买人心吗？"

樊子盖心中一颤，连忙识趣地退下。杨广最终将兑现的赏赐大打折扣：17000名将士只有1500人获得勋位，而且勋位品级普遍偏低，无官职者只被授予立信尉，这不过是一个从九品勋位；至于物资赏赐，基本一笔勾销，绝大多数将士连一个铜钱也没拿到。

将士们无不怨声载道，气冲斗牛。他们唯一的慰藉，就是苦日子终于熬到头，打完突厥后，可以高枕无忧，不必再背井离乡攻打高句丽了。可这唯一的慰藉，杨广也要夺走。几天后，杨广突然商议第四次征讨高句丽。

杨广难道忘了雁门被围时对将士们的承诺？遗憾的是不仅忘了承诺不再征讨高句丽，他连自己当时惊慌失措的狼狈之状也忘得一干二净。

雁门之围，萧瑀厥功至伟，劝说杨广放弃征辽安抚将士的是他，说服杨广悬赏激励军心的也是他，建议杨广派人求助义成公主的还是他，可危险解除后，杨广非但不感激，还对他冷嘲热讽。

他说："小小突厥，虽然狂悖，但又能怎样？萧瑀这小子真是个懦夫，突厥才围城几天，他就惊慌失措，动摇军心，实在不可宽恕。"

于是，萧瑀被杨广赶出京城，外放到河池郡当郡守。

将士们见杨广竟然重提征讨高句丽，队伍里扰嚷不休，人心惶惶。

## 自欺欺人

杨广不能不考虑将士们的感受，这使他猛然意识到，自己的处境有些危险。一向轻视农民起义的他，突然关心起国内起义形势来。

他问宇文述："各地镇压反贼，情况如何？"

宇文述依然很懂杨广的心思："情况不错，反贼逐渐减少。"

之前，杨广也问过类似问题，一听到"反贼减少"就眉飞色舞，不再多言。可这一次，他竟然刨根问底："到底少了多少？"

宇文述张口就来："少了十分之九以上。"

这时杨广叫来苏威问："反贼到底少了多少？"

苏威小心翼翼地不敢如实相告，但他又希望杨广意识到形势的严峻，只好拐弯抹角地提醒道："但臣知道，反贼离京师越来越近了。"

杨广说："此话怎讲？"

苏威憋着一肚子肺腑之言亟欲倾诉，杨广这一问，他终于忍不住畅所欲言起来："过去反贼只是在长白山一带闹事，现在已经闹到了汜水，可不是离京城越来越近了吗？现在朝廷能征收的赋税越来越少，能征调的役丁也越来越少，这是为什么？因为百姓造反去了，不给朝廷缴税和服役了。"

苏威越说越激动，开始批评各地官员："地方官为了取悦陛下，上奏的贼情都不是事实，情况往往比奏疏上的严重许多，导致朝廷应对失策，反贼始终无法剿灭。"

"陛下，您也有不是之处。"苏威也没想到，自己居然有勇气当面批评杨广，"在雁门时，您已经承诺不再征讨高句丽，现在出尔反尔，又要发兵征辽，将士们能不怨恨吗？叛乱怎么可能平定？"

面对苏威连珠炮似的抨击，杨广难得一言不发，但心里却很不高兴。苏威误会了杨广，他以为杨广正在慢慢转变，所以才能容忍自己的当面批评，这使他做出了一个"正确但危险"的决定。

大业十二年（616）端午当日，百官纷纷向杨广进献珍玩，唯独苏威进献了一部《尚书》。《尚书》是儒家经典，苏威的本意，是希望杨广从《尚书》中吸取智慧，效仿古代圣王治理国家。

被苏威上了一课，杨广很不痛快，但想到他也是一片忠心，也就忍了下来。可有人却告诉杨广："苏威这是大奸似忠，其心可诛。《尚书》里面有一篇《五子之歌》，说的是夏朝的太康贪图享乐，王位被后羿篡夺的故事。苏威经常到处宣扬陛下贪图享乐，现在又故意向陛下进献《尚书》，他什么意思？"

杨广脸色一沉："苏威不是借《五子之歌》讽刺朕吧？"

不久，杨广又拿征讨高句丽的事咨询苏威。这一次，苏威并没有反对征讨高句丽，只不过他向杨广建议："这次出征，没必要下诏征兵。"

杨广不解："朕手上兵力有限，不征兵怎么打？"

苏威的回答让杨广火冒三丈，他说："陛下只要下诏赦免天下反贼，很快便可得到数十万大军。反贼们被赦免后，一定会感激陛下的浩荡皇恩，奋力作战，高句丽不难平定。"

听后，杨广大怒，苏威走后，御史大夫裴蕴阴阳怪气地说："就是，天下哪有那么多反贼，苏威就知道耸人听闻。"

裴蕴是河东闻喜（今山西闻喜）人，早年也是一位能臣，担任地方官时，表现优异，但自从调入京师，成为杨广的亲信后，便以逢迎杨广为能事。

杨广说："苏威真是越来越阴险，天天拿反贼的事吓唬朕，朕真想收拾他，但朕决定暂且忍耐一下。"

裴蕴忙弓着身子说："陛下的意思臣明白。"

很快，裴蕴便指使一个叫张行本的平民上奏告发苏威，奏疏中提及苏威的两大罪状：一是在高阳主持人事工作时，滥授官职；二是雁门之围时，畏惧突厥，要求返回大兴城。

第二条罪状未免有些可笑，且不说苏威是否畏惧突厥，畏惧突厥算罪过吗？至于滥授官职，苏威到底有没有做过？杨广派人调查，确实发现苏威有过滥授官职。杨广于是借题发挥，将苏威革职为民。

但事情并没有结束。一个多月后，又有人告发苏威与突厥暗中勾结，图谋不轨。杨广一副又惊又怒的样子，要求有关部门彻查此案。

奉命负责审理此案的是裴蕴。苏威一听说裴蕴是审案人，心往下一沉，顿觉大事不妙。

裴蕴睥睨着蓬头垢面的苏威，逼问道："赖陛下威灵，经本官详加审理，多方调查，你勾结突厥，图谋不轨，罪证确凿，你认不认罪？"

苏威老泪纵横，却始终不发一言。裴蕴有些不耐烦："你到底认不认罪？"

苏威当然不认罪，但不认罪有用吗？他抹了一把眼泪，不断地致歉。

致歉不等于认罪。裴蕴却说："很好，致歉就是认罪，那我就判你死罪。"

审判结果上呈至御前，杨广说："朕得去看看苏威。"

远远望见苏威那副老泪纵横可怜兮兮的样子，杨广眼眶一湿，对裴蕴说："朕真是太心软了。"

苏威最终被杨广释放，但他的家人却受到牵连，子孙三代全部被削职为民。

虽然杨广是因为"苏威拿反贼吓唬他"，才打压苏威的，但其实他心知肚明，隋朝的起义形势已经非常严峻。

两个月前，四月一日，大业殿西院发生火灾，杨广看到冲天火光，第一反应却不是发生了火灾，而是起义军攻入皇宫，于是撒腿就跑，一口气跑到西苑，躲到草丛里，直到大火熄灭才出来。

他拒绝承认"反贼"人数众多，甚至因此打压苏威，不过是自欺欺人罢了。

杨广熟读史书，不会不知，汉武帝晚年，也是起义蜂起，但汉武帝却以前无古人的勇气下罪己诏，改弦易辙，与民休息，并妥善处理后事，这才有名垂青史的"昭宣之治"。

杨广处处效仿汉武帝，可这种在挫折面前百折不挠的精神，他却始终没有学会。国难当头之际，朝野上下都期盼他振作时，他却选择了逃避。

## 三下江都：逃避

杨广是个极好面子的人，他绝不承认自己在逃避。可在起义形势如此严峻的危急关头，不思安定社稷，却选择下江都，醉倒温柔乡，不是逃避还能是什么？

下江都的日期定在大业十二年（616）七月，这是他第三次下江都。

出发前，杨广已经做好最坏的打算，万一中原起义形势失控，就在江南割据，如此，仍不失为南朝天子。当然，他依然不会承认。后妃们大概已经猜到他在逃避，所以很担心他一去不返，纷纷劝说他留在洛阳。杨广为此，还特意写了一首诗，以明心迹——

> 我梦江南好，征辽亦偶然。
> 但存颜色在，离别只今年。

这首词充斥着破罐子破摔的挫败感与失落感，毫无当年"何如汉天子，空上单于台"的意气风发与高傲。

他亲口否认了自己当年引以为豪的雄心壮志：征讨高句丽与宏图伟业无关，只是一场偶然，高元碰巧得罪了他，于是他攻打高句丽泄愤。

他向往的是什么？江南的好山好水，美人美景。所以他想说的是，对他而言，建功立业只是插曲，下江南才是主旋律，大家都不要再劝他，江都是去定了。

诗的最后一句，他自欺欺人的表示，不要担心他一去不返，他只在江都待一年，明年就回京。

没有人相信杨广的这番说辞。朝野上下反对下江都的声音此起彼伏。朝堂上第一个站出来反对下江都的是右侯卫大将军赵才。

赵才是杨广的老部下，杨广还是晋王时，就跟在杨广身边。赵才不仅反对下江都，甚至认为留在洛阳都是一个错误。他激动地说："如今反贼蜂起，百姓疲惫，国库空虚，国家已到了危急存亡的关头，陛下应即刻返回大兴城，安抚天下，而不是跑到江都去玩乐。"

杨广的反应比赵才更激动,他气急败坏地令人将赵才下狱,关了他整整十天,直到怒气平息才释放。赵才是从龙功臣,又身居要职,杨广多少有些手下留情,对待普通臣民,就远没有这样"仁慈"。正六品建节尉任宗也反对杨广下江都,上书劝谏,杨广二话不说,直接下令在朝堂上杖击任宗,将他活活打死。

但正义的声音是杀不完的。七月十日,杨广从洛阳启程前往江都,刚走到外城建国门,就遇到大臣拦驾。

此人名叫崔民象,官位比任宗还低,只是个从九品奉信郎。他在建国门上表,请求杨广停止下江都。杨广勃然大怒,下令将崔民象下巴摘掉,然后处死。

杨广虽然用极其残酷的手段对付劝谏者,但依然阻挡不了隋朝臣民的拳拳忠心。走到汜水(今河南荥阳西北)时,又有一位奉信郎拦驾。此人名叫王爱仁,他上表请求杨广返回大兴城。杨广再一次勃然大怒,下令将王爱仁处死,然后头也不回继续南下。

走到梁郡(今河南商丘)时,又有人拦驾,上书提醒杨广:"如果陛下一定要巡游江都,恐怕天下不复为陛下所有。"杨广的回应还是只有一个字——杀!

勇士有勇士的毅力,懦夫也有懦夫的"顽强"。这一路,杨广发疯似的喋血而行,臣民们前仆后继抛颅洒血,也无法动摇他下江都——逃避困难的决心。

杨广南下的同时,起义形势也在迅速发展,烽火逐渐向南蔓延,淮河两岸已是群雄割据,李子通占据海陵(今江苏泰州),左相才称雄淮北,杜伏威割据六合(今江苏南京北)。

当然,这些割据势力目前还不足以对杨广构成威胁。真正已对杨广构成威胁的,是河南安阳的一支义军部队。而这支部队的领袖,和杨广是老相识,正是杨玄感谋反案的漏网之鱼李密。

# 第八章

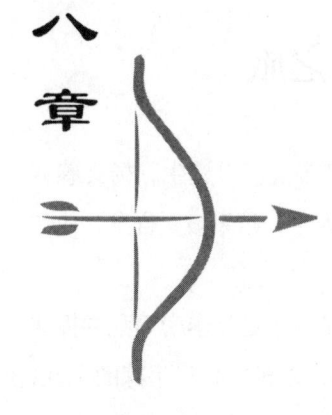

## 瓦岗英雄：李密反客为主

步步惊心：李密的逃亡之旅

入伙

大败张须陀

骄兵必败

翟让让位

"陪睡"的人：虞世基

## 步步惊心：李密的逃亡之旅

李密的逃亡之旅可谓步步惊心，多次身陷险境，又多次虎口逃生。杨玄感兵败后，李密抄小道入函谷关，躲在杨玄感堂叔杨询老婆家中，结果被人告发，他和杨询一同被捕。

杨广从高句丽撤兵，驻跸高阳（今河北高阳），樊子盖于是将李密等乱党押送高阳，交由杨广处置。李密深知，一旦自己被押解高阳，以杨广心狠手辣的个性，一定会以最残忍的酷刑处死他。他对同党说："我们的生命，犹如清晨的露水，一旦抵达高阳，杨广肯定把我们剁成肉酱。"

他当然不会坐以待毙。押解上路的那一刻，他就开始苦思脱身之法。

李密无意中发现，同党中有人带了很多钱，于是，李密故意向押送官吏露财，还摆出一副已经接受现实的样子，对他们说："这些钱我们已经用不着了，我们被处决后，还望各位好生安葬，余下的钱就送给各位，权当报答各位的恩德。"

夜晚，借着微弱的灯光，有人凑到李密身边，小声地抱怨道："搞什么？你还真打算让官吏们给你收尸啊？"

李密说："官吏们为何对我们看守如此严密？正是担心我们会逃跑。如果他们看到我们连后事都已经安排好，会怎么想？"

果然，押送官吏见李密委托他们办理后事，也以为他们已经接受现实，渐渐放松了对他们的看管。

有一次，李密提出让犯人们购买酒食，押送官吏也没有反对。犯人们喝了酒后，整夜喧哗，大吵大闹，押送官吏也没有在意。他们以为，这是犯人意识到来日无多，正在进行最后的狂欢。

走到邯郸时，天色已晚，一行人入住村庄，李密和同党共住一个单间。押送官吏随口说了句"不许逃跑"，便把门一锁，睡觉去了。当晚，李密与六个同党一起凿开墙壁，穿墙而逃。

虽然已经沦为逃犯，但李密心中的革命火焰仍在熊熊燃烧，所以他的第一选择，就是投奔义军。当时隋朝已是遍地狼烟，义军队伍为数不少，但李密偏偏选择了郝孝德。

郝孝德是平原（今山东德州）人，他于大业九年（613）拉起了一支数万人的起义队伍。李密见他实力雄厚，以为他是个知人善任的明主，结果却令他大失所望。

李密自视颇高，认为自己掌握经天纬地之才，可郝孝德完全没有把他当大才看待，经常对他爱搭不理。李密虽然落魄，但依然不缺骨气，一气之下，脱离郝孝德而去。

这一走，让李密吃了很大的苦头。由于盘缠已经花光，又无人接济，而且还要躲避官兵搜捕，李密一路十分狼狈，甚至沦落到吃树皮充饥的地步。他们同党也纷纷离他而去，各自逃生。李密一路跌跌撞撞，逃到淮阳（今河南淮阳），改名换姓为刘智远，隐居在当地一个村子里，靠收徒讲学为生，总算安定下来。只可惜，好景不长。几个月后，李密伤感自己郁郁不得志，情到最浓时，提笔写了一首五言诗——

> 金风荡初节，玉露凋晚林。
> 此夕穷途士，空轸郁陶心。
> 眺听良多感，慷慨独沾襟。
> 沾襟何所为？怅然怀古意。
> 秦俗犹未平，汉道将何冀。
> 樊哙市井徒，萧何刀笔吏。
> 一朝时运合，万古传名器。
> 寄言世上雄，虚生真可愧。

这首诗的大概意思是，说：在这个秋风飒飒、树叶凋零的时节，有一个走投无路的读书人非常难过，涕泪沾襟。这个读书人为何难过？天下如秦末动乱不堪，大汉兴起的景象何时再现？樊哙和萧何都是底层出身，可一遇时机，便龙飞冲天，名垂万古。我想告诉天下英雄，要以建功立业为荣，虚度光阴为耻。

诗写罢，李密泪流满面。这一幕恰好被一个同村人看到。这人很奇怪：一个乡下教书先生，为何会有如此大的志向？于是将情况上报淮阳太守赵佗。

赵佗一惊，料定李密是"反贼"，于是他立刻下令抓捕李密。就这样，李密再次开启逃亡生涯。这一次，他逃到了雍丘县（今河南杞县）。

他在雍丘有一个亲戚，正是雍丘县令丘君明。丘君明是李密的亲妹夫，换作平常，李密落难，丘君明肯定会施以援手，可现在他是被朝廷通缉的反贼，窝藏反贼是死罪，丘君明还会帮他吗？

丘君明仗义地向李密伸出了援手，但是，他不敢让李密住在自己家，于是将他送到老友王秀才家躲避。可李密最终还是落得狼狈而逃。

李密是杨玄感谋反案主谋之一，可谓"一级反贼"，收留李密的罪责也必然特别严重，丘君明的侄子丘怀义担心连累到自己，于是告发了此事。

杨广立刻派兵包围王秀才家，捉拿李密，可当天李密恰好有事外出不在家，因而逃过一劫。但丘君明和王秀才就没有这么幸运，因收留李密，被杨广毫不犹豫地处死。

李密从雍丘一路北上，渡过黄河，进入今河南安阳地界，来到一个叫瓦岗寨（今河南滑县南）的地方。

在这里，李密将开启他造反事业的第二春，并成为天下义军的领袖人物。

# 入　伙

李密来到瓦岗寨时，瓦岗寨的寨主是翟让。翟让是东郡韦城（今河南滑县）人，原本也是一个地方官吏，任东郡司法官（法曹），后来因为犯罪，被太守关进死牢。所幸，有一个狱吏很欣赏他。

这个狱吏名叫黄君汉，他深知翟让骁勇不凡，志向远大。一天夜里，他悄悄对翟让说："事在人为，翟法司，你难道甘心窝窝囊囊死在狱中吗？"

翟让又惊又喜，他知道自己有救了，忙说："我如今就是关在圈里的猪，是死是活，全靠黄曹主了。"

黄君汉随即给翟让打开枷锁，并示意他逃跑。可翟让很担心说："我走了，你怎么办？"

看着泪流满面的翟让，黄君汉勃然大怒："我本以为你是个大丈夫，可以拯救黎民百姓，所以才冒死相救，没想到你这儿哭哭啼啼。快走吧，不要管我！"

于是翟让逃到瓦岗寨，聚众起义。

翟让创业之初，日子过得比较艰难，翟让要人没人，要钱没钱，但幸运的是，他有两位得力的助手。一位是单雄信，单雄信和翟让是同郡老乡，他为翟让解决了人的问题。单雄信武艺高强，善于骑马使槊，在年轻人中很有威望。在他的号召下，大批骁勇善战的年轻人投奔瓦岗，使瓦岗的实力迅速壮大。另一位是徐世勣，徐世勣是离狐（今山东东明）人，字懋功，《隋唐演义》中的大军师徐茂公便是以他为原型塑造的，他后来成为大唐"凌烟阁二十四功臣"之一。徐世勣为翟让解决了钱的问题。

瓦岗寨最初的经济来源，主要靠打劫商旅。徐世勣并不反对打劫，但他反对打劫同乡。

于是翟让带领兄弟们攻入荥阳和梁郡，打劫汴水上往来船只，果然如徐世勣所料，抢得盆满钵满，资金问题也迅速解决。

致富后的翟让慷慨接济贫民，因此他的队伍得到广大贫民的热烈拥护，很快发展到1万余人。

当翟让在瓦岗混得风生水起时，李密已经逃出雍丘，正在游说各路义军头领。刚开始，李密处处碰壁，因为大家都认识他，都知道他创业失败的经历，都把他当作一个失败者看待。

世上最难战胜的就是偏见，既然首领们都对他怀有偏见，再坚持下去有何意义？"明智的人"一定会知难而退，体面地离开。如果李密真这样做，他人生的精彩很可能到此为止。真正的成功，往往需要百折不挠的毅力。

李密没有被偏见打倒，而是愈挫愈勇，无论被拒绝多少次，他总能以饱满的热情和自信的心态卷土重来，赶都赶不走。

经过无数次努力，他终于移走重逾千钧的偏见之山，得到了头领们的认可。他们又惊讶又钦佩地发现，李密的口才比他们更出色，思维比他们更敏捷，见识比他们更高远，比如他提出一个战略构想，头领们茫然不知，但又很感兴趣，就只能像乖学生一样老老实实听"李老师"讲解。

李密像锲而不舍的愚公一样，在一次次努力中，一点点搬走头领们心中的偏见。那段时间，头领们经常私下讨论一个宏大的话题——李密会不会是未来的开国之君？

他们说："李密是公卿子弟，又有如此大的志向，而民间流传，隋氏将亡，李氏当兴。常言道王者不死，李密多次身临险境，又多次大难不死，难道他真的能成就帝业？"

当头领们纷纷向李密抛出入伙的橄榄枝，李密无奈地发现，那些曾在他面前趾高气扬的头领，无一不是虚有其表难成大器，唯独有一人是个例外。他就是翟让。然而，当李密满怀期待投奔翟让，翟让却对他很不友好。他刚到瓦岗，就被翟让绑成粽子，关在军营中。

翟让为何要关押李密？因为有人告诉他，李密是杨玄感的部下、被朝廷通缉的反贼。这人还怂恿翟让处死李密。敌人的敌人，难道不是朋友吗？李密很郁闷，他很想当面质问翟让："你到底想不想起义？还是只想做打家劫舍的山大王？否则为何要做亲者痛仇者快的事？"

但很可惜，他见不到翟让，翟让也不想见他。不过，他认识一位草莽英雄，此人可以见到翟让，还可以替他引见翟让。此人名叫王勇，字伯当，以字行于世，济阳考城（今河南兰考）人，在《隋唐演义》中被塑造成神箭手，江湖人称"白衣神箭"。

在王伯当的引见下,李密得以与翟让相见。看着翟让冷冰冰的面孔,李密一张嘴便问了他一个直击灵魂的问题:"天下如秦末动乱不堪,翟公不想当刘邦项羽吗?"

翟让心头一紧,但面上仍平静如水。李密慷慨激昂地说道:"当今朝政腐败,民怨沸腾,精兵折损于辽东,又结怨于突厥,可谓内忧外患。可杨广仍委弃京师,巡游江都,这难道不是刘项奋起之时吗?翟公雄才大略,士马精勇,一旦奋起,灭亡隋氏,指日可待。"

翟让闻言大喜,亲自为李密解绑。不过,翟让也有些怀疑:"我看你说得头头是道,不知能力如何。干大事也需要本钱,瓦岗附近有许多支义军队伍,我早就想把他们全收编了,要不你替我试试?然后我们再谈大事。"

投奔瓦岗前,李密便已在义军中打出了很高的知名度和影响力,现在又打着瓦岗集团的招牌,收编自然是水到渠成的事情。几天后,李密率领各路义军浩浩荡荡奔向瓦岗寨。

翟让和众头领热情地欢迎李密的归来,李密下马迎面走过去,兴奋地对翟让说:"翟公,现在可以谈大事了吧?"

## 大败张须陀

翟让被李密问得措手不及。他似乎忘了，反问李密："什么大事？"

李密说："上次不是说好了吗？当刘邦项羽的事。"

翟让突然变得特别谦虚："我不过就是个山大王，躲在草丛里苟且偷生，能混口饭吃就不错了，实在不敢有非分之想。"

李密很失望，但他并没有离开瓦岗。随着对翟让的了解，李密惊喜地发现，翟让并不是胸无大志，只是过于谨慎而已。

不久，有一人从洛阳逃跑，翻越重重关卡，穿过各部义军势力范围，风尘仆仆地来到瓦岗投奔李密。此人名叫李玄英，和李密并无交情，李密甚至可能都不认识他。有人问他为何冒着生命危险投奔李密，李玄英说："李密将来能取代隋朝统一天下。"

李玄英投奔李密前，原宋城县"公安局长"（县尉）房彦藻便已率领一支队伍抵达瓦岗。

房彦藻与李密交情匪浅，也曾参与杨玄感起兵。杨玄感败亡，房彦藻改名换姓四处逃亡，途中遇到李密，于是和李密一起游说天下豪杰，拉起一支几百人的队伍投奔瓦岗。

见天下豪杰纷纷投奔李密，翟让颇有些心动，如果能用好李密这支潜力股，"刘项"的成功未必不能复制。但他太谨慎，总觉得瓦岗实力还不够强大，所以一连几天都在犹豫。既然翟让已经开始犹豫，说明他还是很想成就大业，李密知道，当此之时，只要有人稍稍用力一推，他就会倒向革命的阵营。

贾雄是翟让的军师，精通占卜之术，李密于是倾心与之结交，希望贾雄劝说翟让革命。

一日，翟让私下召见贾雄，问："李密的建议靠不靠谱？"

贾雄一言不发，却装模作样地算了一卦，说："吉不可言。"

翟让长舒一口气："很好，既然你都说吉不可言，看来这事可以考虑。"

"吉不可言是肯定的，但有一个前提条件。"贾雄小声却坚定地说，"您和李密的身份要互换一下。也就是说,您最好让出瓦岗之主的位置,拥立李密;如果不让位,恐怕不会那么顺利。"

翟让不高兴了:"如果真如你所说,李密应该独自率领一支队伍打天下,为何还要投奔我?"

贾雄说:"因为您是李密的贵人。李密曾被封蒲山公,而您姓翟,翟是泽的意思,蒲草非泽不生,所以他需要您。"

翟让深以为然,然而,他当然不会轻易让位于李密。但在贾雄的影响下,他与李密越来越亲近,对李密越来越信任,革命意志也越来越坚定。李密于是乘机向他提出攻打荥阳。

翟让不解:"荥阳距瓦岗300里,又是城池坚固的重镇,我军目前实力还不是很强,为何挑这么难啃的骨头?"

李密说:"原因很简单,荥阳粮多。我军虽然人数众多,但收入来源不稳定,经常靠打劫商旅维持,平常还好,一旦大敌来临,势必不能持久,一哄而散。不如攻打荥阳,夺取粮食,休养兵马,然后再逐鹿天下。"

翟让于是亲自率军攻打荥阳。翟让不愧是一员将才,一路所向披靡,一连攻陷荥阳多座县城,杨广见他在荥阳横冲直撞,忙调大将张须陀镇压。

张须陀,弘农阌乡(今河南灵宝)人,为人性如烈火,骁勇善战,屡破义军,可谓镇压起义的专家。

他曾杀得隋末农民起义第一人王薄丢盔弃甲、拥兵10余万的涿郡义军领袖卢明月仅率数百骑狼狈而逃。他手下两员猛将秦叔宝和罗士信都是家喻户晓的名将。杨广为了褒奖他,派画师画其相貌上呈御览。

论军事才能,翟让与张须陀是小巫见大巫,翟让以前就吃过张须陀的亏,被张须陀杀得人仰马翻。当时他还不服气,屡败屡战,但结果让他不得不服,屡战屡败。

连败几仗后,翟让患上了"张须陀恐惧症",得知张须陀率军而来,吓得惊慌失色,打算立刻率军撤回瓦岗。

李密却建议翟让迎击张须陀。李密说:"张须陀我比你更熟悉,只要将军听从我的安排,保证能打败他。"

翟让依然没信心:"算了吧,人家兵锋正盛,没必要触其锋芒,我看还是撤兵稳妥。"

"正因为兵锋正盛,我们才要打这一仗。"李密认为机不可失,"张须陀一路杀来，屡战屡胜，而且他以前打败过将军，必然骄傲轻敌，俗话说骄兵必败，我已经想到破敌之术。"

听完李密的战术分析，翟让信心大增，也认为可以一战。

如李密所料，张须陀果然骄傲轻敌，将部队列成方阵而行，完全没把瓦岗军放在眼里。但战局的发展，似乎证实了张须陀的判断。农民军在装备优良的官军面前，果然还是不堪一击。瓦岗军甫一与官军交战，就处于明显的劣势，被官军杀得连连后退。翟让一看战情不利，连忙下令撤兵。张须陀岂能再让翟让从他手心里逃走，瓦岗军一撤，他就立刻下令追击，紧咬在瓦岗军身后不舍。就这样，官兵且追且打，一直追了十多里。

追到大海寺（今河南荥阳西）时，北面树林里突然杀出一支农民军，杀得官军措手不及，顿时乱作一团。农民军乘机攻入敌阵，左劈右砍，混乱失措的官军毫无还手之力，被农民军砍倒一大片。这支农民军只有1000余人，它的指挥者正是李密。

原来，翟让并不是真的不堪一击，他只是已和李密谋划好，利用张须陀骄傲大意的心理，佯败而将官兵诱至伏击地。见官兵中伏，翟让立刻调转马头，与李密会师围攻官兵。这时，瓦岗军的另外两支部队——徐世勣部和王伯当部也闻讯赶来，将官兵团团包围。

官军泥足深陷，突围无望，可张须陀不愧是一代名将，硬是率领一支精锐，像电钻一样把瓦岗军铜墙铁壁般的包围圈强行钻开一个孔，成功突围。李密和翟让无不大惊失色，如果这次让张须陀逃脱，下次若想击败他，就难上加难，毕竟同样的错误他不会犯第二次。但他们万万没想到，张须陀突围之后，又立刻率军杀向瓦岗军。张须陀意欲何为？难道他想反包围瓦岗军？原来，张须陀的部下还未突围，张须陀爱兵如子，不忍弃部下而逃。于是，为了掩护部下突围，张须陀三进三出。

张须陀虽然骁勇，但毕竟不是《三国演义》中的赵子龙，第四次杀入包围圈后，再也没能突出重围。张须陀战至最后一刻，筋疲力尽，眼见大势已去，仰天大呼道："兵败如此，还有何面目面见天子！"

于是他索性放弃突围，下马步战，最终求仁得仁。张须陀战死后，麾下将士日夜号哭，数日不止。远在江都的杨广闻知，也流下了伤心的泪水。

而李密一战扬名，迅速在天下义军首领中脱颖而出，翟让也不再以普通部下视之，提出让他建立自己的司令部（开府建牙），单独统领一支部队。李密的部队虽是农民军，但他给它取了一个很官方的名字——蒲山公营。

## 骄兵必败

荥阳一战后翟让与李密各奔东西，翟让率军东归，而李密一路西行，而且颇有收获，接连劝降了几座城池，缴获军需物资无数。

以前在瓦岗大块吃肉大碗喝酒时，翟让从不觉得自己的人生离不开谁，但自从和李密分兵后，他发现自己越来越离不开李密。分别没多久，翟让就后悔了，于是引兵西向，追赶李密。两人终于在康城（今河南禹州西北）一带会师。

翟让的到来让李密喜出望外，他率领蒲山公营一路西行并不是漫无目的，而是决定攻打东都洛阳。

他希望翟让能施以援手。只要翟让同意攻打洛阳，他甚至还愿意奉翟让为主，所以他对翟让说："现在洛阳兵力不足，而且士兵大多是新兵蛋子，而留守的越王杨侗更是个乳臭未干的小屁孩，如果将军采纳我的计策，天下不难平定。"

翟让不置可否："还是再了解一下情况吧。"

李密于是派心腹裴叔方潜入洛阳，刺探军情，没想到被洛阳官员发现，他们不仅立即加强洛阳守备力量，还派人将情况向杨广汇报。这一下，翟让更加犹豫，又劝李密退兵。

李密却乘机说道："箭在弦上，不得不发，既然已成为杨广的眼中钉，不如趁官军力量还未集结，一举攻破洛口仓。洛口仓储粮丰富，如今百姓饥馑，一旦占据洛口仓，开仓放粮，百万大军，一日可集。然后以百万之众，传檄天下，召集豪杰，选拔猛将，何患大业不成？"

见翟让沉默不语，李密又厉声道："如今天下大乱，群雄纷争，正是成就大业之时，将军手握雄兵，难道甘心做一辈子草寇吗？你不夺天下，天下自有人来夺，到时你还能做一辈子草寇吗？"

一语惊醒梦中人，翟让脑子里得过且过的流寇思想顿时烟消云散，然而，他依然不想指挥这一仗。他认为李密才是最合适的指挥者，所以他决定交出指挥权："你的理想太大，我能力有限，恐怕难以承受，以后你说怎么干就怎么干，我尽力而为。这一仗，你率所部为前锋，我率所部殿后，你看如何？"李密没有反对。

大业十三年（617）二月九日，李密、翟让率领7000瓦岗精锐出阳城（今山西阳城）北，越过方山县（今山西方山），直奔洛口仓而去。

洛口仓位于今河南巩义，是杨广即位初期修建的一座超级粮仓，可储藏粮食100万吨，足够百万大军数年食用，结果被李密和翟让轻而易举攻占。

李密攻占洛口仓后的第一道命令，就是开仓救济贫民。洛口仓被夺，引起洛阳权贵的高度重视，但他们发现攻占洛口仓的是瓦岗军，而且饥民从四面八方涌向洛口仓的时候，又顿时松了一口气。

他们以为瓦岗军只是一群因饥饿抢夺粮食的乌合之众，不足为患。洛阳方面派虎贲郎将刘长恭和光禄少卿房崱征讨瓦岗军，洛阳勋贵子弟都不愿放弃这个立功的机会，争先恐后从军。这支军队人数不少，步骑兵合计25000人，而且装备精良，将士们一个个盔明甲亮，旌旗招展，战鼓震天，却毫无杀气可言，更像是一支仪仗队。

总指挥刘长恭倒不笨，与瓦岗军交战前，他便已和河南讨捕使裴仁基约好，前后夹击瓦岗军，自己率东都兵正面迎击，裴仁基率所部从后方掩袭。然而他太骄傲，且求胜心切，抵达约定地点洛口仓城南后，早饭都还没吃，他就强迫士兵们渡过洛河，沿石子河（今河南巩义东南洛水支流）西岸列阵十余里，与瓦岗军夹河对峙。

见到瓦岗军后，刘长恭更骄傲。他发现瓦岗军实力比他想象的还弱，不仅装备不如官军，连人数也远少于官军。

瓦岗军兵力虽少，但勇气有余，翟让率先发起进攻，结果打了个败仗。李密见官军小胜大意，连忙指挥所部发起第二轮进攻，突入敌阵中横冲直撞，官军措手不及，阵脚大乱。

当此之时，如果裴仁基所部突然杀到，措手不及的就该是瓦岗军，官军完全有可能反败为胜。

刘长恭万万没料到，他的计划早已被李密侦知，李密将计就计，将全军分成十队，以四队埋伏横岭（今河南巩义东）阻击裴仁基所部，以六队列阵石子河东对抗官军。

这一仗，官军大败，伤亡十之五六，刘长恭脱掉战甲，伪装成百姓才得以逃脱。这一仗，也让李密声威更大，从而确立了他在瓦岗的领导地位。战后，翟让产生了退位让贤的想法。

## 翟让让位

当翟让提出让位于李密时,李密一点也不意外。因为早在他决定攻打洛口仓时,翟让便已向他表达了让位的想法。他当时对李密说:"此英雄之略,非仆所堪。惟君之命,尽力从事。"

他已经被李密说服,不再满足于做山大王,而要建立更大的功业,甚至开创一个崭新的王朝。但他清醒地认识到,凭自己的能力和威望,不足以成为开基立业的君主。

所以,他给自己的定位不是开国之君,而是开国功臣,或开国首席功臣。既然定位是臣而不是君,当然要让出瓦岗之主的宝座。

大业十三年(617)二月十九日,翟让正式宣布让位于李密,并给李密上尊号魏公。李密设坛场,隆重接受翟让的让位,并设立自己的魏公府、行军元帅府。

魏公府设立三司六卫,而行军元帅府人员配备也非常齐全,长史、司马、记室等僚佐皆有设立。长史有两人,一位是房彦藻,他是李密的老朋友,任元帅府左长史;另一位是邴元真,他是翟让的旧部,任右长史。司马也有两人,一位是杨德方,任元帅府左司马;另一位是郑德韬,任右司马。记室一人,名叫祖君彦。他是北齐宰相祖珽的儿子,才华横溢,因不受杨广器重,一怒之下投奔李密,成为李密最倚仗的笔杆子。

瓦岗大魏政权还设立了两大将军,其一是左武侯大将军,由单雄信担任;其二是右武侯大将军,由徐世勣担任。徐世勣当时只有19岁。

大魏政权成立后,瓦岗集团成员无不水涨船高,受到李密的加官晋爵,让位后翟让的地位仅次于李密,而且两人并不是严格的君臣关系。李密拜翟让为上柱国、司徒、东郡公,并设立东郡公府,只不过,东郡公府的人员规模只有行军元帅府的一半。

天下大乱的隋末,大魏政权的成立,无异于在混乱中举起一面大旗,黑暗中点亮一盏明灯,指引各路义军纷纷靠拢。于是,那些大名鼎鼎的义军首领,如拥兵十余万的齐郡人孟让、拥兵数万的汲郡人王德仁,以及济阴房献伯、上谷王君廓、长平李士才、淮阳魏六儿等,甚至连怠慢过李密的郝孝德也来投奔瓦岗集团。

李密来者不拒,一一加官进爵。瓦岗集团规模呈几何级扩大,不到一个月时间,军队人数增长了十倍以上,李密拥兵数十万,俨然成为天下义军领袖。

既然已成为义军领袖,就该有领袖的气派,李密于是让护军田茂修筑洛口城,城池方圆四十里,作为大魏政权的临时都城。

一个国家,仅有都城肯定还不够,李密于是又让房彦藻率兵东征,连克安陆、汝南、淮安、济阳等城,将长江以北、黄河以南多数郡县纳入大魏政权版图。

半个月后,李密以孟让为总管,率领步骑兵两千攻打洛阳。此次进攻,其战斗目的当然不是攻下东都,而是扰乱洛阳人心。孟让不负所望,攻入洛阳外城,火烧丰都市场,弄得洛阳军民人心惶惶。

一个多月后,李密又取得更令人惊喜的成果。他成功招降了隋军名将裴仁基。

洛口仓之战,裴仁基失期,刘长恭大败。待他抵达战场,见瓦岗军兵锋正盛,不敢触其锋芒,于是退守百花谷,固垒自守,但又担心朝廷治罪。正当他左右为难之际,李密派人以高官厚禄游说,裴仁基于是向李密投降。

裴仁基的投降,让李密连获三员有万夫不当之勇的大将。一位是程咬金。李密非常器重程咬金,任命他为内军骠骑。内军是李密的警卫部队,由四大骠骑统领,虽然只有8000人,但这8000人无不是瓦岗军精锐中的精锐。李密曾说:"这8000人可胜百万大军。"另外两位是秦叔宝和罗士信。两人本为张须陀部将,张须陀战死后,投奔裴仁基,后跟随裴仁基投降瓦岗,分别被任命为内军骠骑、总管。

大魏政权建立两个月后,四月十九日,李密亲率3万大军直扑隋朝第二座超级粮仓——回洛仓。回洛仓储粮可达10万吨以上,李密占领后,以回洛仓为据点,大修堡垒,向洛阳层层逼近。

两天后,洛阳方面派段达领兵7万征讨,双方在回洛仓北展开激战。虽然官军人数是瓦岗军两倍有余,但依然被瓦岗军杀得大败。

瓦岗军气势如虹,六天后,李密昭告天下,向杨广宣战。

祖君彦挥动如椽巨笔,为李密写下了一封气势磅礴的宣战书——《为李密檄洛州文》,把杨广骂得体无完肤,说他毒杀父亲,逼奸妹妹,淫乱宗室,沉迷酒色,穷兵黩武,还耸人听闻地总结道:"罄南山之竹,书罪未穷;决东海之波,流恶难尽。"

此文一发,如泰山轰然崩塌,六合之内,一片哗然。洛阳朝廷更是瑟瑟发抖,急忙派太常丞元善达前往江都向杨广汇报。

## "陪睡"的人：虞世基

见到杨广的那一刻，元善达差点情绪失控，号啕大哭。这一趟他走得十分不易。从洛阳到江都，义军的地盘星罗棋布，他穿过无数龙潭虎穴，才终于见到杨广。

早在三下江都时，杨广便已深知起义形势的严峻，虞世基当然也非常清楚。所以出发前，他特意提醒杨广："应该派重兵把守洛口仓，以免被反贼攻占。"

事实证明，这个建议无比正确，李密后来果然出兵攻占洛口仓。而瓦岗集团之所以迅速崛起，也正是因为占据了储粮丰富的洛口仓。

但是杨广不愿听从虞世基的建议。虞世基一看杨广并不愿意听从他的意见，又联想到高颎和张衡因直言进谏被诛，多次劝谏无果后，索性陪着杨广"装睡"，但求平安。

抵达江都后，全国各地不断有官员上奏，向杨广汇报严峻的起义形势。虞世基知道杨广听喜不听忧，每次收到奏疏都大幅度修改，然后安慰杨广："都是一些鼠窃狗偷之徒，难成气候，现在当地官员已经派兵镇压，相信很快就能平定。"

但奏疏多了，虞世基也有忙不过来的时候。有一次，大将杨义臣打了一个大胜仗，招降河北义军数十万，上奏向杨广报捷。虞世基见是捷报，于是没有修改，径直上呈杨广御览。

没想到杨广看后，心情非常郁闷，说："现在反贼已经这么多了吗？杨义臣一次就招降了几十万人。"

虞世基却说："人数虽多，但都是些小毛贼，不足为惧。反倒是杨义臣，陛下该提防着点儿。"

杨广不解："杨义臣替朕打了胜仗，是朕的忠臣，朕为何要提防他？"

虞世基阴鸷地说："他刚招降反贼，手下拥兵数十万，比陛下的兵马都多。"

杨广马上又开始猜疑杨义臣，于是下令，让他立即返回江都，同时遣散所属兵马。

杨广召回杨义臣后，治书侍御史韦云问了他两个发人深省的问题：一是为何装备精良的官军打不过装备简陋的反贼？二是为何朝廷不断派兵镇压反贼，反贼却反而越来越多？

韦云将一切原因都归之于虞世基和裴蕴。他上书弹劾两人："虞世基和裴蕴不据实上报贼情，使陛下误以为反贼很少，发兵不多，寡不敌众，所以官军常被反贼击败。反贼屡战屡胜，故而气焰越来越嚣张。"

这话当然不完全正确，但起义形势的蔓延，虞世基和裴矩确实难辞其咎。

韦云建议严惩虞世基和裴蕴误国之罪。

没想到大理寺卿郑善果却弹劾韦云："韦云一派胡言，诋毁朝廷重臣，诽谤朝政，作威作福。"

杨广当然明白，郑善果才是一派胡言，但他还是惩治了韦云，将韦云官降一级，从正五品治书侍御史降为从五品大理司直。

虞世基污蔑元善达诓骗杨广，江都小朝廷上下，无人为元善达仗义执言。就这样，元善达被杨广派去督运粮草。

督运粮草似乎是一个再正常不过的工作任务，可工作地点在东阳（今浙江金华），而江都至东阳一带早已烽烟四起，结果，元善达在前往东阳途中被义军所杀。

元善达的遭遇给江都小朝廷的文武官员上了深刻的一课：叫醒一个正在"装睡"的皇帝是一种十分危险的行为。

于是，每当杨广躺下时，朝廷上下总是"睡"倒一大片，谁也不敢在躺下的皇帝面前昂首挺立。如此朝廷，名存实亡。

隋失其鹿，天下纷争，看着那头从皇宫里溜出的权力之鹿在自己眼前晃来晃去，非但各路义军首领，连皇亲国戚也心动起来。

# 第九章

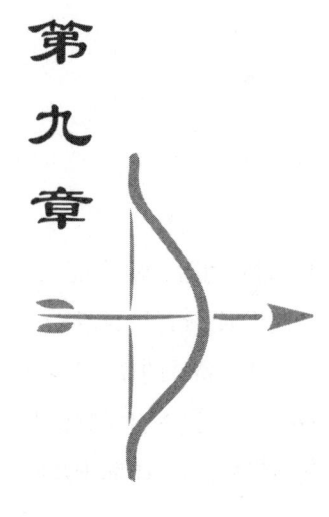

## 晋阳起兵：深藏不露的李渊

深藏雄心
人到中年不由已
老谋深算
空城计中计
忍辱负重
晋阳起兵

## 深藏雄心

见杨广自暴自弃，李世民清醒地意识到，隋朝灭亡只是时间问题。眼见天下英雄正在争先恐后追逐杨广释放的皇权之鹿，李世民情不自禁地想到了自己的名字。

李世民这个名字颇有故事，更寄托着父亲李渊对他的一种"特殊的期盼"。李世民四岁前并不叫李世民。四岁那年，有一个书生自称善相面，见到李世民后，大惊失色，说："此儿龙凤之姿，天日之表，年将二十，必能济世安民。"李渊于是取济世安民之意，给李世民取名"世民"。

如李渊所愿，李世民长大后果然聪明过人，胆识不凡，慨然有济世安民之志。大乱来临，像李世民这样志向远大的英雄人物，是绝对不甘心安分守己的。然而，他的父亲——时任太原留守李渊，却无暇考虑这些，因为他正陷入两线作战，被搞得焦头烂额。

当时，他奉命征讨义军首领历山飞，没想到突厥人得知他出兵，立刻举兵南下入侵隋朝北方重镇马邑，马邑告急。李渊分身乏术，只好派助手太原副留守高君雅率兵增援马邑，结果问题没解决，反倒惹出更大的麻烦。

高君雅和马邑太守王仁恭会师后，立刻发起对突厥的反击，然后被突厥人打得落花流水。杨广任命李渊为太守留守，是让他抵御突厥，结果上任第一仗就被突厥人打得落花流水，这实在是打杨广的脸。

果然，战报传到江都，杨广像吃了火药一样怒火冲天，扬言要将王仁恭斩首示众，还要把李渊抓到江都问罪。但李渊认为自己很冤，他说这场仗本来可以打赢的，都是王仁恭自作主张，违背了他制定的战术，所以才会吃败仗。李渊怀疑杨广是故意找碴儿，利用这个机会除掉他。

李渊的怀疑并非杞人忧天，只要看看他的助手是谁，就一目了然。作为太原留守，李渊有两大助手，除了刚吃完败仗的高君雅，还有一位正是被历山飞吓得坠马的王威。

这两人能力平平，为何能成为李渊的助手？杨广醉翁之意不在酒，表面上让他们辅佐李渊，实际上是暗中监视他。马邑之败，杨广扬言要斩王仁恭，还要治李渊的罪，却唯独不追究高君雅的责任，这便已很能说明问题。

看着忧心忡忡的李渊，李世民却豪情万丈，他说："主上昏庸无道，天下遍地烽烟，民不聊生，父亲何不顺应人心，高举义旗？这不也是父亲的夙愿吗？"

李渊从未想过现在就起兵。说："你怎敢说出如此大逆不道的话！你再说这话，我可要举报你了！"说完随手取来纸笔，一副要写举报信的样子。

没想到李世民"变本加厉"："时势如此，反正孩儿铁了心要起兵，如果父亲一定要举报孩儿，孩儿也无怨无悔。"

李渊登时露出慈父的笑容，说："我怎么忍心举报你？但这种大逆不道的话，你不要再说了。"

第二天，李世民又来劝李渊起兵，李渊不能真举报李世民，但又实在拗不过他，只好乐观地说："马邑之败，外间也只是传言主上盛怒，会不会真追究责任尚未可知，况且兵败之责并不在我，何必慌张至此？"

李世民说："父亲如此天真，难道忘了李金才的下场吗？"

李金才是隋朝郕国公李浑，也是关陇集团成员，只因名应李氏为天子的流言，遭到杨广猜疑，后被告发谋反，全族被诛。

李世民借题发挥："我家也名应图谶，必遭陛下猜疑。陛下让父亲剿灭叛军，这就是一个套，天下叛军多如牛毛，父亲剿得尽吗？剿不尽，陛下必然借机下手。即使父亲能剿尽，那更危险，因为您功高震主了。"

名应图谶是李渊多年来提心吊胆的根源。因为名应图谶，他被杨广疏远、猜疑、敲打，现在还被他安插了两个间谍在身边。

李浑的遭遇确实足以为鉴，李渊快被李世民说服："你昨天说的话，我想了一夜，也不是没有道理，今日家破人亡由你，化国为家也由你。"

这无疑是默许李世民策划起兵。但没过多久，李渊又叫停了起兵计划。因为他收到情报，杨广派来逮捕他的使者即将抵达太原。

李渊从不打无准备的仗，既然使者即将抵达太原，说明策划起兵的时间严重不足，与其仓促起兵，一败涂地，不如另觅他法。

情况又回到原来，李渊正在思考，到底要不要跟随使者去江都。如果跟随使者去江都，无异于九死一生；但如果不去，在杨广看来，那就是做贼心虚，等同谋反。李渊左右为难，越想越愁。

李世民认为李渊谨慎过头了，他说："晋阳（太原治所）兵强马壮，军需物资以巨万计，以此起兵，何患不成？况且，坐镇关中的代王年幼，群雄无主，如果父亲举兵西进，招纳群雄，攻下关中简直如探囊取物，何必受制于区区一使者，束手待毙？"

晋阳的情况，李渊比李世民更清楚。与历山飞的战斗还历历在目，当时他扫地为兵，也不过征集了步骑兵五六千人，现在情况虽然好了很多，但也谈不上兵强马壮。

但评价兵强马壮其实是个很主观的问题，有人认为精兵一万就是兵强马壮，也有人认为拥兵十万才算兵强马壮。李世民坚称晋阳兵强马壮，还说自己暗中召集了大批豪杰，李渊也没法拗过他。

李渊只好打感情牌，说出另一段叫停起兵的隐情："你所说的这些，为父岂会不知？但你大哥建成和四弟元吉，还有很多家人都在河东郡，如果我们起兵，他们怎么办？"

李建成、李元吉和李世民是一母同胞的兄弟，都是窦氏所生，虽然后来兄弟之间势同水火，但当时还是手足情深。李世民小时候被人欺负，李建成还替他打过架，他怎么忍心把大哥往火坑里推？李世民也左右为难了。

李渊愁绪飞扬，突然想起一位古代帝王，他发现自己如今的处境和这位帝王非常相似。这位帝王就是周文王。他对李世民说："如今我也像周文王那样，遭遇被囚羑里的困厄，但为父希望你们兄弟忍辱负重，效仿武王会盟津之师伐纣，举兵起义，千万别想着和我共患难，搞得家破身亡，为天下英雄所笑。"

但李世民不希望父亲成为周文王。周文王明知纣王居心不良，还"傻乎乎"地去朝拜他，结果被纣王关押了七年。所以他对李渊说："效仿周文王，还不如效仿汉高祖。当年高祖遇厄，逃到芒砀山，以观天下大势，最终成就帝业，父亲应该效仿高祖。"

"不行，绝对不行。"李渊示意李世民停下来："陛下多疑，我一走，你们兄弟还有活路吗？"

李世民哑口无言。李渊最终还是决定跟随使者去江都。因为他突然发现，杨广虽然多疑，但他的疑心病是间歇性发作，至少针对李渊是如此。十多年来，杨广不止一次猜疑李渊，但每次只要李渊及时表达忠诚，杨广就会恢复对他的信任，连在弘化擅自招兵买马那次也是如此。

马邑之败，即使李渊有不可推卸的责任，但充其量只是领导不力，性质远没有擅自招兵买马严重，既然上次能化险为夷，这次又怎会没有可能？

他乐观地对李世民说："形势如此，除了去江都，还能怎么办？如果天命在我，主上必不能害我，又何必逃避？"

但李世民完全不信任杨广。见父亲非去江都不可，李世民只好提醒他："别忘了晋阳宫那晚。"李渊悚然想起，那一晚，他被李世民和裴寂合伙"仙人跳"了。

## 人到中年不由己

裴寂本不想和李世民合伙算计李渊。他是李渊的挚友，两人不是兄弟胜似兄弟，经常一起聚餐游玩，形影不离。他知道，李渊迟迟不起兵，不是胸无大志，也不是优柔寡断，而是他拥有强烈的家庭责任感和家族使命感。

李渊可以不在乎个人的生死祸福，但作为一家之主，必须为孩子和家人考虑；作为李虎一族的继承人，必须为家族的前途考虑。他绝不能轻易拿全家老小的性命和家族的前途去冒险。那种野心一动就不管不顾的人，李渊甚为不取，而他们也往往是失败者，殃及宗族。所以，他需要深藏雄心，静待时机。但李世民不理解李渊。因为他还太年轻。

这一年李世民才18岁，也没有正式参加工作，全靠李渊养着，哪里能感受到一家之主身上沉甸甸的责任？加上正是年轻气盛，敢作敢为，自然不满李渊的隐忍。

李世民认为李渊还不如他的下属刘文静，刘文静是李世民的忘年交，他只比李渊小两岁，但却是起兵的积极策划者。刘文静本为晋阳令，因和瓦岗领导人李密是姻亲，正在太原监狱吃牢饭，和李世民策划起兵也是在狱中进行，如果他不造反，随时可能性命不保。

出于自身安危考虑和雄心的驱使，刘文静打了鸡血似的游说李世民造反。李世民能与裴寂合伙"仙人跳"李渊，就与刘文静有关。刘文静和裴寂也是好友，他知道裴寂在李渊面前很有话语权，于是建议李世民采取迂回战术，先说服裴寂，再让裴寂说服李渊。

但李世民担心自己无法说服裴寂。因为裴寂和李渊是哥们，自然就是李世民的叔叔辈。

李世民决定先对裴寂采取迂回战术，假手他人说服裴寂再说。被李世民派去游说裴寂的是龙山县令高斌廉。高斌廉是裴寂的朋友，他知道裴寂喜欢赌博，于是天天找他赌，只输不赢。

裴寂开始还很高兴，但赢着赢着，发现不对劲，高斌廉只是一个县令，俸禄还没他高，但一连输了几百万钱。他哪来那么多钱？

高斌廉乘机坦白："钱都是二公子送给我的。"

裴寂恍然大悟。但更多的是吃惊，从此不再轻视李世民，还和他交上了朋友。吃人嘴软，拿人手短，当李渊拒绝起兵时，李世民决定逼他一把，于是找裴寂合伙设计"仙人跳"，裴寂只得听从。裴寂找李渊喝酒，酒过三巡，又叫歌妓陪他。李渊喝得醉醺醺的，没去想裴寂今天为何如此有情调，就流着哈喇子笑纳了。

第二天，裴寂又找李渊喝酒，酒过三巡，正当李渊对陪酒歌妓望眼欲穿时，裴寂却告诉他一个爆炸性消息："昨天陪酒的都是晋阳宫的宫人。"

李渊登时脸色大变。晋阳宫是杨广的行宫，让晋阳宫宫人陪酒，这就等于往杨广头上扣绿帽子。

"如果这件事被主上知道了，父亲还有活路吗？"当李渊决定随使者去江都时，李世民提醒他。

但李渊担心的，并不是事情泄露后杨广龙颜大怒判他死罪，而是杨广怀疑他之所以如此胆大包天，是因为早就不忠于隋朝，治他一个谋反之罪。

谋反是殃及宗族的重罪，李渊现在不反不行了。但是，他再三叮嘱李世民，一定要秘密行动，然后，他什么也没说了。方才还喜笑颜开的李世民登时满脸惑色，因为这不是李渊的风格。李渊行事稳重，如果他决定起兵，绝对不可能仅强调一句秘密行动了事。

李渊确实还没下定决心起兵，因为他还在观望。反正杨广的使者即将抵达太原，不妨先通过使者了解杨广的态度，如果去江都的确风险很大，到时再正式策划起兵也不迟。

李渊对杨广还抱有一种侥幸心理，而凭他对杨广的了解，这种侥幸完全有可能发生。一天晚上，李渊刚入睡，他的心腹温大雅就急匆匆地闯入卧室。

李渊猛然惊醒，从床上一跃而下，还以为有大事发生，没想到温大雅喜形于色，告诉他一个天大的好消息：杨广的使者到了，但不是来逮捕他的，而是宣布杨广的赦令，让他继续担任太原留守。

李渊情不自禁地握住温大雅的手，说："此后余年，实乃天赐。"

温大雅走后，他立刻叫来李世民，说："只有神灵才能不疾而速，使者从江都出发才几天？这就到晋阳了。看来是老天爷想让他快些把好消息告诉我。既然上天有意，我绝不能辜负他老人家的一片好心。"。

李世民说："起兵的事，孩儿一定会抓紧！"

没想到李渊却说:"你误会了,我的意思是说,起兵的事先暂停,等候命令。"

李世民不明白,既然李渊认为连老天爷都在帮他,为何又要暂停起兵?岂止李世民,李渊的亲信大多不理解他的决定,比如他的另一位好友、后来的凌烟阁功臣唐俭。

唐俭认为李渊各方面都已达到起兵的条件,他说:"论长相,您日角龙廷,乃帝王之相;论声望,您名应图谶,深得人心;论实力,那就更不用说了,您手握五郡之地,兵强马壮,我不明白您为什么还不起兵?"

起兵不是抢购商品,先到先得,李渊反复强调,起兵是一场艰苦的长跑,起跑不重要,重要的是蓄积了足够的力量,既然他还是太原留守,那就继续利用这一身份扩充实力,蓄势待发,没必要急着出头。然而,李渊沉得住气,但刘文静沉不住气。

杨广赦免了李渊,甚至连马邑太守王仁恭也一并赦免了,却唯独没有赦免刘文静。刘文静朝不保夕,比任何人都期盼起兵。

但李渊不会听从他,因为他和李渊的关系一般,而李世民也无法说服李渊,如此看来,只能把希望寄托在裴寂身上了。

## 老谋深算

刘文静告诉裴寂，你现在的处境很危险。裴寂漫不经心地说："我哪来的危险？"

刘文静以恐吓的口吻说："你以为我不知道？你身为晋阳宫副监，居然让晋阳宫宫人侍奉唐公，这是什么性质？"

裴寂的脸色登时一片惨白。

刘文静乘胜追击，质问道："裴玄真啊裴玄真，你自己作死我管不着，但你为什么要连累唐公？"

刘文静说："事已至此，后悔也无济于事，为今之计，只有一个办法可以脱险，那就是劝唐公赶快起兵。"

裴寂急忙去劝李渊起兵。但结果让他很失望，李渊谁的意见也听不进去，坚持蓄势待发不动摇。但裴寂还是不死心，每次见李渊都要郑重其事地劝他起兵。终于有一天，李渊松口了。但李渊松口，不是被裴寂说服，而是情况有变。

大业十三年（617）二月，马邑内乱，鹰扬府校尉刘武周杀死太守王仁恭，起兵造反，并于次月攻陷娄烦郡，占据汾阳宫（今山西宁武西南）。

这件事性质之严重，远大于马邑之败。杨广让李渊担任太原留守，目的是让他剿抚叛军，现在他的辖区内却发生太守被叛军所杀的恶性事件，他无论如何也难辞其咎。

但更让李渊担心的还不在此。刘武周不是一般叛将，他曾跟随杨广参加高句丽战争，具有丰富的作战经验。天下行宫众多，他为何偏偏攻占汾阳宫？原来，李渊当年做娄烦太守时，杨广听说娄烦郡城西北门有天子气，于是修建汾阳宫镇压。刘武周占据汾阳宫，是为了窃据大隋国运。

一个刘武周便难以对付，何况他还有一个强大的帮手。这个帮手就是突厥。刘武周为了获得突厥的军事支持，占据汾阳宫后，将汾阳宫宫女一并送给突厥领导人始毕可汗——这无疑也会严重刺激到杨广。

李世民也意识到事态严重，紧急劝说李渊："父亲身为太原留守，却让反贼占据汾阳宫，如果不早定大计，恐怕大祸临头。"

不用李世民劝，李渊也会有所行动。但李渊的行动，却出乎众人的意料。起兵首先要有兵，而李渊现有兵力不足两万，仅凭这点人马，远不足以成事。众人无不忧愁，但李渊却说："我要感谢刘武周。"

他连忙召开军事会议，危言耸听地说："反贼刘武周占据汾阳宫，我们没能阻止，这是灭族的重罪！你们说该怎么办？"

这话其实是单独说给副留守王威和高君雅听的，因为在场只有他们是杨广的人。但王威和高君雅正为此事惊慌，哪有应对之策？眼巴巴地看着李渊。

李渊说："办法很简单，那就是干掉刘武周，夺回汾阳宫。"

王威和高君雅欢呼雀跃："夺回汾阳宫，就是将功补过！"

没想到李渊突然面露难色："夺回汾阳宫不难，但现在有两个难题，一是出兵必须先向朝廷请示，可江都距太原三千里，根本来不及请示。更重要的是，刘武周兵强马壮，太原现在的兵力也不够。"

以往李渊只要提到兵力不足，王威和高君雅就向杨广打他的小报告，说唐国公想扩军，小心他扩军的目的不纯，所以李渊不敢公开招兵买马。但这一次，两人自顾不暇，哪还有心思打小报告？

两人异口同声地说："说哪里话，您是皇亲国戚，与朝廷命运休戚相关，特殊时期特殊对待，没必要事事请示。"

李渊一副情非得已的样子："话虽如此，但规矩还是要讲的。"

王威和高君雅生怕李渊打退堂鼓，忙说："事急从权，要是主上怀疑唐公，我们愿为唐公做证。"

李渊于是让李世民、刘文静、刘弘基和长孙顺德等人前往各地招兵买马。招兵进行得非常顺利，因为李渊早就为之做好铺垫。

刘武周起兵后、占据汾阳宫前，李渊曾交给刘文静一项特殊任务，那就是伪造杨广的敕书，征召辖区内20岁以上50岁以下的男丁入伍，攻打高句丽。所以，不到十天时间，李渊就招募了近万人。

招兵仍在如火如荼进行，但此前极力支持招兵的王威和高君雅，此时却如坐针毡。招兵负责人中有两人被王威和高君雅认为存在严重问题，一位是刘弘基，另一位是长孙顺德，他们都有一个共同身份——逃兵。

当年杨广征兵攻打高句丽，刘弘基和长孙顺德都在应征人员中，但长孙顺德逃到太原躲避兵役，而刘弘基更绝，因自料赶不上部队集结，故意违法屠宰耕牛，被关押了一年，因此没有参加高句丽战争。

"刘弘基和长孙顺德这俩逃兵罪不可赦，唐公为什么还让他们招兵？"王威和高君雅告诉武士彟，他们打算逮捕两人。

武士彟是女皇武则天的父亲，也是当时著名的"企业家"，靠经营木材致富。他是王威和高君雅的朋友，故而两人与他讨论机密，但两人万万没想到，武士彟还有另外一个身份，那就是李渊的亲信。

李渊就任太原留守后，武士彟认为他英武不凡，于是主动投奔，被李渊任命为太原"留守府装备局局长"（司铠参军）。

武士彟说："你俩别胡来，他们是唐公的贵客，你俩什么证据都没有，贸然逮捕，这不是搞事情吗？"

但王威和高君雅担心的不是没有证据，而是招兵是他们极力促成的，如果又贸然逮捕招兵负责人，显得有些无理取闹，所以他们决定暂且放过刘弘基和长孙顺德，静观其变。

但很快，招兵本身也被发现问题。问题的发现者名叫田德平，时任留守府司兵。他发现李渊招兵人数太多，远超镇压刘武周所需的兵力，于是对武士彟说："唐公招那么多兵，到底想干什么？这事太不正常，应该请王、高两位副留守调查下。"

武士彟却批评田德平行事莽撞，说："整个太原府谁不知道，唐公才是老大，两位副留守不过是外来户，你让他们调查，他们能调查什么？到时捅了娄子，他们一走了之，倒霉的还不是你？"

"哎呀！"田德平如醍醐灌顶，马上向武士彟使眼色："我刚才说什么了？我好像什么也没说吧？"

事实上，田德平请不请王威和高君雅调查招兵，对李渊都没有什么影响，因为王威和高君雅也已发现招兵的问题。

五月，太原久旱不雨，王威和高君雅派人通知李渊："我们打算到晋祠为民祈雨，唐公不是爱民如子吗？您表现的时候到了。"

李渊说："回去告诉两位副留守，祈雨大典我肯定会参加。"

然而，还没等到举行祈雨大典，王威和高君雅却出事了。

五月十五日清晨，王威和高君雅和往常一样，准时到留守府衙公干，并迅速投入到紧张的工作中，突然，堂外传来一阵急促的脚步声，原来是刘文静带着一个陌生人闯入府衙。

王威愤怒起身，面向刘文静道："刘文静，你怎么随便带着陌生人擅闯公堂？对了，你不是应该在坐牢吗？谁把你放出来的？！"

刘文静理都不理王威，面向前方介绍身边的陌生人道："这位是开阳府司马刘政会。"

刘政会连忙上前一步，道："下官开阳府司马刘政会，有要事向唐公禀告。"说罢从袖口拿出一张状纸，要呈给李渊。

"何事？"李渊向王威使了个眼色，示意他取来状纸。王威悻悻地走过去伸手去取，没想到刘政会立刻把手收回，说："我要状告一位副留守，事情太大，只能给唐公看。"

"什么？你要状告副留守？"李渊大吃一惊，边说边去取状纸。

拿到状纸后刚入座，李渊噌地一下站起来："王威、高君雅，有人告你们勾结突厥入侵，你们还有何话可说？"

王威跳起来反驳，高君雅撸起袖子大骂："这是反贼想杀我们！"

李渊根本不听两人任何解释，因为高君雅口中的"反贼"正是他。一切都是李渊策划，但事情的源头，却又在王威和高君雅。

李渊后来对人说："我当时也是迫不得已，我不杀王威、高君雅，他们就要杀我。"

几天前，刘世龙夜访唐国公府。刘世龙是晋阳的一个乡长，乃王威和高君雅的朋友，但他更是李渊的好友。这一晚，他给李渊带来了一个生命攸关的情报：王威和高君雅为民祈雨是假，真正目的，是利用祈雨大典对李渊下手。

但刘世龙一走，他立刻决定先下手为强，指使刘政会诬告王威和高君雅勾结突厥。面对李渊的诬告，王威和高君雅决定反抗。论级别，他们是副留守，只比李渊低半级，背后还有杨广撑腰，可不是随意摆弄的无名小卒，只可惜，老谋深算的李渊早有防备。

五月十四日晚，一支500人左右的精兵从兴国寺出发，不动声色地潜入晋阳宫城东埋伏，为首的是李世民。次日清晨，王威和高君雅准备率亲信反抗李渊时，却惊慌地发现他们的人已全被李世民控制，刘文静和长孙顺德、刘弘基等人乘机一拥而上，把王威和高君雅按在地上，捆成粽子，强行拖进太原监狱。

但麻烦并没有就此终结。王威和高君雅毕竟是堂堂副留守，李渊可以捏造罪名逮捕他们，但如果想治他们的罪，仅凭一张空口白牙的状纸远远不够。也该王威和高君雅倒霉，两天后，突厥竟然真的入侵了。

## 空城计中计

五月十七日，突厥数万骑兵长驱南下，直奔晋阳而来，其前锋更是已攻破晋阳外城北门。晋阳上下人心惶惶，众人皆不知所措。因为以晋阳现有兵力，远非突厥人的对手。情急之下，李渊只好冒险一试，为突厥人摆一出空城计。

他下令打开晋阳城大门，并撤掉城上的旗帜，所有军民一律撤回城内，不许向外观看，也不许高声喧哗，整个晋阳城人烟断绝，静得可怕。突厥骑兵兵临城下，担心城内有伏兵，果然不敢轻举妄动。城内确实有伏兵。空城计归空城计，万一突厥人入城，不能任人宰割，所以，事先李渊便让裴寂和刘文静等人率兵在城门附近埋伏。

不仅城内有伏兵，城外也有伏兵。晋阳城北门外有一支由王康达率领的千余人的精兵。当李渊决定在北门设伏时，众人很不理解，他们说："突厥有几万骑兵，派一支千余人的部队搞偷袭，有意义吗？把突厥人激怒了，搞不好他们会入城。"

李渊说："入城倒不会，但这支部队确实很危险，弄不好是以卵击石，但这也是没办法的事啊！"

李渊已决定起兵，但对他而言，起兵最大的困难，在于严重缺乏战马。所以，王康达出城前，李渊千叮咛万嘱咐："突厥人肯定不敢入城，切记，等到他们往回撤，部队全部掉头后，从后面发起突袭，抢夺马匹，以充军用。"

一切如李渊所料，但没想到，突袭时发现了意外。突厥后撤时，李渊登晋阳宫城东南楼遥望，突厥骑兵浩浩荡荡，扬起漫天尘土，从早上到中午，骑尘不止，根本看不清敌情。到晚饭时分，王康达预料突厥军过尽，立刻指挥部队抢夺战马，没想到还有部分突厥军正在后撤，结果惨遭突厥军前后夹击。王康达虽然骁勇善战，但毕竟只有一千多人马，最后英勇战死，全军仅二三百人突围。

大胜一场，突厥人立刻停止后撤，重新对晋阳虎视眈眈。晋阳本就兵力不足，又损失上千精锐，形势愈发危急。恐慌之下，所有人都把矛头对准狱中的王威和高君雅。因为他们是被李渊以勾结突厥的罪名下狱，所以人们都认为突厥人就是他们引来的。

李渊对众人说:"不要慌,我怀疑王、高两人勾结突厥,突厥果然入侵晋阳,这大概是上天助我惩罚罪人。既然上天助我,肯定会帮我退敌的。"

但上天帮李渊前,李渊决定先"帮"晋阳军民一下。既然晋阳军民无不痛恨王威和高君雅引突厥入寇,李渊决定顺应人心,将两人斩首示众。杀了王威和高君雅,上天好像真在帮李渊,突厥人只是在城外虎视眈眈,不仅不入城,连围城也没有。

李渊说:"既然突厥人不敢入城,那我们入。如果我们不入,要不了多久,恐怕他们就会忍不住入。"

众人丈二和尚摸不着头脑:"我们不是在城里吗?为什么说入城?"

夜半时分,李渊令晋阳守军悄悄出城,到城外占据险要,并嘱咐道:"清晨时,从别道入城,记得大张旗鼓,一定要让突厥人发现。"

清晨,突厥将领看见一支军容整肃的部队缓缓进入晋阳城。次日清晨,突厥将领又看见一支军容整肃的部队缓缓进入晋阳城。

突厥将领很为自己敏锐的观察力和智商自豪,说:"我就说李渊没那么傻,敢大开城门让我们进去,现在看来,晋阳城不仅有伏兵,还有援兵。"

另一位突厥将领频频点头:"李渊可不是个善茬,当初在马邑,我们就吃过他的亏,现在他坐镇太原,又有援兵,哪那么容易对付?我看还是撤兵算了。"

第二天,城外探子一大早就赶来汇报敌情:"突厥人撤了,全都撤了。"

但突厥人走了,难保不会再来。

如果李渊始终坐镇晋阳,倒没那么担心突厥卷土重来,可问题的关键是,他很快就会离开晋阳。因为他要起兵创业,而他的战略部署是,从晋阳出发,长驱直入关中,攻下隋都大兴城,然后效仿汉高祖刘邦,以关中为根据地一统天下。可如果入关期间,突厥骑兵南下,攻陷晋阳,他就会进退失据,沦为丧家之犬。

如何才能避免突厥趁他入关南下,成了李渊的当务之急。

刘文静小心翼翼地说:"要不,咱们和突厥议和吧?"

## 忍辱负重

谁都知道和突厥议和意味着什么。突厥强而太原弱，何况李渊只是一个地方官，与突厥领导人始毕可汗身份完全不对等，一旦议和，只能是屈辱的"城下之盟"。

但为今之计，除了议和，还有其他办法阻止突厥南下吗？委屈可以受，面子也可以不要，但李渊再三强调："有两个原则必须坚守，其中一条就是：可以尽可能答应突厥人的物质条件，但绝不能纵容他们劫掠百姓。"

于是，李渊决定给始毕可汗写一封亲笔信。

亲笔信的落款是"李渊启"，有人反对这样落款，因为启是"以下对上"之意。他认为李渊不能自降身份，应该与突厥平等交往，改"启"为"书"。

李渊说："你们别把我当君主，我只是太原留守，用启没问题。"

那人说："可您不会一直是太原留守，到时这段旧事被翻出来，影响多不好啊。再说，始毕又不认识汉字，他只认钱，您多给点钱便是，何必用启。"

李渊大笑："始毕是不认识汉字，但他身边的人也不认识吗？当今天下大乱，你知道有多少汉人避乱大漠吗？再说，一个启字算个屁，如果突厥人老老实实待在漠北不捣乱，千金我也舍得送，何况一个启字！"

秉持李渊的指示精神，刘文静出使突厥，并把亲笔信交给始毕可汗。

始毕可汗对李渊的议和很感兴趣，因为他知道花钱买和平的规则，但对信中的内容却不太满意。信中写道：当今天下大乱，我愿兴义兵，安定天下，迎主上回京，重与突厥和亲，希望得到可汗的支持。如果可汗出兵相助，金钱财物应有尽有，但请可汗不要伤害百姓。如果可汗不愿出兵，只愿双方保持和睦的关系，我也绝不吝啬，愿献重礼与可汗相交。

始毕可汗唉声叹气地对部下说："唐公还是不了解我啊。我生平最讨厌的就是杨广，他以前老想欺负我，唐公却还要迎他回京，如果他回京，肯定又会出兵攻打我，这我绝对不能答应。不过，如果唐公自己当皇帝，再苦再累我也鼎力支持。"

然而，李渊必须坚守的第二个原则就是不称帝。

不让突厥侵害百姓可以理解，毕竟李渊是以济世安民的名义起兵，可他起兵的最终目的不就是做皇帝吗？为何又坚决不称帝？

始毕可汗决定修书一封，劝李渊称帝。众人见始毕可汗劝进，无不喜上眉梢，手舞足蹈，只有李渊愁容满面："我起兵的初衷，是为安定社稷，拥戴王室，如果我称帝，这不是自打自脸吗？"

更让李渊忧愁的是，始毕可汗还派人提醒他："如果唐公听从我的劝告，就马上回报，否则，我会派大将到晋阳当面请示。"——这是赤裸裸的威胁，如果你李渊不称帝，我就派人教训你。

始毕可汗的威胁在军中引起了很大的骚动，将士们都对李渊颇有怨气。难道真要我们为了你所谓的忠义去和突厥人拼个你死我活？

所以他们也威胁李渊："如果唐公不听从始毕可汗，那我们也不能听从唐公。"

裴寂和刘文静也不理解李渊，李渊生气地说："你们也是隋朝大臣，怎么能劝我称帝？"

裴寂说："都是自己人，唐公何必说这种话？再说，如果姜太公尽忠纣王，还能做周武王的大臣吗？现在军士已集，所缺的只有战马，如果您再不下决定，小心始毕反悔。"

李渊心凉如冰，他反对称帝，难道真是虚伪吗？拥戴王室的说辞固然是假话，但不称帝是李渊创业早期必须执行的战略方针，因为一旦称帝，树大招风，很容易成为被枪打的出头鸟。瓦岗领导人李密已拥兵数十万，却依然拒不称帝，原因就在于此。

迷失在眼前利益之下的众人也从未想过，始毕可汗为何如此积极支持李渊称帝？只有李渊知道，始毕可汗居心叵测，想让自己给他当儿皇帝。

始毕可汗非常热衷扶立儿皇帝，之所以如此，是因为他无力统治中原，所以想让儿皇帝们成为他在中原的利益代言人。这两年，他先后扶立了两个儿皇帝，一个正是刘武周，被他封为定杨可汗；另一个名叫梁师都，被封为解事天子。

何为解事天子？解事天子就是懂事天子。一个皇帝被另一个人居高临下地夸赞"懂事"，这是多么大的耻辱。

李渊努力克制住情绪，说："突厥是不能得罪的，但称帝也绝对不行，还请两位想个两全其美的办法。"

六月初，李建成和李元吉风尘仆仆地从河东赶来。李渊刚决定起兵，就急忙派人到河东通知李建成，让他带家人火速赶回晋阳，以免落入官军之手。

裴寂得知李建成归来，喜出望外，他说："如果现在还有一个人能劝唐公称帝，这个人一定就是大公子。"

李建成刚回城见完李渊，裴寂就赶来拜访，在场的还有李世民。

听完裴寂的话，李建成连连摇头："不行，这个忙我不能帮。父亲暂不称帝是对的，如果一开始就称帝，这不是明目张胆地造反吗？主上一定会倾全国之力攻打。"

裴寂说："可不称帝，就得不到突厥的支持，还可能会被突厥攻打。"

李建成说："父亲所坚守的底线，不过是不称帝而已，而始毕可汗所厌恶的，也不过是主上而已，此事还有回旋的余地。"

李世民说："我赞同大哥的看法。"

裴寂灵机一动："你们看这样如何？"

三人叫上刘文静、刘弘基、长孙顺德等人一同面见李渊。李渊一看这架势，冷冷地说："如果你们是来劝我称帝的，那就请回吧。"

裴寂说："这次不是让您称帝，是让您废黜一个皇帝。"

"废黜一个皇帝？"李渊不知裴寂葫芦里卖的什么药，也不知自己一个地方官有何权力废黜皇帝。

裴寂说："大臣废黜皇帝的先例古已有之，西汉大将军霍光废昌邑王刘贺，而立贤主汉宣帝，难道霍光不是忠臣吗？当今天子昏庸无道，唐公身为国戚，可效霍光废昌邑王，废主上而立代王杨侑，这样既不失为忠臣，对突厥也有个交代。"

李渊长叹一声："这样做，是掩耳盗铃啊！可时势如此，不这样做，又能如何？既然你们都赞同，那就这样吧。"

决策通报突厥，果如裴寂所料，始毕可汗见李渊不再坚持迎回杨广，也不再坚持让李渊称帝，并派特使康鞘利携带战马千匹前来交易。

来者不善，康鞘利表面上是来交易，实际上是乘机向李渊索取利益，同时监视他的行动。

李渊不能把康鞘利挡在城外。既然来者是客，李渊当然要有待客之道，于是大摆宴席招待康鞘利。

酒过三巡，康鞘利开始"献殷勤"："可汗很支持唐公的正义之举，唐公想让突厥出多少兵，突厥就出多少兵。"

李渊说："谢谢可汗的美意。"但绝口不提借兵之事，尽管他朝思暮想拥有一支强大的骑兵部队。

康鞘利说:"唐公不是正缺战马吗?可汗特意让我带来了一千匹马,请唐公笑纳。"

康鞘利请李渊看货,李渊却一副难为情的样子,看了半天,只挑了五百匹。这些马都是草原良驹,部下请他移步一侧,说:"唐公是不是缺钱?要是缺钱,我们替唐公买下。这么好的战马,不全买下太可惜了。"

李渊笑道:"我起兵能缺这点钱吗?但我太了解始毕了,我们要敢把这1000匹马全买下,你信不信他马上就会再送来一千匹?做生意,不能轻易暴露自己的底牌。"

六月下旬,康鞘利回国,刘文静奉命陪同,并向始毕可汗借兵。

临行前,李渊对他说:"请神容易送神难,胡骑进入中原,是中原百姓的大害,我原本是不打算向突厥借兵的,但如果真的一兵一卒都不借,始毕肯定怀疑我们议和的诚意,弄不好会和刘武周勾结,南下入侵。"

刘文静点点头:"唐公的意思是,兵要借,但不能多借,那借多少合适?"

李渊说:"借个几百骑兵,壮壮声势就可以了。"

既然不需要突厥援兵上阵,也就没必要等到突厥援兵到了再行动。时间决定成败,现在动静闹得这么大,朝廷不可能毫无察觉,拖延越久,危险越大。

刘文静走后,李渊决定立刻起兵。

## 晋阳起兵

李渊猜得没错，早在半个月多前，就有人向杨广告密。告密者名叫高斌廉，是李渊手下辽山县（今山西左权北）的县令。李渊让他负责辽山县的征兵，不料高斌廉非但不从，还派使者抄小道前往江都，向杨广告发李渊征兵居心叵测。

但杨广并没有派使者逮捕李渊。他到底是个聪明人，如果李渊真的造反，还会受制于区区一使者吗？他知道李渊一旦起兵，必然入关，于是急令西京大兴城和东都洛阳严加防备。

不久，西边又传来第二个坏消息。西河郡（今山西汾阳）拒绝服从李渊的命令，没有向晋阳输送兵马，显然，该郡是想继续效忠隋朝，必将会成为晋阳义军的一大劲敌。

但相比西河郡，辽山的"反叛"动静更大，而且又是太原郡下辖县，所以众人都建议李渊先收拾辽山。

没想到李渊却说："辽山不足为虑，但西河是入关必经之地，必须拿下。"

确定先取西河后，接下来的一个问题就是，何时取西河？

有人认为李渊性格稳重，说："当然是正式起兵后再取，现在就取，还没起兵，别人就知道你要造反了。"

做大事当然要求稳，但如果一味求稳，成就一定有限，毕竟利益越大风险越大。

李渊说："求稳是必须的，但也一定要学会冒险，学会出奇制胜。这次攻打西河，就是一个很好的出奇制胜的机会，西河哪能料到我们还没起兵就出兵？再说，我以抗击突厥的名义征兵，西河没有完成征兵任务，出兵征讨名正言顺。"

领兵攻打西河的任务由李建成和李世民承担。

六月五日，大军开拔，李渊亲自送行，嘱咐兄弟俩道："你们两兄弟初出茅庐，攻打西河既是一次历练，也是一次证明自己能力的机会，大家都在看着你们，一定要努力啊！"

兄弟俩向李渊行了个跪礼，说："孩儿从小蒙父亲教诲，家国大事，岂敢不尽心？请父亲放心，孩儿一定严格执行父亲的命令，若有违反，甘愿军法处置。"

李渊说："你们两兄弟能这样表态，我还有什么可担心的！"

话虽如此，但该稳的时候一定得稳，兄弟俩毕竟年轻，经验不足，李渊于是给他们找了一个经验丰富的助手。此人名叫温大有，隋文帝时期便担任羽林骑尉，和李渊私交甚笃。李渊对温大有说："这次军事行动虽然不大，但我们起兵能不能成功，就看这次表现如何。我两个儿子年轻，军事上还要多倚仗您。"

然而，事实证明李渊的担心有些多余。虎父无犬子，李建成和李世民初次领兵，就表现得十分老道，像一位身经百战的老帅。他们爱兵如子，与士兵同甘共苦，治军严格，却又不乏灵活性。

军中严禁士兵骚扰百姓，但是，有士兵犯了偷吃瓜果的小错时，兄弟俩不是杀一儆百，而是找到瓜主人进行赔偿。因为兄弟俩知道，这些士兵都是新招募的新兵，还没有完全适应军人的身份，如果要求过于严苛，很容易激起兵变。

这一点，比那些死板的治军从严高明太多，所以兄弟俩深得士兵们拥护，到后来，部队连偷吃百姓瓜果这样的小错都没有了。

这样一支不扰民的军队，在当时是非常"另类"的。因为各路义军为了生存，劫掠百姓是家常便饭，即使大名鼎鼎的瓦岗军，起义之初照样以劫掠为生。饱受劫掠之苦的百姓，见到这样另类的正义之师，岂能不箪食壶酒以迎？

行军途中，不断有百姓进献蔬菜饭食，按说李建成和李世民不该接受，毕竟他们率领的是正义之师，正义之师怎么能占老百姓的便宜？

但兄弟俩从小受李渊教育，领导者最忌己所欲而施于人，你可以高尚，但不能要求那些新兵都和你一样高尚，既然百姓们诚心诚意，不妨收下他们的心意，犒赏全军。

然而，当百姓向义军进献牛酒等美食时，兄弟俩坚决不收，因为这已经超出普通百姓的承受能力。于是军民一心，义军畅通无阻，不过几天便抵达西河郡城。

攻城前，李建成和李世民为了表明诚意，脱掉战甲到城下劝降，并任由百姓入城。

西河军民早就听说李家兄弟率领的是正义之师，都不愿与之交战，唯独郡丞高德儒忠于杨广，率部顽抗。但任你高德儒如何骁勇，在浩浩荡荡的人心面前，都犹如蚍蜉撼树。义军一发，如摧枯拉朽，西河城当天就被攻下，高德儒被擒。李建成和李世民将高德儒斩首示众，此外不杀一人，留部下驻守西河，然后班师回晋阳。这一战出人意料的迅速，从出发到班师回晋阳，只用了九天时间。

得知兄弟俩领兵出征的一系列表现，李渊喜出望外，说："像这样用兵，可以横行天下。"当天，李渊定下入关之策。

大业十三年（617）六月十四日，李渊自称大将军，建大将军府，设长史和司马两大助手，分别以裴寂和刘文静担任，同时以李建成为左领军大都督，统帅左三统军；以李世民为右领军大都督，统帅右三统军。

七月四日，李渊以李元吉为太原太守，留守晋阳宫。

七月五日，李渊正式宣布起兵，亲率3万大军在军门前宣誓，并传檄天下，宣布起兵是为拯救百姓，安定社稷，同时尊杨广为太上皇，而立其孙代王杨侑为帝。

# 第十章

## 直捣京师：李渊入主关中

李渊的糖衣炮弹
李世民哭谏
开国第一战
折中式战术
二十万大军攻隋都

## 李渊的糖衣炮弹

李渊马不停蹄地奔赴关中时，李密正在攻打东都洛阳。李渊深知，李密也有争夺关中的野心，关键还在于，他现在拥兵数十万，实力远在自己之上。

如果李渊攻打关中时，李密暂缓攻打洛阳，洛阳方面一定会派兵增援关中，李渊就可能腹背受敌。

李渊若想解决这一隐患，只有两种方法。第一种方法，就是隐瞒攻打关中的军事行动。如果李密不知道李渊正在攻打关中，就会保持现状继续进攻洛阳，李渊便可乘机攻进关中。但这种办法可行性极低，因为攻打关中，尤其是进攻西京大兴城，影响实在太大，不可能实现信息封锁。第二种办法，就是忽悠李密，让他误以为李渊是他的盟友，从而乖乖坐视李渊攻打关中。这种办法的可行性其实也不大，但可以一试。

李渊于是修书一封，希望李密能向他投诚。

几万兵马的李渊居然想招降拥兵几十万的李密？李密能同意吗？李密当然不会同意，李渊也知道李密不会同意，这是心理战。

李密收到李渊的信后果然不悦，但反应也没有那么强烈，他说："唐公到底是皇亲国戚，高傲得很啊。"

但李渊越是高傲，李密对他越感兴趣，因为如果能把心高气傲的唐国公招入麾下，他这个大魏主的含金量就更高了。于是，李密也决定修书一封，让李渊向他投诚。不过，鉴于李渊之前的态度，李密信心不足，信也写得小心翼翼：

"天下李姓是一家，兄长与我虽不是出自同一家族，但本源相同。小弟我自认势单力孤，有幸被天下英雄尊为盟主，希望兄长能与我并肩作战，完成改朝换代的伟业。"

李渊看完信后大笑。但李渊大笑，不是笑李密痴心妄想，而是笑他上当了。他对众人说："李密不接受我的领导，还想领导我啊。"

众人愤愤不平："我们是正规军，他李密不过是个草寇头子，凭什么领导我们？"

李渊笑道:"如果我告诉你们,我早就打算接受他的领导呢?"

众人面面相觑,那你为什么还写信招降他?

李密何等精明的人,李渊说:"以我的身份,如果无缘无故献殷勤,他会相信吗?跟他竞争义军盟主之位,才符合他的心理预期。现在他长篇大论想说服我们归顺,我们才好顺水推舟,满足他的心愿。"

众人大惊失色:"您真认他当盟主啊?"

李渊说:"盟主,不就是个名号吗?我不仅要认他当盟主,还要劝他当皇帝,我让他待在东都,替我牵制洛阳的兵力。"

于是李渊让人写了一封极其谄媚肉麻的回信:

"魏公您英明神武,兵强马壮,拯救天下黎民于水火,非您莫属。而我李渊,已经是个年过半百的糟老头子,还能有什么野心?有人肯定会说,你没野心,起什么兵?

"我李渊也是要面子的人,如今天下大乱,生灵涂炭,我家世代公卿,倘若不出兵拯救苍生,别人会说我太没社会责任感。至于您所说的,完成改朝换代的伟业,恕我才智低劣,实不敢当。我只有一个小小的心愿。

"魏公您将来成为天下之主,如果还能将我封在太原,我就已经非常满足。我实在不敢有其他奢望,能拥戴您当盟主,是我最大的荣幸。"

李密喜出望外,他把李渊的信看了一遍又一遍,还不过瘾,又传给部下看,说:"没想到李渊也会叛变。现在好了,有他相助,天下不难平定。"

李密已不足为患,然而,这并不意味着入关的征途从此一帆风顺,很快,李渊就面临第二个更大的挑战。

## 李世民哭谏

李渊行军至贾胡堡（今山西灵石南）时，老天爷似乎存心为难他。七月下旬，天上突然下起瓢泼大雨，而且一连下了好几天，都没有停雨的迹象。暴雨使得道路泥泞，不仅大大增加了行军的难度，也使后勤供应变得紧张起来。

天时不利，人心也存在问题。李渊虽然打着安定社稷的旗号起兵，但这不过是掩耳盗铃，即使他将要拥立的代王杨侑也不相信，所以他起兵的消息一传到西京，杨侑就派宋老生统帅两万精兵，驻扎于贾胡堡50里外的霍邑（今山西霍州西南），阻挡李渊入关。

杨侑是西京留守，拥有很大的职权，可以调动西京周边一切军事力量对付李渊，所以他又派左武侯大将军屈突通统领数万大军驻扎河东，与宋老生互为犄角。

天降暴雨，前有强敌，于是军中有人打起了退堂鼓。更让李渊担忧的是，后方也似乎面临严重的危机。

刘文静出使突厥迟迟没有音讯，军中盛传，他已被突厥扣押，突厥背义毁盟，将勾结刘武周南下入侵太原。

于是军中退堂鼓打得更厉害了，连裴寂也建议李渊撤兵，他说："宋老生、屈突通据守险要，不容易攻下。将士们的家属都在太原，如果太原被突厥攻陷，后果不堪设想，不如撤回太原，固守根本，然后再伺机而动。"

李渊基本赞同裴寂的建议，但有一个情况不确定。

他在贾胡堡召集群臣问众人："突厥入侵这个事，到底是不是真的？"他不相信自己当时的忍辱负重是白费功夫。

裴寂说："我看多半是真的。突厥人向来见利忘义，而刘武周又已向突厥称臣，如果他以利益煽动突厥人，突厥人很可能会出兵。再说，就算突厥不出兵，我们也最好撤兵，因为李密也不可靠，这家伙一肚子阴谋诡计，表面上要结盟，谁知道他心里怎么想的。"

李渊听到这话，满脸失落。失落不是突厥和李密不可靠，而是裴寂把他们之前的所有努力都否定了。

李渊转头问李建成和李世民："你们认为该不该撤兵？"

李世民说："绝对不能撤兵。我们起兵是为济世安民，如果一遇到敌人，就想着撤兵，恐怕士兵们会一哄而散。这时候，再想回太原，还回得去吗？即使回得去，我们也成反贼了。"

李渊点点头，但突然面色凝重："可裴寂的担心，也不是没有道理。"

李世民却反问道："有什么道理？突厥人和刘武周面和心不和，怎么可能跟着他入侵太原？就算入侵，也应该是更近的马邑，而不是舍近求远入侵太原。至于李密，他攻占了洛阳几座粮仓，现在生怕有人跟他抢粮，哪还有闲心算计我们？"

李建成说："二弟的观点我完全赞同。"

李渊也认为有理，但一想到帐外还在没完没了地下大雨，长叹一声："要是没下雨就好了。既然天公不作美，还是撤兵吧。"

李建成和李世民连忙跪下："父亲，不能撤兵啊！一撤兵，我们就前功尽弃了！"

李渊说："你们说得虽有道理，但毕竟只是推测，现在这大雨还不知下到何时，还是撤兵更稳妥。我意已决，不要再劝了！"

但李世民越想越觉得撤兵后果严重。当晚，他来到李渊的营帐想继续劝他改变主意，但李渊当时已经睡下，守营的军士不让他进去。李世民只好站在帐外号啕大哭，哭声震天动地，惊动了帐内的李渊。

李渊让李世民进来，问："你好好的哭什么？是不是为了撤兵的事？"

李世民说："父亲，我们真的不能撤兵，一旦撤兵，士兵们一哄而散，如果霍邑的宋老生乘机发起进攻，我们还能回到太原吗？"

这个情况李渊倒是没有想过。李渊不是天纵奇才无所不知的人，但他最大的优点，就是能够迅速发现自己的不足，并勇于承认。只见他恍然大悟，又立刻遗憾地说："可我已经下令部队出发，该如何是好？"

李世民说："问题不大，出发的只是左军，右军还整装未发，而且左军也走得不远，可以很快追上。"

李渊欣然大笑："懦夫之徒，差点败坏老子大事！我儿既有远见，那就赶快行动吧。"

## 开国第一战

李世民急忙出营去找李建成，告诉他李渊收回撤兵命令的事，然后请他帮忙一同追回已出发的左军。因为左军的统帅是李建成。

兄弟俩各骑一匹快马，冒着淅淅沥沥的雨点策马狂奔，迅速消失在黑黢黢的夜色中。

左军果然走得不远，夜还未深，兄弟俩就望见远处一片朦胧的火海，那正是举着火把行军的左军。兄弟俩连忙猛挥马鞭，大声呼喊，终于叫停并赶上部队，然后宣布李渊的命令，让部队掉头连夜赶回贾胡堡。

随着左军的回归，老天爷又开始眷顾李渊。

七月二十八日，雨虽然还在下，但明显有减少的趋势。更让李渊欣喜的是，从太原运送的军粮也到了，不必再担心后勤问题。

八月二日，天晴了。李渊下令全军晾晒铠甲、器械、行装，随时准备出发。

八月三日，天降大雾，不适合行军，但部队不能总耗在路上，李渊下令三军开拔。但出发后不久，忽然天色大变——云开雾散，天空澄清得如一湾碧水，李渊心情大好，问李建成和李世民："宋老生一介匹夫，不足为惧，我所担心的是，这小子怯而不战，闭门据守，我们可没时间跟他耗。如果他真这样做，该如何应对？"

李建成和李世民说："宋老生出身寒微，有勇无谋，只是靠镇压小盗成名。此次镇守霍邑，朝廷对他寄予厚望，他敢龟缩在城里不出战吗？我们只需用轻骑兵挑衅，便可诱他出城应战。"

李渊说："俗话说将在外君令有所不受，万一他铁了心不出城呢？"

李建成和李世民说："那也无妨，可以用离间计。如果他拒不应战，我们就宣传他之所以不出兵，是因为和义军勾结。他的那些部下，都是些能力平庸又多疑的人，肯定上当。"

当天下午两点左右，李渊亲率精骑数百奔赴霍邑，行至霍邑城东五六里，停下观察周边形势，等候主力部队。

主力部队一到，李渊就让李建成和李世民率领几十骑逼近霍邑城，同时又将所部精骑分为十余队，逼近霍邑城东南至西南。两批部队都没有攻城，但又在城下巡视，在宋老生眼皮子底下晃来晃去。

宋老生被晃得焦躁难耐。他本以为李世民他们会伺机攻城，而李世民也确实做过攻城的姿态，但当他做好战斗准备时，李世民他们又只是晃来晃去。

宋老生不知李世民葫芦里卖的什么药，他恨透了李世民。没想到李世民对他更不满，他晃着晃着突然停了，指着城上的宋老生破口大骂，骂他是个缩头乌龟。宋老生终于忍无可忍，打开城门，亲率3万大军进攻李世民。

不料正中李渊下怀，他立刻让殷开山召集主力。殷开山后来成为大唐凌烟阁功臣，本名叫殷峤，字开山，以字行于世，现任大将军府掾。他把主力带到后，李渊下令："全军用餐，饭后攻打宋老生。"

但李世民却强烈反对。他说："机不可失，等我军吃完饭，没准儿宋老生就退回城内了。"

李渊于是下令全军立即进攻。没想到宋老生精明得很，虽然下城，但贴着城战斗，以便战局不利，随时撤回城内。不过，他很快发现，这种精明是多余的，太原兵到底比不上朝廷正规军，才交战没多久，就明显暴露怯势，部队渐渐后撤。一战扬名，在此一举，宋老生当即指挥部队追击，离城外一里多列阵。可甫一交战，宋老生就蒙了，明明露怯的太原兵突然士气大振，杀得他措手不及。

更让宋老生措手不及的是，霍邑城南原惊现一支骑兵，以雷霆万钧之势朝阵后杀来。这支骑兵是李渊设伏在南原，专门用来与主力前后夹击宋老生的，统兵将领正是李世民。

李世民的配合打得非常漂亮，他一马当先，手持两把战刀，左劈右砍，横冲直撞，如入无人之境，一连砍倒几十个隋军，两把刀都砍缺了口，双袖被敌军的鲜血湿透。但他愈战愈勇，仿佛有使不完的力气，猛地一甩湿漉漉的衣袖，又如巨龙般冲入敌阵，所到之处尘土飞扬，人仰马翻。

这时，李渊突然兴奋地大叫一声："已经擒住宋老生了！"

但事实上，宋老生并没被生擒，他正在以猛虎归穴之势撤回城内。但李渊这一喊，弄得作战不力的隋军更加人心惶惶。

李渊乘机派兵冲杀到城下，控制城门，截断宋老生的归路。宋老生归心似箭，撤到城下发现城门已被太原兵控制，大喊大叫，让城上的士兵扔绳子下来，以便他攀爬入城。结果，绳子倒是扔下来了，但宋老生只爬了一丈多高，就被太原兵砍断了，紧接着被砍断的，还有他的脖子。

宋老生一死，霍邑守军的士气顿时崩溃。李渊乘机下令全军登城，士兵们一个个光着膀子虎跃而上，势不可当，不过一个时辰，就攻下了霍邑城。

李渊登上城楼，俯瞰刚结束一场恶战的战场，只见数里之间，血流蔽地，尸横枕藉，不禁悲从中来："宋老生啊宋老生，你要是不抗拒义兵，何至于此！从现在起，我要向汉高祖学习，此去关中，所过城池能和平劝降，就绝不动武。霍邑这一战太艰难了，凡攻城有功的将士，一定要依律重赏。"

然而，李渊下令的指示是凡有功者一律重赏，下面执行的官吏却看人下菜碟。太原兵由两部分人组成，一部分是普通士兵，另一部分是以奴隶身份从军者，论功行赏时，有人认为奴隶身份卑贱，不应该与普通士兵同样论功。

李渊听说后很不高兴："现在看不起人家是奴隶了，打仗那会儿怎么不说？哪有打仗时把他们当普通士兵看待，论功时又嫌他们是奴隶的道理（*岂有矢石之间，不辨贵贱，庸勋之次，便有等差*）？记住，在我李渊的军中，没有奴隶和普通士兵的区别，只要有功，一律论功行赏。"

入驻霍邑后，李渊敏锐地察觉到城内有股恐慌的情绪，原因他当然知道。他召集霍邑文武官员，说："你们不要因自己是宋老生的部下而不安，此一战，罪在宋老生一人，宋老生之外，我绝不株连一人。纵然你们不诚于我，我也以诚相待。"

但霍邑官员并不太相信李渊这番说辞。李渊知道，相比空口白牙的承诺，霍邑官员更希望看到一些实际的东西，于是他一视同仁重赏霍邑官员，并以本官之礼厚葬宋老生，以示宽仁。

李渊的仁义之举征服了霍邑官民，也让霍邑周边郡县倾心，此后，不断有官民前来投军，而李渊来者不拒，一律封官赏赐。那段时间，李渊封官如流水，自己都记不清封了多少官，以至于部下有人对他颇有情绪。

他们说："封官太滥，官就不值钱了。再说，不管有功没功，谁来投奔都封官，您让浴血奋战的将士们怎么想？"

没想到李渊却有更高明的见解："天下豪杰为何纷纷前来投奔我？真的完全是奔着仁义而来吗？汉高祖一介平民，为何能成就帝业？正是因为不吝啬赏赐。况且，我封的大多是虚衔，有何不可？"

慷慨不一定能成功，但成功者一定慷慨，你在待遇上给部下画饼，小心部下在工作中给你画饼,这是李渊起兵以来最重要的心得。

在霍邑停留数日,李渊诸事皆顺,兵力也扩充了不少,但起兵者最忌小富即安,攻占霍邑,仅仅只是入关创业第一步。

八月七日,李渊率兵从霍邑启程,迎接更大的挑战。

## 折中式战术

攻打霍邑时，李渊最担心的就是，驻守河东的屈突通率兵增援霍邑。屈突通是一员骁将，擅长骑射，精通兵法，如果他增援霍邑，与宋老生内外夹击李渊，后果不堪设想。现在霍邑已克，李渊的下一个计划正是攻打屈突通，只要拿下河东（今山西永济西），入关之途基本畅通无阻。

李渊率军向河东进军，行至龙门（今山西河津西北）时，遇到了一件大喜事。

八月十五日，刘文静出使突厥终于归来，还带来了500突厥骑兵、2000匹战马。李渊高兴地说："人少马多，这情况，如我所愿。"

但更让李渊高兴的是，刘文静的归来，意味着突厥入侵太原的谣言不攻自破，他可以一心一意地对付屈突通。

然而，有人却劝他打消这个念头。反对攻打屈突通的是薛大鼎。薛大鼎是今山西万荣人，他向李渊进献了一条入关捷径："现在我军形势大好，没必要在河东浪费时间，直接从龙门渡过黄河，占据永丰仓，然后向各地发布檄文，便可坐收关中之地。"

李渊很心动，但他也深知径直渡河入关会面临怎样的风险，所以与众人商议取舍。众人都不赞同薛大鼎的建议。径直渡河入关的确风险太大。如果不攻下河东就入关，义军的"后背"就始终暴露在河东军的兵锋下，随时面临腹背受敌的危险。

会议快结束时，河东户曹任瓌出列，表示自己非常赞同薛大鼎占据关中的提议。李渊认真听完，对任瓌的建议很感兴趣。

任瓌并不反对攻打河东，但他认为李渊应该立刻把握形势。他说："现在关中也是遍地狼烟，各路豪杰翘首期盼义军到来，唐公不妨先让我入关，招抚各路豪杰，然后再大张旗鼓占据永丰仓，这样，虽然还没攻下大兴城，但在关中站稳了脚跟。"

任瓌的建议给了李渊很大的灵感，关中的豪杰必须争取，关外的豪杰也不能放弃。于是，他任命任瓌为银青光禄大夫，负责招抚关中豪杰，同时广发文书，征召关中及关外豪杰加入义军。

由于在霍邑表现出色，积累了很高的声望，李渊的招抚工作非常顺利，每天都有源源不断的豪杰投奔义军，连关中最强大的义军首领孙华也向李渊投诚。义军的规模骤然扩大几倍。

部队一扩大，李渊就有了选择的余地。此前他只能二选一，要么先攻下河东再入关，要么径直从龙门渡河入关，但现在他有足够的兵力双管齐下。

他决定派一支部队作为先遣队渡过黄河，以试探屈突通的反应。被当作先遣队的是左右统军王长谐和刘弘基率领的步骑兵6000人。部队出发前，李渊叮嘱王长谐："屈突通畏罪，你部渡河后，他会亲自率兵出城进攻，你给我牵制住他，我立刻率主力攻打河东，河东必然失守。"

"可如果他没出城进攻呢？"王长谐问。

李渊说："如果他没有攻打你部，你就拆毁河上的桥梁，前扼其咽喉，后攻其背，他若不逃跑，必被我部所擒。"

先遣队渡过黄河后，屈突通果然出兵进攻，但情况与李渊预料的略有不同，屈突通没有亲自率兵进攻，而是派部下桑显和率数千骁果军出击。

桑显和进攻王长谐的营地，王长谐初战不利，部队退却，但桑显和并未乘胜追击，反而急速掉头，原来他的后部遭到孙华率军突袭。王长谐连忙发起反击，与孙华前后夹击桑显和，河东军大败，桑显和逃跑，一口气逃回河东城。

河东军进攻王长谐时，李渊以为是屈突通统领，当即指挥部队进攻河东城，结果吃了闭门羹，被屈突通挡在城下。李渊下令强攻，但屈突通果非浪得虚名，接连打退了义军几次进攻，河东城依旧岿然不动。

可那又如何？在李渊看来，义军的发展形势越来越好，现在每天都有数以千计的人投奔，兵源源源不断，耗也能把屈突通耗死。

但现在对李渊最重要的就是时间，多在河东城耽搁一分，大兴城就多一分防备，攻城的难度就多一分。

他必须在短时间内攻下河东城。但这几乎不可能。于是他又重提薛大鼎径直渡河入关的建议。

李渊之所以重提这一建议，是因为在攻打河东城前，他发现屈突通居然还在城内，登时恍然大悟，对部下说："原来屈突通只想据城坚守，如果我军进逼围困河东城，他必不敢出城迎战，然后我派刘弘基率军断其行路，便可乘机渡河。"

为了验证这一判断，李渊让李建成、李世民和裴寂各率一支部队从三面包围河东城，然后他亲自登上城东原，遥望城内形势，屈突通果然不敢出兵。

李渊尝试着强攻河东城，若能攻下再好不过，但如前所说，一连几次进攻都被屈突通打退。李渊终于下定决心："屈突通到底是经验丰富的战将，虽然不善野战，但善于守城，我军屡战屡胜，有轻敌之心，现在不是攻城之时。"

裴寂听说李渊想渡河入关，赶忙劝阻。他不是担心后背被偷袭，而是归路被截断。他对李渊说："不攻下河东直接入关，如果能攻下大兴城，那最好不过，可如果攻不下，撤退时必然遭到河东军截击，到时我们还回得去吗？"

如果攻下河东再入关，除了后背无忧、归路不会被截断，还有一个好处。裴寂说："大兴城是依恃屈突通为后援的，如果屈突通被打败，大兴城失去后援，必然士气大落，攻下它也就轻而易举。"

裴寂的话不无道理，但体现的是中年人的保守。相比之下，年轻的李世民则"大胆"许多。他根本不考虑退路："我军屡战屡胜，士气正旺，如果大张旗鼓入关，关中各地必然望风归顺，大兴城也来不及防备，攻下大兴城就如震落树上的枯叶那么简单。"但他也有担忧，和李渊一样，担心在河东耽误太多时间，让大兴城有所防备。

李渊和裴寂年纪相仿，但他不像裴寂那么保守，也不像李世民那样大胆，他决定采取折中的战术——留下部分兵力继续包围河东，牵制屈突通，自己率主力渡河入关。

李渊是在九月十二日渡过黄河的，入关后，形势出人意料的顺利。九月十六日，李渊入驻长春宫（今陕西大荔东），关中士民望风而从。

李渊一边安抚关中百姓，同时兵分两路，派李建成进驻永丰仓（今陕西华阴东），把守潼关，监视关东隋军动向；派李世民率兵扫荡周边反对势力，发展部队。

二十八日，李世民从盩厔（今陕西周至东）派来使者，询问李渊何时攻打大兴城，当时他已拥兵13万。李渊与李世民约定攻城时间，并让李世民率领部队北进，屯兵于故长安城（今西安西北），同时让李建成率兵屯兵长乐宫（今西安未央区），为攻城做准备。

十月四日，李渊率所部兵临大兴城，一场决定王朝更迭的大战即将打响。

## 20万大军攻隋都

李渊兵临大兴城下时,已拥兵20余万,与从晋阳出发时相比,部队扩充了七八倍。

值得一提的是,这20多万人马大概有三分之一是由一人发展的,她就是李渊的第三女平阳公主。

平阳公主名讳不详,李渊执政后,被封为平阳公主。李渊起兵时,她正在大兴城,和丈夫柴绍生活在一起。不是一路人,不进一家门,用这句话形容柴绍和平阳公主夫妻俩再合适不过,平阳公主是巾帼英雄,柴绍也是一代人杰,后成为凌烟阁功臣。

李渊起兵前,考虑到平阳公主和柴绍的安危,秘密派人把他们召回晋阳。柴绍不想回晋阳避难,他对平阳公主说:"你父亲决定起兵,我要去晋阳助他一臂之力,如果你也去晋阳,可能会有一个问题。"

柴绍所指的问题是,在起兵前的微妙时刻,如果他和平阳公主举家离开大兴城,很容易引起朝廷的怀疑,搞不好两人谁都走不了。

所以他想单独前往晋阳,但他又很担心:"如果你留在大兴城,一旦你父亲起兵的消息传来,你就危险了。"

平阳公主不愧是女中豪杰,她冷静而坚毅地说:"你只管动身,不要担心我,我一个女人容易躲藏,可以想办法保全自我。"

柴绍走后,平阳公主来到鄠县(今西安鄠邑区北),这里有一块属于她的庄园。她就在这里度假——度假只是个幌子,实际上平阳公主也不甘平庸,正在暗中散尽家财,招兵买马。

平阳公主是个很有领导魅力的人,很快便召集了几百名义士。但这远远不够,因为她想为父亲起兵贡献更大的力量。

关中有一支胡人领导的义军队伍,头领名叫何潘仁,是个西域商人。何潘仁攻城略地,将这支队伍发展到了数万人的规模,还挟持了隋朝前尚书左丞李纲为长史。平阳公主决定招降何潘仁,于是派家仆马三宝前去游说。何潘仁有几万人马,而平阳公主只有几百人,他能甘心归顺平阳公主吗?

关键时刻,平阳公主的堂叔"帮"了她一个大忙。平阳公主的堂叔名叫李寿,字神通,他是李渊的八叔李亮的儿子。李渊起兵后,他逃到鄠县山中,和大侠史万宝起兵响应,拉起了一支万余人的队伍。

何潘仁虽然人马众多,但都是乌合之众,而李神通是贵族,他的部队虽不是正规军,却比乌合之众光鲜得多,于是马三宝对何潘仁说:"你带着这群乌合之众到处打砸抢也没什么前途,不如跟李三娘一起投奔她的堂叔李神通,攻打鄠县,过正规军的生活。"何潘仁早就想洗白身份,当然求之不得。

三方兵合一处,进攻鄠县。此战,平阳公主体现了卓越的军事才能,与李神通一同指挥攻城战,顺利攻下鄠县城。

鄠县之战的出色表现,为平阳公主赢得了很高的声望,后来,她又派马三宝游说李仲文、向善志、丘师利等义军首领,无不倾心归顺。

平阳公主趁热打铁,率部四面出击,所过之处,严明军纪,禁止骚扰百姓,因此深得百姓拥护。当李渊入关时,她已经打下一大片根据地,连下盩厔、武功、始平等城,部队也迅速扩充到七万人。

李渊攻打大兴城前,将平阳公主所部一分为二,一支划归李世民麾下,另一支万余人的精兵由她亲自统帅,并设立司令部(幕府)。这支部队就是大名鼎鼎的娘子军。

李渊进入大兴城后,在春明门西北驻营,一连多日无所作为,只下达过一个军令,严禁义军骚扰西京百姓。大战一触即发,各部队竞相制造攻城器械,纷纷请缨攻城,但都被李渊拒绝。众人不知其故,但李世民知道,李渊想给代王杨侑和西京百官一个机会,希望他们识趣地主动开城迎接义军,同时也是给他自己一个机会,毕竟他是以安定社稷为由起兵,如果贸然攻城影响不太好。

可惜杨侑和百官都不在乎这个机会。李渊多次派人到城下宣传自己安定社稷的"诚意",但杨侑和百官理都不理。

李渊还想再争取一下,李建成和李世民却说:"可以了,再这样拖延下去,是玩敌致寇,灭自己威风。再说,新归顺的人马,看不起我们从太原带来的部队,如果我们再不行动,会被他们认为怯弱。"

李渊很在乎名声,但他更懂得权衡利弊,一个合格的领导者,绝对不能慕虚名而受实祸。他说:"我之所以这样做,是想向天下表明安定社稷的诚意,但既然代王他们不接受，那就只能打了。"

但有些底线还是得坚守。十月二十七日，李渊下令攻城，同时下达三条禁令：禁止破坏隋朝七庙、禁止惊扰代王杨侑、禁止伤害隋朝宗室外戚。

面对四面八方人山人海的义军，沦为孤城的大兴城毫无抵抗之力。十一月九日，军头雷永吉率先攻入城内，被凿开一个缺口的大兴城，迅速淹没在义军的滚滚洪流之中。

义军入城后，直扑东宫而去，因为代王杨侑在东宫。杨侑的近臣和侍卫闻知义军杀到，一哄而散，只有侍读姚思廉不离不弃。义军渐渐逼近杨侑，姚思廉像头愤怒的雄狮挡在杨侑面前，厉声训斥道："唐公兴义兵，不是为了安定社稷吗？代王在此，你们不得无礼！"

将士们无不愕然，生怕姚思廉做出过激的举动，不约而同地停下脚步，排列在庭院外，并派人通知李渊。李渊是位出色的演员，一见到杨侑就声泪俱下，大表忠心，并提议让杨侑迁居大兴殿。大兴殿是皇宫正殿，是皇帝登基、临朝听政的场所，李渊的用意不言而喻。杨侑在姚思廉的侍从下离开东宫，出门那一刻，李渊老泪纵横，跪拜而送，仿佛一位鞠躬尽瘁终于扶幼主上位的老臣。一时间，人们都有些担心他会假戏真做。

代王的问题已经解决，接下来就是百官。百官中颇有些人反对李渊，比如卫文升、阴世师和骨仪等，他们是杨广的铁杆忠臣，得知李渊起兵，还派人挖了他的祖坟。十一月十一日，李渊下令逮捕阴世师、骨仪等十余人（卫文升不在名单中，因为他已在城破前去世）。李渊对外宣称，阴世师等人有两大罪状，一是贪婪残暴，二是抗拒义军，不杀不足以平民愤，于是将其处死。

百官之中，当然还有人反对李渊，但李渊概不追究。他不是不知这些人可能兴风作浪，但他认为，一个优秀的领导者必须具备包容"温和反对者"的度量，若是没有，大开杀戒，就会弄得人心惶惶，内外失望，甚至众叛亲离。

李渊海纳百川的气度，最终赢得西京百官的拥戴。百官的拥戴，也让义军将领们心潮澎湃，浮想联翩，他们对李渊说："唐公起兵晋阳，才百余日就进入关中，远近折服，百官拥戴，这是常人能做到的吗？这是天意！唐公何不顺从天意，即位称帝？"

但李渊始终保持着清醒的头脑，说："我起兵的初衷，本为安定社稷，现在社稷有主，我怎么能有不臣之心？"

李渊所说的"主",当然是指代王杨侑,他决定"兑现承诺"。十一月十五日,李渊在大兴殿排列依仗,拥杨侑即位,改年号为义宁,尊杨广为太上皇。杨侑连忙识趣地投桃报李,加封李渊唐王,位在诸王之上,并任命他为大丞相、尚书令、大都督内外诸军事,这相当于把朝政大权和内外军事大权悉数授予李渊。走到这一步,李渊可以说完全实现了起兵的初步战略。接下来,李渊就将在这个龙盘虎踞之地坐观天下大势,伺机而动,成就帝业。

当此之时,远在江都的杨广又正在做什么?

# 第十一章

## 江都兵变：不得人心的叛乱

雄主向昏君学习

无路可退

杨广的"三线生机"

朕负天下不负君

## 雄主向昏君学习

纵观杨广的一生，有两位皇帝对他产生了很大影响。

第一位是汉武帝。汉武帝是杨广在位初期的奋斗目标。他无时无刻不渴望像汉武帝那样，开疆辟土威震四夷，甚至超越汉武帝成为比肩尧舜的圣君。

杨广认为他和汉武帝颇有相似之处：汉武帝上承文景之治，而他上承开皇盛世；汉武帝天资聪颖，志向远大，而他同样聪明过人，志存高远。

更让杨广得意的是，他和汉武帝在生活情调上都非常相似，两人都是文学青年，也都非常懂得享受生活。汉武帝在位期间屡屡大兴土木，而他也不遑多让，把洛阳城修得巍峨壮观，奢华无比。

但杨广始终不太明白，为何自己和汉武帝出身如此相似，口碑却又如此悬殊？一个被誉为功在千秋的"汉武大帝"，而他，如果宣布退位，走在大街上身上的臭鸡蛋、烂菜叶子估计能堆得比洛阳乾阳殿还高。

做汉武帝的理想破碎后，杨广回过头来，想起当年被他征服的南陈亡国之君陈叔宝，突然多了几分理解。

陈叔宝是第二位对杨广产生很大影响的皇帝，却也是杨广当年最鄙视的皇帝。杨广始终忘不了陈叔宝被征服时的那副窝囊样。

二十八年前（589），他统帅五十万大军南下伐陈，以雷霆万钧之势攻破南陈首都建康。陈叔宝大势已去，但他既没有以身殉国的气节，也没有顺应人心投降的勇气，六神无主的他，却对一件事非常执着，大臣劝都劝不住，那就是逃跑。

堂堂一国之君，居然逃到了宫中一口枯井里，龟缩在井里躲避隋军。被隋军发现后，他还抱有侥幸心理，无论官军如何叫喊也不应答，非得让人威胁他再不出来就扔石头，才战战兢兢地伸出头来。

有士兵扔下一根绳子，想把他拉上来，却发现根本拉不动。待众人合力将他拉上来，却哭笑不得地发现，陈叔宝身上还背着宠妃张丽华和孔贵嫔。

十三年前（604），陈叔宝去世，朝臣请定谥号，杨广一想到他那副窝囊样，就毫不犹豫地给了他一个"炀"的谥号。炀是一个典型的恶谥，好内远礼曰炀，逆天虐民曰炀，好内怠政曰炀，一个帝王如果没有昏庸到一定程度，不会得到这个谥号。

让陈叔宝成为"炀帝"时，杨广恐怕无论如何也想不到，十几年后自己也会被贴上这个耻辱的标签。

杨广对陈叔宝印象改观，大概发生在大业十三年（617）。这一年，中原局势彻底失控，东都洛阳正遭李密强攻，而西京大兴城更是被李渊攻占。借酒浇愁的杨广突然发现，陈叔宝才是真正的"人生赢家"。

他13岁被立为皇太子，当太子时就吃吃喝喝玩玩乐乐；19岁登基为帝，当皇帝时还是吃吃喝喝玩玩乐乐。36岁那年，南陈灭亡，按说他的好日子也到头了，可杨坚对他"礼遇甚厚"，还封他为长城公，于是他又可以吃吃喝喝玩玩乐乐。就这样，陈叔宝又潇洒了15年，得以善终。

杨广突然发现自己很傻，为什么人人都想当皇帝？不正是因为皇帝富有四海，可以吃尽天下美食，住尽天下豪宅，拥有天下美女吗？自己既然有这个机会，为何不好好珍惜呢？

有些事情，一旦看开，就没底线了。他让王世充在民间广泛选拔美女，又在江都宫修建100间房，每一间房都装修得极尽奢华，以供被选中的美女居住。每天，他都会光顾一房，让该房的美女侍奉他。

为了满足自己奢靡荒淫的生活需求，他不断强迫江南地方官进贡，欲壑难填，地方官为了完成任务，只好不断搜刮百姓。百姓们生逢乱世，本就难以为生，如何受得住地方官无休无止地搜刮？

起初，百姓们还勉强能应付，可随着搜刮的加重，百姓们渐渐吃不饱饭，只能靠树叶树皮充饥；到后来连树叶树皮也没得吃，只好把稻草秆捣成粉末充饥；没过多久稻草秆也吃完了，只能"煮土而食"，甚至"易子相食"。

当民间粒米无存，饿殍遍野时，官府的粮食却堆积如山，可地方官畏惧杨广，眼睁睁看着百姓一片片饿倒，却始终不敢开仓赈民。

他整日里沉迷酒色，醉生梦死，不理朝政。偶尔接见一次地方官，也绝口不谈工作，只问对方带了多少贡品。如果贡品丰厚，他醉醺醺的脸上就阳光灿烂，并越级提拔该官员；可如果贡品太少，他就勃然大怒，罢免该官员的职务。

他喜欢热闹，当年巡视天下，经常召集各国首领和地方官举行盛宴，可今时不同往日，帝国已经崩塌，他的心气和威望也已崩塌，各国首领不再搭理他，地方官也很少朝见他，于是他只好让后宫美女作陪。

奢华的筵席两侧，全是花枝招展的美女，一眼望不到尽头，席上喝得醉眼迷蒙的两人，是杨广和他的皇后萧氏。

不一会儿，整个筵席东倒西歪，多位作陪的美女都已不胜酒力，搔首弄姿，恣意欢乐（帝与萧后及幸姬历就宴饮，酒卮不离口，从姬千余人亦常醉）。

酒醒过后，他却没有纵情欢乐的快感，反而陷入深深的忧伤之中。他装睡，拒绝听到一切国事败坏的消息。他让官员欺骗自己，他自己也欺骗自己，但他哭笑不得地发现，他太聪明，可聪明有时也不是一件好事，因为无论他如何努力，也欺骗不了那颗聪明的头脑。他知道，自己的好日子快到头了。他要珍惜所剩不多的美好时光。

他喜欢巡游，可现在条件已经不允许，于是他经常头戴幅巾，身穿短衣，走遍江都行宫的楼台馆舍，尽情欣赏四周美景，不到夜晚不停歇，唯恐没有看够。他时而悲观失落，时而又恬然乐观。

他学着占卜，观测星象，然后微笑着对萧后说："外间有不少人算计我，但不用担心，就算国家破灭，我也不失为陈叔宝，你也不失为沈后。咱们只管尽情享乐吧（外间大有人图侬，然侬不失为长城公，卿不失为沈后，且共乐饮耳）！"

一番畅饮，酒醒过后，他又悲观失落起来。他在铜镜前认真欣赏自己高贵的容颜，突然长叹一声，无奈地回过头来，对萧后说："多好的一个头啊，会被谁砍下呢？"

萧后吓得花容失色："陛下何出此言？"

这一问，竟又让他莫名其妙地释然起来："贫贱苦乐循环更替，又有何好悲伤的？"

话虽如此，但他还是想挣扎一下。日有所思，夜有所梦，有一天，他做了一个奇怪的梦，梦里有两个小孩唱歌："住亦死，去亦死，未若乘船渡江水。"

留下是死，回去也是死，不如乘船渡过长江，杨广决定依梦而行。他难得举行一次朝会，并当着满朝文武的面郑重提出，将国都迁至丹阳（治所在今南京）。所谓迁都，当然只是委婉的说法，杨广的实际目的，就是放弃西京大兴城和东都洛阳在内的整个中原，割据江东，做一位南朝君主。

群臣面面相觑，朝堂上顿时响起一阵窸窸窣窣之声，然后，落针可闻，陷入死一般的沉静。

杨广颤声问道："众卿以为如何？"

朝堂上依旧落针可闻。过了一阵，班首才堪堪走出一位老臣，挺着胆子道："臣以为此议甚好。"

得到宰相虞世基的支持，杨广顿时有了底气，又问道："有谁反对？"

在虞世基的影响下，不少公卿大臣先后附议。

"臣反对！"

杨广颤身望去，说话者正是右侯卫大将军李才。这下麻烦大了，杨广深知，李才代表的绝不仅是他一人。

## 无路可退

李才的背后，是杨广最倚仗的一支部队——骁果。

骁果是一支特种部队，在二征高句丽时创建。高句丽战争结束后，骁果的编制被保留下来，成为禁卫军中的精锐。

作为杨广最倚仗的警卫部队，骁果为何要和杨广唱反调？骁果其实也有不得已的苦衷。骁果的将士，大多是关中人，一旦杨广迁都丹阳，他们将永远远离故土，再也无法回到父母妻儿的身边。

杨广其实早已料到骁果会反对迁都。因为早在一年前，即大业十三年（617），便有骁果将士按捺不住思乡之情，逃回关中。当时他很担心，问虞世基："骁果多逃回关中，朕该如何处置？"

虞世基答："骁果将士们大概是太寂寞了，陛下不如听任他们成家立业，有了家室，自然就会安心留在江都。"

杨广于是亲自当月老，召江都境内寡妇、处女集结于江都宫下，听任骁果将士挑选。将士们当时也很高兴。但杨广没料到，高兴只是一时，即使已经在江都成家，骁果将士的思乡之情依然没有减轻。他乡再好，终不是故乡，关中是骁果将士的根，那里有日夜思念他们的父母亲人。

因反对迁都，李才当着杨广和满朝文武的面，与支持迁都的虞世基大吵大闹。李才不但反对迁都，还希望杨广立刻返回关中。见杨广处处偏袒虞世基，他气愤极了，也顾不上君臣之礼，当场拂袖而去。

李才走后，又有一位文官反对迁都。此人名叫李桐客，是门下省的一个"秘书"（门下录事）。他没有李才那么刚直，而是从江东的地理环境上委婉相劝："江东地势低洼，气候潮湿，地域狭小，一旦迁都，对内要供奉朝廷，对外要供养三军，百姓根本承受不起，恐怕会惹出叛乱。"

杨广这时多少有些欺软怕硬，李才刚直无礼，他一忍了之；李桐客委婉相劝，他却决定追究到底，杀鸡儆猴。于是，李桐客被御史弹劾诽谤朝政，杨广乘机将他下狱。

公卿大臣一见这场面，纷纷进言："江东之民期盼陛下已久，陛下顺应民心，迁都江东，安抚百姓，这真是堪比大禹南巡的盛事！"

骁果将士们可不会被淫威吓倒，见杨广决意迁都丹阳，他们开始暗中策划逃回关中。很快，骁果便出现大规模逃亡的现象，不仅普通士兵逃亡，军官们也开始逃亡，甚至还发生了军官率领士兵逃亡的情况。

郎将窦贤就是率兵逃亡的骁果军官之一。不过，他非常倒霉，刚逃出去没多久，就被杨广发现。杨广派骑兵追上了他，然后当场将他处死。

可死刑依然阻止不了越演越烈的逃亡之风。屡禁不止的逃亡之风，不仅让杨广忧心忡忡，也把那些原本没想逃亡的骁果将领逼上了绝路。

司马德戡便自认为是被逼上绝路的骁果将领之一。他是扶风郡雍县（今陕西凤翔）人，参加过平定杨谅叛乱和高句丽战争，深受杨广宠信，被任命为虎贲郎将，统领骁果。见骁果将士纷纷逃亡，司马德戡忧心忡忡，他对好友元礼和裴虔通说："现在骁果人人想逃跑，我想告诉陛下，但怕说早了，被陛下猜忌，小命不保；可如果现在不说，等骁果跑光了，陛下照样不会放过我。"

元礼时任虎贲郎将，一听到这话，心有戚戚然。但裴虔通时任监门直阁，负责宫门护卫，部下逃亡现象很少，倒不太担心这点。

没想到司马德戡却说："如今这世道，生在中原也是一种危险。听说关中沦陷，李孝常以华阴叛乱，陛下囚禁他的两个弟弟，打算诛杀。我们这些人的家属都在中原，万一有人效仿李孝常叛乱，岂不也会跟着倒霉？"

裴虔通脸唰地一下白了："我的孩子都长大了，确实没法保证他们不会效仿李孝常叛乱，我也整天担心，现在该如何是好？"

司马德戡说："只有对不起陛下了，若再有骁果逃亡，我们索性跟着他们一起跑。"

裴虔通和元礼异口同声道："为今之计，也只有如此了。"

但三人很快又产生一个新烦恼，万一像窦贤那样，逃跑途中被杨广的骑兵追上，岂不也是死路一条？法不责众，三人决定联络更多官员一同逃亡，到时万一被逮住，也不至于性命不保，杨广不可能把他们都杀了。于是，三人创建了一个"同盟"，暗中大肆联络想要逃跑的官员。

由于司马德戡等三人的烦恼，也是大多数官员的忧虑，同盟发展得非常顺利，很快便吸收了内史舍人元敏、虎牙郎将赵行枢、鹰扬郎将孟秉、符玺郎李覆、勋士杨士览等一大批文武官员"入会"。

随着人数的增加，司马德戡等人越来越大胆，一开始，他们还是偷偷策划逃亡，到后来，竟在大庭广众之下公开讨论，毫无顾忌。

世上没有不透风的墙，偷偷策划还恐隔墙有耳，何况公开讨论？果然，司马德戡等人策划逃亡的事被江都宫一位宫女发现，她立刻向萧皇后汇报："外面有人想造反！"

没想到萧皇后的反应很平静，只是淡淡地说："你去向陛下汇报吧。"

这位忠心耿耿的宫女更没料到，杨广的反应比萧皇后更奇怪。当她汇报完情况，杨广竟然朝她大发雷霆："你活腻了吗！这是你该关心的事吗？"

结果，宫女好心被当驴肝肺，反倒被杨广处死。如此一来，司马德戡等人更加肆无忌惮。很快，又有一位宫女发现了他们的逃亡计划。宫女马上向萧皇后汇报。这一次，萧皇后考虑到上一位宫女的遭遇，没让她向杨广汇报。她对宫女说："天下局势乱到如此地步，已经无法挽回，说了也没用，不过白白让陛下担心。"

于是，再也没有知情者向杨广汇报。

司马德戡等人的逃亡方案也已敲定，他们上下一致决定，大业十四年（618）三月月圆之夜结伴西逃。

方案敲定前，赵行枢想起一个朋友，于是决定通知一下他，邀请他一起西逃。此人名叫宇文智及，宇文述的次子（宇文述已于大业十二年去世）。宇文智及人品很差，喜欢打架斗殴，斗鸡放狗，私生活也极其混乱，但就是这样一个败类，竟凭借父亲的背景，做到了将作少监的高位。

作为杨广一手提拔起来的重臣，没有杨广，就没有他宇文智及的今天，按说，宇文智及不应弃他而去。然而，当赵行枢告诉他逃亡计划时，他竟然非常高兴。

不过，当逃亡时间确定，宇文智及又改变主意了。宇文智及改变主意，当然不是他良心发现，要陪着杨广一条路走到黑，而是他想到了一个更大胆的计划。

赵行枢问宇文智及："你确定不走了？"

宇文智及说："不走了，你们想得太天真了，真以为结伴而逃，陛下就不敢杀你们？"

司马德戡也来了，反问道："那不然呢？他还能把我们都杀了？"

宇文智及说："你们小瞧陛下了，他虽然无道，但权威还在。别以为他不敢把你们都杀了，他若想维护权威，就必须这样做。"

司马德戡等人心往下一沉，宇文智及的话不无道理，换作自己是杨广，也会大开杀戒，他还想做南朝之君，如果人都跑光了，谁来拥护他当皇帝？

他们突然怀疑，杨广明知他们在策划逃亡，还不闻不问，是不是表面上纵容，但暗地里已经计划周全，就等他们逃跑，然后抓起来全部处死，杀鸡儆猴。

"这该如何是好？"司马德戡满脸忧色看着宇文智及。

宇文智及阴冷着脸："索性一不做二不休……"

司马德戡大惊："这，这能成吗？"

宇文智及道："这是你该担心的问题吗？你不想干，可以走啊，但你走得掉吗？你不走，留下来，如你所说，没准儿也是个死，既然如此，何不搏他一把？"

"我看这事成功的可能性很大。"宇文智及又拍了拍司马德戡的肩膀，提醒他别担心："你想想，现在天下大乱，群雄并起，是不是天亡隋朝之时？你再看看江都宫内，反叛的氛围是不是也很浓？你等皆手握重兵，乘机起事，何患不成？"

"事已至此，也只能如此了。"但司马德戡还有一点担心："此等大事，总得有个领袖，我等名望不足，不足以为天下主，希望以尊兄为主。"

宇文智及的兄长名叫宇文化及，他性凶险，不遵法度，被称为"轻薄公子"。但和宇文智及一样，宇文化及也凭借父亲的背景官运亨通，时任右屯卫将军。

两兄弟虽然同样坏，但又有不同，宇文智及是胆大妄为的坏，而宇文化及是欺软怕硬的坏，欺压百姓他得心应手，但如果让他欺压权贵，就不行了。

听说司马德戡等人欲拥他为主，宇文化及脸都吓绿了，额头上冷汗涔涔，浑身上下没有一处不在发抖，连连拒绝。直到众人为他分析完形势，加上皇位的诱惑，他才勉强答应下来。

接下来，就是执行弑君夺位的计划。

## 杨广的"三线生机"

宇文智及胆大妄为，脑子也不太好使，骁果将士确实想叛逃，但没人想弑君。叛逃与弑君有本质区别，叛逃是为了生存，而弑君是恩将仇报，大逆不道。骁果将士没有弑君的理由。杨广对他们很厚道，屡屡赏赐，还帮他们解决个人问题，他们纵然不满杨广迁都丹阳，但也不至于把杨广当作不共戴天的仇人。

好在司马德戡诡计多端，他让将士们有了一个仇视杨广的理由。他让两人在骁果军中散布谣言：陛下得知骁果企图叛乱，已经酿好毒酒，准备趁宴会将骁果将士全部毒死，然后和南方人留在江都。

散布谣言的两人，一人名叫许弘仁，另一人名叫张恺。为何偏偏是这两人，而不是其他人？许弘仁时任直长，是杨广的内侍近臣；张恺时任医正，是一位御医。让这两人散布酿毒酒的谣言，可信度肯定比其他人强得多。

骁果将士一看传言出自杨广的近臣和御医之口，果然深信不疑，恐慌和仇恨的情绪迅速在军中蔓延开来。

见人心可用，司马德戡决定立刻行动。

三月十日，他召集骁果全军将士，问道："尔等都是忠臣良将，怎奈主上昏庸无道，欲尽除骁果，尔等难道甘心束手待毙？"

骁果将士异口同声道："但凭将军吩咐！"

忽然，狂风大作，直刮得飞沙走石，天昏地暗。司马德戡心中一凛，仅凭数万骁果反叛杨广，实在有些冒险。江都宫外受杨广调遣的官军不下十万，一旦反叛发生意外，杨广调宫外官军镇压，自己恐怕将死无葬身之地。

骁果诚然是禁军精锐，数万骁果完全可与十余万官军一战，可问题的关键是，骁果是受骗参加叛乱，一旦真相澄清，他们还会为他卖命吗？想到这里，司马德戡更加不寒而栗。但事已至此，他已经没有退路。

兵变分两个战场，分别是宫内战场和宫外战场，宫内由司马德戡领导，主要负责攻入江都宫；宫外由宇文智及领导，主要负责把守要道，隔绝宫内外联系。

宫内情况复杂，守卫森严，司马德戡一人难以应付，于是让元礼、裴虔通和唐奉义三人充当助手。三人的具体分工是：元礼和裴虔通负责殿内，接应叛军入殿，顺便监视杨广；唐奉义时任城门郎，负责给叛军开城门。

当晚三更时分，江都东城，军营里杀气弥漫，司马德戡全副武装现身，眼前是数万披坚执锐的骁果，只待他一声令下，攻入江都宫。

江都宫内却依然岁月静好，杨广丝毫没有察觉到危险的来临。突然，他被一阵越来越大的喧哗声惊动，出门一看，只见宫外火光冲天，忙问外面发生了什么。

裴虔通道："草坊失火，宫外的人正在救火。"

草坊真的失火了吗？裴虔通欺骗杨广，草坊并没有失火，火光来自骁果点燃的火把。骁果点燃火把，和放信号弹一样，目的是通知城外的宇文智及行动。宇文智及亲率一支1000多人的队伍，挟持巡夜的侯卫虎贲冯普乐，然后控制宫城外通往宫内的各要道。

杨广对城外正在发生的一切浑然不知，也没有怀疑裴虔通的话。他并不是一个容易欺骗的人，但他太过自负，司马德戡、裴虔通等人在他眼里，就是可以呼来唤去的小儿辈，小儿辈岂敢造大人的反？

这是杨广的一线生机，可惜被他亲手葬送。接下来，他还有第二线生机、第三线生机。

杨广没发现异常，但有人发现了城外的异常。他就是杨广的长孙杨倓。杨倓是元德太子杨昭的长子，时年16岁，也是杨广最宠爱的孙儿，所以时常把他带在身边。

杨广宠爱杨倓，是因为他认为杨倓很聪明，从杨倓当时的表现来看，他岂止聪明，而且性格沉稳，遇事相当冷静。一个16岁的孩子，搁今天正在读中学，突然发现一场弑君的惊天阴谋，谁不会惊慌失措？但杨倓神色不变，一如平常。他决定立刻向杨广报信。

然而，他当时正在宫外，而入宫的道路已被叛军层层把守，毋庸置疑，这又是考验杨倓智慧和心理素质的一道难关。

不要说一个16岁的孩子，即使一般成年人，生死攸关的危急关头，发现自己根本进不了宫，而且宫内外到处都是杀气腾腾的叛军，肯定慌神，结果也就可想而知。

可杨倓居然还能冷静地在叛军眼皮子底下寻找入宫小道，结果功夫不负有心人，还真让他找到了一条被叛军忽视的小道。

这条小道是一条水路，位于江都宫北部的芳林门附近。说是水路，其实是一个连接宫城内外的排水口。就这样，杨倓悄悄越过排水口，终于潜入宫城内。

可进入宫城，也不能马上见到杨广，还得穿过玄武门，才能抵达杨广的寝宫。看守玄武门的是裴虔通。杨倓远远望见裴虔通，立刻摆出一副病恹恹的样子，缓缓走过去道："我突然中风了，恐怕来日无多，请让我进去向皇祖父道别。"

看着这个看似病恹恹的孩子，裴虔通也一时弄不清他是真病还是装病。但杨倓终究还是没能跨过玄武门。因为他的身份太敏感。裴虔通不会在兵变的紧要关头，还让人随意进出玄武门，何况这人还是杨广的皇孙。于是，他派人把杨倓控制起来，防止他入宫面圣。杨广的第二线生机也因此葬送。

裴虔通控制杨倓时，裴蕴也正在行动。不过，裴蕴不是起兵叛乱，恰恰相反，他正在谋划调兵勤王。

这天晚上，有一位不速之客紧急造访裴蕴，此人名叫张惠绍，时任江阳县县长。张惠绍神色慌张地告诉裴蕴："司马德戡正在召集骁果造反！"

裴蕴大惊失色，急忙和张惠绍商议勤王，他的计划分为两步——

第一步，擒贼先擒王，矫诏征调宫城外所有军队，交给来护儿统帅，捉拿叛贼头子宇文化及等人。第二步，同时征调所有船夫，武装起来，交给萧钜和杨倓统领，入宫支援杨广。

这个计划相当靠谱，如果严格执行，历史也很可能改写。只可惜，计划制订后，裴蕴犯了一个致命的错误。计划制订后，他理应立刻执行，可他偏偏又跑去和虞世基商议。

裴蕴为何要这样做？大概因为虞世基是内史侍郎，负责起草诏令，由他来矫诏可信度更高。可问题是，虞世基早已陪杨广"躺平"，根本不足以谋划大事。关键还在于，他整天报喜不报忧，粉饰太平，时间一长，似乎自己也当真了。当裴蕴十万火急地向他通报反情，他竟然心不在焉，敷衍应对。他和杨广一样，都不相信骁果敢以下犯上。于是，这份勤王计划终究也没能执行。就这样，杨广的三线生机尽绝，再也没有翻盘的可能。

三月十一日凌晨，司马德戡率领骁果杀入江都宫，与裴虔通所部会师。

至此，一切皆已尘埃落定。

## 朕负天下不负君

虞世基没有矫诏，但江都宫里有人矫诏。此人姓魏，是江都宫的管事（司宫），也是杨广最宠信的近臣。

魏司宫矫诏，并不是起兵勤王，而是抽掉杨广的底牌，因为他早已和司马德戡等人暗中勾结。杨广的底牌是什么？一支比骁果战斗力还强的禁卫军。这支军队被称为"给使"，人数虽然只有几百人，但无不是勇猛矫健武艺高强的彪形大汉，说一可敌十可能有些夸张，但一个对付三五个普通人应该不成问题。

杨广早就防备有人对他不利，所以对给使的待遇非常优厚，甚至还把宫女赐给他们，目的正是施恩于给使，让他们在关键时刻为自己卖命。

司马德戡叛乱这天，给使照例守卫玄武门，为杨广看守最后一道堡垒。

只要给使还在玄武门，司马德戡绝不可能轻易攻入杨广的寝宫，而一旦不能迅速攻入寝宫，杨广便有足够的时间应对叛乱，司马德戡等人便可能一败涂地。

但令人遗憾的是，给使早上还在玄武门当值，到晚上司马德戡正式叛乱时，却一个个都走得无影无踪。

一切都是魏司宫在捣鬼。当天，他伪造了一道圣旨，让所有给使都休假出宫。就这样，司马德戡率兵抵达玄武门，没有遇到一位给使阻拦，兵不血刃地穿过玄武门，直扑杨广寝宫而去。

寝宫里也有禁卫军。这支禁卫军由右屯卫将军独孤盛统领。独孤盛是杨广晋王时期的旧部，性情刚烈，对杨广忠心耿耿。他决定誓死保卫杨广。只可惜，时势不由人，独孤盛只能空有一腔忠君之心。

负责对付独孤盛这支禁卫军的是裴虔通。他率领数百骑兵闯入成象殿，殿内禁卫军立刻大喊"有叛贼入宫"。裴虔通倒也不慌，索性原路返回，关闭各宫宫门，只留下东门打开，然后又率兵入殿，驱赶成象殿内的禁卫军出殿。禁卫军见状，纷纷放下兵器从东门离开。

独孤盛看到这一幕，忙跑过来问裴虔通："这是什么情况？太奇怪了。"

裴虔通索性挑明："我们在搞兵变，不关将军的事，将军也别多管闲事，我们保证不伤害将军。"

没想到独孤盛非但不领情，反而破口大骂："老贼，你说的是什么混账话！"

说罢，也顾不上披铠甲，便率领身边十几个卫士攻打裴虔通。独孤盛虽然勇猛，但奈何寡不敌众，裴虔通的兵力是他的几十倍，最终英勇战死。

独孤盛的死，惊动了另一位禁卫军将领独孤开元，他当时手下有几百名禁卫军，完全可与裴虔通一战。独孤开元领兵抵达玄览门，叩阁请示杨广："武器完备，足以破贼，陛下如能亲自临敌，人心自然安定，否则恐怕大祸临头。"

但不知为何，殿内无人应答。如独孤开元所说，一旦杨广现身平定叛乱，必然军心振奋，可如果将士们迟迟见不到杨广，就难免人心惊疑，军心大乱。果然，随着殿内迟迟不见应答，禁卫军开始骚动不安，不断有人离去。没过多久，独孤开元便沦为光杆司令。叛军正杀向玄览门而来，不费吹灰之力活捉独孤开元，但被他的忠义之举感动，又把他释放了。

这时，司马德戡也已从玄武门进入寝宫。杨广正在休息，突然听到外面汹汹嚷嚷，一打听是骁果闯入，终于意识到正在发生叛乱，连忙换装而逃。

裴虔通和元礼也随即率兵赶来，冲撞左阁门。阁门还没撞开，魏司宫就主动当带路党，打开阁门，引领叛军捉拿杨广。

叛军进入左阁后，没看见杨广，于是一窝蜂涌入永巷，宫人们吓得乱作一团，没头苍蝇似的逃跑。叛军逮住一个就问："杨广在哪里？"

没人告诉叛军杨广的藏身之所。叛军又抓到一个美人，美人战战兢兢地指了指西阁。

一个名叫令狐行达的校尉立刻拔刀冲进西阁。阁内果然有人，是一个容貌甚伟的男子正是大隋天子杨广。

杨广一见令狐行达，下意识躲到窗后，问："你想杀朕吗？"

令狐行达道："不敢，臣不过是想护送陛下回大兴城罢了。"说罢连忙走过去搀扶杨广，"护送"他出西阁面见叛军。

这一见不要紧，杨广大惊失色："你为何要造反？"

裴虔通顿时愧容满面，但很快又恢复冷峻，道："臣不敢谋反，但将士们希望回家，臣只是想护送陛下回京师。"

"原来如此！"杨广强颜微笑道："朕其实早就打算回京，只不过船还没到，既然你们思乡心切，朕这就随你们回京。"

裴虔通于是派兵将杨广"保护"起来。

天明了。晨曦之下，一支骑兵紧急奔向宇文化及府邸，为首的是鹰扬郎将孟秉。他也是兵变的主谋，正准备告知宇文化及兵变成功的消息，并迎接他入宫。得知孟秉要迎他入宫，宇文化及的窝囊病又发作了，浑身颤抖如筛糠，半晌说不出一句话来。孟秉让人费了好大力气，总算把他扶上马。

宇文化及失魂落魄般坐在马上入宫，一遇人向他行礼，就浑身不自在，弓着身，低着头，趴在马鞍上，连说"罪过"。

抵达宫门时，司马德戡早已率兵等候多时，连忙把他扶下马，护送到朝堂，拥立他为丞相，并派人通知裴虔通。裴虔通收到消息，当即对杨广说："百官都在朝堂，请陛下移步朝堂，慰劳百官。"

杨广当然知道，裴虔通让他移步朝堂，绝不是慰劳百官那么简单。但人为刀俎，我为鱼肉，他已经没有拒绝的权利。

裴虔通派人把自己的坐骑牵出来，以强迫的口吻请杨广上马。杨广看了一眼马背上破旧的马鞍，眉头一皱，只提了一个要求："让朕移步朝堂可以，但必须换一副新的马鞍，这个太旧了。"

都已经沦落到这步田地，居然还在摆皇帝谱。裴虔通让人给杨广换了一副新马鞍。

杨广不疾不徐地跨上坐骑，裴虔通左手提刀，右手牵着缰绳，向着朝堂出发。叛军上下无不悬着一颗心，生怕杨广抗拒，见他接受摆布，终于长舒一口气，顿时高呼雀跃，欢声动地。

得知杨广要来，宇文化及急得直跳脚，他根本不敢面对杨广。

裴虔通只好将杨广送回寝宫，并派人将寝宫层层包围，同时和司马德戡等人手持利刃，站在杨广身边"保护"他。

杨广一看这架势，不免叹息道："朕有何罪，该当如此？"

"你还没罪？"一个叫马文举的骁果将领跳起来指责杨广："陛下沉迷巡游，穷兵黩武，穷奢极欲，弄得民不聊生，起义蜂起，却还不思悔改，宠信奸臣，刚愎自用，还好意思说自己没罪？"

杨广苦笑一声："朕确实有负百姓，但何负尔等？你们这些人跟着朕，富贵已极，为何还要背叛朕？"

方才还理直气壮的马文举顿时哑口无言。

杨广又问："今日之事，谁是主谋？"

说完看向司马德戡。司马德戡眨着眼说:"何必问首谋,普天之下,怨恨陛下的,又岂止一人!"

这时,宇文化及的使者到了,他是奉命前来谴责杨广的。使者名叫封德彝,本为虞世基的心腹,现已投靠宇文化及。杨广平静地听完封德彝的谴责,只说了一句话:"你也是个读书人,为何要干这种事?"

封德彝顿时满脸通红,羞愧而退。

叛军杀气腾腾盯着杨广,杨广最宠爱的幼子——年仅十二岁的赵王杨杲害怕极了,吓得躲在他身边号啕大哭,无论杨广如何安抚也不管用。裴虔通烦了,冲上去猛地一刀,杨杲当场倒毙,鲜血溅到了杨广的衣服上。

叛军先是一惊,谁也没想到裴虔通会突然下杀手,紧接着吵嚷起来,无数把兵器不约而同地指向杨广。既然杀了杨广的爱子杨杲,还能留着杨广吗?

杨广早就为这一天做了准备。见叛军准备对他下手,他大喝一声且慢,然后浑身上下摸索,似乎在寻找着什么。

他在找毒酒。这毒酒是他提前配好的。当天下局势失控时,杨广也预感到大祸临头,于是配好毒酒,用瓶子装着随身携带,并对后妃们说:"如果反贼杀到,你们先喝,然后朕喝,绝不能受辱于反贼之手。"

没想到后妃们没有他这样高的觉悟,乱兵一起,早就逃之夭夭,还把他的毒酒也弄丢了。杨广还在寻找毒酒。叛军已经等得不耐烦。杨广又大喝一声:"急什么,天子死自有法,怎可加以锋刃!去给朕找一杯毒酒来!"

马文举冷冷地拒绝道:"没有毒酒。"

杨广起身道:"朕亲自去找。"

马文举一个手势,令狐行达像狼狗一样扑去,一把按住杨广。杨广苦笑一声,缓缓解下身上的白丝巾,交到令狐行达手中。令狐行达用白丝巾套住杨广的脖子,紧闭双眼,咬紧牙关,狠狠勒去,结束了杨广极富传奇充满争议的一生。

当天,宇文化及对外宣称,杨广驾崩于温室。既然对外宣称驾崩,戏份自然要做足,可宇文化及忙着摘取政变果实,竟对杨广的后事不闻不问。杨广的葬礼办得极其寒酸,下葬时连棺木也没有,萧皇后只好和宫人拆下红漆床板,拼成一口棺木,才得以将杨广草草安葬于江都宫西院流珠堂。

杨广死后,宇文化及自称大丞相,立杨广之孙杨浩为傀儡皇帝,全面接管江都宫政权。

# 第十二章 大唐开国：低开高走灭两国

李渊称帝
第一个目标
开国第一败仗
联"凉"抗"秦"
李世民复仇
放虎归山
虎落平阳
活捉大凉皇帝

# 李渊称帝

杨广被弑的噩耗是在月底传到西京的，李渊哭得死去活来，有人劝他节哀，他却说："我身为人臣，主上被贼人所弑，难道不应该痛哭吗？"

李渊确实哀伤，抛开皇帝身份不说，杨广毕竟是他的表弟、一起玩到大的发小，但哀伤的同时，更有几分庆幸。这一庆幸，不小心露出了马脚，他居然对部下说："然亦恨后主不亡于开皇之末，以延鼎祚耳！"

这是什么意思？遗憾杨广没能死在隋文帝开皇末年，延续隋朝的国祚。乍一看，这句话并无问题，如果杨广死在开皇年间，继承皇位的就不会是他；如果不是他继承皇位，隋朝就不会二世而亡。然而，你李渊不是已经拥立杨侑为帝了吗？为何还认为隋朝二世而亡？

大臣们从这句话中听到了改朝换代的号角。四月，裴寂率文武官员2000人劝进，写了一篇洋洋洒洒的奏疏，从天意、民心和功绩各方面论证李渊当皇帝都是实至名归。没想到奏疏被李渊退了回来。

裴寂只好率群臣当面劝谏，说："我知道您心里怎么想的，您可能觉得后主（杨广）虽死，但还有后人，隋皇室血统没断绝，就不能改朝换代。但这有什么不可以的？桀纣也有儿子，商汤和武王辅佐过他们吗？不照样改朝换代！我们是唐国之臣，官爵俸禄都是受之唐国，如果您不成为唐帝，我们还怎么做唐臣？也只好辞官而去了。"

李渊走到裴寂面前，笑着说："何必逼得这样急，就不能让我考虑下吗？"

李渊是真想考虑一下，但裴寂却认为李渊是心有不满，舆论都还没渲染到位，就让他贸然改朝换代，不嫌吃相难看吗？于是他大造舆论，四处散播李渊当为天子的歌谣。李渊当然不排斥这样的舆论，因为他所谓的考虑，并不是考虑要不要改朝换代，而是要不要马上改朝换代。李渊最终想清楚了，接受裴寂的劝谏。

他对裴寂说："你不要觉得我虚伪，我之所以再三推让，不仅是所谓的作秀，也是担心你们当中有些人当面一套背后一套，劝完谏转身就骂娘。但汉高祖说过，天下诸侯为何拥立我当皇帝？因为这样做有利于民。就算为了百姓，我也不能再拒绝诸位的美意。"

既然唐王都有如此高的觉悟，做皇帝的杨侑能落后吗？五月十四日，杨侑下诏宣称，他被李渊爱国爱民的情怀感动，要"禅位"于他。

大业十四年（618）五月二十日，李渊接受杨侑的"禅位"，于大兴城大兴宫大兴殿前殿即位，柴燎告天，建国号为唐，定年号为武德，改大兴城为长安城，封长子李建成为太子，次子李世民为秦王，四子李元吉为齐王，以裴寂和刘文静为宰相。

300年波澜壮阔的大唐王朝在这一天正式拉开序幕。

当李渊称帝时，长安以西，是陇西薛举和河西李轨两大割据势力；以北则是以突厥为靠山的刘武周集团；而东边，洛阳王世充和河北窦建德双雄并立，两人皆有问鼎天下之志；而长江以南，萧铣、杜伏威、辅公祏等群雄并立。毋庸置疑，他们都将成为李渊一统天下的劲敌。

# 第一个目标

李渊一统天下第一个要平定的就是雄踞陇西的薛举。薛举是甘肃兰州人，本为隋朝金城校尉，大业十三年（617）四月起兵，自称西秦霸王，三个月后称帝，当时李渊还在入关途中。

李渊之所以决定首先对付薛举，有两方面原因。

其一是出于战略安全考虑。薛举的势力范围本在今甘肃兰州、天水一带，但他不满足于称霸一方，不断向东扩张，到李渊称帝时，他已经由雄踞陇西发展到兼有陇东（陇山以东），势力甚至渗透到今陕西西部，与李渊的地盘接壤。显然，薛举已成为李渊的心腹大患，随时都能威胁关中政权的安危，只有平定薛举，才能后患无忧地挥师东出，逐鹿天下。

其二是因为薛举主动挑衅。李渊刚入关时，薛举就对他怀有很大的敌意，因为他也想占据关中。得知李渊攻下长安，薛举更是召集了号称30万大军，进犯扶风郡（今陕西凤翔），扬言要一路杀向长安，把李渊赶回太原。

李渊令李世民率兵征讨薛举。薛举派他的皇太子薛仁杲迎战李世民，结果被李世民杀得一败涂地，被斩首数千级。李世民乘胜追击，薛举连忙率主力撤退，逃回陇西。

薛举有点儿像杨广，自视颇高，但抗压能力不行，所以情绪波动两极分化，得志时意气扬扬，仿佛天下尽在掌控之中，一旦遭遇挫折，又特别悲观，意志消沉，信心全无。

被李世民击败后，薛举雄心大失，竟然问臣下："古代有天子投降的事吗？"

当时他至少还有十万大军，而且陇西的基本盘丝毫未损，而李渊虽然已经攻下长安，但实际势力范围并不会比他大。

黄门侍郎褚亮却大力支持薛举投降李渊。他回答薛举："古代不仅有天子投降的事，而且还不少，比如南越王赵佗归附汉朝、蜀汉后主刘禅投降晋朝，还有西梁萧琮臣服隋文帝，都是以天子身份投降，但都受到了礼遇，得以善终。"

褚亮后成为李世民"秦王府十八学士"之一，而他的儿子更有名，正是李世民时代名臣、唐高宗的辅政大臣褚遂良。

薛举被褚亮一番话说得颇有些心动。但他最终还是放弃了投降的打算，因为有个叫郝瑗的大臣强烈反对，说："当年汉高祖比你还惨，多次被项羽杀得四处逃亡，但从未泄气，最终成就帝业，陛下怎么能因为一战失利，就想着做亡国之君呢？"

薛举很尴尬，说："你想多了，我不过是试试你们而已。"

武德元年（618）六月，恢复神气的薛举卷土重来，再度大举出兵，直扑泾州（今甘肃泾川）而来。泾州是通往关中的重镇，只有拿下泾州，才能长驱直入关中，薛举的野心昭然若揭。

这促使李渊决心彻底扫除后患。于是，他以李世民为元帅，统领八路总管，浩浩荡荡迎战薛举。

## 开国第一败仗

李世民抵达前线时，薛举的主力已经向东推进一百多里，兵锋直逼高墌城（今陕西长武北），其游兵甚至已进入岐州，此地距长安不过两三百里。

面对来势汹汹的薛举大军，李世民表现出了超乎寻常的冷静。他是个很有耐心的人，而且敌人越是气焰嚣张，他就越有耐心。因为他知道，对付气焰嚣张的敌人最好的办法，就是耐心。敌人气焰嚣张，说明他们求战心切，如果没有耐心，敌人一挑衅就出战，正中敌人下怀，结果可想而知。反之，如果无论敌人如何张牙舞爪，都冷眼旁观，敌人就会泄气，或者，认为自己怯弱无能，从而骄傲大意，暴露破绽。所以，李世民下达了出征以来的第一道军令——守。

他下令深挖战壕，加高壁垒，坚守高墌城，但避免与薛举交战。凡事都有利弊，薛举人多，固然势众，但军粮消耗也大，李世民避而不战，对他的后勤是一个极大的挑战。眼见粮食一天天减少，战事却没有任何进展，薛举很担心。

但薛举不知道，此时的李世民也很担心。李世民很担心，不是后勤出了问题，而是他病了，得了严重的疟疾。

他必须回后方休养，把军事指挥权交给部下，但部下能否正确领悟他的战术？能否坚定不移地执行他的战术？李世民不确定。

接替李世民的是刘文静和殷开山。李世民回后方休养前，对两人千叮咛万嘱咐："等着我！薛举孤军深入，粮草不足，士卒疲惫，如果他出兵挑战，千万不要应战，等我病愈归来，替你们打败他。"

只可惜，这番苦口婆心的嘱咐，刘文静可能勉强听进去了，但殷开山只听了一半。

殷开山听进去的一半是——薛举孤军深入，粮草不足，士卒疲惫。既然如此，还守什么城？直接开打吧！

刘文静说："你想抗命啊，秦王不是说让我们等他吗？"

殷开山自以为是地说："要正确理解领导的意思，秦王不让你进攻，是担心你打不过薛举。现在薛举已经知道秦王染病的事，必然轻视我军，我们为何不乘机发起进攻呢？打不死他，杀一杀锐气也行。"

刘文静于是指挥部队在高墌城西南列阵，与薛举进行对峙。

薛举的反应似乎很迟钝，唐军在他面前耀武扬威，他居然没有出动一兵一卒进攻。他之前不是一直心急火燎地要与唐军大战一场吗？

殷开山心想，薛举大概是见识到唐军威武雄壮的气势，害怕了吧？他毕竟是秦王的手下败将，害怕秦王的军队也很正常。

当时城下汇聚着大批唐军主力，想到薛举怯战，刘文静和殷开山不自觉放松了戒备。但他们万万没想到，薛举虽然没有正面进攻，却在背后搞小动作。

武德元年（618）七月九日，一支陌生的军队突然闯入唐军阵地，猛烈攻击其后方，刘文静和殷开山连忙指挥部队反击，但同时震惊地发现，前方也有铺天盖地的军队正如滔天巨浪般奔涌而向唐军阵地。前方是薛举所部，刘文静恍然大悟，后方应该也是薛举所部。薛举这个老狐狸，表面上不进攻，暗中却派兵绕到唐军后方，前后夹击唐军。

双方在浅水原（今陕西长武浅水村一带）展开决战，措手不及的唐军在西秦军的夹击下溃不成军，损失惨重，八路总管纷纷溃败，士兵伤亡高达十分之五六，多名高级将领阵亡，连开国功臣刘弘基也不幸被俘（后回归大唐）。

薛举乘胜攻克高墌城，还将唐军阵亡将士的尸体筑成京观，以炫耀武力。

浅水原之战是大唐开国第一败仗，也是李世民一生中挥之不去的阴影，更让刚在关中站稳脚跟的李渊产生了严重的危机感。李渊罢免了刘文静和殷开山等人的职务，同时召集文武百官商量对策。严峻的现实迫使他不得不转变对薛举的斗争策略。

## 联"凉"抗"秦"

李渊的后方有两大劲敌，除了薛举，另一个是李轨。李轨是今甘肃武威人，曾任大隋鹰扬府司兵，以轻财好施闻名。薛举起兵时，他对朋友们说："薛举都起兵了，我们还愣着干什么？这家伙残暴凶悍，我们若不有所行动，他必来侵扰。"

于是他也宣布起兵，割据河西五郡（今甘肃黄河以西地区），自称河西大凉王。李渊本打算先平定薛举，再统一河西，但浅水原之败让他感到独力对付薛举有些力不从心，于是决定联合李轨"抗秦"。

但李渊尚未行动，陇西局势有变，不过，情况似乎并不利于李渊。武德元年（618）八月，薛举去世，他的皇太子薛仁杲即位。

薛仁杲可不是等闲之辈，他力大无穷，精于骑射，被誉为"万人敌"。"万人敌"对一位将领而言，是极高的评价，历史上被誉为"万人敌"的屈指可数，吕布武艺高强，但《三国志》上也只是评价他弓马娴熟。

但更让李渊忌惮的，还是薛仁杲的野心。薛举定都秦州（今甘肃天水），但薛仁杲即位后，却拒绝长居于此地，而是迁居500里外的折墌城（今甘肃泾川东北），为什么？因为此地位于进入关中的通道。

薛举去世前，大臣郝瑗建议他乘胜入关，说："唐军刚遭遇浅水原大败，关中骚动不安，这正是攻打关中的大好时机。"

薛仁杲深以为然，对关中磨刀霍霍。若再不行动，李渊担心自己将面临的，不仅是独力对抗强大的薛仁杲，万一薛仁杲抢先与李轨结盟，被孤立的就是他。

于是他连忙派使者前往凉州招抚李轨。李轨虽然只是称王，但俨然是皇帝的派头，李渊也是皇帝，该与李轨平等往来，还是以君臣之礼相待？

这是个关系到结盟成败的严重的"外交"问题。李渊剑走偏锋，既不和李轨谈平等，也不和他讲君臣之礼，而是攀亲戚。

其实，李渊和李轨虽然都姓李，但两人八竿子打不着，李轨是土生土长的武威人，而李渊祖籍甘肃临洮，从小在长安长大。但由于自己年长，李渊在写给李轨的书信中，亲切地称呼他堂弟。

一开始，李轨很高兴，毕竟李渊的身份摆在那儿，抛开他已经称帝不说，即使他只是唐国公，能和他攀亲也是荣幸。所以，李渊的书信一到，他立刻作出决定，派弟弟李懋前往长安朝见李渊。

但没过多久，他的态度就发生了微妙的变化。李轨之所以转变态度，是因为他的身份变了。李懋入朝后不久，李轨决定称帝，而李渊对这一情况浑然不知，还派鸿胪少卿张俟德出使凉州，册封李轨为凉王、凉州总管。

张俟德抵达凉州时，李轨已经登基，做了大凉皇帝。事情顿时变得无比尴尬，一个皇帝要册封另一个皇帝为王，另一个皇帝能答应吗？

李轨其实考虑过答应，他召集群臣商议，问："李渊名应图谶，又占据长安，他这个皇帝看起来更正规啊。天无二日，民无二主，我打算去除帝号，接受大唐天子的册封，你们认为怎么样？"

大臣曹珍说："隋失其鹿，天下纷争，皇位本就是有能者居之，谁说一定只能李渊来坐？况且，陛下已经称帝，哪有天子接受他人封爵的道理？"

李轨没好气地说："你说得都对，等下李渊打过来，我看你怎么退敌。"

"陛下不就是担心得罪李渊吗？"曹珍不以为然地说："那也没必要去除帝号啊，还有其他办法。陛下可以效仿梁宣帝萧詧。"

萧詧是南朝梁武帝萧衍的孙子、西梁政权的创建者，曾以梁帝的身份称臣于北周。曹珍说："陛下也可以以凉帝的身份称臣李渊。他李渊什么人？也不过是关中天子，现在凉州天子向他称臣，他还有什么不满意的？"

李轨大喜，于是派尚书左丞邓晓朝见李渊，并奉书自称"从弟大凉皇帝"。

曹珍说得没错，李渊目前确实只能算关中天子，但他想错了，李渊绝不仅满足于做关中天子，他要做全天下独一无二的皇帝。收到李轨的国书，李渊勃然大怒："李轨称呼我堂兄，说明他不想臣服我，我要给他点颜色瞧瞧！"

于是李渊扣留了入朝的邓晓。李渊不是要和李轨结盟抗秦吗？扣留邓晓难道不担心盟约破裂？

李渊不仅不担心盟约破裂，他还想出兵征讨李轨，因为在与李轨友好往来期间，大唐乘机平定了薛仁杲的西秦政权。

## 李世民复仇

世界上最难缠的对手，不是"不按常理出牌"的人，而是明明"喜欢按常理出牌"，却总是在对方了解他以后，"突然不按常理出牌"的人。

李渊就是这样的人。李渊性格稳重，不愿独力对抗强大的薛仁杲，所以才决定"联凉抗秦"，但谁能想到，与李轨联合的事八字还没一撇，他就突然独自出兵。

武德元年（618）八月十七日，在派出使者招抚李轨后，李渊再次以李世民为元帅，率大军征讨薛仁杲。这一战是李世民的复仇之战，也是一次决定他命运的重要考验，如果这一战再不能取胜，即使不是他的直接责任，李渊恐怕也不敢再对他委以重任。

李世民感觉身上沉甸甸的，他必须竭尽全力打赢这一仗，既是为自己正名，也要给人心不稳的大唐增添信心。

但战役的开局对李世民极其不利。李世民抵达前线前，唐军与薛仁杲先后进行了三场重要战事，但胜利者均是薛仁杲。

第一场战事发生在九月十二日。这一战规模较小，过程也很简单，秦州总管窦轨进攻薛仁杲，被薛仁杲打退。打败窦轨后，薛仁杲乘胜包围泾州。泾州此前多次遭受西秦进犯，人困马乏，更不利的是，由于战事频繁，粮道不畅，城内出现了严重的断粮危机。

镇守泾州的将领名叫刘感。这是一位爱兵如子的将领，为了给将士们凑集军粮，他杀掉了自己的战马，把马肉分给将士们吃，但他自己却一口肉也没吃。他吃的什么？"马骨木屑汤"，把马骨煮汤和木屑一块拌着吃。

刘感的所作所为极大地鼓舞了泾州守军士气，所以，泾州虽然在薛仁杲的强攻下几次濒临城破，但每次都挺过来了。

但刘感是人不是神，将士们也都是肉体凡胎，薛仁杲几次强攻后，全军上下疲惫至极，泾州城也已是摇摇欲坠。西秦军接下来的每一次进攻，都可能成为压垮骆驼的最后一根稻草。

千钧一发之际，李叔良率援军赶到。李渊字叔德，这位李叔良不用我说也知道和李渊关系匪浅。他是李渊的堂弟，本名李颖，字叔良，以字行于世。他虽然名气不大，但他的曾孙可是一位家喻户晓的大人物，只不过名声不佳，正是玄宗朝宰相、成语口蜜腹剑的主人公——李林甫。

李叔良的援军其实只能解燃眉之急，因为薛仁杲仍在兵力上占有绝对优势。然而，李叔良一到，薛仁杲立刻宣布撤军，因为西秦军也断粮了。

通常军队断粮，就是军心不稳的时候，李叔良岂肯放弃这个天赐良机，于是派刘感率军紧随其后，一直跟到高墌城。

九月十三日，高墌城官员派人联系李叔良，提出全城官民投降大唐。李叔良于是让刘感入城商议投降事项。九月十七日，刘感率军抵达高墌城下，然而，约定投降的官员却并没有打开城门迎接他，而是建议他率军翻墙入城。让受降方翻墙入城，这样的投降方式闻所未闻。刘感感觉有猫腻，高墌城官员却说："薛仁杲已经逃走了，城内没有敌人，翻墙吧，很安全的。"

既然城内没有敌人，为何不光明正大地打开城门？刘感更加怀疑，为了试探高墌城投降的诚意，他下令火烧高墌城门，说："我们人太多，不便翻墙，既然你们不便开门，那我只好把门烧了再入城。"

火刚点燃，天上就下起瓢泼大雨，刘感抬头一看，原来是城上的士兵正在泼水，阻止他火烧城门。刘感断定，高墌城是诈降！他立刻下令步兵往回撤，自己亲率精兵断后。

刘感猜得不错，高墌城确实在诈降，一切都是薛仁杲的主意，以投降为名将唐军诱至城下，然后趁其疏于防备，集中优势兵力一举歼灭。

然而，刘感虽然果断撤兵，但还是晚了一步。薛仁杲发现刘感撤军，立刻下令进攻，城外南原突然涌现大批西秦兵，如潮水般涌向唐军，唐军大败，刘感力屈被擒。

薛仁杲乘胜再次包围泾州城。现在轮到李叔良困守孤城。

薛仁杲这一次不打算强攻泾州，他对刘感说："你守泾州的时候，我让你投降你死活不降，现在怎么样？被我抓到了吧。我现在很生气，但是，我也可以不杀你，前提是你必须答应我一个条件。"

刘感说："我现在是您的俘虏，还有什么资格跟您谈判？别说一个条件，就是一万个也得答应啊。"

薛仁杲笑道："很好，等下攻城，我把你带到城下，你替我向城内喊话，就说：

李世民被大秦天子打得屁滚尿流跑了，泾州城不会再有援军了，赶快投降吧！"

薛仁杲把刘感押到城下，刘感扯开嗓子喊，但他一张嘴，就让薛仁杲气急败坏，因为他喊的是："贼军已经断粮，快完蛋了！秦王正率领几十万大军从四面八方赶来，大家努力守城，胜利必将属于大唐！"

薛仁杲一脚将刘感踢倒。刘感扑倒在地，却始终仰着头面向城上，不断地高声重复之前的话。

薛仁杲气得五官乱颤，他令人野蛮地将刘感拖走，然后把他活埋至膝盖，骑马朝他射箭。城上的李叔良泪流满面，由于敌我力量悬殊，他只能眼睁睁看着刘感被薛仁杲当作肉靶子。刘感忍着钻心剧痛，薛仁杲每朝他射一箭，他的声音就越大，依然不断重复那番鼓励泾州守军的话，直至壮烈牺牲。

李渊后来听说刘感的英勇事迹，内心久久不能平静，他亲自派人找回刘感的尸骸，为他举办了隆重的葬礼，并追封他为平原郡公，赏赐其家人田宅。

刘感英勇不屈的精神也极大地感染了泾州守军，薛仁杲再次决定强攻。此时，唐军与薛仁杲的第三场战事爆发。

薛仁杲强攻泾州时，大唐陇州刺史常达进攻薛仁杲，初战告捷，杀西秦军1000多人。薛仁杲指挥部队反击，但屡战不利。然而，薛仁杲可不是一个自知好勇斗狠的猛将军，既然强攻不成，那就智取。

他派部将仵士政率领数百人投降常达。常达见仵士政一副忠厚的样子，不仅接受了他的投降，还对他非常器重。没想到仵士政恩将仇报，九月二十三日，他突然率兵劫持常达，威逼其所部2000余人投降薛仁杲。

薛仁杲很欣赏常达，希望常达能归降于他。常达当然知道刘感当初不愿归降的后果，他也知道薛仁杲是个生性残暴的人，经常利用酷刑折磨、杀戮俘虏。他曾俘虏著名文学家庾信的儿子庾立，因其不肯投降，一怒之下，竟将庾立残忍处死，然后将其肉分给士兵们吃。

薛仁杲的残暴是继承自他的父亲薛举。薛举也喜欢杀俘，史称"每破阵，所获士卒皆杀之，杀人多断舌割鼻，或碓捣之"。然而，如此残暴的薛举，却也认为薛仁杲太残暴。他曾告诫薛仁杲："你的才能足以成大事，但性格残酷苛虐，不能施恩于人，我真担心你迟早会败坏我家基业。"

薛仁杲的残暴的确让他不得人心。所以，常达不愿归降于他，无论他如何威逼利诱。常达冷冷地看着薛仁杲，凛然不惧，等候他疯狂地报复。但薛仁杲的反应却出人意料，他突然良心发现，笑着对常达说："你真是一条好汉，我不杀你，你走吧。"

如果薛仁杲早有这份宽容和仁厚之心，接下来的战场形势，就不会被唐军轻易逆转。

武德元年十一月，李世民率军抵达高墌，他将与西秦政权进行最后的决战。薛仁杲早就想和李世民一决雌雄。当初薛举被李世民击败，称赞李世民骁勇善战，薛仁杲一百个不服气。他要用这一战向全世界证明，他薛仁杲比李世民更强！

李世民刚赶到高墌，薛仁杲就迫不及待与他交手，派大将宗罗睺率兵攻打李世民。但宗罗睺几次挑衅，李世民都避而不战。李世民当然不是害怕薛仁杲，而是故技重施——避敌锋芒，待敌人暴露破绽，再集中兵力乘势出击。他仍坚定不移地认为，浅水原之战的失利，不在于他的战术错误，恰恰相反，是因为刘文静和殷开山违反了他的战术。

然而，不是所有将领都像李世民这样有耐心。准确地说，大多数人都没有这种超人的忍耐力。当敌人在营外疯狂叫阵，犹如你最痛恨的人指着你的鼻子破口大骂，还做出各种极度嚣张、极度令人愤慨的挑衅姿势，试问，但凡你有一丝血性，想不想一拳打过去？所以将领们纷纷向李世民请战。

年仅20岁的李世民看着这些慷慨激昂的"哥哥和叔伯们"，耐心解释道："我非常理解大家的心情，但我军才打了败仗，士气低落，而敌军士气正盛，所以应该避其锋芒。待其骄傲大意，而我军振奋，可一战而克。"

但将领们仍旧请战不休。李世民只好对他们狠一点："再敢言战者，一律斩首！"

双方在高墌对峙60多天，李世民终于等到了战机。西秦军开始断粮，这一次是真真正正的断粮，不是薛仁杲释放的假情报，因为断粮，他的部将梁胡郎撑不住，率兵投降了李世民。李世民知道薛仁杲求战心切，于是派行军总管梁实在浅水原扎营，引诱西秦军进攻。

浅水原，这块让西秦政权步入鼎盛时期的高地，也终究见证它的没落。宗罗睺苦等60多天，终于等到唐军出营，立刻出动精锐攻打梁实，梁实凭险据守。这一战打得异常艰难，由于营地没有水源，唐军连续几天没有喝水。但西秦军也不轻松，浅水原地势较高，仰攻之下，付出了不小的伤亡。但李世民的战术目的，并非让梁实打败宗罗睺，而是让他消耗西秦军的战力。

见西秦军进攻屡屡受挫，李世民召集部下，下令道："宗罗睺所部已成疲惫之师，可以进攻了！"于是他让右武侯大将军庞玉在浅水原列阵，挑战宗罗睺。

宗罗睺大概也猜到了李世民的战术，一见到庞玉的部队，顿时喜形于色："我是在浅水原吃了点亏，但你李世民想凭一支这样的部队趁人之危，未免太看不起人了！"于是他将攻打梁实的部队撤回，集中优势兵力进攻庞玉。

如宗罗睺所料，庞玉果然不是他的对手，西秦军虽然付出了较大的代价，但庞玉所部伤亡更大，军心随时可能崩溃。但自以为是的宗罗睺不知道，他已经中了李世民的计中计。

梁实所部是用来消耗西秦军的战力，庞玉所部其实也是用来消耗西秦军的战力，真正用来"趁人之危"的是李世民的亲军。这支部队就在浅水原北部隐藏。

当庞玉所部快撑不下去时，李世民出其不意率亲军杀到。他一马当先，身旁数十名精骑紧紧跟随，如飓风般冲入敌阵，搅得西秦军阵脚大乱。庞玉所部登时士气大振，配合李世民夹击西秦军，斩杀数千人。

西秦军大溃，宗罗睺率残部狼狈撤退。

李世民决定亲率2000骑兵追击，但窦轨拉住他的战马苦苦哀劝："宗罗睺虽败，但薛仁杲还占据坚城，不可轻易冒进，秦王应该暂且按兵不动，先观察薛仁杲的动向再说。"

窦轨的话不无道理，西秦军只是被唐军斩杀数千人而已，远没到元气大伤的时候，这种情况下贸然追击，而且只率2000骑兵，实在过于冒险。

李世民却说："这种情况我考虑很久了，现在我军大胜，势如破竹，如此良机，实在不可错失！"

李世民率军逼近薛仁杲的大本营——折墌城时，薛仁杲已在城下列阵以待。李世民的处境很危险，因为他的部队人数太少。然而占据绝对兵力优势的薛仁杲却并没有进攻，反而渐渐收缩兵力，最后索性退回折墌城固守。

薛仁杲这样做实在有不得已的苦衷。他性格苛暴，部下早就对他心怀不满，只不过迫于淫威，不得已屈从。但现在他打了败仗，威望大损，而深孚众望的秦王李世民就在眼前，他们自然产生了弃暗投明的念头。

两军对峙的几个时辰内，薛仁杲麾下多名高级将领偷偷脱离军队，跑到泾河对岸的李世民阵前投诚。高级将领的叛逃使西秦军军心大乱，薛仁杲担心部队就此一哄而散，所以撤回城内。

天色渐渐变黑，唐军主力相继抵达，李世民于是下令包围折墌城。折墌城登时人心惶惶。

半夜,城内隐约响起窸窸窣窣之声,不一会儿,声音越来越大,进而城头亮起了星星点点的灯火,人影憧憧,唐军斥候连忙向李世民汇报:"折墌城守军正在缒城而出,投奔我军,而且人数越来越多。"

薛仁杲也知道自己大势已去,十一月八日,薛仁杲打开城门,率领文武百官向李世民投降。李世民接受了薛仁杲的投降,得精兵1万余人,民众5万人,轰轰烈烈的西秦政权就此覆灭。

李世民很欣赏薛仁杲的骁勇。薛仁杲投降后,李世民待他非常厚道,不仅将折墌城投降的士兵全部交给他统领,还带着他以及他的旧部宗罗睺等人打猎,以示亲近。然而,西秦平定的捷报传到长安,李渊却派使者传旨:"薛举父子杀伤我军将士甚多,秦王当诛杀薛仁杲及其党羽,告慰我军英灵。"

## 放虎归山

李世民不想处死薛仁杲，但也不敢违抗君命，于是将薛仁杲及其旧部押送长安，交给李渊处置。

李渊决定将薛仁杲及其旧部一律斩首示众。这一决定遭到李密的强烈反对，他说："薛仁杲残暴不仁，这正是他灭亡的原因，陛下有什么可怨恨的？何必赶尽杀绝？"李渊于是改变主意，只将薛仁杲及少数主谋处死，余众一概赦免。

李世民班师回朝，李渊派李密前往豳州（今甘肃宁县）迎接。见到英姿勃发的李世民，李密大为感慨："真是英主啊！如果不是英主，也不足以平定陇西。"

这一番话，也勾起了他沉寂多时的雄心壮志。李密本来也有机会改朝称帝，可如今却沦为李渊的臣下，这一切，只因他做了一个错误的决定。

五个月前，被骁果军拥立为主、弑杀杨广的宇文化及抵达黎阳，并指挥部队进攻李密麾下驻守黎阳的大将徐世勣。

宇文化及其实对李密并无敌意，他攻打黎阳的目的，也不是争夺地盘。骁果军当初之所以拥立他弑杀杨广，是因为不满杨广迁都江都，希望回归关中。政变成功后，宇文化及自然要满足骁果军的愿望，所以，他不可能留在黎阳与李密争雄。他不过是想夺取黎阳的粮食，作为西入关中的补给。

李密当时正在攻打洛阳，所以，他最明智的决定，就是"破财免祸"，赠予宇文化及足够的粮食，然后放他西行。这样做还有一个好处，一旦宇文化及入关，势必与占据关中的李渊发生冲突，无异于借宇文化及之手削弱李渊的力量。

但李密并没有这样做，他主要有两方面考虑——首先，他咽不下这口气。他当时风头正盛，尤其是收到李渊尊他为义军盟主的书信后，更加飘飘然。他瞧不上宇文化及这样的纨绔弟子。其次，他想打道德牌。宇文化及作为弑君者，饱受天下舆论攻击，如果能打败宇文化及，为杨广报仇，有利于他建立仁义之主的道德形象，收获人心。

但攻打宇文化及时，万一洛阳方面乘机偷袭，岂不大势去矣？所以，李密决定先和洛阳方面议和，然后再攻打宇文化及。

恰在此时，已经称帝的洛阳留守越王杨侗（杨广之孙）送来一纸诏书，加封李密为魏国公。李密大喜，于是专注对付宇文化及。

但这真是聪明反被聪明误，杨侗为何不早不晚，偏偏在这时加封李密？因为大臣元文都告诉他："宇文化及弑主之仇未报，但我们的兵力不足，不如加封李密，让他去和宇文化及死磕，等宇文化及被打败，李密必然也已疲惫不堪，到时我们再出兵，这样两个反贼都跑不了。"

螳螂捕蝉，黄雀在后！于是结果毫无悬念，李密打败宇文化及后，洛阳方面乘机发起猛攻，李密大败，率残兵逃往虎牢关（今河南荥阳西北）。此时，他仍具有一定实力，本打算前往黎阳投奔徐世勣，以图东山再起。但有人却告诉他，投奔徐世勣是自投罗网。

大概一年前，他和瓦岗寨二把手翟让产生矛盾。一山不容二虎，李密于是摆下鸿门宴，邀请翟让赴宴。酒过三巡，李密假意把一张好弓递给翟让欣赏，然后趁其不备，令部下一刀砍去，导致翟让当场死亡。

作为翟让的亲信，徐世勣也参加了这场鸿门宴，还被李密的士兵砍了一刀，幸亏李密的亲信王伯当出手相救，才逃过一劫。

所以那人提醒他："你去投奔徐世勣，难道就不怕他乘机报仇吗？"

李密感觉天地虽大，却无处容身，想自杀谢罪。王伯当连忙抱着他，号啕大哭，随从也无不低头哭泣，莫能仰视。

李密突然眼前一亮，说："要不我们去关中，投奔唐公吧？"

他的部下柳燮顿时眉飞色舞，说："您与唐公有同宗之亲，虽然没有跟随他参加起义，但攻打东都，牵制隋军兵力，使他占据西京，这也是大功一件。"

随从纷纷点头称是。得知李密决定入关，李渊喜出望外，不断派使者前去慰问。这更让李密认为投奔李渊是个明智的选择，他对随从说："我曾经拥兵百万，旧部遍布山东地区，占有几百座城镇，如果他们知道我入关，只要大唐派人招降，必然归顺。如此大功，他李叔德难道还不会给我个三公之类的要职？"

可真到了长安，一切与预想的不啻天壤。

武德元年（618）十月八日，李密率部抵达长安，唐政权对他非常冷淡，接待规格也很低，以至于他的士兵几天几夜没饭吃。几天后，李渊接见李密，对他倒也还算厚道，封他为邢国公赐官光禄卿，而且还像从前那样和他攀亲戚，称他为堂弟，还把自己的表妹独孤氏嫁给了他。

可李密却认为李渊是个虚情假意的老狐狸。

光禄卿——一个从三品高官，看似很不错，但在官场混过的都知道，光禄卿就是个"行政总厨"，主要负责宫廷膳食。让曾经手握百万雄兵的一代雄主当行政总厨，这不是逼张飞绣花吗？

除了工作上窝心，生活中也处处不顺。李密入驻长安后，经常遭受白眼，很多大臣轻视他，甚至还有大臣欺负他，倚仗权势向他索贿。

李密认为这一切不顺，都是源自李渊。李渊口口声声说器重他，可如果他真的器重自己，怎么可能让他当"行政总厨"？那些大臣又怎么敢轻视他？怎么敢向他索贿？一边摆出一副热情亲切的面孔，一边又让他坐冷板凳，还放纵大臣欺负他。

李密于是产生了脱离李渊的念头。但作为"亡国之主"，大势已去，离开李渊，又能去往何处？留在长安虽不受重用，但好歹有个栖身之所，而且吃喝不愁，所以李密一直下不了决心。

真正促使他下定决心离开李渊的，是一次看似普通的朝会。迎接李世民班师回朝后，一天，朝廷举行盛大的朝会，李密作为光禄卿应当向皇帝李渊进奉饮食。他想到自己也曾是一国之主，想到李渊曾卑微地尊他为盟主，如今他却像仆人一样向李渊进奉饮食，一股奇耻大辱顿时涌上心头。

会后，他马上去找自己最亲密的战友王伯当，向他倾诉内心的耻辱与苦闷。王伯当也随他投奔了大唐，被李渊封为左武卫大将军，但也不受重用，和李密同是天涯沦落人，所以他特别理解李密的心情，说："天下事都在您的掌控之中，何必留在这个窝心的地方混日子？现在徐世勣拥兵黎阳，张善相占据罗口，您完全可以召集他们东山再起。"

召唤徐世勣？李密当初就是因为担心被徐世勣报复，才选择入关归顺李渊。但此时的李密对徐世勣态度180度大转弯。李密对徐世勣的态度转变，不是他急于脱离李渊，从而对徐世勣抱有幻想，而是他发现自己当初误会徐世勣了。

前段时间，他的旧部魏徵向李渊建议招降徐世勣。这位魏徵，正是贞观时代名臣魏徵。李渊于是派魏徵前往黎阳劝降。劝降很顺利，徐世勣同意归顺大唐，并派使者与长安方面联系。然而，他联系的却不是李渊，而是李密。

李渊有些怀疑徐世勣归顺的诚意，问他的长史郭孝恪："徐世勣什么意思？他不是要归顺大唐吗？怎么还和他的旧主李密联系？"

郭孝恪说："徐将军说，他我拥有的土地和人口都是魏公的，如果他上表献给大唐，那是利用主公的失败求取富贵，这种行为是可耻的。他决定把土地人口登记在册，上报魏公，由魏公亲自献给大唐。徐将军联系魏公，正为此事。"

李渊大为感慨："徐世勣不背德，不邀功，可真是个纯臣啊！"于是他下诏赐徐世勣姓李。徐世勣因此摇身一变，成为李世勣，后避李世民的讳，改名李勣，成为与战神李靖并驾齐驱的大唐名将。

徐世勣的所作所为不仅打动了李渊，也感动了李密。王伯当一番话，让李密转悲为喜。他转身就走，找李渊放他离京，理由当然冠冕堂皇："臣空受荣宠，不曾报效朝廷，山东众将都是臣的旧部，不如让臣前去招抚，一旦成功，平定王世充如拾草芥。"

王世充是洛阳政权的实际掌权人，越王杨侗已沦为他手中的傀儡，就是他率兵打败了李密，使显赫一时的瓦岗寨轰然崩塌。之后李密麾下很多高级将领都投降了王世充，也包括民间家喻户晓的两大名将秦叔宝和程咬金。

王世充已经成为李渊一统天下的劲敌，而且据大唐的情报部门调查，那些投奔王世充的瓦岗部将大多不服他，李渊心想，如果李密真想为朝廷招降旧部，此时派他前去，对大唐的统一事业大有裨益。

但李密不可信，群臣一眼就看穿了他的用心："他就是想借机脱离朝廷。"

李渊却决定相信李密："邢国公的忠诚不容置疑！"

群臣说："李密狡猾好反，如果放他离京，无异于放虎归山。"

李渊笑着说："帝王自有天命，不是什么人都能取得。如果他叛变，也没什么可惜的，就让他去与王世充斗吧，我们坐收渔翁之利。"

李密归顺大唐一个月零二十一天后，也就是十一月二十九日，李渊正式派他前往山东招降旧部。面对李渊力排众议的信任，李密却有些得寸进尺，提出让贾闰甫与他同去。贾闰甫是他领导瓦岗寨时的亲信，在这个微妙时刻带上他离京，任何人都会怀疑。

李渊却依然选择相信李密。出发前，他亲切召见了李密和贾闰甫，还让两人登上御榻一同喝酒，并坦诚地告诉李密："不瞒老弟，确实有人不想让你离京，但我真心实意对待兄弟，我们俩的关系，不是其他人可以离间的。"

为了表明诚意，李渊又让王伯当跟随他离京。李密一下拥有了左膀右臂，想不萌生野心都不行。

## 虎落平阳

李密没想到李渊变脸比翻书还快。前两天还说对他信任不二，可他刚离开长安，李渊就下令把他所部人马一半留在华州（今陕西渭南华州区），只带另一半出关。这不是摆明了担心他手中人马太多会起兵造反吗？

但张宝德却不这样认为。他是李密执行此次招降任务的助手。他认为李密出关是去招降旧部，又不是去打仗，无须带那么多兵。而且也看出了李密的野心，所以决定提醒李渊。行至半途，他给李渊上了一封密奏，称调走李密一半兵马远远不够，因为他必叛无疑。

于是，李渊给李密下了一道敕书，召他回朝，表示另有重要任务安排。

李密走到稠桑（今河南灵宝西北）时，接到了这封敕书。他当时一副惶惶不安的样子，对贾闰甫说："派我去山东招降，又无缘无故召我回朝，陛下曾经说过，有大臣反对我离京，看来这些人的谗言起作用了，我若回京，必然被杀。"

贾闰甫说："那你想怎么做？"

李密脱口而出："不如攻陷桃林，夺取粮草，然后立刻北渡黄河，等消息传到长安时，我们早已走远。如果能抵达徐世勣的驻地黎阳，大事必能成功。"

贾闰甫说："陛下对你很好，你干嘛背叛他？再说，陛下名应图谶，迟早一统天下，你觉得反叛能成功吗？"

贾闰甫接着说："即使能攻下桃林，起兵总要有足够的兵马，我们有时间招兵买马吗？任瑰、史万宝正在穀州和熊州，我们早上起兵，晚上他们就会来镇压，我们手上这点兵力，根本不可能是他们的对手，只有逃跑的份。可我们背着叛贼的身份，又能逃到哪里去呢？"

"所以，还是希望您听从我的建议。"贾闰甫越说越动情："服从陛下的诏令，立刻回京，表明自己没有二心，陛下是个忠厚人，不会为难您的。"

李密把贾闰甫当兄弟，他本以为贾闰甫会不遗余力地支持自己，没想到他却死心塌地地忠于李渊，还一门心思想让自己也向李渊俯首称臣。

李密的心被深深地伤到了，他生气地说："李渊这个老奸巨猾的家伙，表面上对我信任有加，却又让我与绛、灌同列，我怎么能忍受（使吾与绛、灌同列，何以堪之）？"

"与绛、灌同列"是借用韩信的遭遇。绛、灌是指绛侯周勃和颍阳侯灌婴，两人都是西汉开国功臣，但韩信却瞧不上他们。后来，他被刘邦从楚王贬为淮阴侯，与两人平起平坐，深以为耻，整天闷闷不乐。

见李密虎落平阳还如此狂傲，贾闰甫无奈连连摇头。李密的傲气却一发不可收拾："我和李渊都名列图谶，既然我能从长安逃出来，说明王者不死，即使李渊能够平定关中，崤山以东地区也将为我所有。老天爷送给我的土地，难道要白白送人吗？我意已决，你到底跟不跟我？你若是不跟我，我就杀了你再走！"

贾闰甫把李密当兄弟，本以为即使李密不听劝，但两人的情谊还在，却万万没想到他能说出如此冷酷无情的话来。

他的心也被深深地伤到了，眼泪如断线的珍珠散落满地，说："你说你名应图谶，但近来观察天象和人事，显然天命已经不在你身上，不然怎会落到这步田地？你说去投奔旧部，可现在人人都想称王称霸，谁还愿意听从你的调遣？"

有些话太伤人，贾闰甫本不想说，但如今也不得不说了："你杀了翟让，知道外间都怎么说你吗？说你忘恩负义，当初你被朝廷通缉，惶惶如丧家之犬的时候，若不是翟公收留，你能有今天？就你现在这个名声，谁还敢收留你吗？都不想做翟让第二啊！我贾闰甫不是无情无义贪生怕死之人，如果有更好的出路，我怎么可能不跟随你？"

李密威胁贾闰甫不从就杀他，也许只是说说而已，但贾闰甫如此直言不讳地揭他的老底，把他千方百计想掩藏、遗忘的劣迹抖出来，让他气急败坏，终于情绪失控，举刀就向贾闰甫砍去。

贾闰甫纹丝不动，王伯当见状不妙，立刻冲上去拖住李密。过了一会儿，李密终于冷静了些，冷冷地对贾闰甫说："你走吧。"

贾闰甫擦干眼泪，向李密行了个礼，朝熊州（今河南宜阳西）方向奔驰而去。看着贾闰甫远去的背影，王伯当对李密说："其实贾闰甫的话也不是没有道理，您应该好好考虑一下。"

李密又欲发作，用伤心且愤怒的眼神瞪着王伯当："难道你也要离我而去？"

王伯当不愧是李密最亲密的战友，他早已决定和李密同生共死，无论李密做什么决定。他说："义士之志，不因存亡改变，我是不会离开您的，哪怕共同赴死，只是担心我们的死毫无意义。"

李密沉默半晌，说："还是按之前的计划行事吧。"

十一月三十日清晨，李密杀了李渊派来征召他入朝的使者后，率部来到桃林县城下（今河南灵宝北），对县官说："我奉召返回长安，但不便携带家人，希望能把她们寄居在县舍。"

说罢，队伍后涌现几十个戴着面罩的"妇女"。李密告诉桃林县官，这些人都是他的妻妾。但事实上，这些人都是他的部下，男扮女装伪装成妇女。李密部下所戴的面罩名叫冪䍦，这是一种用于骑马防尘的长面罩，能从头顶覆盖到身体，所以桃林县官不能分辨男女，于是打开城门，迎接李密入城。李密甫一入城，就乘机劫持县官，占据了桃林县。

李密的下一步计划是：驱赶俘虏的桃林百姓直奔南山，同时派人通知旧部伊州刺史张善相接应。但他还没开始行动，占据桃林的消息就被唐军获悉。

最先发现李密占据桃林的是镇守熊州的右翊卫将军史万宝。熊州（今河南宜阳西）距桃林只有两三百里，正如贾闰甫所说，史万宝随时都能率军前来镇压。

不过，史万宝似乎对镇压李密缺乏信心，他对行军总管盛彦师说："李密，天下骁贼，现在又有王伯当辅佐，恐怕不是那么容易战胜的。"

盛彦师却笑着说："你给我几千兵马，我保证能砍了李密的脑袋。"

史万宝也不再多问，当即调拨数千兵马交给盛彦师指挥。盛彦师于是率部翻越熊耳山（今河南卢氏东南），占据山南要道，然后将部队分为两支，一支为弓弩手埋伏在道路两边高地，另一支持刀楯埋伏于溪谷，并下令："等敌人过溪半渡时，一同发起进攻。"

没过多久，果然有一支部队慢悠悠地翻越熊耳山，然后取道山南大摇大摆行军。这支部队正是李密统领。他当时又有些大意轻敌了，因为他从桃林到陕州（今河南三门峡西）一路畅通无阻，所以认为其他地方也不足为惧。

当李密越过山南时，盛彦师立刻指挥部队进攻，道路两边登时箭如雨下，前方步兵如潮，呼啸而来。李密被杀得措手不及，部队也被唐军截为两段，首尾不能相顾，阵脚大乱，一败涂地。一代雄主，就这样战死于乱军之中。他最亲密的战友王伯当践行了同生共死的诺言，与他一同英勇战死。

盛彦师砍下了李密和王伯当的脑袋，传首京师。看着血迹斑斑的李密的首级，李渊心里五味杂陈，曾经的瓦岗寨首领、天下义军领袖，如今竟落得身首异处。

这时，他突然想起一个人——已被赐李姓的徐世勣。徐世勣对李密忠心耿耿，如果他得知李密被唐军所杀，会有何反应？李渊把李密的遗体运送给徐世勣，徐世勣号啕大哭，以君臣之礼为李密下葬，下令全军披麻戴孝，将李密葬于黎阳山南。

事情传到长安，群臣议论纷纷，有人认为徐世勣的行为大逆不道，既已降唐，却以君臣之礼为李密下葬，置李渊于何地？

李渊大度地说："李世勣是个忠臣啊！"

平定李密叛乱后，李渊的后方只剩下一个劲敌，就是割据河西的李轨。只有解决河西割据势力，才能专心致志征讨关东群雄。

## 活捉大凉皇帝

形势对李渊非常有利,因为李轨最近很倒霉,这无疑是他平定河西的大好时机。

李轨的倒霉一半是人祸,另一半是天灾。

先说人祸,李轨杀了自己最器重的吏部尚书梁硕。梁硕是李轨的谋主,忠心耿耿辅佐李轨称帝,但也因为忠心,他经常提醒李轨提防手下的胡人,结果得罪了粟特族出身的户部尚书安修仁。安修仁决定扳倒梁硕。恰巧,梁硕又得罪了李轨的儿子李仲琰,因为李仲琰有一次特意拜访梁硕,但梁硕没有起身回礼。安修仁于是与李仲琰合谋,在李轨面前诬陷梁硕。李轨轻信谗言,派人毒死了梁硕。梁硕的死,在河西引起极大的轰动,朝堂上下无不对李轨残害忠良感到寒心,渐渐产生了脱离之心。

同时,河西爆发了严重的饥荒,甚至出现了人相食的惨状。这次严重的饥荒说是天灾,恐怕也与人祸有关。毒杀梁硕后,有胡巫宣称:天帝将派玉女从天而降。李轨于是招集兵民修筑楼台以候玉女降临,耗费钱财甚多。这一次大兴土木,耽误了农时,导致河西粮食大幅减产,促成了饥荒的发生。

李轨早年因轻财好施出名,可这次面对饥荒,其表现却让人大失所望。

事实上,李轨起初本色不改,散尽家财赈灾,决定开仓放粮,没想到遭到大臣谢统师的强烈反对。谢统师本为隋官,心里一直不愿臣服李轨,所以他决定阻止李轨赈灾,让他失去人心。

当时大臣曹珍极力支持开仓放粮,谢统师就骂他不为国考虑:"粮仓储存的粮食是为了应对战争的,怎么能随便发放?况且,饿死的都是孱弱之人,强壮之人是不会饿死的,对国家能有什么影响?"

李轨居然认为有理,于是放弃开仓。结果河西百姓怨声载道,部下也对他越来越不满,李轨在河西的统治日益动摇。

关于这一切,身在长安的安兴贵颇有耳闻。安兴贵是安修仁的兄长,现正在李渊的朝廷做官,为了建功立业,他决定请缨出使河西,说服李轨归降。

李渊不怀疑安兴贵的忠诚,但怀疑他的能力:"李轨占据险要,勾结突厥和吐谷浑，我出兵攻打都担心不能取胜，你仅凭三寸不烂之舌，就能说服他归降？"

安兴贵说："我家是凉州豪族，在当地还算有些影响力，我弟弟安修仁更是深受李轨信任，家族十几名子弟是李轨的近臣，所以说，我的话在李轨心中还是有些分量的，请陛下相信我。"

李渊于是决定让安兴贵一试。安兴贵到凉州后，受到李轨礼遇，被任命为左右卫大将军。安兴贵非常高兴，认为劝降李轨之事大有希望。

但姜还是老的辣，李渊的判断没错，武力进攻都未必会屈服的李轨，岂会轻易被三寸不烂之舌说降？

一天，李轨向安兴贵请教自安之策，安兴贵乘机说："凉州地方不过千里，土地贫瘠，百姓贫穷，在此割据实在不是明智之举。如今大唐兵强马壮，占据关中，必将一统天下，不如举河西之地归顺，建立窦融那样的功勋。"

窦融是两汉之交河西的割据者，因举河西之地归顺光武帝刘秀，而成为东汉开国功臣，受尽恩荣，史称东汉初年窦家"一公、两侯、三公主、四二千石"，后来还出了两位皇后，实在令人羡慕。

没想到李轨却说："我占据险要，李唐虽然强大，但尽管放马过来！"

说罢，他突然醒悟过来，用怀疑的眼神看着安兴贵："你不是来替李渊游说的吧？"

安兴贵连忙谢罪，说："俗话说富贵不还乡，如锦衣夜行，我能有今天，都是陛下的恩赐，怎么可能为李渊效命？只是说下自己的想法而已，采不采纳全在陛下。"

这当然不是实话。如果李轨不采纳，安兴贵就要对他采取强硬措施。

从长安出发时，他便已做好劝降失败的准备，这也正是李渊派他出使的原因。他当时对李渊说："文的不行就来武的，如果李轨不听劝，凭我的身份和背景，想对付他也很容易。"

李轨终究没有采纳安兴贵的建议，所以安兴贵决定动武。他和弟弟安修仁暗中联合胡兵袭击李轨，李轨被打败，退回凉州城坚守待援，打算和援军内外夹击安兴贵。

安兴贵的人马并不多，如果真让李轨等到援军，他的处境就危险了。但正如他从长安出发前了解的那样，经过一系列天灾人祸，李轨的统治根基早已动摇。于是，他决定采取攻心战术，向城内喊话："城内的守军听着，大唐天子派我来捉拿李轨，放下兵器投降者无罪，反抗者罪及三族。"将士们果然不敢轻举妄动，甚至有很多人出城向安兴贵投降。

李轨仰天长叹："人心已失，天亡我啊！"

武德二年（619）五月十三日，安兴贵将李轨押送长安，河西凉国政权宣告覆灭。

河西平定的消息传到长安，群臣纷纷向李渊祝贺，就连此前被李渊扣押的河西使者邓晓也来道喜。李渊却一脸不悦，指责道："你是李轨的使臣，现在你主公倒台了，你非但不伤心，还跑过来向我道喜？"于是他宣布永不录用邓晓。

李轨被押送到长安后，李渊下令将其处死，而对平定河西的两大功臣安兴贵和安修仁兄弟，则慷慨地予以重赏，安兴贵被任命为右武侯大将军、上柱国，封凉国公，并赐帛万段；安修仁则被任命为左武侯大将军，封申国公。

河西的平定，意味着李渊的大后方彻底稳定，然而，正当他踌躇满志准备全力征讨关东时，长安却出大事了。

# 第十三章

## 初战中原：李渊的至暗时刻

开国第一大案

问题少年李元吉

失败的正名

龙兴之地沦陷

临危受命

一个玩笑引发的叛乱

秦王大战宋金刚

# 开国第一大案

武德二年（619）九月，刘文静被举报谋反。

刘文静是晋阳起兵的谋主之一、大唐开国功臣，被李渊任命为宰相、封鲁国公，可谓已经走上人臣巅峰，为何要谋反？

举报刘文静谋反的是他的亲戚，他的一位妾的兄长（勉强可以算作他的舅子）。刘文静的舅子为何要举报他？李渊经初步调查认为，这可能是一次单纯的诬告报复行为，因为其中涉及男女感情问题。

这位妾不受宠，刘文静经常冷落她。妒火中烧，她竟决定报复刘文静。

恰好有一段时间，刘文静家里经常发生怪象，他的弟弟刘文起为了辟邪，请来一个巫师跳大神——在一个月朗星稀的夜晚，巫师披头散发、口衔着刀，神神叨叨地手舞足蹈。

在古代跳大神是一种很敏感的行为，你可以说这是辟邪祈福，但你的敌人也可以理解成搞巫蛊诅咒，意图不轨。刘文静的小妾就是这样理解的，于是她怂恿自己的兄长举报刘文静谋反。

鉴于刘文静身份太特殊，李渊对此非常重视，让两大宰相裴寂和萧瑀联合审理。随着调查的进一步深入，李渊震惊地发现，这件案子没那么简单。

刘文静是否正在策划谋反且不说，但他对李渊心怀不满确定无疑。

刘文静对李渊不满，又与此案的主审官裴寂有关。李渊入主长安后，对晋阳起兵功臣论功行赏，封裴寂为魏国公，并赐田地千顷、豪宅一所、织品四万段，宠冠群臣。这让刘文静很不服气，他认为无论文才武略，抑或军功，自己都在裴寂之上，凭什么裴寂位列功臣第一？而且在职位上刘文静也低于裴寂，裴寂官拜尚书右仆射，是从二品宰相，而刘文静曾任纳言，只是正三品宰相，现在更是只担任民部尚书。

一提到民部尚书，刘文静就更加愤愤不平！刘文静为何对民部尚书一职抱有如此大的怨念？原来，民部是尚书省的直属机构，而尚书右仆射是尚书省副长官，也就是说，原本与刘文静并列宰相的裴寂，现在成了他的顶头上司。刘文静当宰相时，尚且因品级不如裴寂而愤愤不平，现在成了他的下级，其不平之心更是可想而知。

但他不敢把怨气发泄在李渊头上，所以成天和裴寂作对，"逢裴必反"，每次举行朝议，凡裴寂赞同的，他必定反对；凡裴寂反对的，他必定赞同。裴寂有几分长者风范，面对刘文静的"抬杠"，多次退让。没想到刘文静毫不领情，甚至变本加厉，经常当众欺辱他。更过分的是，刘文静有次和刘文起喝酒，酒过三巡想起裴寂，猛地拔刀砍向柱子，恶狠狠地说道："应该砍了裴寂的脑袋！"

裴寂和萧瑀联合审讯刘文静时，刘文静对这一情况供认不讳。

然而，他拒绝承认谋反，说："晋阳起兵时，我担任司马，裴寂担任长史，我俩地位差不多，可现在裴寂官拜尚书右仆射，宠冠群臣，而我只是民部尚书，赏赐和其他功臣没两样，我确实心怀不满，酒后也确实发过一些牢骚，但万万没有谋反之心。"

看刘文静的供词，他的确不像谋反之人。如果他有谋反之心，既然拒不承认，为何又要承认自己心怀不满？

他对李渊还是非常坦诚的，而坦诚源自忠诚。李渊也一度非常相信刘文静的忠诚，武德元年（618）的那一幕让他终生难忘。当时，他刚刚称帝，表现得非常谦逊，与群臣商议朝政时，不称朕而自称名，还经常邀请贵臣同榻而坐。

面对李渊的平易近人之举，刘文静却不以为然，劝谏道："东晋宰相王导说过，如果太阳俯身与万物等同，众生还如何仰赖它的光芒照耀？天子与大臣同坐，贵贱失位，不是长治久安之道。"

李渊摇摇头，说："当年光武帝刘秀称帝后，与老同学严光相聚，两人同榻而眠，严光把脚放在光武帝的肚子上，光武帝也没说什么。如今朝廷重臣，大多是我的亲朋故交，德高望重，虽然我做了皇帝，但怎么能忘掉昔日的情谊？"

话虽如此，但李渊内心深处，未必完全这样认为。每个人对新生事物都有一个适应过程，李渊如此，重臣们也是如此。李渊需要时间适应皇帝的新身份，而重臣们也需要时间适应老友李渊的新身份，如果李渊刚称帝就以严格的君臣之礼与他们交往，他们会认为李渊忘本、摆皇帝的架子，这不利于笼络人心和团队内部团结。

从这点上看，李渊比刘文静高明太多。但刘文静的出发点是维护李渊的权威，李渊虽然不赞同，但很认可他的忠诚。可现在，李渊却开始怀疑刘文静的忠诚。李渊依然不否定刘文静当初的忠诚，但他认为人心善变，当初忠诚不等于现在忠诚。

尽管很多大臣都认为刘文静无罪，但李渊还是怀疑刘文静有谋反企图。

萧瑀说:"所有的证据都表明,刘文静只是发牢骚,不是要谋反。"

可李渊却说:"他刘文静都敢这样大发牢骚了,谋反意图不是很明显了吗?"

话说三遍淡如水,但有时候同样的话重复一遍,却也能取得意想不到的效果,关键在于说话的人的身份。

李世民也认为刘文静没有谋反企图,他的理由和刘文静的供词如出一辙:"刘文静是晋阳起兵首谋之一,计划确定后才告诉裴寂,但攻克京城后,两人的待遇却相差悬殊,所以刘文静不满是肯定的,但绝不至于谋反。"

这让李渊陷入沉思,他的确没有刘文静谋反的证据。如果王朝刚刚建立,就对开国功臣痛下杀手,天下人会怎么看?李渊渐渐开始倾向赦免刘文静。李世民乘机继续为刘文静辩护,李渊赦免刘文静的心态越来越强烈。但谁曾想半道杀出个裴寂,李世民千言万语,竟抵不过他一句话。

裴寂的度量终究还是有限的,刘文静一次次欺辱让他忍无可忍,尤其是当他得知刘文静发酒疯要杀他后,更是对他恨之入骨,所以他决定乘机报复。

他对李渊说:"刘文静的确智谋过人,才干非凡,但他性格粗犷,胆大妄为,如今天下未定,外有强敌,如果赦免他,恐怕后患无穷。"

裴寂的话虽然出于报复,但也不是毫无道理,李渊考虑了很久。李渊最终下定决心,与其赦免刘文静,让他另投他主,成为自己的劲敌,不如以谋反罪名将他处死。

九月六日,李渊宣布刘文静谋反罪成立,将刘文静和其弟刘文起处死,并抄没其家。刘文静临刑前,抚胸长叹:"飞鸟尽,良弓藏,此言不虚啊!"

刘文静之案是不折不扣的冤案,二十年后的贞观三年(629),李世民公开为刘文静平反,恢复了他的名誉。

审理刘文静谋反案期间,关东传来紧急军情,李渊将迎来他创业历程中的至暗时刻。

## 问题少年李元吉

武德二年（619）九月，刘武周大举南下，兵锋直抵晋阳。

刘武周为何突然大举进攻晋阳？与一个叫宋金刚的人有很大关系。

宋金刚是河北张家口人，本为活动于易州（今河北易县）的农民军首领，拥众1万余人，起初和魏刀儿合作，魏刀儿被窦建德击败后，转而投奔刘武周。

刘武周虽是突厥的儿皇帝，但雄心可不小，也有一统天下的志向。宋金刚的投奔，让他喜出望外，因为他知道宋金刚善于用兵，是个不可多得的军事奇才。于是他尊宋金刚为宋王，并让他全权负责军事。

当年三月，宋金刚向刘武周提出统一战略，"入图晋阳，南向以争天下"，刘武周全盘采纳，故而大举南侵晋阳。

晋阳是李唐的龙兴之地，现由齐王、并州总管李元吉镇守，但他当时只有16岁。

16岁的李元吉武艺高强，论骑射本领，不逊于久经沙场的老将，然而，他毕竟只是个少年，而且是个典型的"问题少年"，顽劣不堪，胡作非为。

他喜欢打仗，但没有上战场的机会，就让几百名奴婢披坚执锐，陪他做打仗的游戏。游戏非常逼真，一场"战斗"下来，伤亡不少，连他自己也曾负伤。但他毫不在意，乐此不疲。

奶妈陈善意担心他的安全，多次苦苦相劝，他嫌奶妈啰嗦，毫不理会。有一次，他喝醉了，奶妈又来劝说，没想到他大发酒疯，竟让部下将奶妈打死。

他还喜欢打猎，曾对人说："我宁可三天不吃饭，也不能一天不打猎。"打猎本身不是坏事，但他每次外出打猎，必兴师动众，仅装载罗网的车子就多达30多辆。打完猎，他还总喜欢搞些恶作剧，放纵部下抢劫百姓，甚至朝大街上射箭，以观看行人慌忙避箭为乐。

一个如此肆意妄为的问题少年，能承担起坚守晋阳的重任吗？

右卫将军宇文歆深以为忧。他是李元吉的助手，李元吉被任命为并州总管时，他和殿内监窦诞一同奉命辅佐。然而，当他目睹李元吉在晋阳的所作所为后，却宁可自己失业，也要建议李渊罢免李元吉。

当年二月,他给李渊上了一封举报奏疏,历数李元吉的种种劣迹,并直言不讳地指出:"让李元吉守城,想保住晋阳是异想天开。"

李渊采纳了他的建议,但没过多久,他又让李元吉官复原职。李渊让李元吉官复原职,不是存心包庇李元吉,而是他怀疑宇文歆的举报存在不实之处。李元吉被罢免不久,李渊召见了一批德高望重的父老,他们都是晋阳本地人,不辞劳苦入京求见李渊,目的就是为李元吉申诉。据他们所说,李元吉团结下属,关爱百姓,是个非常优秀的地方官。

李渊当然不会轻信这番夸赞之词,但他认为,李元吉既然能得到父老如此高度赞誉,他在晋阳的表现再差,也绝不至于像宇文歆所说的那么严重。但李渊不知道,这些父老都是"演员",是李元吉威逼利诱替他说情的。很快,事实就会证明,他让李元吉官复原职是个多么严重的错误。

当年四月,刘武周大军抵达黄蛇岭(今山西榆次北),此地距晋阳不到百里,一场大战即将拉开序幕。

刘武周亲率 5000 精骑挑衅,李元吉的反应令人迷惑,他居然让车骑将军张达率一百多名步兵迎战。张达强烈反对,李元吉大怒:"又不是让你去和宋金刚硬拼,只是去试试他的实力,100 多人还不够吗?"

张达只好硬着头皮出战。结果毫无悬念,刘武周不费吹灰之力便将张达所部全歼。而张达出于愤恨,索性投奔刘武周,并充当带路党,引导刘武周攻克榆次城。

刘武周本可以榆次为跳板攻打晋阳,但他并没有这样做,因为他已决定对晋阳采取瓮中捉鳖的战术。攻下榆次后,他又先后攻下石州(今山西离石)、平遥(今山西平遥)等地,以实现对晋阳的战术包围。然后,待一支援军到来,他便对晋阳发起致命一击。这支援军共 3 万人,由宋金刚统帅。六月,宋金刚突破重重阻碍,深入并州境内,并与刘武周会师攻下介州(今山西休介)。

外围基本已被扫清,晋阳的形势越来越紧张。

## 失败的正名

李渊急调左武卫大将军姜宝谊、行军总管李仲文增援晋阳，攻打刘武周。刘武周让部将黄子英迎战，双方在鼠雀谷进行了多场小规模战斗，结果无一例外，都是唐军获胜，黄子英率部狼狈撤退。

但战场形势并非唐军所料想的那样。姜宝谊和李仲文以为黄子英不堪一击，在最后一次击败黄子英后，出动全部兵力追击，没想到追至半途，方才还匆忙逃窜的敌军，突然士气大振，转身攻打唐军，而道路两旁更是涌现大批敌军，杀声大作。

原来，前几次黄子英都是佯败，目的就是把唐军诱入伏击圈。伏兵猛然杀出，唐军登时乱作一团，一败涂地，姜宝谊和李仲文均被生擒。

前方败报传来，李渊大为震惊，他没想到刘武周如此厉害，手下一位名不见经传的将领也如此善于用兵。年轻的李元吉断然不是他的对手，还得继续派兵增援。但这一次领兵增援的将领，却有些出人意料，他不是一位骁勇善战的将军，而是裴寂。

裴寂是个典型的文臣，李渊本来没打算让裴寂出征。但裴寂主动请缨，还对前方形势分析得头头是道。李渊知道裴寂如此积极的目的何在——

大唐开国后，开国功臣们大多拥有赫赫军功，而作为开国第一功臣的裴寂，却几乎没有军功可言，所以很多人不服他，而裴寂自己也底气不足。所以，他希望通过增援晋阳立功，捍卫自己第一功臣的地位。

这其实也是李渊对他的期待。李渊以裴寂为开国第一功臣，也没少受人非议，而消除这种非议最好的办法，就是裴寂建立赫赫军功，证明自己是实至名归。所以，他决定给裴寂一个机会，于是以他为晋州道行军总管领兵出征。

然而，纸上谈兵和战场实战完全是两回事，对战场形势分析得头头是道的裴寂，真到了战场，其表现却一言难尽。

九月，裴寂率军抵达介州，宋金刚据城抵抗。裴寂知道一时攻不下介州，所以他决定先选择一个合适的驻营地，从长计议。千挑万选，他选择了介州东南方的一块开阔地，此地名叫度索原，背靠介山，附近还有源源不断的山涧水。

在裴寂看来，驻军度索原有两大好处，一是解除了后顾之忧，因为介山可以作为唐军的后方天然屏障；二是解决了部队的饮水问题，附近的山涧水清甜可饮。

然而，当宋金刚得知裴寂驻军度索原，顿时喜形于色。乘裴寂不备，他悄悄派兵前往上游，切断了山涧水的水源。如此一来，唐军断水。断水和断粮一样严重，有时甚至更严重，因为没水既解不了渴，也做不了饭，将士们还得饿肚子。

唐军又渴又乏，裴寂只好下令迁营，把部队前往靠近水源的地方。宋金刚等的就是这一刻。唐军开拔时，无精打采，防备松懈，形同乌合之众，宋金刚乘机发起进攻，唐军阵脚大乱，几乎全军覆没。

当唐军兵败如山倒时，裴寂骑着一匹快马，横冲直撞——终于从乱兵中冲出，然后狂奔一日一夜，直到晋州（今山西临汾）才停下来喘气。

宋金刚乘胜出击，与刘武周再度会师，直逼晋阳城下。听到城外传来气势汹汹的呼啸声，一股浓烈的寒意从李元吉的脚底涌上心头。他登上城楼，怔怔地望着城外，不觉打了几个哆嗦，突然灵机一动。

## 龙兴之地沦陷

李元吉召集晋阳文武官员，发表战前宣言：能力越大，责任越大，干掉刘武周，舍我其谁！绝不能龟缩城内，让天下人笑话。

其实，打败刘武周未必要出城作战，以当时的形势，据城坚守更为明智。

晋阳作为天下重镇，城楼高耸坚固，易守难攻，而且，李元吉注定不会孤军奋战，他至少还有两支援军。一支来自裴寂。裴寂虽然兵败，但通过招募和召集溃兵，又聚集了一定的兵力，而且他就在晋阳几百里外的晋州，一旦刘武周攻打晋阳，他不可能坐视不管。另一支来自关中。晋阳作为李渊的龙兴之地，而李元吉又是他的亲儿子，所以，如果李元吉据城坚守，他必然源源不断地从关中发兵增援。两方援军与晋阳守军的内外夹击，完全有可能让刘武周一败涂地。

但李元吉铁了心，非要出城与刘武周一决高下。

他对司马刘德威说："把城内精兵都拨给我，我要出城迎战刘武周，你率领剩下的老弱守城。"

年轻人果然气盛，刘德威虽然不太赞同出城迎战，但见李元吉一副慷慨激昂势在必得的样子，决定配合他。

但他万万没想到，九月十六日夜，李元吉宣称要夜袭刘武周，于是率领精锐出城。可刘武周明明列阵于北，他出城后，却朝西方狂奔，一口气跑到了长安。

李元吉走后，刘武周抵达晋阳城下，晋阳土豪薛深打开城门，迎接刘武周入城。

晋阳沦陷！消息传到长安，李渊极为震怒，但在追究责任时，他犯了一个中老年人常见的错误，那就是出于溺爱，包庇自家孩子。他认为16岁的李元吉还是个不懂事的孩子，晋阳之所以沦陷，原因不在李元吉，而在宇文歆和窦诞。因为宇文歆和窦诞没有教育好李元吉，他才会犯下弃城而逃的重罪。

他还理直气壮地对李纲说："元吉年轻，不熟悉事务，所以我才让宇文歆和窦诞辅佐他，可他们两人都干了些什么？晋阳有数万强兵，足够吃十年的粮食，居然就这样拱手让给刘武周了。这次责任主要在宇文歆，我一定要处死他！"

李纲时任礼部尚书，曾担任隋文帝太子杨勇的属官，向来刚正不阿，敢于直言。只见他把头摇得像拨浪鼓一样，说："陛下要杀窦诞还可以理解，但为什么要杀宇文歆呢？齐王骄傲放纵，窦诞不曾规劝，反而替他掩饰。而宇文歆多次规劝，见齐王不改，又把情况上报给朝廷，这难道不是忠臣吗？陛下为什么要杀忠臣？"

李渊登时哑口无言。第二天，李渊召见李纲，面容凝重地登上御座。李纲心头一紧，没想到李渊却说："我要感谢你，因为你的劝谏，才让我避免滥杀无辜。你说得对，是元吉自己不学好，与窦诞和宇文歆无关。"于是，他赦免了宇文歆和窦诞。

然而，李渊的大度并不能扭转关东军情，形势正在进一步恶化。

刘武周占领晋阳后，派宋金刚攻打晋州。宋金刚以迅雷之势攻下晋州，又乘胜出击，直逼绛州（今山西新绛），攻陷龙门（今山西河津西北）。裴寂被宋金刚撵得满世界逃跑，好不容易逃到浍州（今山西翼城），不料还没喘匀气，宋金刚就率军杀到，攻陷了浍州。

总这样和宋金刚玩猫捉老鼠的游戏也不是办法，何况自己扮演的还是老鼠。裴寂急中生智，决定采取坚壁清野的战术对付宋金刚，于是下令将晋西南一带的百姓迁入堡垒，然后烧毁民房物资和粮食。你宋金刚的部队再强，也要吃饭，烧毁粮食物资，就等于断了他们的后备供给。

这些粮食物资都是老百姓辛辛苦苦攒积的，一把火烧了，他们岂能甘心？怨气冲天的百姓们纷纷倒戈，参加夏县人吕崇茂的农民军，与裴寂为敌。

堂堂大唐的正规军，居然被吕崇茂一支临时拼凑的杂牌农民军打败了（吕崇茂聚众自称魏王，以应武周，寂讨之，为所败）。

李渊气冲斗牛，急忙征召裴寂回朝，质问道："此番征讨刘武周，我给了你充足的兵力，你把仗打成这样，不惭愧吗？"于是他下令将裴寂下狱。

不过，李渊是个很念旧情的人，没过多久，又下令将裴寂释放，官复原职。

刘武周还在进一步扩大战果，整个河东地区，除了蒲坂（今山西永济西），几乎全在他的掌控之下。

蒲坂西部有个蒲津关，乃西入关中的重要黄河渡口，而蒲坂虽然没被刘武周攻克，但它的守将原隋朝将领王行本与刘武周互相呼应，这也就意味着，李渊不仅失去了龙兴之地，连通往关中的大门也被刘武周撬开。

刘武周随时可能大举入关，在李渊的根据地肆意纵横，甚至攻打长安。

## 临危受命

河东失陷的败报传来，长安震惊，人心惶惶，李渊也忧心忡忡。

此时他有两个选择，一是积极反击，继续发兵征讨刘武周，以图收复河东；二是避其锋芒，先确保关中稳定，再图东出。稳重的性格使李渊决定采取后者，他下诏说："贼势张狂，难与争锋，不如暂且放弃河东，把兵力全部集中于关中，粉碎刘武周的入关野心。"

但这一决定遭到李世民的强烈反对。李世民上奏说："晋阳是王业之基，国家的根本；而河东富饶，京城靠它供给，绝不能让刘武周占据。孩儿愿意亲自领兵出征，只要陛下调给孩儿精兵三万，孩儿保证能打败刘武周，收复河东之地。"

李渊知道李世民少年老成，从不轻易承诺，考虑再三，决定听从他的建议。

但李世民悬着的心并未落下，李渊既然求稳，就不会把鸡蛋放在一个篮子里，决定收复河东的同时，想必也会做好失败的打算，所以固守关中的计划也不会搁置。如此一来，李渊提供给李世民的兵力和物资，都必然远低于预期。

但事实上，李渊的表现出乎所有人意料。

为了支持李世民收复河东，他下诏征发关中所有兵力，交给李世民统帅（上于是悉发关中兵以益世民所统）。

武德二年（619）十月二十日，大军集结，李渊驾临长春宫，亲自为李世民送行。这一战，不仅关系到河东的归属，也决定着关中的安危，一旦兵败，李渊不仅彻底失去河东，也将无力阻止刘武周入关。李世民怀着慷慨而沉重的心情踏上了征途。

## 一个玩笑引发的叛乱

"屋漏偏逢连夜雨",李世民出征后,后方却有重臣正在密谋造反,差点让李渊性命不保。

造反者名叫独孤怀恩,时任工部尚书,是李渊的亲表弟,其父是李渊生母独孤氏的弟弟独孤整。独孤怀恩作为皇亲国戚,之所以要造反,说来滑稽,竟与一个玩笑有关。

李渊称帝后,私下仍以表哥的身份和独孤怀恩相处。表兄弟俩经常在一起聚餐喝酒,酒过三巡,也难免相互开玩笑。

有一天,李渊大概多喝了几杯,竟然对独孤怀恩说:"你姑妈的儿子都做了皇帝,接下来是不是轮到我舅舅的儿子了?"

独孤怀恩有两个"儿子为皇帝"的姑妈,除了李渊的母亲独孤氏,另一位是杨广的生母独孤伽罗。独孤怀恩还有一位姑妈,虽然他的儿子不是皇帝,但她的丈夫是皇帝,正是北周明帝宇文毓的老婆明敬皇后。

相比女人,独孤家的男人除了独孤怀恩的爷爷独孤信外,大多不够出色,比如独孤怀恩的父亲独孤整,虽然出身顶级贵族家庭,但官职不过涿郡太守。独孤怀恩一直为此郁郁不乐。

李渊的话虽是玩笑,但说者无心,听者有意。回到家中,他感慨万千,做皇帝的野心从此在独孤怀恩心中生根发芽。

但有野心,未必会付诸行动,毕竟造反是杀头的重罪。促使独孤怀恩决心叛乱的,是一次失败的军事行动。

李世民与宋金刚对峙期间,李渊决定攻下蒲坂,把蒲津关控制在自己手中。而被派去执行这一任务的将领,正是独孤怀恩。

由于主力都交给李世民征讨刘武周,李渊能够调动的兵力不多,但他还是尽力支持独孤怀恩。可是,独孤怀恩的表现却让他大失所望,屡次进攻蒲坂失利,损失惨重。李渊非常生气,于是下诏斥责。

独孤怀恩很不服气。因为他并非庸才,当初李渊入主关中,以他为长安令,把刚刚易主、人心不稳的长安交给他治理,他的表现颇为称职。因此,独孤怀恩也颇有些自负。他不认为攻打蒲坂失利的责任全在自己。

但是,每次独孤怀恩攻城失利,李渊都会严厉批评他,并督促他努力作战。独孤怀恩大怒,于是和部下元君宝密谋造反。

可元君宝是个典型的猪队友。在一场战役中,他和独孤怀恩、唐俭先后被尉迟恭俘虏,擒至战俘营。被俘后的元君宝颇为埋怨独孤怀恩,竟忍不住向唐俭吐槽:"独孤尚书最近在谋划一件大事,如果他能早些决定,何至于受此屈辱?"

唐俭何许人也?李渊的心腹。怎能在他面前暗示谋反之事?大概他以为自己说得很隐晦,唐俭不太可能发现,而且,独孤怀恩也已沦为俘虏,谋反计划彻底破产,实在没有太大的保密必要。但其后情况有变,而他的所作所为,就只能用糊涂形容。

不久,李世民在美良川(今山西闻喜南)打了一场截击战,大败尉迟恭,独孤怀恩乘机逃回唐朝,再度被李渊重任,率兵攻打蒲坂。

掌握兵权的独孤怀恩谋反野心重燃。元君宝得知,很为他高兴,这时,他理应继续为独孤怀恩保密。可是,他却唯恐人不知,主动去找唐俭分享喜悦之情:"独孤尚书重新回到大唐,继续领兵攻打蒲坂,这可真是王者不死啊!"

唐俭本来都快忘了元君宝此前所说的"大事",现在他又称独孤怀恩为"王者",唐俭即使再笨,也知道独孤怀恩在密谋造反。他决定立刻把这个情报传递给李渊。

元君宝却不担心唐俭举报,因为他现在还是个失去自由的俘虏,怎么可能把情报从战俘营传到遥远的长安?但他低估了唐俭的智慧。

唐俭找到尉迟恭,与他商议和大唐议和之事。刚吃了败仗的尉迟恭对议和很有兴趣,唐俭乘机表示,议和事关重大,他没有权力做主,应该派人去长安向李渊请示。

尉迟恭嘿嘿一笑,他当然知道唐俭的用意,说:"派人请示可以,但不能是你,你得留在军营。"

唐俭想了想,说:"可以,那就让刘世让去吧。"

刘世让时任大唐陕东道行军总管,和唐俭同时被俘。尉迟恭心想,只要把唐俭留在军营,他就要不出什么花招,于是同意让刘世让回唐。

刘世让临走前,唐俭千叮咛万嘱咐,务必尽快赶到长安,将独孤怀恩谋反之事告知李渊。

李渊当时已经离开长安,正打算前往蒲坂劳军。因为蒲坂在独孤怀恩的连番强攻下,王行本撑不住,终于开城降唐。

王行本投降后，独孤怀恩乘机入驻蒲坂，所以，蒲坂当时是他的势力范围。而他正在密谋造反，一旦李渊进入蒲坂劳军，结果可想而知。

刘世让抵达晋西南时，李渊大概已经来到今陕西华阴，双方相距不过100里左右。

李渊打算东渡黄河进入蒲坂，而刘世让决定西渡黄河进入关中，双方很可能在黄河撞面，但也有可能刘世让早到一步，从华阴与李渊擦肩而过；或者晚到一步，抵达黄河前，李渊便已过河。

若是如此，李渊的命将落入独孤怀恩手中。幸运的是，当李渊下令渡河，刚登上龙舟时，刘世让恰好赶到，告知他独孤怀恩正在密谋造反之事。

李渊惊出一身冷汗，连忙转身上岸，不禁感叹道："我能幸免此难，难道不是天意吗？"

接下来，就是粉碎独孤怀恩的反叛计划。李渊不动声色，召独孤怀恩相见。独孤怀恩不知事情败露，从容乘轻舟而来，没想到甫一上岸，便被李渊下令逮捕。紧接着，李渊以迅雷之势搜捕独孤怀恩的党羽，党羽们措手不及，纷纷被捕。

武德三年（620）二月，李渊下令处决独孤怀恩及其同党。

在调查独孤怀恩谋反案的过程中，李渊发现了独孤怀恩的一个阴谋，此事与正在前线和宋金刚对峙的李世民有关。

## 秦王大战宋金刚

如果李渊没有及时粉碎独孤怀恩的反叛计划，前线的李世民可能有性命之危。

武德二年（619）十一月，关中天寒地冻，李世民顶着凛冽的寒风踏上征途，从陕西韩城东北的龙门履冰过黄河，继续行军一百多里，驻军柏壁（今山西新绛西南），与宋金刚进行旷日持久的对峙。

两军持久对峙，比拼的往往是后勤供给，谁先断粮谁失败。400年前，曹操和袁绍在官渡对峙，曹操之所以能打败袁绍，正是因为一把火烧了袁绍在乌巢的粮仓，导致其军心大乱。

李世民倒不担心宋金刚效仿曹操故智，因为他的军粮供应主要依赖永丰仓，而永丰仓位于柏壁西南黄河西岸的华阴，这里是大唐的势力范围，宋金刚总不可能绕过柏壁，西渡黄河，深入大唐境内火烧永丰仓。

可宋金刚做不到，并不代表其他人也做不到。独孤怀恩密谋造反时，深知自己实力弱小，不可能是李渊的对手，恰逢刘武周入侵河东，所以他决定与刘武周结盟。

独孤怀恩策划了一个有利于他的阴谋：利用自己唐将的身份，出其不意攻占永丰仓，切断李世民的粮道，把河东之地献给刘武周。

不过，独孤怀恩还没来得及与刘武周联络，就被派去攻打夏县农民军首领吕崇茂，结果遭遇宋金刚主力，被尉迟恭生擒。

后来，李世民在美良川打败尉迟恭，独孤怀恩乘机逃回大唐。独孤怀恩的出逃其实很蹊跷，同时被俘的唐俭、元君宝、刘世让等将领都未能逃出敌营。所以有人怀疑，独孤怀恩不是逃回，而是刘武周故意释放，目的正是让他执行切断李世民粮道的阴谋。

但无论如何，独孤怀恩回唐后既然继续密谋造反，就难免会继续与刘武周结盟的策略。所幸他还没开始行动，谋反计划就被李渊粉碎。

李渊确保了李世民的粮草畅通无阻，李世民在与宋金刚的对峙中渐渐占了上风，因为宋金刚的后备供给也不足了。

当时蒲坂还未降唐，他计划与王行本夹击李世民，但蒲坂正遭受唐军强攻，王行本自顾不暇，于是他派尉迟恭和寻相增援蒲坂。没想到李世民已在半道设伏，援军全军覆没，尉迟恭和寻相只身逃脱。

这一战加上美良川一战，唐军连胜两战，士气如虹，纷纷要求与宋金刚主力决战。一鼓作气，再而衰，三而竭，此时不战更待何时？李世民却说："不急，再等等。"

他是一个善于把自身优势发挥到极致的人，说："我军粮草充实，而宋金刚储备不足，靠掠夺补充军需，不能持久，速战正中他的下怀。不如关闭营门养精蓄锐，然后分兵骚扰，待其粮尽，自然退兵，那时才是我们大举出击的时候。"

一切如李世民所料，武德三年（620）四月十四日，经过长达五个月的对峙，宋金刚实在撑不下去了，率部北撤。李世民当即率主力追击，奔袭两百多里至吕州（今山西霍州），与寻相所部交战，大败敌军。

这一路，李世民从尸山血海中走来，打了大小几十场战斗，斩获颇丰。但他并不满足，依然紧追不舍，追至高壁岭（今山西灵石东南）时，大将刘弘基挡在面前，牢牢勒住马缰，希望他见好就收："追了敌人几百里，打了这么多场胜仗，功劳也够多了，还有必要继续追下去吗？小心前方有危险！况且，士兵们连续作战，已经很疲惫，不如就地休整，待兵马粮草都齐备了，再追击也不迟。"

将士们无不眼巴巴地看着李世民，他们相信李世民会停止追击，因为在他们看来，李世民是个谨慎持重的人，对峙时形势也一度非常有利，可他始终闭营不战，非得耗到宋金刚缺粮撤兵才出击。

但他们错了，与其说李世民谨慎持重，不如说其有一种高度的自制力，当决战时机不成熟时，无论取得多少小规模战斗的胜利，也无论多少将士劝战，都能保持冷静稳重的心态，坚持正确的判断。

这种高度自制力的另一面是，当决战时机成熟时，则全力以赴出击，不达目的不罢休，绝不被外界言论左右。

所以，他对刘弘基说："宋金刚粮草告罄无计可施才逃跑，军心涣散，正是大举进攻之时。机不可失，时不再来，如果我们停下来休整，给他以喘息之机，再想打败他就难了。"

说罢，他策马飞奔，将士们紧随而上，终于在鼠雀谷追上宋金刚主力。

宋金刚所部果然不堪一击，唐军与宋部一日交战八次，八战八胜，斩俘宋部数万人，宋金刚狼狈北窜。

当夜，唐军在鼠雀谷西原宿营。全军上下疲惫至极，即使贵为统帅的李世民，也已经两天没有吃饭，三天没有解甲。李世民下令犒军，可全军除了粮食，只剩下一头羊。这头羊自然应该留给秦王殿下、三军统帅——李世民享受，所有人都这样认为。然而，他并没有独享，而是与众将士共享。于是军心再度振奋。

四月二十三日，李世民继续领兵追击宋金刚。宋金刚此时已逃到山西介休，手下还有两万人。他将全军聚集在介休西门，背对城墙列长阵，南北长达七八里，迎战李世民。

李世民让李世勣出战。可李世勣没过几招，就被宋金刚杀得败退，宋金刚立刻率主力扑上去。当宋金刚全力追击李世勣时，身后突然涌现一支精骑，由李世民亲自统帅。宋部腹背受敌，阵脚大乱，被斩杀三千首级，宋金刚再次狼狈北逃。

宋金刚逃跑时，留下尉迟恭率残部与李世民周旋。尉迟恭驻守介休城，李世民兵临城下，不过，他并没有攻城，而是派李道宗和宇文士及入城，给他带了一番话。尉迟恭此前两次被李世民击败，早已对他心悦诚服。他当机立断，开城——投降李世民。从此，他成为李世民最信任、与李世民最亲密、对李世民最忠诚的将领。

宋金刚一口气逃到晋阳，想让刘武周支持他复仇。刘武周当然也想夺回失地，但他了解宋金刚失败的情况后，对李世民产生了深深的恐惧，决定放弃晋阳，放弃并州，逃到突厥避难。

宋金刚不甘心，想召集旧部再战，但无人愿意跟随。刘武周逃离晋阳后，宋金刚更加孤立，也只好率领100多名骑兵逃往突厥。同年，两人在突厥不甘寂寞，想南下发展事业，先后被突厥处死。

刘武周集团彻底平定。李世民收复了河东所有失地，并控制了刘武周原来的地盘，使秦、晋之地连成一片，势力直逼王世充集团。

王世充是比刘武周更强大的对手。此人颇具战略眼光，李世民刚平定刘武周，他就敏锐地意识到李唐的下一个统一目标就是自己。

此时，他正在厉兵秣马，等候唐军的进攻。

# 第十四章 乘胜出击：唐军兵临洛阳

从胡人到天子

王家军

万军丛中擒大将

尉迟恭救主

围攻洛阳

## 从胡人到天子

出兵征讨王世充前，李渊仔细研究过这个强大的对手，他是一个优点非常突出，缺点也十分明显，颇具传奇色彩的人。与隋末其他诸侯不同，王世充不是汉人，而是西域胡人。

但严格来说，他可能也不是血统纯正的胡人。他祖籍西域，本姓支，祖父名叫支颓耨。支颓耨早逝，妻子带着儿子——王世充的父亲支收，改嫁陕西人老王（随母嫁霸城王氏），于是支收改名王收。王世充可能是父亲王收和汉人女子所生。

虽然拥有胡人血统，但王世充无论生活习惯还是文化认同，都与中原汉人无异。王世充从小接受正统儒家教育，值得一提的是，他还是一位典型的学霸。

据《旧唐书·王世充传》记载，王世充师承大儒徐文远。在徐老师门下，王世充培养了浓厚的学习兴趣和广泛的爱好，"颇涉经史，尤好兵法及龟策、天文历法"。

不仅学习成绩好，王世充的社会实践能力也很强。早在隋文帝当政时，他就以战功被封仪同三司；后出任兵部员外郎，又以明习律法出名。

不过，王世充固然是个能臣，但也有一个不可忽视的毛病。他喜欢徇私舞弊，经常玩弄文法。有时被别人发现，对方批评他，他非但不认错，反而强词狡辩。偏偏他的辩论能力还很强，对方明明占理，却总被他说得哑口无言。显然，王世充是个心术不正的人。

这样的道德素养，也决定了他今后的发展轨迹。隋炀帝杨广即位后，喜好奢侈，他便投其所好，频频上贡奢侈品。他知道杨广喜欢听奉承话，所以每次朝见杨广，都极尽阿谀奉承之能事。杨广很喜欢他，于是，他的仕途青云直上，很快便做到了江都通守的高位。

杨广统治后期，天下群起反叛，连表哥李渊也举起了义旗，这使得生性多疑的他愈发不信任群臣，但他却从未怀疑过王世充。

王世充很善于把握时机表达对杨广的忠诚。大业十一年（615），杨广被突厥围困于雁门，下诏天下勤王。王世充收到诏书，立刻率兵马不停蹄地奔赴雁门，途中他一想到杨广危在旦夕，就忍不住号啕大哭。为了尽快赶到雁门，他茶饭不思，日夜不解甲，累了就躺在草丛上睡觉。杨广后来听说王世充的表现，感动不已。

于是，当李密调集重兵攻打洛阳时，杨广想也没想，便将救援东都的重任交给王世充。这一决定，也成为王世充入主洛阳的契机。

杨广在位时，王世充还算恪守臣节，忠心耿耿辅佐洛阳留守——杨广之孙越王杨侗，但随着杨广的遇弑，他的忠诚度断崖式下降。

大业十四年（618），杨广遇弑的噩耗传到洛阳，王世充立刻拥立年仅14岁的杨侗即位，改年号为皇泰，是为皇泰主。

王世充虽是拥立杨侗的功臣，但并未像其他拥立幼主的功臣那样，幼主即位后水涨船高成为权倾朝野的权臣——不是他不想，而是不能，因为拥立杨侗的除了他，还有元文都等六位重臣，七人被称为"七贵"。

王世充只是七贵之一，而且在七人中地位最低，因为他是个外来户，而元文都等人都是杨侗的老班底。

一个地位最低的外来户想成为洛阳的主人，实在不是一件容易事，但王世充只花了半年时间，就实现了自己的目标。奠定王世充洛阳之主地位的是一次政变和一场战役。

先说政变。作为一个外来户，王世充和元文都的关系并不和睦，于是，当元文都为了挑动李密和宇文化及两虎相争，假意和李密议和时，王世充却故意煽动部下："议和不是要我们的命吗？我们和李密交战无数，杀死他的部下不计其数，一旦成为他的下属，我们还有活路吗？"

元文都当然知道王世充的用意，于是他决心先下手为强，在王世充上朝途中布下伏兵除掉他。但他万万没想到，队伍里出了一个叛徒。此人名叫段达，也是七贵之一，他担心元文都政变失败，于是派人向王世充告密。王世充立刻决定反击，当晚，他派人包围洛阳宫，以叛变的名义将元文都及其同党诛杀。

王世充虽然杀了元文都，但并没有抛弃他的策略，继续假意与李密保持和平关系，让他与宇文化及火拼。于是他获得了渔翁得利之机。

武德元年（618）九月，当李密领导瓦岗军大败宇文化及，但自己也元气大伤时，王世充乘机发起进攻，将李密杀得一败涂地，不仅悉数占领了他的地盘，还招降了他麾下的秦叔宝、程咬金、罗士信、单雄信、裴仁基等众多名将，实力骤然壮大，威震天下。

挟大败李密之威，王世充在洛阳风光无两，并被杨侗封为太尉，朝中事务无论大小都决于太尉府。至此，他成为洛阳朝廷独一无二的权臣。

乱世之下，群雄逐鹿，"天子兵强马壮者为之"，有几个权臣会忠心耿耿辅佐幼主？王世充自然不例外。武德二年（619）四月，他强迫皇泰主杨侗禅让，正式称帝，建年号为开明，国号为郑。

纵观王世充的发迹历程，抛开道德因素，他不愧为乱世一代豪杰。然而，他注定不能成为乱世的终结者，因为他并不懂得如何做皇帝。

一个优秀的皇帝，应该像李渊那样，抓大放小，善于任用人才。可王世充却反其道而行之。

王世充即位之初，非常勤政，但他的勤政主要体现在，每次接见大臣，都不厌其烦地说教，而且事无巨细都要关心。但他却自我感觉极好，认为自己深得做皇帝的精髓，还自豪地说："我王世充不是贪恋皇位之人，我称帝是要拯救乱世，所以我要像一个刺史那样，事必躬亲，与百姓一同评议朝政，绝不能高居深宫，不去体察民情。"

事必躬亲固然没必要，但若想成为一个优秀的皇帝，确实要体察民间民情。然而，王世充虽然明白这个道理，但做得并不好。

一开始，他对体察民情抱有很大的热情，经常上街巡视。更难能可贵的是，为了不扰民，他不搞任何排场，只带上几个随从，他还会主动与百姓交流，并鼓励百姓上书论政。为了方便百姓上书，他还特意放松宫禁，并在西朝堂接受讼状，东朝堂接受进谏。

王世充的开明之举极大地鼓舞了百姓上书的热情，然而，百姓们上书的热情越高，他体察民情了解民意的热情却越低。因为自从鼓励百姓上书，他每天都会收到数百份书信，这些书信内容繁杂、涉事广泛，连看都看不完，更别说逐一解决。王世充硬着头皮坚持了几天，弄得焦头烂额，索性不再搭理，连宫也不出了。

这件事不能说王世充"三天打鱼，两天晒网"，因为这种超越人体承受极限的工作量，任何人也无法坚持，问题的关键还是在于，他不该以帝王的身份事必躬亲。如果他善于任用人才，充分信任臣下，把百姓的上书交给其他人处理，那么，他会轻松许多，百姓的问题也会得到妥善解决，体察民情也不会虎头蛇尾。

事实上，王世充并非不懂得向下放权可以大大减少自己不必要的工作量，但他有一个帝王常见的毛病——多疑。

因为他是靠政变发迹，所以总担心臣下有样学样。猜疑是相互的，君主猜疑臣下，大臣也会猜疑君主。若在承平之世，聪明的大臣面对君主的猜疑，会通过低调的作风自保，而乱世之中，不仅君主选择大臣，大臣也在选择君主，大臣一旦被君主猜疑，君主就会面临大臣的"背叛"。王世充的多疑让越来越多的大臣与他离心离德，纷纷投奔大唐。

于是，王世充决定采取严刑峻法控制臣民，一人逃跑，全家连坐；五家相保，一家逃亡，其他四家没有发觉，也要下狱。

他甚至在宫中兴起大狱，见谁可疑就全家下狱。但结果适得其反，王世充越是利用严刑峻法控制臣民，臣民就越想脱离他的残酷统治，因而逃亡的现象越来越严重。

显然，王世充的郑国已经出现较为严重的统治危机。但这对李渊而言，正是兴兵灭郑的绝佳时机。武德三年（620）七月，李渊下诏征讨王世充，李世民统帅各路大军浩浩荡荡向洛阳进发。

## 王家军

拜王世充多疑所赐，李世民的行军之旅非常顺利，进入郑国境内后，沿途城镇纷纷不战而降，大军很快便抵达洛阳以西不到一百里的新安。沿途城镇的不战而降，极大地打击了王世充的斗志，使他决心改变战术，由主动反击变为积极防守。

他打算利用洛阳城高墙坚的坚固城防，与李世民打一场持久的消耗战。李世民是客场作战，一旦粮草告罄，必然灰溜溜撤兵。于是，当李世民抵达新安时，他立刻着手加强洛阳的守卫力量。

王世充的防守策略有一个显著的特点——可靠。所谓的可靠，不是防御工事可靠，而是镇守将领可靠。沿途城镇的不战而降，也加重了他的疑心病。他不敢把防守洛阳的重任交给外人，于是打造出了一支根红苗正的"王家防守军团"。

这支防守军团的将领全是王世充嫡亲的儿子、兄弟和侄儿，分别从东南西北四个方位守卫洛阳，情况如下：以太子王玄应驻守洛阳东城，以齐王王世恽驻守洛阳南城，以楚王王世伟驻守洛阳宫城西宝城，以王世恽之子王道棱驻守洛阳宫城北曜仪城。

洛阳宫城四面虽已布下重兵，但还有一个问题没解决，一旦爆发持久战，每日都要消耗大量的粮食，这些粮食从何而来？

杨广在洛阳东北修建了一座超级粮仓——含嘉仓，储粮多达500多万石，只要守住含嘉仓，便可确保洛阳不会发生断粮危机，这样就能与李世民旷日持久地耗下去。

守卫含嘉仓的重任，王世充交给了他的二皇子汉王王玄恕。

同时，王世充还派出一支重兵奔赴虎牢关。虎牢关位于今河南荥阳西部，是洛阳的东大门，李世民是从关中西进攻打洛阳，王世充为何派人驻守虎牢关？因为虎牢关以东是窦建德的地盘。王世充大概已成惊弓之鸟，生怕窦建德趁他和李世民作战时，从虎牢关杀入洛阳。然而讽刺的是，战争发展到后期，唯一能拯救他的，恰恰是窦建德。

驻守虎牢关的重任，由楚王王世伟的儿子荆王王行本担任。

这支"王家防守军团"的总指挥，自然是王世充。王世充统帅主力，分三路大军八十四府步兵，分别是左辅大将军杨公卿统领的左龙骧二十八府步兵，右游击大将军郭善才统领的内军二十八府步兵，左游击大将军跋野纲统领的外军二十八府步兵，共计3万人。

李世民逼近洛阳时，洛阳各路守军正严阵以待。

## 万军丛中擒大将

客场作战,速战速决是上策,毕竟后勤压力很大,但李世民却并不急于攻打洛阳城。

李世民有一个非常难得的优点,越是在紧张时刻,越有耐心,越能冷静地分析问题。在他看来,当敌人严阵以待时,如果立刻发起进攻,那正中敌人下怀。

他决定先消磨敌军的锐气。于是,他将部队分成多股,不断侵扰王世充的领地,让他疲于应对,待暴露出破绽,再一举歼之。

王世充在洛阳以西、新安东南二十里的慈涧布下一支军队,作为抵抗李世民的前哨,毫无疑问,这支部队是李世民的第一个进攻目标。

七月下旬,李世民派大将罗士信领兵包围慈涧。罗士信是在武德二年(619)从郑国投奔大唐的。这一年,王世充派他攻打谷州,罗士信早就不满王世充的为人,于是率领部下1000余人归降大唐。李渊海纳百川,以罗士信为陕州道行军总管,并让他跟随李世民征讨王世充。罗士信投桃报李,将李渊的信任化为作战的无限勇猛,猛攻慈涧,王世充连忙亲率3万大军救援。

李世民冷静地观察着前线战事,情况很复杂,他必须有所行动。每当战事胶着时,他都会做一个"很明智但也很危险"的决定,那就是侦察敌情。只有了解敌情,才能百战不殆,但之所以说这个决定危险,是因为李世民经常亲自去前线侦察,而且为了避免打草惊蛇,往往只率少数轻骑。这一决定,多次让李世民遇险,也包括这一次。

七月二十八日,李世民率轻骑前往慈涧侦察敌情,不料撞上王世充主力。王世充喜出望外,立刻指挥部队将李世民团团包围。战场在一条险扼的道路上,不利突围,王世充想李世民已是插翅难逃。但李世民在逆境下的坚韧与爆发力远超他的想象,只见他策马狂奔,左右开弓,身前和两翼敌人无不应弦而倒,而他的随从也无不以一当十,竟杀得王世充大军阵脚大乱。

但李世民似乎并不着急乘机突围。逆境是相互的,战场在险扼的道路上,固然不利于李世民突围,但也不利于王世充大军展开。乘敌军乱作一团,李世民纵马一跃，直朝敌军阵前一位大将扑去。这一跃犹如神兵天降，左建威将军燕琪惊慌失措，还没反应过来，就被李世民击伤并生擒。李世民将燕琪横放在身前马背上，双目如寒霜冷剑扫视着四周的敌军，敌人莫敢逼近。王世充远远地望着李世民，他不敢走近和李世民对视，生怕再度激起李世民浑身的英雄气，纵马向他扑来。

李世民再度发起冲锋，所过之处如狂风席卷，人仰马翻，直逼王世充。王世充心中一凛，急忙掉转马头，下令撤兵。

李世民亦策马回营。进入营门时，军士拦住一个浑身污血、满面灰尘的将领，不让他进入唐军大营，将领只好摘下头盔，军士大惊失色，原来是秦王。

次日，李世民亲率步骑兵5万增援罗士信，王世充紧急撤离慈涧守军。李世民长驱直入，进驻洛阳北部北邙山，攻陷洛阳周围郑军据点，并派大将王君廓奔赴洛口（今河南巩义东北）。

洛口有一座比含嘉仓更大的超级粮仓，名叫兴洛仓，共有粮窖3000窖，每窖可储粮8000石，是洛阳最主要的粮食供给地。王君廓的任务，正是切断洛口仓与洛阳之间的粮道。李世民要让洛阳变成一座与世隔绝、自生自灭的孤城。

王世充惶恐，亲率大军奔赴洛阳西北青城宫，沿河列阵，李世民也率主力出营列阵，与王世充隔河相对。

王世充怒骂李世民，说："隋朝已经灭亡，唐在关中称帝，我在洛阳称雄，彼此之间井水不犯河水。我王世充又没率兵西入，你为什么攻打洛阳？"

李世民不想回答这种无聊的问题，他让宇文士及回话："唐天子德泽四海，你却挡住大唐的恩泽流入洛阳？"

王世充自知胜算不大，力主讲和，却被拒绝，双方谈判至夜幕，也没有谈出任何结果，各自撤兵回营。

王世充自知军事上绝非李世民的对手，而李世民又不可能与他议和，若想解决洛阳的困境，只有在军事之外寻找突破口。

## 尉迟恭救主

李世民征讨王世充的部队中，有不少原刘武周的部将，包括尉迟恭在内。与王世充谈判后，许多降唐的原刘武周部将突然纷纷叛唐而去。这一现象实在太反常。因为李渊对这些降将很好，不仅毫不歧视，而且委以重任，他们有何理由叛唐？

很可能是王世充在背后捣鬼。既然军事上无法打败李世民，就进行阴谋策反，瓦解李世民的势力。

随着叛变的人数增加，尉迟恭的处境也越来越窘迫。尉迟恭当然不可能被王世充收买，然而，李世民的其他部下开始不信任他。他们认为刘武周的部下都是一丘之貉，既然其他人都是反复无常的叛徒，尉迟恭也不会例外。

怀疑尉迟恭最深的是屈突通（李渊占据关中后，派兵攻打屈突通，屈突通兵败降唐）和殷开山，两人唯恐尉迟恭对李世民不利，竟然擅自关押尉迟恭，然后"强迫"李世民动手："尉迟恭骁勇绝伦，现在被关押，必然心生怨恨，不如索性除掉他，以除后患。"

没想到李世民却说："如果尉迟敬德想叛变，早就走了，还会等到你们关押他吗？"

李世民下令释放尉迟恭，并单独与他进入卧室交谈。尉迟恭武艺过人，具有万夫不当之勇，如果他想叛变，这简直是天赐良机。

李世民把一些黄金放在尉迟恭面前，坦诚地说："男子汉大丈夫讲究的是意气相投，不要因为一点小怨耿耿于怀，我没有听信谗言陷害忠良，你应该明白。如果你非要走，我也不拦着，这些黄金你拿着，就当是送给你的路费。"

尉迟恭看都没看一眼黄金，宛如赤子般凝视着李世民。

九月二十一日，李世民亲率500骑兵巡视战场地形，登上北魏宣武帝陵，结果又遭遇大批敌军，王世充率领1万余步骑兵将其围困得水泄不通。

王世充的大将单雄信勇冠三军，当他发现李世民后，立刻策马持枪直朝李世民刺去。李世民毫无防备，千钧一发之际，人群中跳出一位满脸虬髯的大将，风一般冲到单雄信面前，大喝一声，提槊便刺，将单雄信刺于马下。李世民缓过神来，发现救他的正是前几日被众人猜疑的尉迟恭。

尉迟恭护卫着李世民奋力突围，横扫千军，如入无人之境。恰在此时，屈突通率主力杀到，两军内外夹击，大败郑军，王世充孤身狼狈而逃。

战后，李世民高兴地对尉迟恭说："怎么这么快就得到了您的回报？"

于是他赐给尉迟恭金银一箧，并对他更加器重。武德四年（621）一月，李世民从全军挑选了1000多名精锐骑兵，组建了一支历史上赫赫有名的特种部队——玄甲军。这支部队黑衣黑甲，由李世民的四位心腹大将统领，其中之一就是尉迟恭。另外三位是秦叔宝、程咬金和翟长孙。

秦叔宝名秦琼，字叔宝，今山东济南人。程咬金和秦叔宝是同乡，也是山东人，但出生于山东东阿，后改名程知节。前面说过，两人本为李密部将，李密失败后，投降王世充。他们是如何又变成了李世民的心腹大将？

关于两人改换门庭，其实一直让王世充耿耿于怀。

两人投降王世充后，王世充喜出望外。他深知两人骁勇善战，所以对两人颇为礼遇。随着与王世充的深入交流，两人发现他有一个令人难以忍受的毛病。

程咬金实在忍不住，向秦叔宝吐槽道："王公气量狭小，喜欢胡说八道，还动不动就赌咒发誓，哪里是拨乱反正之主？"秦叔宝深以为然。

于是，在一次与唐军的战斗中，秦叔宝和程咬金向唐军阵营策马狂奔，跑了大概一百步，又突然停下来，下马，朝王世充行礼道："我等深受您的大恩，本应该回报，但您性格多疑，轻信谗言，实在不是我等之主，就此分别吧！"说罢，飞身上马，率领几十名部下降唐。

翟长孙本为西秦大将，李世民大败薛仁杲，翟长孙率部投降，后成为李世民最倚仗的将领之一。

玄甲军成立后，直属李世民指挥。李世民多次亲率玄甲军参加战斗，所向披靡，让敌人闻风丧胆。

一次，屈突通率兵巡视营屯，突然与王世充遭遇。王世充指挥部队进攻，力挫屈突通。眼看着即将兵败如山倒，一支黑衣黑甲的精锐骑兵呼啸杀来。李世民指挥玄甲军，杀得王世充措手不及，生擒其骑将葛彦璋，俘斩600多人。王世充再度狼狈而逃。

由于在此前的几个月里，李世民连战连捷，攻取了郑国大片土地，也有众多城镇主动向李世民投降，王世充无他路可退，只好逃回洛阳。这座经过他苦心经营的东都，无疑是他最坚固的堡垒，当然，也是他最后的堡垒。

## 围攻洛阳

王世充逃回洛阳的当天，李世民就向部下宣布一个好消息，征讨王世充的初步战略目标已经实现，洛阳周边势力基本被荡除，洛阳几乎已沦为孤城。显然，围攻洛阳的时机已经成熟。但李世民却并不能下令围攻洛阳，因为他并没有得到李渊的指示。

李世民于是派宇文士及火速返回长安，向李渊请求率军围攻洛阳。李渊的态度决定着这场战争的最终走向。所幸，李渊和李世民英雄所见略同，他非常支持李世民的决定。

宇文士及返回军中前，李渊对他说："回去告诉秦王，此次攻打洛阳，不获胜利，绝不收兵。但务必记住，攻下洛阳后，隋朝的车驾仪仗、图籍档案保管好，运送到长安来，至于其他的金银钱财，分给将士们便是。"

二月十三日，李世民将军营移至青城宫。大军刚抵达青城宫，就发生了一起意外，当时唐军还没修建好营垒，王世充就亲率两万精兵从洛阳方诸门杀出，临谷水抵御唐军。

猝不及防的军事威胁，让唐军将士无不惊慌失色。李世民却面露喜色，因为他发现了王世充的破绽。他令精骑在北邙山列阵，自己登上宣武帝陵观察敌情，果不其然，他对随从说："贼军的处境已经非常窘迫，所以才倾巢而出，目的就是想侥幸打一场胜仗。如果我们打败他们，贼军必不敢再出城了。"

于是，李世民让屈突通率 5000 步兵渡谷水进攻王世充，并嘱咐道："和贼军一交锋，就在军中放烟火。"

放烟火干什么？当两军交战后，王世充看到唐军阵营狼烟缭绕，丈二和尚摸不着头脑。但他很快就明白了，当唐军和郑军杀得难舍难分时，一支唐军主力在李世民的率领下穿烟破雾呼啸而来，王世充气得破口大骂："狡猾的屈突通，居然放烟掩护唐军主力渡河！"

李世民和屈突通兵合一处，以泰山压顶之势猛攻郑军。

这一战本来没有太大的悬念，但李世民毕竟年轻气盛，他认为这是一个深入了解郑军兵力分布情况的机会，竟率领几十骑冲入敌阵。但李世民不是莽夫，他之所以敢如此冒险，自然具备相应的实力。只见他和几十名骑兵势不可当，所向披靡，如尖刀般划开一条血路。

可人算不如天算，李世民从阵前杀到阵后，被一条长堤阻碍。他策马飞奔，但身边的骑兵跟不上他的节奏，结果和他失散了，身边只剩下大将丘行恭一人。而此时，郑军几名精锐骑兵追了上来，有一人正在弯弓瞄准李世民。李世民正欲策马躲避，郑军骑兵突然松手。李世民脸色都没来得及变，箭矢就射了过来，所幸，射中的只是他的坐骑。坐骑颓然倒地，李世民也摔倒在地。

郑军骑兵立刻又掏出一根箭，丘行恭见状，连忙调转马头，一箭朝郑军骑兵射去。郑军骑兵连忙躲避，丘行恭又连射几箭，迫使郑军骑兵躲得远远的，不敢轻易靠近。趁这个空当儿，丘行恭赶紧下马，将坐骑让给李世民，自己手持长刀，在马前护卫李世民突围，连杀数人，终于冲出敌阵，与唐军大部队会合。

这一战，王世充也表现得非常顽强，部队几次打散又几次集合，仍在与唐军鏖战。李世民回归大部队后，亲率主力对郑军发起最后一击，疲惫至极的郑军终于撑不住，被唐军杀得连连后撤，被斩俘7000人。王世充心力交瘁，为保存实力，只好下令余部撤回洛阳。李世民紧追不舍，唐军兵临洛阳城下，将宫城团团包围。

武德四年（621）二月底，李世民正式下令攻打洛阳城。此时的李世民恐怕想不到，这一战将成为他军事生涯中最艰难的一场战役，王世充的抵抗之顽强远超他的预期。

王世充不仅将洛阳防守得严严实实，为了打退唐军的进攻，他还特意请科技人员发明了两大守城"黑科技"——加强版抛石机和巨型弩。

普通抛石机只能抛一二十斤重的石头，而经过改良的抛石机，可以抛重达五十斤的巨石，而且还能抛出二百步远。普通弩一次只能发射一根箭，而经过改良的巨型弩，一次可发射八根箭，而且不是普通的箭，箭杆粗如车辐，箭头大如巨斧。射程也很远，能达到五百步，和普通步枪的有效射程差不多。

李世民下令四面同时进攻洛阳，昼夜不停，一连攻打了十多天。但结果让人很失望，洛阳始终岿然不动。

王世充到底不是等闲之辈，在防守洛阳的同时，他还与城内反叛势力进行了斗争，并取得了斗争的胜利。这十多天来，洛阳城内先后有十三人策划倒戈降唐，但无不被王世充敏锐地察觉，还没开始行动就被镇压。

十多天连轴转的强攻，让唐军将士疲惫不堪，而战事又没有任何进展，于是全军上下萌生退意。刘弘基率众将拜见李世民，向他提出了班师回朝的想法。李世民明确表示反对："洛阳以东各州都已归降，现在只剩下洛阳一座孤城，而且其势不能持久，成功在即，怎么能班师回朝？"

对于势在必得的东西，李世民从来都是不达目的不罢休，他非常反对这种稍微尝到甜头，就知难而退的行为。

于是他下令全军："不破洛阳，绝不班师，再敢提班师回朝者，斩首示众！"

李渊一直在关注洛阳战事，当他得知前线战事陷入胶着，也下了一道密敕，命李世民班师回朝。李世民当然不可能以军令警告李渊，但他也不愿听命撤兵，只好亲自上书向李渊分析洛阳必被攻克。

随后李世民又派参谋军事封德彝亲赴长安，向李渊分析前线军情。

封德彝告诉李渊："我军虽然暂时失利，受了一些损失，但王世充的处境更艰难。"

李渊问："何以见得？"

封德彝说："别看郑国地盘不小，但现在王世充实际能控制的，只有洛阳一座孤城，而且洛阳城内兵力有限、粮草有限，只要继续攻下去，他肯定撑不住。"

李渊若有所思地点点头。

封德彝又说："如果现在班师回朝，就不仅仅是放了王世充一马，此次出兵的所有战果，恐怕都会化为乌有。"

李渊又问："这是从何说起？"

封德彝说："我军出征以来，确实占领了郑国不少城镇，但这些城镇都是迫于形势投降，一旦我军撤兵，王世充重新振作，原先投降的城镇必然倒戈，王世充也一定会加强与它们的联系，再想消灭他就难了。"

李渊沉默了半晌，说："你回去告诉秦王，我等着他凯旋。"

李世民虽然在奏疏中言之凿凿表示洛阳必克，但在他的内心深处，其实也没有十足的把握。但有一点他万分肯定，经过多日强攻，洛阳的处境已经非常艰难。

不是所有人都拥有在绝境中坚持的毅力，李世民希望王世充也不例外。于是，他亲自给王世充写了一封信，向他详细分析祸福利害，目的也很明确，既然负隅顽抗无意义，不如开城投降。但王世充的反应让李世民很失望，他连信都没有回。王世充不到黄河心不死，李世民只好加大进攻力度，这无疑让洛阳的处境更加艰难。

如果有人携带粮食到当时的洛阳交易，绝对能赚得盆满钵满。因为当时的洛阳极度缺粮，以至于粮食价格飙升，一匹绢才值三升粟。其他生活必需品价格也非常高，比如一匹布仅能换一升盐。

随着战事的持续，服饰珍玩贱如土芥，百姓们只能以草根和树叶充饥。因此饿死了不少人。唐军围攻洛阳近一年，洛阳城原有居民3万家，剩下不到3000家。宁做太平犬，不做离乱人，此言实在不虚。尽管洛阳已如人间炼狱，可王世充仍在坚持。

但他也非常清楚，凭洛阳现在的情况，已经不可能打退唐军。若想坚持到最后，必须找一个强有力的帮手。

王世充站在洛阳城东遥望，城外不到200里是虎牢关，而虎牢关以东是夏王窦建德的势力范围。郑夏两国毗邻，而夏国正是如日中天，若问谁是援助王世充的最佳人选，显然非窦建德莫属。

可是，窦建德愿意救援王世充吗？

# 第十五章 中原决战：李世民一战擒『二王』

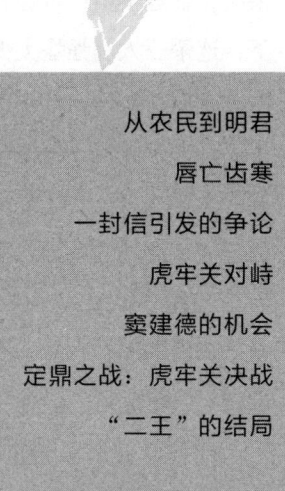

从农民到明君
唇亡齿寒
一封信引发的争论
虎牢关对峙
窦建德的机会
定鼎之战：虎牢关决战
"二王"的结局

## 从农民到明君

窦建德是贝州漳南（今河北故城）人，出生于一个农民家庭，世代务农，但他和汉高祖刘邦一样，不是一个"安分守己"的农家子弟。

刘邦年轻时不务农业，喜欢四处游历，交朋结友。他崇拜"战国四君子"之一信陵君，还想投奔信陵君成为他的门客，可惜他来到魏国时，信陵君已经去世，于是他退而求其次，投奔了信陵君的门客张耳。

窦建德也喜欢游历，广交朋友，所以，他虽只是一个农民的孩子，但他的父亲去世时，送葬的却有1000多人。

窦建德之所以能建立如此广泛的人脉，当然不仅因为他喜欢交朋友，还因为他拥有三个令人敬佩的优秀品质。一是守信用，一诺千金。他非常崇拜古代的侠客，欣赏他们言出必行的大丈夫风范，也常常以此激励自己。二是为人慷慨仗义，堪称隋末"及时雨"：有一年，乡里有人父母去世没钱安葬，窦建德当时正在耕田，得知此事，长叹一声，立刻丢下手中的农活，出钱出力替同乡操办丧事。三是勇敢果决，临危不惧：曾经有一伙强盗闯入窦建德家中抢劫，窦建德毫不畏惧，立于门下，连杀三人。强盗大惧，不敢进入，要求窦建德把同伴的尸体交给他们，窦建德假意答应，然后趁其不备，又连杀数人，由此闻名乡里。像窦建德这样的人，一旦生在乱世，注定不是池中之物。

大业七年（611），杨广下诏征讨高句丽，并从全国征兵，窦建德也在应征人员之中，还被任命为二百人长。但是，他并没有跟随杨广奔赴高句丽战场。

一起"民杀官案件"改变了他的行程。这一年漳南发生水灾，很多百姓都遭受了严重的损失，有一个叫孙安祖的人，房子和财产全被洪水冲走，原本小康的家庭顿时一贫如洗，以至于连老婆孩子都饿死了。

可恰在此时，朝廷征兵的诏令下达漳南，县里开始大规模征兵。孙安祖因骁勇，也在应征人员之中，然而，一个刚经历家破人亡悲剧的人，哪有心思奔赴遥远的高句丽战场？于是他以家贫为由，请求免除入伍。

负责征兵的官吏不同意。孙安祖不放弃，又跑到县里请求县令，没想到县令更过分，非但不同意，还怒气冲冲地鞭笞他。孙安祖一怒之下，杀死了县令，然后夺路而逃。

天地茫茫，何处才是孙安祖的归处？孙安祖下意识想到了窦建德，他历来仗义，应该会收留走投无路的自己。窦建德果然没有让他失望。可县令被拒绝应征的草民杀死，如此恶劣的刑事案件，朝廷不可能不管，抓捕孙安祖的官吏迟早会找到窦建德家中，到时窦建德也会受到牵连。

窦建德和孙安祖该何去何从？孙安祖打算远逃，窦建德却不这么认为。水灾过后，饥荒降临，但征兵并未因饥荒而中止，百姓怨声载道。窦建德乘机对孙安祖说："今年水灾，民不聊生，但陛下毫不体恤百姓，仍在大肆征兵，穷兵黩武，这样下去，迟早会酿成动乱。大丈夫生于天地之间，就该建功立业，为何要做逃亡之虏？"

孙安祖说："谁愿意四处逃亡，可建功立业也要有本钱，你有吗？"

窦建德神秘地说："我有人，也有地，这算不算本钱？"

前者孙安祖并不怀疑，窦建德交友广泛，颇有人望，振臂一挥，拉起一支队伍问题不大，但他哪有地？凭他家里那几块薄田，足够建立一块根据地吗？

窦建德说："我的地就在我们县城西南的高鸡泊，那里方圆数百里，为漳水所汇之处，蒲草又深又密，非常适合躲藏落草。我们可以逃到高鸡泊，招兵买马，以观天下大势，建功立业。"

孙安祖深以为然，于是和窦建德招诱逃兵和无产者，拉起了一支数百人的队伍，进入高鸡泊落草。此后十年时间里，窦建德凭借自己卓越的军事才能和人格魅力，南征北战，兼并群雄，终于将一支数百人的乌合之众发展成10余万训练有素的正规军，而他也成功走出高鸡泊，在乐寿（河北献县西南）建立自己的王朝。武德元年（618），窦建德在乐寿金城宫召见文武百官，宣布建国号为"夏"。

窦建德与王世充不同，王世充是一位杰出的枭雄，却不是一位合格的帝王，而窦建德既是乱世英雄，也是一位少有的明君。他具备一位优秀的开国之君的所有优秀品质。

他包容并蓄，重视人才的使用，原隋朝黄门侍郎裴矩、兵部侍郎崔君肃、少府令何稠投奔他后，都受到了极大的礼遇，并被委以重任。

他仁慈仗义，宽容待人，被他俘虏的隋朝官吏，有些人不愿归顺他，即使去投奔他的敌人李渊和王世充，他也不以为忤，反倒赠送路费，派兵护送出境。

他爱民如子，体恤百姓，在境内劝课农桑，支持农业生产，尽可能轻徭薄赋，因此深受百姓爱戴。他关爱将士，慷慨大方，每次作战获得的战利品，自己秋毫不取，全部赏赐给将士们。他生性简朴，不喜欢铺张浪费，平时连肉都很少吃。他的餐桌上通常只有两类食物，一是粟米饭，二是蔬菜。

俗话说每一个成功的男人背后，都有一个贤惠的女人，窦建德和那些开国之君一样，背后也有一个贤惠的女人，就是他的妻子曹氏。曹氏夫唱妇随，也保持简朴的生活作风，不穿华丽的丝绸衣服，宫中婢女仅十余人。

这样的窦建德，无疑是乱世黎民的救星，但对同样志在天下的李渊和李世民父子而言，却是最可怕的敌人。

武德四年（621）初，窦建德的朝堂上迎来了一位特殊的客人，正是王世充派来求援的使者。

## 唇亡齿寒

窦建德一如既往的好客，热情地招待了王世充的使者。当使者表明来意后，几乎不假思索就爽快答应了使者的请求。事实上，早在王世充决定求助窦建德前，窦建德便已决定支援郑国。

当李世民围攻洛阳时，窦建德便召集群臣，商讨对郑方略。窦建德首先打开话题："唐军正在攻打郑国，洛阳情况危急，诸位爱卿，你们以为我国当采取何等方略？是坐山观虎斗，还是出兵救援郑国？"

有人主张坐山观虎斗，让李世民和王世充去拼个你死我活，最终无论谁胜谁负，胜利的一方都将元气大伤，这对夏国大为有利。

但中书舍人刘斌却一针见血地指出："救郑国就是救夏国。"

窦建德皱了皱眉头，说："这从何说起？"

刘斌将唐、夏、郑三国比作汉末三国，说："唐占据关中，郑占据河南，我们占据河北，这难道不是三足鼎立的局势？现在唐倾全国之力攻打郑，唐强郑弱，郑的形势一天比一天危急，如果我国不出兵，郑必然被唐所灭，那么我国将有唇亡齿寒之忧。"

窦建德点点头，说："依你所见，如果我国出兵，能打赢李世民吗？"

刘斌说："我国兵强马壮，而王世充的实力也不弱，如果能和王世充里应外合，打败李世民应该不是问题。"

刘斌还依据战后形势为窦建德制订了未来的两套计划。如果打败李世民后，王世充实力未受大损，就保持三足鼎立的局势，继续扩充地盘，发展国力，伺机夺取天下。如果打败李世民后，王世充元气大伤，就乘机兼并郑国，然后挟夏、郑二国之力，乘唐国大败之时，举兵西向，攻下关中，进而统一全国。

窦建德听得心花怒放，对群臣说："此良策也！"

然而，直到送走王世充的使者，窦建德并没有出兵援郑。

而是派使者到长安朝见李渊，希望李渊下令从洛阳撤兵。窦建德其实也知道李渊不会答应。但他之所以这样做，为缓兵之计，他有更棘手的问题需要处理。

此时夏国境内并不太平，有一个叫孟海公的义军首领拥兵3万，在他的地盘上横冲直撞，攻城略地，若不先平定孟海公，窦建德担心出兵后会有萧墙之祸。

武德四年（621）二月，窦建德与孟海公展开决战，一举击败并生擒孟海公，解决后顾之忧。至此，窦建德终于可以全身心投入到"援郑抗唐"的战争中。

三月下旬，窦建德亲率十余万大军从黄河下游逆流而上，水陆并进，一路势如破竹，连下管州、荥阳、阳翟等城镇。王世充闻讯，喜不自胜，连忙派弟弟王世辨率数千精兵接应，两军号称30万大军。几天后，窦建德进驻成皋（今河南荥阳西北）东原，在板渚渡口修筑宫室，与王世充互通消息。

得知窦建德来援，唐军上下人心惶惶，李世民再次面临艰难的抉择。

## 一封信引发的争论

窦建德出发后，给李世民写了一封信。窦建德在信中说："唐郑两国原本和平相处，唐为什么要主动入侵郑？国与国之间应该以和为贵，秦王不如退兵，与郑国重修旧好。"

按说，唐军是优势方，如果郑国想让李世民撤军，不该有所表示吗？可窦建德却在信中说："唐军应该退回潼关，而且，为了体现议和的诚意，应该把侵占的土地都还给郑国。"

窦建德十几万大军驻扎成皋，距洛阳不到两百里，随时都能杀到洛阳，与王世充里应外合夹击唐军。李世民从窦建德的言语间感受到了一股强大的杀气。

唐军围攻洛阳，劳师无功，又面临两大强敌联手里应外合的危险，最稳妥的做法，自然是撤兵。但李世民不想撤兵，正如他派封德彝劝说李渊所说的那样，一旦撤兵，很可能前功尽弃。

唐军究竟该何去何从？李世民与众将商量对策。不出他所料，大多数将领都认为应该避开窦建德的兵锋，因而主张退兵。但也有两人坚决反对退兵，郭孝恪是其一。

他是河南禹州人，本为瓦岗将领、李世勣的部下，瓦岗败亡后，跟随李世勣降唐。

郭孝恪认为窦建德增援王世充，无异于"千里送人头"：王世充已是穷途末路，马上就会成为阶下之囚，窦建德现在来援，这是上天让我大唐同时灭亡郑夏两国。我军若以虎牢关之险抵御窦建德，伺机而动，一定能打败他。

第二位反对退兵的是薛收。他是山西万荣人，"秦王府十八学士"之一。相比郭孝恪，李世民更欣赏薛收的见解。

李世民之所以不太满意郭孝恪的见解，是因为他仅有主张却缺乏具体的方略，一战灭两国的战略构想固然诱人，但究竟该如何灭，郭孝恪没有详细分析，只是泛泛地提到以虎牢关之险抵御窦建德。

薛收的破敌之策就要具体许多。薛收说："王世充固守洛阳，麾下的将士都是江淮精锐，所缺的不过是粮食而已。而窦建德亲率大军来援，统帅的也必然是精锐，而且还会将河北的粮食源源不断供给洛阳，如此一来，对我军来说，大战才刚刚开始。"

形势十分紧急，所以，薛收认为唐军应该将窦建德挡在虎牢关外，切断河北与洛阳的粮道，更要阻止他与王世充会师。

唐军正在围攻洛阳，若想阻止窦建德入关，就必须分兵与窦建德对峙，可一旦分兵，攻打洛阳的兵力就会不足。这真是左支右绌，左右为难。

但薛收认为这完全不是问题，因为这一战的成败不在洛阳的得失，他说："只要围困住洛阳就行，即使王世充主动挑衅，也不要与他交战。现在的当务之急，是率精兵抢先占据成皋，厉兵秣马，以逸待劳，打败窦建德。一旦窦建德兵败，王世充失去援兵，还能坚持多久？不出二十天，就能攻下洛阳。"

李世民喜上眉梢，忍不住拍手称赞："真乃良策！"

然而，他刚感叹完，就看见三位重臣急忙起身，一位是萧瑀，一位是屈突通，另一位竟是封德彝。封德彝曾被李世民派去说服李渊撤回退兵的命令，如今也站到了主张退兵的阵营，可见唐军当时的处境多么艰难。

三人劝说李世民："我军已经疲惫不堪，而洛阳依然坚不可摧，短期内不可能攻下。窦建德挟胜利之势而来，锐不可当，我军腹背受敌，应该立刻退守新安，等待战机。"

新安位于今河南义马，距洛阳不过100余里，退守新安不失为一个折中良策，既能避免腹背受敌，又能最大保留此前的战果。

李世民却认为，一旦退兵，想保留战果是异想天开，他说："一旦让窦建德进入武牢关，郑夏两军会师，那些新攻占的城镇必然反叛。至于战机，就更别想了，王世充死灰复燃，两强联合，这仗还怎么打？"

所以他依然坚持用兵。他坚持用兵的理由和薛收大同小异，但心态更加乐观。他认为："王世充损兵折将，粮草已尽，上下离心，只要围困住他，即使不进攻，也可以坐等他败亡。"

对于如何打败窦建德，他有更深刻的见解："窦建德刚打败孟海公，骄傲得很，我军只要抢先控制虎牢关，就等于掐住他的咽喉，如果他冒险决战，我们可以轻而易举打败他；如果他犹豫不决，要不了十天半个月，王世充就会撑不下去，到时我军挟攻破洛阳之威，也足以打败他。"

但封德彝等人还是认为太冒险，屈突通挡在李世民面前，坚持要求他解除洛阳之围，退守险要以观其变。李世民说："我意已决，再敢扬言退兵者，军法处置！"

当天，李世民将唐军分为两部，特意把屈突通留下，让他辅佐李元吉围困洛阳，自己亲率3500精锐奔赴虎牢关。

## 虎牢关对峙

李世民纵马飞奔，跨北邙，过河阳，直趋巩县，于三月二十五日抵达虎牢关。

李世民非常重视战场实地考察，这也是他出奇制胜的不二法门。抵达虎牢关的第二天，李世民就决定侦察窦建德的营地。且随从只有500骁骑。但李世民接下来的决定更加冒险。离开虎牢关后，沿途他不断留下随行骑兵，行至虎牢关东二十里时，身边只剩下四人，其中一人是尉迟恭。

李世民毫不紧张，还和尉迟恭开玩笑："我拿着弓箭，你手握长枪跟着我，对方就算有百万大军，又能奈我何？哈哈！"

玩笑归玩笑，李世民再骄傲，也不可能真认为自己和尉迟恭能打败百万雄兵。见尉迟恭笑得前仰后合，李世民认真地说："说真的，如果敌人发现了我们，还是撤吧，这才是上策。"

李世民一语成谶，距窦建德大营三里时，果然被窦建德所部发现。当时，窦建德有一支游兵在军营外往来，恰好撞上李世民等人。所幸，这支游兵并不清楚对面的年轻人是唐军主帅秦王，还以为李世民是唐军的侦察兵（斥候）。

没想到李世民反倒大喝一声："我是秦王！"游兵们当场惊动起来，左顾右盼，他们实在不敢相信，眼前这位只有四个随从的年轻人会是连夏王也敬畏不已的秦王。

趁敌军还未反应过来，李世民敏捷地弯弓搭箭，咻地一声，一位敌军将领应声而倒。游兵们的怒火被点燃，也顾不上分辨真假，狂风巨浪般向李世民冲杀而来。

"屋漏偏逢连夜雨"，前方动静太大，惊动了军营里的窦建德。听说李世民在场，窦建德立刻出动五六千骑兵追击。望见前方沙尘滚滚，呼声震地，随从们无不惊慌失色。李世民却冷静地说："你们只管撤退，我和敬德断后。"

两人勒住马缰徐行，当追兵快靠近时，便弯弓射箭。两人都是箭术高手，尤其是李世民，完美地继承了李渊的射箭天赋，箭无虚发，每射一箭，便有一名追兵落马。追兵虽然人多势众，但谁也不愿成为下一个中箭者，竟惧怕得连连后退，半晌没有前进一步。

显然，这是乘机撤退的绝佳时间，但李世民和尉迟恭并没有走。追兵们不知李世民葫芦里卖的什么药，但惊魂已定的他们，又开始发起新一轮追击。李世民见状，连忙搭箭上弦，尉迟恭则更生猛，竟手提马槊冲向追兵，于是追兵们又被杀得连连后退，不敢轻易前进。

如是再三，李世民先后射杀数人，而尉迟恭刺杀十余人。追兵队伍中一阵骚动，更加不敢前进。可是，李世民和尉迟恭却似乎有些害怕了，追兵们猜想，可能是经过多次交锋，两人已经非常疲惫，再远远望了望李世民，发现他腰间的箭袋里也没有几根箭了。

果然，李世民和尉迟恭开始撤退，但撤退速度并不快，追兵们立刻一拥而上。谁承想，追至半途，两人猛地调转马头，追兵们一愣，还没反应过来，道路两旁突然人喊马嘶，大批骑兵猛虎下山般向他们冲杀而来。

可是，这些骑兵从何而来？原来，李世民从虎牢关奔赴窦建德军营途中，之所以不断留下骑兵，正是为了这一战。他早就计划好，沿途留下骑兵设伏，然后和尉迟恭率少量骑兵侦察和诱敌。

统领这些骑兵的是李世勣、程咬金和秦叔宝三人。三人皆是举世闻名的悍将，这场伏击战在他们的率领下打得非常漂亮，追兵们在唐军迅猛的突袭下惊慌失措，乱作一团，被击杀300余人，两员大将殷秋和石瓒被生擒。

李世民是个心理战的高手，乘窦建德首战失利，立刻修书一封，挑拨他和王世充的关系。李世民在信中真诚地说："王世充是什么人，你又不是不知道，此人反复无常，背叛过你好多次。现在花言巧语和你结盟，完全是因为洛阳快撑不下去了，想利用你为他解围。你说，为了这么一个反复无常的人，劳师动众，耗费军资，值得吗？"

可窦建德是个清醒的战略家，他始终牢记唇亡齿寒的道理，这一战不是为王世充而打，而是为了夏国的安危而战。所以，他不可能因此被李世民说服。

李世民也心知肚明，所以，他又在信中提醒窦建德："你想救王世充，可你还没和他见面，就先吃了败仗，不觉得惭愧吗？贵军真的不堪一击，我告诉你，我还没使出全力，只是稍稍挫一下贵军的锐气，给个警告。希望你能听从我的劝告，如果你仍然执迷不悟，恐怕将来后悔莫及。"

可窦建德却认为，听从了李世民的劝告，将来才真会后悔莫及。既然谈不拢，那就只能再起刀兵。在其后的一个月里，李世民和窦建德在虎牢关附近打了好几战，但每一战的结果都是李世民获胜。屡战不胜，夏军士气开始下滑，将士思归。

四月三十日，窦建德的后勤部队遭到一支千余人的轻骑兵伏击，为首的是李世民麾下大将王君廓。王君廓不仅打败了夏军后勤部队，抢劫了夏军粮草，还生擒了夏军大将张青特，导致军中一片骚动。

窦建德清醒地意识到，继续再和李世民在虎牢关对峙下去，不仅救不了王世充，自己也会陷入进退两难的险境。必须要速战速决了！可问题是，战机在哪里？

## 窦建德的机会

李世民用兵老练，无懈可击，窦建德研究了很久，也没有发现唐军的破绽。在一旁的凌敬却灵光乍现。凌敬在夏国担任国子祭酒，也是窦建德最器重的谋士，他提醒窦建德，不妨换一种思路思考。

凌敬神秘地一笑，说："解除洛阳之围，不一定非要打败唐军。大王不如率军渡河进入黄河北岸，攻克怀州和河阳，留大将镇守，然后率主力向西翻越太行山，攻克汾州和晋州，奔赴蒲津关。这样做有三大好处。"

窦建德不觉抻长了脖子："哪三大好处？"

凌敬道："唐军在这一带兵力薄弱，我军可保万无一失，这是第一大好处。第二大好处是开拓了领土，增强了国力。至于第三大好处嘛，我想这对大王和王世充来说，都是非常在意的。蒲津关以西就是关中，一旦我军占领蒲津关，关中必然震恐，李世民能眼睁睁看着我军继续西进，威胁长安吗？所以他必然解除洛阳之围。"

这不是典型的"围魏救赵"吗？窦建德豁然开朗。如果窦建德采取凌敬的计策，这一战的结局很可能截然不同，即使最终不能解除洛阳之围，但夏军避免了步王世充的后尘，而且还将势力渗透到了唐朝河东地区。

窦建德本来打算依计行事，可王世充三天两头不断派使者求援。窦建德把凌敬的计划告诉王世充的使者，可使者短视，非让窦建德径直救援洛阳。窦建德坚持己见，王世充的使者就当着他的面号啕大哭。

窦建德是个仁慈之主，最见不得别人哭泣，何况哭泣的人群中还有一个身份特殊的人，他就是王世充的侄儿代王王琬。为了让窦建德出兵，王世充连侄儿也派出去了，让他低声下气地跪求窦建德。但窦建德毕竟是一位杰出的帝王，帝王可以有慈悲之心，但绝不能被妇人之仁左右。所以，他还是决定执行凌敬的计策。

可窦建德作为一位统帅，不能不考虑将士们的情绪，王琬意识到这点后，决定采取迂回战术。他大肆贿赂窦建德的将领，让他们诋毁凌敬的计策。拿人手短，何况有些头脑简单的将领确实无法理解凌敬的高明，纷纷劝说窦建德。窦建德微笑着连连摇头，他始终不认为凌敬的计策有问题。

但是，窦建德当初为何不敢继续和李世民在虎牢关对峙？士气低落是很重要的一方面原因。可现在，他从将领们对凌敬的抨击中，看到了纷纷请战的高昂士气，这使他打败李世民的信心大大增强。

他向凌敬道歉："现在大家士气很高，这是上天在帮助我，趁此机会决战，必能大败唐军，我不能再采纳您的计策了。"

凌敬忙说："李世民不是等闲之辈，光靠士气不能轻易打败他，望大王收回成命。"

可窦建德不是犹豫反复之人，一旦下定决心，驷马难追，何况他还有另外的顾虑。

凌敬明知不可为而为之，再三劝谏窦建德，措辞之激烈近乎顶撞。窦建德勃然不悦，他认为凌敬在败坏军心。看着唾沫横飞的凌敬，他做了一个手势，令武士将凌敬强行架了出去。凌敬应该庆幸自己的主公是窦建德。他被架出去时，还在猛烈地咆哮和挣扎，窦建德气冲斗牛，却一点也不恨他。

窦建德下令时，身边有一个女人正在含情脉脉，同时也忧心忡忡地凝视着他。她就是窦建德的妻子曹氏。曹氏温柔地劝说窦建德："还是听从凌先生的建议吧。"

她真是一位不让须眉的女中豪杰，对战事分析得头头是道："如果大王从滏口乘唐军兵力空虚，攻取并、代、汾、晋之地，然后联合突厥袭扰关中，唐军必然回师自救，难道还怕洛阳之围不能解除吗？如果在此停顿不前，消磨士气，浪费财物，真不知何时才能成功。"

英雄所见略同，曹氏的观点和凌敬大同小异，都是制胜良策。窦建德深爱着曹氏，向来对她言听计从，可这一次，他突然变得非常大男子主义，冷冷地说："这不是你一个妇道人家能懂的！"

说完他又很自责，终于说出了另外的顾虑："我来救郑国，郑国如今的处境非常危险，随时都可能亡国，如果我弃郑而去，这是畏惧敌人，背信弃义，非大丈夫所为。"

可上天不会因窦建德是大丈夫而眷顾他，他真应该感愤生不逢时，作为一位不世出的明君，偏偏遇上了被誉为千古一帝的李世民。

既生夏王，何生秦王？一场王者与王者的决战即将上演。

## 定鼎之战：虎牢关决战

战争对敌我双方的机会是均等的，当李世民伏击夏军后勤部队后，窦建德也惊喜地探听到，唐军的草料已经用完，战马都在黄河以北放养。李世民的主力是骑兵，骑兵没有战马，就犹如坦克兵没有坦克，还有多少战斗力可言？窦建德决定乘机突袭虎牢关唐军大营。

但他万万没想到，李世民的情报工作更胜一筹。李世民已经知道他获悉了唐军草料用完的情报，决定将计就计。

五月一日，李世民率兵奔赴广武（今河南郑州西北）侦察敌情，故意在黄河边留下1000多匹战马放牧，误导窦建德。当晚，李世民火速返回虎牢关，加强守备。

窦建德派人探知黄河边上战马成群，更加坚信虎牢关唐军战马不足，第二天，他下令三军倾巢而出，向虎牢关进逼。夏军军容之盛让唐军将士无不惊慌失色。窦建德让部队从板渚出牛口（今河南荥阳北牛口峪）列阵，北靠黄河，西临汜水，南连鹊山，绵延二十里不绝，鼓行而进。

李世民听到鼓声就兴奋，他亲率几名骁骑登上高丘，瞭望夏军阵营，果然不出所料，他自信勃勃地说："窦建德必败！夏军深入险境却擂鼓喧嚣，说明军纪不行；逼近城池列阵，说明轻视我军。骄傲无纪律是战场大忌，如果我们按兵不动，夏军的斗志必定衰弱，列阵时间一长难免饥饿，必然撤军，到时我军乘机出击，必能一举获胜！"

可将士们看着如大海般一望无际的夏军，无不面露疑色，而李世民却坚信，午后定能大败夏军。

午后是否真能打败夏军，直到战役结束前，唐军将士都不敢确定，但他们可以确定的是，李世民对夏军情况的分析完全正确。

夏军确实有些轻视唐军。两军隔汜水相望，窦建德竟然仅派300骑兵渡过汜水，逼近唐军阵营一里处才停下来，然后派人通知李世民："贵军要不要派几百名精锐和我这三百骑兵打一场？"

敌众我寡，士气对唐军非常重要，李世民当然不会拒绝。如果能打赢这场战斗，虽然不能对夏军主力造成实质性打击，但对提升唐军士气极其有利。

李世民于是派王君廓率200长枪手应战。战况并不顺利，两军乍进乍退，激烈交锋若干回合，不相上下，只好各自回营。但这一次对垒，李世民并非一无所获，他得到了一个意外的惊喜。

王君廓回营后，夏军阵营有一位高级将领不甘寂寞，骑着一匹青骢马在唐军眼皮子底下晃来晃去。青骢马是杨广的坐骑，骑马者正是王世充的侄儿王琬。

李世民目不转睛地盯着他胯下的青骢马，情不自禁地感叹道："真是一匹好马！"

尉迟恭策马上前，道："既然秦王喜欢，我这就去把它夺来。"

李世民连忙把目光从青骢马上移开，说："这马我不要了。怎么能因为一匹马损失一员猛将？"

尉迟恭大笑，他感激地看了李世民一眼，然后头也不回，和高甑生、梁建方两员猛将冲向敌阵。

王琬急忙派兵阻挡，但尉迟恭等三人如三根离弦之箭，势不可当，所向披靡。王琬吓得赶紧撤退，但刚调转马头，就被尉迟恭追上，连人带马，都成了尉迟恭的战利品。

这一战，李世民获得的不仅是一匹宝马，尉迟恭等人的出色表现，鼓舞了唐军士气，也重挫了夏军锐气。

见唐军将领如此勇猛，窦建德不敢再轻举妄动。夏军从清晨列阵至中午，军情开始朝李世民预测的方向发展。长时间高度紧张的对峙下，夏军将士的能量消耗很快，而农历五月的虎牢关地区，天气也已比较炎热，所以当时的夏军又累又饿又渴，萌生退意。有些士兵渴得实在难受，竟然擅自脱离队伍，跑到阵线后方喝水。

李世民当机立断，令宇文士及率300骑兵从夏军阵前南下，并嘱咐道："如果敌军不动，你就率兵返回；如果敌军骚动，说明他们的军纪确实不行，你就领兵东进。"

东进的目标是什么？当然是夏军中军大帐。这真是一次大胆的斩首行动，300骑兵深入十几万敌军后方，直取夏军统帅窦建德。

宇文士及疾驰至夏军阵前，如李世民所盼，夏军果然出现了不小的骚动。李世民站在汜水西岸遥望，当即派人通知宇文士及："可以进攻了！"

宇文士及策马而东，宛如一把极速飞行的长剑，直插夏军阵营。李世民兴奋地看到，夏军阵营被宇文士及以破竹之势撕开一个口子。他连忙转身回营，集结三军，自己亲率一支轻骑兵先行，增援宇文士及，同时让主力部队紧随其后。

李世民渡过汜水，顺着宇文士及的路线一路势不可当，直扑夏军中军大帐，距窦建德只有咫尺之遥。当李世民扑向夏军中军大帐时，窦建德居然正在上朝。他无论如何也没料到，李世民竟如此"胆大包天"，敢率少量轻骑兵穿插到他的后方，所以完全没有设防。

唐军猝然杀到，使夏军中军大帐乱作一团，夏国朝臣无不惊慌失措，窦建德也大感震惊，但他很快便稳定住情绪，召骑兵前来抵御唐军。

可夏军骑兵刚抵达中军大帐外，就傻了眼，前方全是乱哄哄的朝臣，他们根本无法穿过去进攻唐军。只见窦建德一声令下，方才还混乱不堪的朝臣，顿时井然有序地退下，给前来救驾的骑兵们让开了一条大道。

可是，就在朝臣让道的空当儿，唐军也乘机而上，攻杀窦建德面前。情况万分危急，就在眼前的骑兵也成了救不了近火的远水，窦建德只好在警卫部队的护卫下向东撤退，退至不远处的山坡，在此列阵抵御唐军。

唐军大将窦抗率军进攻，本以为慌忙撤退的窦建德会一击必破，没想到被破的反倒是自己。窦建德指挥部下反击，把窦抗打退。

李世民的堂弟淮阳王李道玄不信邪，他也是一员勇冠三军的猛将，率部下一马当先杀入夏军阵营，几进几出，结果被窦建德的部下射成了刺猬——好在他的装备不错，箭只是射进了铠甲，并没有伤及身体。

这一次冲锋，同时被射成刺猬的还有李道玄的战马。李世民见李道玄依然斗志如虹，担心他出事，于是把自己的备用战马送给他，并嘱咐他紧跟在自己身后。

唐军数次进攻失利，让战场形势迅速逆转。窦建德从容指挥夏军发起大反攻，唐、夏两军爆发大规模战斗，直杀得战场上烟尘滚滚，遮天蔽日。

战争的准备是漫长的，可战争的结局，或许只是转瞬之间。李世民清醒地认识到，如果继续和窦建德中规中矩地打，夏军兵强马壮，人多势众，吃亏的肯定是唐军。

严峻的现实迫使李世民不得不采取奇计。他率领秦叔宝、程咬金等猛将卷起唐军军旗，冲入敌阵，直插夏军阵营后方，然后突然打开军旗。前方阵营的夏军看到后方唐军军旗飘扬，还以为唐军主力杀到了后方。经过长期对峙，夏军本就疲惫不堪、士气不足，能与唐军杀得难舍难分，完全是受到窦建德超凡的领袖魅力感染，可如今夏军将士误以为唐军主力都已杀到后方，大势已去，哪还有斗志可言？就这样，夏军士气顿时崩塌，溃败的情绪像瘟疫一样在军中迅速蔓延。

不断有夏军士兵弃甲曳兵而逃，夏军阵线全面收缩，唐军乘机紧追不舍，一连追出30里，斩杀夏军3000人。

夏军虽败，但主力并未受到重创。然而，窦建德认为，这一战已经无力回天。因为夏军士气已经崩溃，士气崩溃的军队如同乌合之众，不可能是正规军的对手。所以他也不再组织反攻，率领亲军匆忙而逃。

这一决定并无问题。窦建德只是打了一场败仗，夏国政权依然非常稳固，而且凭他的威望和影响力，只要能平安返回国内，完全可以召回溃兵，恢复元气。如此，唐夏两国还将进行一场争夺天下的大战，且胜败尚未可知。

只可惜，窦建德不仅实力略逊李世民，运气也不好。逃跑途中，作为夏军统帅的他，居然不幸被唐军长枪刺中。受了伤，就无法按原计划撤退，窦建德只好退到牛口躲避唐军。很快唐军搜查到了牛口，并发现了窦建德。窦建德只好忍痛策马狂奔。可谁又能想到，身经百战的窦建德居然在奔逃时不慎落马，结果被唐军车骑将军白士让和杨武威追上。

白士让和杨武威都不认识窦建德。这对窦建德而言，无疑是一个机会，他可以假装自己是夏军的一位普通将领，然后贿赂两人，乘机逃跑。可偏偏白士让是个实心眼，完全不给窦建德表现的机会，举枪就刺。

生死一线，窦建德只好对白士让说："别杀我，我是夏王，你把我俘虏，可以换取荣华富贵。"

白士让连忙收回了长枪。杨武威随即翻身下马，抓住窦建德，用身边的备用战马驮着他，直奔唐军中军大帐。

当天，李世民下令全军追击夏军溃兵，俘虏5万多人。

窦建德被擒时，王世充仍在负隅顽抗，李世民决定把窦建德带到洛阳城下，让他体会一下希望破灭的滋味。

## "二王"的结局

窦建德抵达洛阳城下时,王世充站在城楼上远远望见,不禁潸然泪下,他知道,自己大势已去。但他不甘心,更不明白,如此英明神武的窦建德,如此兵强马壮的夏军,为何短短一个多月时间,便被李世民杀得全面溃败。

李世民派王世充的降将入城劝降,详细叙说窦建德失败的情况。王世充听完,内心翻江倒海,久久不能平静,思考再三,他决定再拼一次。他对部下说:"要不把洛阳让给李世民,我们乘机突围,逃往襄阳,还可以东山再起。"

可惜在场没有一人支持他。军事失利,人心也丧失,王世充已经别无选择。五月九日,他身穿一袭白衣,率领郑国太子、文武官员2000余人打开城门,前往李世民军营投降。

七月九日,李世民凯旋。进入长安时,李世民可谓风光无限,他身披黄金战甲,李元吉、李世勣、尉迟恭等25员威严赫赫的大将紧随其后,压阵的是1万名威武雄壮、盔明甲亮的铁骑,队伍前后皆有庞大的军乐队,制造喜庆而隆重的气氛。这支部队的目的地是太庙,李世民要将窦建德和王世充押往太庙献俘。

献俘仪式完毕,李渊接见王世充,历数其罪。王世充以为李渊要杀他,说:"我确实罪该一死,但是,秦王已经答应赦免我。"

于是李渊下诏将王世充流放蜀地。但王世充最终并没有安全抵达蜀地,他在途中遇到了仇人。王世充的仇人名叫独孤修德,时任大唐定州刺史,他的父亲独孤机被王世充所杀。王世充在雍州廨舍停驻时,独孤修德闻知,率兄弟赶到廨舍,假传敕命,宣王世充相见,然后乘机将他杀死。

有人怀疑,独孤修德刺杀王世充是受李渊指使,因为他杀死王世充后,李渊并没有严惩他,只是罢免了他的官职。其实,李渊的做法并无可疑之处。因为古代血亲复仇具有一定的道德正义性,而王世充毕竟又是大唐的罪人,李渊当然不可能让他为王世充抵命。

如果李渊真有如此阴狠,那么,这一招他最应该用在窦建德身上。李渊是没有理由杀窦建德的,因为窦建德虽然是他的劲敌,但对他非常仗义。两年前,李渊的堂弟李神通和妹妹同安公主在一场战斗中被窦建德俘虏，窦建德非但没有以胜利者的姿态欺辱两人，反而礼遇有加，后来还把他们送回了长安。

虎牢关之战后，窦建德旧部打算拥立其养子为王，继续与唐军对抗，但遭到夏国宰相齐善行反对。齐善行说："夏王英明神武，兵强马壮，没想到却被唐军轻而易举俘虏，这难道不是天意吗？天意如此，反抗也没有意义，又何必连累百姓呢？"夏国众将闻言，皆默不作声。

齐善行是真的关爱百姓，既然众将已同意降唐，他下令将夏国国库几十万匹锦缎运至万春宫东街，分发给夏军将士，发了三天三夜，然后，他对将士们说："这些东西虽不多，但足够你们返乡，拿着走吧，不许骚扰百姓！"

遣散将士后，他率领夏国文武百官奉曹氏向李渊请降。李渊非常高兴，不仅重重赏赐了齐善行，还任命他为秦王左二护军。

既然夏国都举国降唐，李渊就更没有理由杀窦建德。李渊确实想过赦免窦建德，但两年前的一段往事，促使他动了杀心。

两年前，李密被王世充击败，走投无路投奔李渊。李渊对他礼遇有加，不仅封他为邢国公，还把表妹独孤氏嫁给了他。他非但不感恩，反而怨恨李渊没有重用他，最终走上了反叛的道路。

这起反叛事件让李渊不得不考虑，如果赦免窦建德，该如何安置他？重用可能不行，一旦他掌握兵权，必然龙飞冲天；可如果不重用，郁郁不得志的他会不会成为第二个李密？一旦窦建德反叛，他将是比李密更可怕的对手。当时中原虽已基本平定，但江南还没有纳入大唐版图，李渊实在承担不起再一次祸起萧墙的风险。

武德四年（621）七月，李渊下令将窦建德押往长安集市，斩首示众。

夏国和郑国的灭亡，使李渊拥有了半壁江山，接下来，他将扫平江南，实现统一天下的宏图伟略。

# 第十六章

## 统一江南：战神李靖灭两国

用人不避仇

李靖灭梁

从挚友到敌人

一封伪造信

辅公祏的末日

## 用人不避仇

隋末唐初的江南，割据政权林立，但最强大的莫过于萧铣统治的梁国和杜伏威统治的吴国。

萧铣是皇族后裔，乃南北朝西梁开国之君萧詧的曾孙，早年做过隋朝罗川令，乘隋末大乱起兵。凭借皇族身份和出色的军政才能，萧铣不仅成功复国，还将梁国的版图大大扩张，几乎占据长江中游到岭南的所有土地，兵力最盛时达到40万。

相比萧铣，杜伏威的出身就落魄许多，他出生于山东章丘一个普通家庭，年轻时穷困潦倒，为了生存，时不时干些偷鸡摸狗的勾当。19岁那年，他因被官府通缉，索性揭竿而起，经过七八年艰苦卓绝的奋战，终于成为割据江淮（今江苏和安徽一带）的一方霸主。

虽然同为乱世枭雄，但对李渊而言，萧铣的威胁远比杜伏威大。杜伏威识时务，早在武德二年（619）便已接受李渊的招降，其吴王的尊位也是李渊所封，而萧铣野心勃勃，自立为帝，以江陵（今湖北荆州）为都，与李渊分庭抗礼。

李渊此次南征的目标就是萧铣。确定战略目标后，接下来就是挑选执行人，由谁领兵征讨梁国。李渊在朝堂上询问征梁统帅人选，大臣们不约而同地把目光聚集在了一个人身上，他就是刚从洛阳凯旋的李世民。

没有人比李渊更懂李世民，凭他天才般的军事才华，无疑是领兵征梁的最佳统帅人选。但当着群臣的面，李渊却把头摇得像拨浪鼓一样："秦王连年征战，现在该休息一下了，让李孝恭领兵如何？"

李孝恭是李渊的堂侄，他的爷爷李蔚是李渊的七叔，此人的确能征善战，但和军事天才李世民相比，差距不是一星半点。李渊也知道把南征的重任寄予李孝恭一人风险很大，所以，他决定给李孝恭安排一个极其出色的助手。

他就是《李卫公兵法》的作者、大唐战神——李靖。李靖和李世民一样，也是天生的军事家。他生得姿貌雄伟，自幼聪明过人，精通文韬武略，当时的宰相杨素非常欣赏他，预言他将来必能出将入相。

李靖有一个名将舅舅，乃武庙七十二将之一，名叫韩擒虎，他曾经跟随杨广伐陈，生擒陈后主陈叔宝。韩擒虎很喜欢和李靖谈论兵法，每次李靖发言后，他都情不自禁拍手称赞，说："可以和我谈论孙吴兵法的，就只有你一人而已。"

让李靖辅佐李孝恭征梁，可以说胜利指日可待。虽然如此，但李渊如此重用李靖，还是承担了一定的风险，因为李靖曾与他有过一段你死我活的恩怨。

四年前，李渊在晋阳密谋策划起兵，自以为做得密不透风，却不知北方有一双眼睛正在盯着他，正是时任马邑郡丞的李靖。李靖当时还对隋朝忠心耿耿，所以他打算伪装成囚徒，前往江都向杨广举报。只可惜，走到长安时，关中大乱，道路不通，而偏偏恰在此时，李渊攻克长安，李靖因而成了李渊的阶下之囚。

李渊本打算处死李靖，都已经把他押赴刑场，可就在行刑那一刻，李靖突然大声疾呼："唐公兴起义兵，难道不是为了除暴安良吗？为何大事未成，就先以私怨斩杀壮士？"

正是这一声疾呼，让李渊开始犹豫。

年轻的李世民具有无与伦比的自信力，他相信自己能够征服李靖，所以挺身而出，力劝李渊赦免李靖。李渊考虑再三，决定让李靖跟随李世民。

但李渊也不是一直如此自信，李靖归降后，他也一度想过除掉李靖。

武德三年（620），李渊派李靖攻打萧铣，但由于萧铣据守险要，李靖迟迟不能推进。李渊从未怀疑过李靖的能力，但也正因如此，所以他怀疑李靖的忠诚。猜疑之下，李渊动了杀心，竟暗中令峡州刺史许绍诛杀李靖。所幸，许绍非常欣赏李靖的才能，更相信他的人品，拒绝执行李渊的命令，反而上书力保李靖。在许绍的力保下，李渊终于开始信任李靖。

武德四年（621）九月，李渊以梁都江陵为主要目标，出动四路大军南征。北路军从襄州道北下，统帅为荆郢道行军元帅李瑗；南路军从辰州道南上，统帅为黔州刺史田世康；东路军从夏口道西进，统帅为黄州总管周法明。这三路大军的主要战斗目的是扫清江陵外围势力，配合第一路军攻入江陵。

第一路军自然是南征主力，由十二路总管统领。李渊以李孝恭为荆湘道行军总管，李靖为代理行军长史，统帅各路总管，从夔州（今重庆奉节）沿江东下，进攻江陵。

这一战，是大唐平定江南的第一场大战，也是李靖人生中最重要的一战，将来能否获得更大的军事舞台，成为名垂青史的宗师级名将，就看这一战。

## 李靖灭梁

灭国之战注定不可能一帆风顺。

李孝恭和李靖刚启程，就遇到了一个很大的困难，夔州境内有著名的长江三峡，此处地势险要，重峦叠嶂，行船风险很大，而偏偏当时又正值秋汛期，江水暴涨，更让行军之旅凶险莫测。

如果还没和梁军交战，唐军就先在三峡翻船，那简直是天大的笑话。将士们都认为灭梁不急于一时，建议李孝恭待汛期过后再出兵。唯独一人反对，他就是李靖。

什么叫出其不意，攻其不备？李靖说："现在我们刚刚集结大军，萧铣还不知道，如果我们乘汛期出兵，快速抵达江陵城下，萧铣必然没有防备，便可一战而将他生擒。"

有人认为这样做太冒险，万一萧铣有所防备呢？一旦萧铣有所防备，唐军将陷入不利。因为唐军为了赶时间，高强度长途行军，抵达江陵时必然疲惫，那么，作为守方的梁军便拥有了以逸待劳的优势。

但李靖认为这样的情况不可能发生。做这个决定前，李靖是认真研究过萧铣的。萧铣不是一个战略警惕性很高的人，此前，他自以为江南短期内不会有大战，竟然遣散部队，让他们回家务农，只留下数千士兵充当警卫。试想，一个如此大意的人，怎么可能想到唐军会在汛期出兵？

听完李靖的分析，李孝恭决定按原计划出兵。果然，当唐军抵达梁国境内，发现许多重镇都没设防，李孝恭轻而易举便攻破荆门和宜阳两座城镇，一直推进到夷陵（今湖北宜昌东）。夷陵附近有一支数万人的梁军精锐，驻扎在清江，由大将文士弘统领。

九月九日，李孝恭率领2000多艘战船的水军浩浩荡荡扑向清江，与文士弘进行了两场激烈的战斗，第一战杀敌上万，缴获敌军战船三百多艘；第二战彻底击溃文士弘所部，迫使其狼狈逃往北江。

文士弘战败的消息传到江陵，萧铣大为惊慌，急忙召集遣散的士兵。李孝恭认为这是一个一举生擒萧铣的良机，因为萧铣所征集的士兵大多在江南和岭南，事发仓促，根本来不及归队，所以他手中的兵力严重不足。

李孝恭决定即刻攻打江陵。但此举遭到李靖的强烈反对。李靖说："现在梁军就处于生死存亡之地，如果马上进攻，他们必然奋起反击，楚兵向来剽悍骁勇，我军恐怕不是对手。"

李孝恭问："那长史以为该如何？"

李靖道："萧铣召集的是救亡之师，没有预先制定战术，气势不会持久，我们不如暂缓进攻。萧铣见我军没有进攻，肯定会分兵，留下部分抗拒我军，调走部分守卫宫城。敌军一旦分兵，势力必然削弱，我军乘其松懈而进攻，必能取胜。"

李孝恭大笑："长史未免谨慎过头了。我军挟大胜之威，对付仓促集结的梁军，必然如摧枯拉朽，如此良机绝不能错过。"

兵者，国之大事，死生之地，存亡之道，一丝一毫也不能疏忽。主帅的任何一丝疏忽，都可能导致成千上万士兵丧命。李孝恭大意了，他在完全不了解梁军士气的情况下，就想当然认为唐军乘胜出击是摧枯拉朽，结果付出了惨重的代价。

他让李靖留守军营，自己亲率唐军精锐出战，战情果然如李靖所料，置于死地的梁军奋起反击，大败唐军。李孝恭率余部慌忙而逃，撤退时连辎重也来不及带走，留下的军需物资堆积如山。

李靖在江岸愁容满面地看着唐军败退，突然眉头舒展，转身对部下说："快，马上召集将士，准备出战。"

"长史不是主张暂缓出兵吗？"部下不解。

原来，梁军军纪不严，见到唐军扔下的军需物资，竟然纷纷跑下战船争抢，整个部队乱作一团。这实在是一个杀敌人措手不及的良机。

当梁军还沉浸在哄抢物资的喜悦中时，李靖突然率军杀到，梁军一触即溃。李靖乘机追击，直抵江陵城下。萧铣慌忙组织守军抵抗，李靖指挥部队进攻，突破江陵外城，继续长驱直入，又攻陷江陵水城，缴获大量战船。至此，整个江陵只剩下一座小小的内城。

梁军战船制作精良，又大又豪华，唐军将士看到缴获的战船，开心得如穿新衣服的孩子，迫不及待地登船体验一番。但这个心愿并没有实现，因为有人莫名其妙地阻止了他们。阻止将士们登船的是李靖。李靖说："这批战船我们不能用，因为我要把它们全部扔弃在长江上。"

好不容易缴获的战船，为何要扔掉？扔掉战船，失去的仅仅是战利品吗？将领们争吵道："扔弃到长江上，不就等于送给梁军吗？我们不明白，为什么要把缴获的战利品用来资助敌人？"

李靖长叹一声："知己知彼啊，兄弟们。以我军现有兵力，一旦萧铣的援军赶来，即使利用这些缴获的战船，能获胜吗？况且，萧铣的地盘太大，南至岭南，东接洞庭，我军现在是孤军深入，很容易被敌军援军截断归路，到时就不是攻不下江陵的问题了。"

将领们面面相觑，忙问："那该如何是好？"

李靖说："这正是我决定扔掉这批战船的目的。"

将领们再次面面相觑，丈二和尚摸不着头脑。李靖解释说："我们把缴获的战船都扔弃在江上，使其顺流而下，下游的梁军援军看到了会怎么想？必然怀疑江陵已被攻陷，不敢贸然进军。当然，他们不会傻到停在原地不动，肯定会派斥候前来侦察情况，但一来二去，少说耽误十天半个月，这样我们就有足够的时间攻下江陵了。"

李靖真是料事如神，下游的梁国援军见到漂流而下的梁军战船，果然不敢轻举妄动。李孝恭乘机率军包围江陵内城，并切断内城与外界的一切联系。萧铣困守孤城，迟迟见不到援军，也不清楚外面是什么情况。

此时的他犹如置身深不见底的无底洞中，不知自己还能否重见天日。他问中书侍郎岑文本："外面到底是什么情况？我们还能不能坚持到援军到来？"

没想到岑文本直言不讳地说："就算能撑到援军到来，也不一定能打败唐军，不如趁早投降。"

当天，萧铣召集江陵文武百官，于心不忍地说："天不佑梁，我们是打不过唐军的，如果一定要等到弹尽粮绝的时候投降，百姓就会蒙受灾难，怎么能够因为我一人而让梁国生灵涂炭？"

九月二十日，萧铣下达了他帝王生涯最后一道命令——开城降唐。

他身穿丧服，率领梁国百官来到唐军军营，说："该死的只有我萧铣一人，江陵百姓无罪，希望不要欺凌百姓。"

李孝恭接受了萧铣的投降，同时率领大军进驻江陵。唐军入城时秋毫无犯，然而，占领江陵后，将领们见大势已定，便想乘机发一批战争财，怂恿李孝恭下令掠夺百姓资产。

李孝恭很犹豫，他心里不愿下令，但又不便挡将领们的财路。有一位梁国降臣决定帮他下决心。此人正是萧铣的中书侍郎岑文本。岑文本是一位心系百姓的政治家（后为大唐宰相），他对李孝恭说："殿下一旦下令，恐怕江南就不归大唐所有了。江南百姓苦隋末苛政久矣，之所以跟随萧氏降唐，是希望从此可以安定下来，如果大军反而劫掠百姓，绝望的百姓也只有奋起反抗了。"

李孝恭连连点头，说："我这就下令禁止劫掠江陵百姓。"

但下令并未彻底解决问题，因为将领们决定退而求其次，提出抄没梁国抵抗唐军而战死的将领的家产，用来赏赐唐军将士。这一要求似乎并不太过分，毕竟站在大唐的立场上，反击唐军的都是阻碍统一的顽固分子，现在只是抄没其家产而已，李孝恭还能再次拒绝吗？

李孝恭面露难色，李靖连忙起身，说："王者之师，应该以仁义为先，那些将领为自己的君主而战死，是忠臣，怎么能把他们当作叛逆抄家？"

李孝恭马上附和："长史说得很对。"

将领们闷闷不乐，但李孝恭和李靖的这一决定，赢得了广大江南官民的拥护，大大加快了大唐统一江南的进程。唐军在江陵秋毫无犯的消息传出后，江南各州县望风归降，连正在赶来增援江陵的十几万梁国援军也主动放下武器，向唐军投降。

李渊赏赐了所有归降的梁国文武官员，可唯独对萧铣，他一时还不知如何处置。

李孝恭把萧铣押送长安，李渊在朝堂上接见了他。像当初接见王世充那样，为了彰显出兵的正义性，李渊又当着满朝文武的面，历数萧铣的"罪过"。

李渊本以为萧铣会老老实实认罪，都已经沦为阶下之囚，不配合胜利者演出，图嘴上一时之快有何意义？可谁能想到，深谙潜规则的萧铣偏要"任性"，他高昂着头说："隋失其鹿，天下共逐之，可惜我萧铣不受老天庇佑，这才落到这步田地，如果非要以此定罪，那我只有死路一条了。"

朝堂上登时落针可闻，呈现出一片紧张的沉静，文武百官不约而同地把目光聚集在正前方御座上的李渊脸上。

李渊的脸色似怒非怒，深不可测。过了一会儿，李渊冷冷地说："既然如此，那就成全你吧。"

武德四年（621）九月，萧铣被斩于长安都市，梁亡。

灭梁后，李渊趁热打铁，又派李靖安抚岭南。十一月，李靖抵达桂州（今广西柳州），派部下招抚岭南各地豪杰，所到之处，无不望风归降，连下九十六州，岭南悉平。

大唐的统一事业又向前迈出历史性的一大步。然而，正当李渊庆祝天下一统指日可待时，早已归顺的江淮却传来了紧急军情。

## 从挚友到敌人

江淮是吴王杜伏威的势力范围，自武德二年（619）归顺大唐，杜伏威一直对李渊忠心耿耿。武德四年（621），他还替李渊平定了另一个"吴政权"——割据江浙的李子通集团。

李子通是山东峄县人，为人乐善好施，骁勇善战，也是一位叱咤风云的枭雄，如果没有杜伏威，大唐的统一事业必将增添一大挑战。

为了证明对大唐的忠诚，武德五年（622）七月，杜伏威竟然主动申请入朝。入朝意味着什么？离开自己的地盘，那就是龙搁浅滩，虎困深山。杜伏威不是不知入朝可能存在的风险，但为了消除李渊的疑心，证明自己无心，今后也无力割据江淮反叛，还是义无反顾地入朝。

杜伏威的到来让李渊喜出望外，他特意让杜伏威与他同榻而坐，并加封他为太子太保，位在齐王之上。这绝对是一项史无前例的恩荣。全大唐人民都知道，杜伏威入朝前，大唐第一号人物是皇帝李渊，第二号人物是太子李建成，第三号人物是秦王李世民，第四号人物则是齐王李元吉。现在杜伏威位在齐王之上，这也就意味着，他已经取代李渊的亲儿子、晋阳起兵的功臣李元吉，成为大唐第四号人物。

然而好景不长，仅仅才过一年，他的处境便急转直下。但杜伏威的处境改变，不是李渊翻脸不认人，而是有人把他推到了风口浪尖。此人是杜伏威的生死之交，也是他曾经最信任的人，他的名字叫辅公祏。

辅公祏和杜伏威是同乡，也是山东章丘人，年长于杜伏威，所以杜伏威把他当大哥。杜伏威发迹前一贫如洗，经常吃不饱饭，辅公祏很心疼，便想接济他。可是，他自己也穷得叮当响，哪有钱接济杜伏威？情急之下，他想到了偷。偷别人家的东西，辅公祏一时还下不去手，那就只能偷自家的。他的姑姑家境殷实，家里养了不少羊，于是辅公祏跑到姑姑家顺手牵羊。姑姑也不是不通情理之人，有时候辅公祏就在她眼皮子底下把羊牵走，她也当作没看见。

可是，辅公祏对杜伏威太讲义气，经常过来偷羊，他的姑姑终于忍无可忍，于是向官府举报了他。就这样，辅公祏和杜伏威双双成为通缉犯，携手踏上了起义之路。

杜伏威和辅公祏的发迹生涯很让人感动，虽然辅公祏是杜伏威的大哥，但由于杜伏威能力更出众，辅公祏心甘情愿尊他为主。两人十年南征北战，无数次身陷绝境，又无数次死里逃生，辅公祏始终对杜伏威忠心耿耿，不离不弃，这才打下了江淮一大片基业。

只可惜，自古以来都是共患难易，同富贵难。杜伏威发迹后，大权在握，而辅公祏也树立了极高的威望，军中敬称他为伯父，敬畏他如同敬畏杜伏威，两人的关系因此产生了微妙的变化。一山不容二虎，见辅公祏的威望越来越高，杜伏威总担心他会取代自己，所以他决定暗中解除辅公祏的兵权。

他在国中设立了左、右两大将军，左将军由他的养子阚棱担任，右将军的人选所有人都以为是辅公祏。事实上，以辅公祏的资历出任右将军显然有些委屈他，但最后，辅公祏并没有担任右将军，而是一个叫王雄诞的人担任了右将军。

王雄诞是山东曹县人，他的资历其实比辅公祏低一个辈分，但杜伏威之所以认为他有资格出任右将军，是因为他也是杜伏威的养子。左右两大将军都是杜伏威的养子，两人瓜分了吴国所有兵权。

但这置辅公祏于何地？如果辅公祏继续留在军中，势必要接受阚棱或王雄诞的领导，辅公祏能承受这样的屈辱吗？

杜伏威说："辅公祏是我兄长，我怎么能让他接受子侄辈的领导呢？我要封他一个在吴国一人之下万人之上的大官。"

辅公祏于是被任命为吴国仆射（相当于宰相）。但他一点也不高兴，因为吴国仆射虽然地位崇高，但是个有名无实的虚职。辅公祏一怒之下，索性每天跟着老朋友左游仙学道。

但如此一来，两人的矛盾也渐渐公开化。杜伏威入朝前，相比被李渊算计，他更担心的是，辅公祏趁他不在举兵谋反。

当时辅公祏已担任吴都丹杨（今江苏丹阳）留守，但不掌兵权，兵权在副留守王雄诞手中。临行前，他对王雄诞千叮咛万嘱咐："我到长安后，如果没发生什么意外，千万不要让辅公祏叛乱。"

王雄诞满口答应。可他终究还是辜负了杜伏威的期望。

## 一封伪造信

杜伏威所料不错，辅公祏果然有乘机叛乱的野心。他刚入朝，辅公祏就和左游仙勾结，企图夺取江淮与大唐对抗。但这个计划很难实现，正如前文所说，辅公祏没有兵权。辅公祏决定先从王雄诞手中夺取兵权。

夺兵权的手段并不高明，一天，辅公祏宣称收到了一封杜伏威从长安寄来的书信，信中提到杜伏威怀疑王雄诞不忠，然后他故意把这一信息泄露给王雄诞。

这封信真是假到不能再假。首先，杜伏威和辅公祏的关系早就破裂，而且杜伏威正在猜疑辅公祏，怎么可能给他单独写信，还谈及这样敏感的话题？其次，杜伏威为何让王雄诞掌握兵权？为何让王雄诞防范辅公祏？不正是出于相信他的忠诚吗？又怎么可能无缘无故怀疑他？最后，以杜伏威的行事作风，一旦猜疑王雄诞，必然会解除他的兵权，又怎么可能继续让王雄诞执掌兵权？

可如此低劣的谣言，王雄诞却对它深信不疑，以至于情绪低落称病不上班，结果给了辅公祏可乘之机，接管了吴国兵权。辅公祏夺权后，立刻策划起兵。

王雄诞这才如梦初醒。但同时，他也面临一个艰难的选择。辅公祏致力于打造一支上下同心的起兵部队，他不可能让王雄诞独善其身，所以，王雄诞必须为忠于杜伏威还是辅公祏做一个决断。

辅公祏显然是非常希望王雄诞投奔他的，所以他特意派亲信西门君仪告知王雄诞起兵之事，但结果让他很失望，王雄诞的回应是："我大唐天下无敌！辅公祏为何要扰乱天下，自取灭亡？我王雄诞宁可死，也不愿背叛陛下和吴王，行不义之事！"

当天，王雄诞被辅公祏下令缢杀，以身殉国。

武德六年（623）七月，辅公祏假传杜伏威命令，大肆扩充兵力，筹集军需物资，随即在丹杨称帝，建国号为宋，正式向李渊发起挑战。消息传到长安，杜伏威惊慌、不安、尴尬，无地自容，李渊龙颜大怒，当即下令征讨辅公祏。

八月二十二日，李渊出动四路大军南征，第一路军由李孝恭统领开赴江州，第二路军由李靖统领开赴宣州，第三路军由黄君汉统领取道谯州、亳州，第四路军由李世勣统领取道淮泗，对辅公祏形成三面合围之势。

面对大唐四路大军围攻，辅公祏又将如何应对？

# 辅公祏的末日

辅公祏认为最好的防守就是进攻，趁南征唐军还未抵达前线，他主动出兵攻打海州（今浙江临海）和寿阳（今安徽寿县）两地。

李渊派黄州总管周法明反击，辅公祏让大将张善安驻扎夏口迎战。张善安担心不是周法明的对手，趁周法明驻扎荆口，在战船上饮酒时，派刺客假装成渔民将他刺杀。

周法明牺牲后，李渊让安抚使李大亮接任。李大亮以其人之道还治其人之身，也狠狠地算计了张善安一次。他知道张善安首鼠两端，于是约他隔水列阵对话，说："辅公祏以江淮一隅之地对抗大唐，是以卵击石，自取灭亡，将军何必跟着他送死？不如弃暗投明，你看那些投降我大唐的将领，哪个没有受到天子的礼遇？"

张善安果然心动，说："我本来就没打算叛乱，皆是被部下所误。"

李大亮明白张善安的意思，忙说："将军要是弃暗投明，和我们就是一家人了。"

张善安大喜，为了表示诚意，竟孤身一人渡河与李大亮商谈投诚之事。但李大亮并没有乘机扣押张善安。李大亮的确在算计张善安，但他认为，就这样扣押张善安，收获太少。李大亮正在下一局大棋。

他热情地接待了张善安，还握着他的手嘘寒问暖，然后亲自率部下送他回营。张善安大受感动，不久，他又率领几十名骑兵来到李大亮营地，与他商议投降之事。李大亮再次热情地接待了他，不过，入营门正式商谈前，李大亮提出了一个小小的要求：投诚之事不能让辅公祏知晓，为了保密起见，随从骑兵不能入内。张善安没有反对，因为他认为李大亮的提议很有道理。

两人在营帐内商议了很久，张善安提出的每一个条件李大亮都满口应允。张善安非常满意，起身向李大亮辞别，却听见李大亮冷冷地说："你走不了。"

张善安这才恍然大悟，但他并不慌张，因为他的部队还在，还有和李大亮谈判的资本。但他不知道的是李大亮之所以现在才扣押他，正是为了瓦解他的部队。

得知张善安被扣押，部下怒不可遏，决定攻打李大亮。李大亮派人对他们说："不是我扣押你们的将军，是他自己不想反叛，主动留下来的。我劝他回营和你们说一声，他说你们肯定不同意他投降，一旦回营，必然被你们加害。"

部下竟对此深信不疑。如果张善安真是李大亮扣押的，为何李大亮不趁他上次孤身入营时扣押？他们越想越气，一哄而散。李大亮乘机出兵，俘虏大批敌军。就这样，辅公祐抵抗唐军的前线部队轰然瓦解。李孝恭和李靖统帅四路大军长驱直入，连下鹊头、梁山等多座城镇，迫使辅公祐全面收缩战线，退守国都丹杨抵抗唐军。

辅公祐进攻不是李孝恭的对手，但是个打防御战的高手。

唐军当时已进入今安徽西南部，若想攻打丹杨，首先得东渡长江，辅公祐于是下令封锁丹杨西南百里左右——安徽当涂境内的长江，以铁锁截断长江航道，同时修筑防御工事却月城，绵延十余里不绝。

为了一举击败来犯之敌，辅公祐还在当涂布下了两支重兵，一支是3万水军，驻扎在当涂西南博望山，由大将冯慧亮和陈当世统领；另一支是3万步骑兵，驻扎在当涂东南青林山，由大将陈正通和徐绍宗统领。

李孝恭不敢贸然渡江，派李世勣率领1万步兵攻打冯慧亮所部。李孝恭的战术目的是，让李世勣所部牵制冯慧亮所部水军，如此，唐军主力渡江的压力便大大减小。可冯慧亮也不是等闲之辈，坚壁不战，就等着李孝恭渡江时截击。李孝恭大怒，于是出奇兵切断了冯慧亮所部的后勤补给线。

粮道被断，冯慧亮有些着急了，他必须速战速决。当天夜里，他调遣一支精锐逼近唐军，不断进行武力挑衅。

形势反倒变得更不利，因为冯慧亮的精锐部队已靠近李孝恭大营，这无疑让唐军主力渡江的难度变得更大了。

李孝恭召集众将商议对策，将领们大多认为，冯慧亮兵力强盛，占据水路优势，应该避其锋芒，但同时他们建议："不如直接渡江攻打辅公祐，只要攻破丹杨，冯慧亮他们自然会投降。"

李孝恭决定采纳这一战术。但军中有人反对，他又是李靖。李靖说："辅公祐的主力虽然都在当涂一带，但丹杨城内的守军也不少，我们现在连冯慧亮他们都不能打败，又怎么可能轻易攻破丹杨？一旦丹杨久攻不下，冯慧亮他们必然从我军后翼逼近，到时我军腹背受敌，可就危险了。"

李孝恭问："那你有何妙计？"

李靖说："冯慧亮和陈正通都是身经百战的老将，他们之所以坚壁不出，不是不想打，而是得到了辅公祐的命令，故意按兵不动，以此拖垮我们。我们不妨主动挑战，一举破敌。"

依李靖的计策，李孝恭派老弱部队前往敌军营垒挑衅，自己亲率精兵严阵以待。冯慧亮和陈正通见唐军战力很弱，于是率兵反击。唐军果然不堪一击，交战没多久，就被杀得狼狈而逃。

这么好的机会，怎么能不扩大战果？冯慧亮和陈正通立刻率军追击，没想到只追了几里，就遭遇李孝恭统帅的唐军精锐，被杀得措手不及，伤亡惨重。

冯慧亮和陈正通所部虽然伤亡不少，但他们的部队人数多，依然具备与唐军一决雌雄的实力。但两人万万没料到，片刻之后，他们便会一败涂地，且无法挽回，而打败他们的不是唐军，而是李孝恭手下一位将领。这位将领就是阚棱。阚棱作为杜伏威的养子，跟随杜伏威入朝，辅公祏起兵后，又跟随李孝恭南征。

阚棱在江淮军界也拥有很高的威望，关键还在于，冯慧亮和陈正通手下有不少他的旧部。当冯慧亮和陈正通指挥部队反击时，阚棱一马当先，脱下头盔对叛军说："你们不认识我了吗？怎么胆敢和我交战？"

叛军猛地一惊，左顾右盼，谁也不敢冲锋。过了一会儿，有部分将士不约而同地扔掉兵器，走到阚棱马前向他行礼。叛军一阵骚动，士气登时崩溃。冯慧亮和陈正通连忙指挥部队撤退，李孝恭和李靖率军紧追不舍，转战100多里，如秋风扫落叶，将博望山和青林山两地叛军全部剿灭。冯慧亮和陈正通狼狈逃往丹杨。

武德七年（624）三月，李靖率唐军先头部队渡江，兵临丹杨城下。

辅公祏也是一位久经考验的枭雄，而丹杨还有数万大军，一场硬仗似乎在所难免。可他对冯慧亮和陈正通拖垮唐军寄予了太大的希望，结果希望越大，失望越大，前线败报传来，他的心理防线顿时崩塌，斗志全无。

见唐军兵临城下，辅公祏的第一反应就是逃，他打开城门，率领数万大军向城东狂奔，打算到会稽投奔左游仙。李孝恭让李世勣率兵追击辅公祏。辅公祏唯恐被李世勣追上，也顾不上部队能否跟上他的节奏，逃到句容时，身边仅剩下500人。

这仅剩的五百人中，还有人对他心怀不轨。当晚，辅公祏在毗陵（今江苏常州）宿营，将领吴骚等人密谋发动兵变，企图将他生擒献给唐军。不过，兵变没有成功，因为辅公祏及时察觉到了。但辅公祏也不敢镇压吴骚等人，因为他不知道这500人中，到底还有多少人效忠他，只好率领几十名亲信破关而逃。

逃到浙江德清时，他竟然遭到了当地农民的攻击。更令人尴尬的是，堂堂"大宋国皇帝"，居然还被农民们打得落花流水，亲信西门君仪当场被杀，而他本人，则被农民们生擒，被押往丹杨问罪。

李孝恭下令将辅公祏斩首，并派兵追剿其余部。唐军所到之处，如摧枯拉朽，"悉诛之"，至当年三月底，"江南皆平"。

随着江南的平定，李渊统一天下的宏图伟略也基本宣告完成。这一年，李渊58岁，从太原起兵到统一全国，仅仅只使用了七年时间，是中国历史上统一全国耗时最短的开国之君。

长安城太极宫里的李渊春风得意，但同时又忧心忡忡，因为他发现被之前各种矛盾所掩盖的宫廷矛盾正在迅速浮出水面。

# 第十七章 兄弟反目：矛盾愈演愈烈

属意的接班人
后宫"围剿"秦王
魏徵献计
太子出征
李建成谋反案
迁都风波
好心办坏事
矛盾升级：李建成摆鸿门宴

# 属意的接班人

在北宋史学家司马光看来，李建成和李世民矛盾的爆发，李渊是具有很大责任的。他在《资治通鉴》中记载了这样一个故事——

晋阳起兵时，李世民出谋划策，出力甚多，李渊感激地对他说："如果起兵能成功，天下都是你带来的，该立你为太子。"

李世民一听这话，诚惶诚恐，连忙谦虚地拜辞。但李渊决心已定。攻占长安后，李渊晋封为唐王，立世子时，将领们无不提议立李世民，李渊也非常赞同这一提议。但也有一人公然强烈反对，此人不是李建成，而是李世民。李世民不愿李渊弃长立幼，在他的强烈坚持下，李渊只好放弃立他为世子的打算。但李渊也不想立李建成为世子。

司马光笔下的李建成，是一个平庸的纨绔子弟，性情宽缓散漫，好酒色，还喜欢打猎（**性宽简，喜酒色游畋**）。如果不立李建成，李渊年长的儿子，就只剩下李元吉。但李渊更不想立李元吉，因为李元吉比李建成更不成器。三个年长的儿子，一个坚决不愿做世子，一个绝对不能做世子，无奈之下，李渊只好立李建成为世子。李渊称帝后，李建成顺理成章被立为太子。

在司马光看来，立储这件事上李渊真是一点帝王的魄力也没有，既然李建成纨绔无能，自己和群臣都属意李世民，就应该果断立李世民为世子。如果早立李世民为世子，不会存在一个与李世民对抗的东宫集团，手足相残的悲剧就不会发生。

司马光以理学价值观衡量李建成，故而得出他是个平庸纨绔弟子的结论，然后想当然地认为李渊不喜欢他，常常想废长立幼，改立李世民为太子。

但《旧唐书·李建成传》有两件事足以证明，至少在称帝之初，李渊非但没有任何废立之心，反倒全心全意把李建成当接班人培养。

事件一：义宁二年（618），李渊以李建成为授抚军大将军、东讨元帅，统帅十万大军攻打洛阳（**二年，授抚军大将军、东讨元帅，将兵十万徇洛阳**）。这一决定说明，李渊有意让李建成建立军功，巩固世子之位（当时李渊还是唐王）。

只可惜，李建成的军事能力并没有那么出色，所以这次攻打洛阳无功而返，于是李渊为他做了第二件事。

事件二：为了培养李建成的执政能力，李渊下令，凡非军国要务，一律交给李建成裁决（*高祖忧其不娴政术，每令习时事，自非军国大务，悉委决之*）。

试想，如果李渊想废黜李建成，又怎么可能刻意培养他的治国能力？但有一点司马光没有说错，那就是李建成有不安之心。但李建成不安，不是司马光以为的李渊对他不满，而是感受到了李世民及秦王集团带来的强大压力。

那么，李建成将采取什么措施，以巩固自己的太子之位？

## 后宫"围剿"秦王

李建成巩固太子之位的手段并不光彩，但是，这大概也是他当时能想到的唯一可行的办法。

李渊称帝后，纳了很多后妃，这些后妃为他生下了近 20 个皇子。

俗话说母凭子贵，但俗话也说物以稀为贵，人也是如此，皇子多了，皇子的含金量难免下降，所以这些后妃虽然生下皇子，但依然不能确保自己不会失宠。

为了巩固自己的地位，后妃们想到了结交年长的皇子以稳定自己的地位。所谓的年长的皇子，就是李渊发迹前所生且还健在的儿子。

李渊发迹前一共生有五个儿子，其中四个是发妻窦氏所生，除了李建成、李世民和李元吉三兄弟，第三子是李玄霸（《隋唐演义》里李元霸的原型），不过，他早在李渊起兵三年前便已夭折，年仅 15 岁。第五个儿子是万贵妃所生，名叫李智云。李渊起兵时他正在河东，由于没来得及逃跑，被隋朝官员所杀，年仅 14 岁。所以，后妃们想结交的其实就是李建成、李世民和李元吉三兄弟。

面对后妃们的主动结交，李建成、李元吉和李世民的态度互不相同。

李建成和李元吉认为这是一个机会，男人都容易被枕边风影响，和后妃们搞好关系，她们自然会在李渊面前为自己美言，这无疑有利于巩固自身地位。所以，两兄弟对后妃们极尽奉承，还经常送礼，交往甚密，以至于后宫传出了绯闻，说李建成、李元吉与李渊的宠妃张婕妤、尹德妃偷情。

而李世民截然相反，他对后妃们比较冷淡，从不主动结交，有时后妃们主动示好，他也只是礼节性地应付一下，因为他不屑于通过后宫巩固地位。后妃们热脸贴了冷屁股，自然对李世民心怀不满。

武德五年（622）发生的一件事，更是加剧了李世民与后妃们的矛盾。这一年，李渊派了几个后妃到洛阳挑选隋朝宫女，收取府库珍宝。后妃们仗着李渊的宠幸，乘机向驻守洛阳的李世民索贿，还要求李世民给她们的亲属封官。

没想到李世民当场回绝："财宝都已经登记在册，不可能送给你们，至于官位，那是授予贤人和有功之人的，不是拿来当人情的。"

见李世民一副义正严辞的样子，后妃们不好再多说什么，但她们越是忍住不说，心中压抑的愤恨也就越强烈。她们与李世民的矛盾也因此爆发。一开始是她们与李渊相处时，总是称赞李建成和李元吉，却故意诋毁李世民。但这一招收效甚微，因为李渊不是昏庸之主，没有那么容易相信谗言。真正对李世民造成影响的，是同年发生的"给田事件"。

由于淮南王李神通有功，李世民拨给他几十顷田地（*世民以淮安王神通有功，给田数十顷*），偏偏这块地早已被张婕妤的父亲看上，而且，在李世民给田的同时，张婕妤也替父亲向李渊提出了请求。李渊二话不说，亲手下敕将这块地赐给张婕妤的父亲。

如此一来，便产生了一个敏感的问题，这块地已被李世民拨给李神通，现在李渊又把它赐给张婕妤的父亲，那么它到底是属于谁的？张婕妤认为这块地应该属于她父亲，因为皇帝的权力比秦王更大。但李神通却拒绝退让，因为他认为李渊无权夺走这块地。

当时由于大唐开国才几年，还来不及建立严格的君臣等级关系，李渊和三个儿子之间，就更是只"行家人礼"。三兄弟都可以骑马、携带兵器进入李渊的寝宫，皇帝的"敕"、太子的"令"、秦王和齐王的"教"可以并行，"据得之先后为定"。

也就是说，李渊和李世民同时就某事下命令，如果先收到李渊的命令，就按李渊的要求行事；但如果先收到李世民的命令，就按照李世民的要求行事。

李神通当时就是这样拒绝的："我已经先收到秦王的教，这块地就是我的了。"

但张婕妤决定打破这种默契。她阴阳怪气地对李渊说："陛下下敕赐给我父亲的地，被秦王夺走送给李神通了。"

这不仅是挑拨李渊和李世民的父子关系，而且挑拨了敏感的君臣关系，皇帝亲赐的地居然可以被秦王夺走，这是什么性质？果然，李渊勃然大怒，他生气地责问李世民："朕的敕难道还不如你的教吗？"

从这一刻起，李渊对李世民的态度发生了某种微妙的变化。

几天后，在一次与裴寂的聚会上，他竟然失望地对裴寂说："二郎长期在外带兵，受到了书生们的蛊惑，已经不再是从前那个二郎了。"

正当李渊以为"二郎变了"的时候，他的另一个宠妃尹德妃又来火上浇油。

尹德妃的父亲尹阿鼠是个张扬跋扈的人，一天，时任秦王府属官的名相杜如晦骑马经过他家门前，尹阿鼠竟唆使家仆将他强行拖下马，一顿暴打，还打断了他一根手指。

他当时对杜如晦说："你算个什么东西，胆敢过我的门前不下马！"

当时的杜如晦地位的确不如尹阿鼠，但人尽皆知，他是李世民的亲信。尹阿鼠打完人后也有些后悔，他担心李世民向李渊告状，所以决定恶人先告状，抢先向李渊状告李世民。

他通过尹德妃在李渊面前污蔑李世民："秦王的亲信欺辱我的家人。"

李渊印象中的李世民，从来不是一个放纵下属仗势欺人的人，但他现在既已抱有"二郎变了"的偏见，尹德妃的话只会让他对李世民越来越失望。

他召来李世民，劈头盖脸一顿痛骂："我后妃的家人你都敢欺负，何况平民百姓！"

这真是天大的冤枉！李世民反复为自己辩解，但李渊就是不信。二郎真的变了，李渊伤心地认为，二郎不仅变得跋扈了，也和自己越来越疏远。

有一次，李渊在宫中举行酒宴，皇子和后妃们齐聚一堂，其乐融融，可酒过三巡，宴会上却出现了一个大煞风景的面孔。他就是李世民。他竟然独自一人在席上唉声叹气，甚至流下了眼泪。

李世民为何哭泣？原来，他看到李渊身边"花团锦簇"，想到了已故的母亲窦氏。母亲为父亲操劳一生，却没有看到父亲成为皇帝，更没有享受过一天皇后的风光。李渊也觉得愧对窦氏，但这种愧疚只能由他自己表达出来，怎么能由儿子挑明？而且还是在大庭广众之下让他难堪。

李渊很不高兴。可李世民并没有考虑李渊的情绪，在以后的多次酒宴上，他又多次歔欷流涕（世民每侍宴宫中，对诸妃嫔，思太穆皇后早终，不得见上有天下，或歔欷流涕）。

后妃们也不喜欢李世民在酒宴上大煞风景，她们乘机向李渊进谗言："秦王每次都在酒宴上哭泣，真的都是思念母亲吗？实际上是针对我们啊！陛下在时，他就如此憎恨我们；陛下万岁之后，秦王肯定不会放过我们。"

年近六旬的李渊伤感地凝视着自己的少妻幼子们。诋毁李世民当然不是后妃们的最终目的，见李渊面露愁情，他们马上说："太子仁厚孝顺，如果陛下把我们母子托付给他，我们就安心了。"

之后，李渊开始渐渐疏远李世民，而对李建成越来越亲近。但李渊的亲近并没有安抚李建成的不安之心，因为他感受到的威胁并没有削弱，李世民还是那个功高震主、兵强马壮的秦王。

武德五年（622）六月，中原大地战火重燃，瀛洲、东盐州等地相继沦陷。然而，这对李建成而言，却是一个压制李世民的大好机会。

## 魏徵献计

重燃中原战火的是刘黑闼。刘黑闼是窦建德的同乡，他年轻时不务正业，喜欢喝酒赌博，家里一贫如洗，但他交了一个好朋友。这个好朋友正是窦建德。每次他经济困难时，窦建德都会慷慨地接济他。

刘黑闼虽然穷，但心气却很高。隋末大乱时，他参加了义军，因骁勇善战，做了李密的偏将。后李密被王世充击败，他也成了王世充的俘虏。王世充很欣赏他的骁勇，提拔他为骑将。然而，他却看不起王世充，听说好友窦建德在河北混得风生水起，果断率部前往河北投奔窦建德。窦建德大喜，封刘黑闼为汉东郡公，委以重任。只可惜好景不长，武德四年（621），窦建德在虎牢关被李世民击败，夏政权轰然坍塌，刘黑闼失去依靠，回到漳南老家，务农为生，闭门不出。

正当刘黑闼以为自己会当一辈子农民，平平淡淡地过完一生时，随着一阵急促的敲门声，他迎来了人生事业的第二春。

当年七月，李渊征召窦建德旧部范愿、董康买等人入朝。李渊这样做，本意是为大唐笼络人才，通过面试授予他们官职，没想到反而引发一场长达两年的战乱。

窦建德是一个很有人格魅力的人，深得部下敬重，李渊将他处死后，引起了范愿等人的不满。而范愿等人又发现，王世充降唐后，手下（顽抗大唐的）将领大多被李世民处死，因而产生不安之心。

不满和不安的交融下，范愿等人滋生了起兵自保的心理。起兵容易，但成事不易，范愿等人深感自身威望不够，决定拥立一个有影响力的人为主，于是找到了正在务农的刘黑闼。当天，刘黑闼把他的耕牛都宰了，款待范愿等人，同意起兵。

王世充和窦建德都没有看错人，刘黑闼的确是一员骁勇善战的猛将，也的确是一位可以独当一面的乱世枭雄，起兵不过半年时间，他就先后大败李神通、罗艺、李世勣等名将，生擒名将薛万均、薛万彻，杀冀州总管麹棱、定州总管李玄通，恢复了夏国故地。

河北沦陷的消息传到长安，举朝震惊。武德四年十二月，李渊以李世民为统帅东征刘黑闼。又是李世民，结果不必多言，洺水一战，李世民几乎全歼刘黑闼主力。刘黑闼和范愿仅率1000余人突围，北上投奔突厥。

武德五年（622）六月，刘黑闼在突厥的支持下卷土重来，先后攻陷瀛洲、东盐州等地，大有收复故地之势，看来，李世民又该出场了。但这一次，李渊却出人意料地没有任用李世民。因为此时太子和秦王的矛盾已经爆发，李渊为了巩固李建成的太子之位，不能让李世民再建新功了。

经过慎重考虑，他决定让李元吉挂帅出征。这并不算一个糊涂的决定，因为去年东征刘黑闼，李元吉也有参与，而且是以副帅的身份，可以说积累了丰富的"抗刘经验"。

只可惜，刘黑闼的强大超乎了李渊的预料。更超乎李渊预料的是，窦建德在河北的影响力余威不减，虽然他已经被杀一年，但河北民众依然非常怀念他。刘黑闼打着窦建德的旗号招揽人心，河北诸州纷纷反叛大唐，又迅速恢复了夏国故地。

刘黑闼重建夏政权后，下一步，很可能是举兵西向，攻打洛阳和长安，李渊决定换帅。但他依然不想任用李世民。魏徵和太子中允王珪看懂了李渊的用意。

魏徵时任太子洗马（负责辅佐太子），他能够当上这个官职，最应该感谢的就是李建成。出任太子洗马前，魏徵的处境非常尴尬，他本是李密的部下，跟随李密降唐后，李渊派他前往山东招抚瓦岗旧部，结果被窦建德俘虏，于是又做了窦建德的部下，后来窦建德战败，他又被俘虏，押往长安。

短短几年时间，做了几次俘虏，换了几个幕府，但李建成并未怀疑魏徵的人品。得知魏徵贤能，李建成主动邀请他担任太子洗马，礼遇甚厚。这件事无疑也再次证明，李渊立李建成为太子并没有错，仅从这种唯才是举海纳百川的胸襟上看，他就不是等闲之辈。

魏徵不是传统意义上的忠臣，但他绝对是个极有职业操守的人，李建成器重他，他便不遗余力地辅佐李建成。魏徵知道李渊希望李建成出征，他也非常支持这一主张。他和王珪对李建成说："秦王功盖天下，内外归心，殿下不过是靠年长上位，不立一些军功，将来怎么压制秦王？"

可问题的关键是，李建成能打败刘黑闼吗？如果打不过，就只可能适得其反。

前面说过，李建成的军事才能并不差，不仅在西河之战中表现优异，而且还领导唐军打赢了祝山海和刘仚成。

魏徵是不会轻易让李建成冒险的，在他看来，只要李建成军事能力不差，就一定能打败刘黑闼。因为魏徵敏锐地发现，李元吉之所以出征不利，是因为他的打法太保守，不敢与刘黑闼正面交锋。事实上，刘黑闼并没有那么强，他卷土重来召集的都是散亡之兵，直属队伍不到1万人，如果以优势兵力进逼，必能摧枯拉朽，一举破敌。

打败刘黑闼后，除了建立军功，还有一个好处。魏徵和王珪对李建成说："殿下打败刘黑闼后，可以乘机结交当地豪杰，这样，您内有陛下支持，外有豪杰声援，地位就稳固了。"

李建成马上向李渊请缨，李渊非常欣慰。武德五年（622）十一月，李渊令李建成率兵征讨刘黑闼，并下令陕东道大行台及山东道行军元帅，河南、河北诸州均受李建成节制，还特许他见机行事，不必请示朝廷。这一战李渊对李建成寄予无限期望。那么，李建成的表现会让李渊满意吗？

## 太子出征

李建成东征刘黑闼之战，战果出乎所有人意料，李渊没料到，李建成本人也没料到，刘黑闼更是始料未及。

十一月十八日，刘黑闼还在河北战场所向无敌，攻陷恒州，杀刺史王公政。但短短七天后，他的不败纪录便戛然而止，攻打魏州（今河北大名），却久攻不下，因为李建成已经率唐军主力杀到。

不久，刘黑闼从魏州南撤，攻打60里外的昌乐（今河南南乐），李建成亲自督军追击，连战连捷。

十一月二十五日，刘黑闼又从昌乐北逃，逃到100多里外的馆陶（今河北馆陶）时，又被李建成追上，再次大败。

刘黑闼继续北逃，逃到永济渠时，与李建成隔水列阵对抗，结果又被李建成打败，只好再次逃跑。李建成令大将刘弘基追击。

武德六年（623）正月，刘黑闼逃到饶阳（今河北饶阳）时，身边只剩下100多人。这100多人，在刘弘基穷追猛击下，一个个失魂落魄，疲惫不堪，实在走不动了。逃到饶州城下时，他们饿得眼冒金星，想进城吃顿饭。

饶州刺史名叫诸葛德威，巧合的是，他是刘黑闼的部下，其刺史之职就是刘黑闼任命。刘黑闼落难来投，诸葛德威自然热烈欢迎。可是，刘黑闼却不信任诸葛德威。诸葛德威见刘黑闼怀疑自己，顿时泪流满面，近乎乞求地邀请刘黑闼入城。刘黑闼终于被感动了。

入城后，诸葛德威为饥寒交迫的刘黑闼一行献上了热气腾腾的美食，然后，趁他们吃得正尽兴时，把刀架在了他们脖子上。一代枭雄刘黑闼就这样沦为一个"演员"的阶下之囚。

刘黑闼起初怀疑得不错，诸葛德威确实想把他当作降唐的投名状。不久，他将刘黑闼押送洺州，交给李建成处置。李建成下令将刘黑闼斩首示众。

从武德五年（622）十一月出征，到武德六年（623）正月将刘黑闼斩首，李建成仅仅只用了三个月左右时间，便彻底平定了河北之乱。

李世民此前攻打刘黑闼，势如破竹，屡战屡胜，单论战功远比李建成强，为何却不能彻底平定河北之乱？早在洺水之战结束时，魏徵便道明了其中隐情。李世民从河北战场凯旋时，李建成问魏徵："河北是不是就此平定了？"

魏徵答道："恐怕未必。刘黑闼虽败，但我军杀伤太多，很多敌将都被处死，其家人被俘虏，就算想投降，也找不到机会。其间虽有赦令，但执行得不好，只怕叛军还会卷土重来，民心难以安定。"

鉴于此，李建成东征时，特意吸取李世民失败的教训，采取了一系列瓦解叛军军心的有力措施。

与刘黑闼大战昌乐时，战事一度陷入胶着，魏徵问了李建成一个直击人性的问题："此前齐王东征，就已经公布了赦免刘黑闼党羽的诏书，为什么他们还如此坚定不移地跟着刘黑闼负隅顽抗？"

李建成一时想不明白："他们之所以不投降，不就是担心被杀吗？现在陛下已经下诏赦免所有降人，他们为什么不投降？"

魏徵说："人性多疑啊！秦王大力镇压刘黑闼党羽的血案近在眼前，他们怎么敢相信陛下大赦的诚意？"

为此，魏徵建议李建成释放全部叛军俘虏，并加以安抚。李建成依计行事，一切果然如魏徵所料。随着战斗的持续，刘黑闼军开始断粮，叛军见唐军优待俘虏，纷纷不战而逃，有的甚至绑架上司投降唐军。刘黑闼这才被李建成击败。

平定刘黑闼之役，李建成完全实现了参战的既定目标，不仅威望大大增加，而且结识了统领幽、营二州的河北实权人物罗艺。

此外，李建成还有一个计划之外的重大收获。李建成此前一直缺少一支保卫东宫的精锐武装力量，通过这一战，他从罗艺手下挑选了一批精锐，扩充到东宫卫队中。这支精锐卫队大概2000人，李建成为其单独设立编制，号称"长林兵"。

可人算不如天算，李建成万万没想到，自己刚巩固太子之位，一起谋反案的爆发，又让他的处境变得岌岌可危。

## 李建成谋反案

武德七年（624）六月，长安酷暑，太极官热得像个巨大的蒸笼，李渊决定前往陕西宜君县境内的仁智宫避暑。出发前，他下令李建成留守长安，却让李世民和李元吉跟随他同往仁智宫。这一决定用意已经非常明显，李渊把李建成当接班人，才让他留守长安，主持朝政。而李世民和李元吉不是他属意的接班人，所以无须替他分担朝政，随他到仁智宫避暑。

可几天后，李渊突然对李建成勃然大怒，并紧急传召他到仁智宫觐见。

这与一个名叫杨文幹的人有很大关系。杨文幹是李建成的亲信，曾任东宫"警卫部队"将领，后出任庆州（治所在今甘肃庆阳）都督。虽然已经外任，但他和李建成的关系并没有疏远，据说他经常在庆州秘密招募勇士，输送到东宫，充当李建成的"警卫"。

李建成也投桃报李，决定派两名亲信前往庆州，赠送杨文幹一些盔甲。这两名亲信，一位名叫尔朱焕，时任郎将；另一位名叫桥公山，时任校尉。在名将如云的唐初，这两人无疑是微不足道的小人物，可正是这两名被李建成信任的小人物，却差点颠覆了他的太子之位。

两人从长安出发，走到豳州（今甘肃宁县）时，突然停了下来，写了一封奏疏，快马送至仁智宫。李渊打开信封一看，不由得心中一颤，只见信中赫然写道："太子使文幹举兵，使表里相应。"意思是说，李建成派尔朱焕和桥公山前往庆州，表面上是送杨文幹盔甲，实际上是乘机指使他起兵，与他里应外合，抢班夺权。李渊嘴角微微抽搐，他略一思忖，随即不动声色地用几案上的奏折把这封奏疏盖住，然后长舒一口气。

但接下来发生的事情，由不得李渊不信。当天，有一个名叫杜凤举的人风尘仆仆地赶到仁智宫。他是宁州（今甘肃宁县、正宁一带）人士，声称知晓杨文幹和太子的阴谋，也举报李建成和杨文幹勾结谋反。

他突然想起前段时间发生的一件事，越想越觉得可疑。六月下旬，有人举报李建成，暗中派部下可达志联系罗艺，从幽州调来300精骑，安置在东宫东面各坊市，打算用来充任东官低级武官。

李渊当时也没有多想，只是训斥了李建成一顿，然后将可达志流放巂州。可现在想来，莫非他当时已经在为造反部署兵力？于是他立刻下了一道亲笔诏，召李建成前往仁智宫对质。

如果李建成真的勾结杨文干造反，还会老老实实跑到仁智宫送死吗？李渊于是在诏书上留个心眼，以他事召李建成觐见（托以他事）。可李建成收到诏书后，恐惧不安，根本不敢去仁智宫。

可以确定的是，如果李建成不去仁智宫，李渊一定怀疑他是做贼心虚。看来仁智宫是非去不可。可去了就一定安全吗？李渊也可能早已下定决心，只待他一到仁智宫，就采取强硬措施。

李建成拿不定主意，只好紧急召集东宫属官商讨对策。会上众人争论不休，各执一端。太子舍人徐师谟认为，既然李渊已经怀疑李建成，去仁智宫风险太大，索性遂了他的愿，占据长安城，起兵称帝。詹事主簿赵弘智强烈反对，他认为不去才是冒险，因为李建成不是李渊的对手。所以，李建成不仅该去，还应该低调地去，以换取李渊的信任。

赵弘智建议李建成贬损车服，不带随从，孤身前往仁智宫谢罪（**詹事主簿赵弘智劝之贬损车服，屏从者，诣上谢罪**）。

李建成考虑再三，基本采纳了赵弘智的意见。当天，他率领东宫属官出发，走到距仁智宫60里的毛鸿宾堡（今陕西耀县西南）时，让属官留下，自己率十余骑奔赴仁智宫。一见到李渊，李建成就叩头谢罪，甚至自投于地，几乎气绝。然而，他近乎自残的谢罪并没有打动李渊。

李渊正在怒头上，当即下令将他软禁起来，让殿中监陈福看管，而且只提供简单的麦饭。

虽然如此，但李渊内心深处，还是非常希望自己冤枉了李建成。所以，软禁李建成的同时，他又做了一个重要决定，派司农卿宇文颖前往庆州，召杨文干前来对质。

可宇文颖一到，杨文干就真的起兵造反了。

宇文颖其实也很可疑，按说，李渊召杨文干对质，应该也是像征召李建成那样，"托以他事"，可宇文颖到庆州后，却把情况如实相告（**颖至庆州，以情告之**）。

杨文干一反，李建成被举报勾结他人造反的事就更加解释不清了。

李渊心如刀绞，自己信任有加、寄予厚望的长子为何要勾结外臣反叛自己？但当务之急，不是追究李建成谋反的动机，而是镇压已经起兵的杨文幹。

他做了两手准备，首先派左武卫将军钱九陇和灵州都督杨师道率兵攻打杨文幹；又担心两人不是杨文幹的对手，于是召李世民商议对策。

六月二十六日，李世民觐见李渊，提出派一员大将讨伐杨文幹。但这一提议遭到李渊反对，他说："杨文幹的事与建成有关，牵连的人太多，不是一个大将可以解决的，你应该亲自去。"

李世民不置可否，平静地看着李渊。但李渊接下来的一番话，让他的内心汹涌澎湃。

他对李世民说："去吧，二郎，你回来以后，我就立你为太子（汝宜自行，还，立汝为太子）。"

说罢，他潸然泪下："但我不能效仿隋文帝诛杀自己的儿子。废了建成后，我就把他立为蜀王，蜀地兵力薄弱，如果他臣服你，你就好好待他；如果他敢反叛，到时你捉拿他也容易些（吾不能效隋文帝自诛其子，当封建成为蜀王。蜀兵脆弱，它日苟能事汝，汝宜全之；不能事汝，汝取之易耳）！"

当晚，李渊如惊弓之鸟，生怕盗兵围攻仁智宫，竟连夜率领禁卫军离开仁智宫，从南面下山（仁智宫建在山上），一口气走了几十里。

距毛鸿宾堡不远时，李渊遇上了赶来的东宫属官将卒，在这个敏感的时刻，李渊完全不信任他们，下令属官将卒三十人为一队，然后派禁卫军看管。

第二天，李渊惊魂稍定，才返回仁智宫。这一天，李世民也踏上了平定杨文幹之乱的征途。平叛过程毫无悬念，以李世民的雄才大略，杨文幹完全不是他的对手，杨文幹的党羽也对此深信不疑。所以，李世民一到，其党羽便作鸟兽散。

七月五日，山穷水尽的杨文幹被部下所杀，传首京师。

《旧唐书》和《新唐书》都认为李建成谋反，称李建成之所以派尔朱焕和桥公山赠送杨文幹盔甲，就是为了催促他起兵（又遣郎将尔朱焕、校尉桥公山赍甲以赐文干，令起兵共相应接——《旧唐书·李建成传》）。

但有"尊李世民贬李建成"之嫌的《资治通鉴》没有采用这一说法，却又有所暗示。书中记载李建成派尔朱焕和桥公山赠送杨文幹盔甲前，又特意提到李建成怂恿李元吉图谋李世民，说："安危之计，就在今年。"似乎赠送杨文幹盔甲与图谋李世民有关，自然也可能与谋反有关。（建成使元吉就图世民，曰："安危之计，决在今岁！"又使郎将尔朱焕、校尉桥公山以甲遗文幹。）

可如果李建成真的勾结杨文幹谋反，他的动机何在？虽然李世民严重威胁到了他的太子地位，但正如前文所说，李渊显然还是很属意他的，否则不会让他留守长安。那么，他还有必要铤而走险勾结外臣谋反吗？

李渊冷静下来，终于开始重新审视这一案件。而他重新审视的结果，大出李世民所料。他不仅赦免了李建成，放弃了废长立幼的念头，而且还让李建成继续留守长安。

李渊赦免李建成后，又严惩了三位大臣，他们分别是太子中允王珪、左卫率韦挺和天策兵曹杜淹，他们都被李渊流放巂州。

王珪和韦挺是东宫集团的人，而天策兵曹杜淹却是李世民的人。

武德四年（621），李世民生擒窦建德和王世充，奠定大唐一统天下的基础，李渊非常高兴，为了表彰李世民的丰功伟绩，特设天策上将，位在王公上，以李世民为天策上将，并允许他开天策府，置官署。

李建成被举报谋反，李渊为何要流放李世民的人？李渊赦免李建成时的一个举动似乎可以说明问题。据《旧唐书·李建成传》记载，"（高祖）惟责以兄弟不能相容"，李渊当时什么也没说，只是责备李建成兄弟不能相容。

李建成因谋反案被软禁，李渊赦免他时却不提谋反案，反倒提及兄弟不能相容，这是否意味着，谋反案是兄弟不能相容的结果？

这种可能性当然是很大的。只可惜，李渊的明智只能避免矛盾迅速激化，却并不能从根本上化解李建成和李世民的储位之争。兄弟俩的矛盾依然在沿着原轨迹发展，以至于一件与储位毫无关系的政事，也能让他们在朝堂上吵得面红耳赤。

## 迁都风波

武德七年（624）以后，最让李渊忧心的两个问题，除了李建成和李世民的储位之争，就是突厥侵扰边境。

李渊起兵之初，为了避免与突厥冲突，曾与突厥领导人始毕可汗议和，卑辞厚礼，甚至可能向始毕可汗称过臣。只可惜，好景不长。李渊攻占长安的第二年，突厥就开始翻脸不认人，谋划联合梁师都和薛举入侵长安。

李渊当时刚在长安站稳脚跟，哪敢和强大的突厥硬碰硬？无奈之下，他只好采取花钱买和平的外交政策，派大臣宇文歆贿赂始毕可汗的弟弟莫贺咄设，这才化解了这一生死存亡的军事危机。

李渊一直试图与突厥保持友好关系，称帝后，始毕可汗派骨咄禄特勒出使长安。李渊待以殊礼，亲自在太极殿设宴款待，还下令演奏盛大的《九部乐》，并赏赐了大量财物。始毕可汗得寸进尺，每次派往长安的使者都骄横、贪婪，对大唐提出各种无理要求。李渊每一次都非常生气，但无一例外，他每一次都选择了忍让，尽可能满足突厥人的要求。

武德二年（619），始毕可汗去世，李渊更是在长乐门举哀，废朝三日，还诏令百官前往问其使者，并赠送始毕可汗的弟弟——突厥新任可汗处罗可汗3万段锦帛，作为始毕可汗的丧葬费。

李渊为何仍对突厥如此忍让和讨好？因为天下尚未统一。如果此时和突厥彻底撕破脸皮，那么，统一天下的任何一个重要时期，都可能遭到突厥的袭击，如此一来，大唐势必内外交困，有亡国之危。

那么，李渊明明对突厥如此仗义，突厥为何却总和他过不去？始毕可汗也好，处罗可汗也罢，包括后来的颉利可汗，其实都对李渊本人没有意见，甚至可能还很敬佩他，但突厥的国家利益决定了，他们必须与李渊为敌。因为与一个强大的唐朝为邻不符合突厥的利益。

突厥的对外战略是，阻止华夏一统，在华夏大地上扶立众多亲突厥傀儡政权，这些傀儡政权为了生存，必然不断向突厥进贡，突厥便可坐收大批财富。正因如此，随着大唐统一天下的脚步加快，突厥对大唐的军事行动也越来越频繁。

李渊平定中原后，仅武德五年（622）一年，突厥就先后五次入侵大唐。

当年八月，颉利可汗更是亲率15万大军入雁门关，攻打大唐龙兴之地太原，李渊急令李建成、李世民等分兵阻击，同时与朝臣商议"对突政策"。

李渊问："突厥大举入寇，和与战哪个更有利？"

大臣郑元璹答："我朝与突厥本就积怨很深，作战是加深怨恨，不如议和。"

郑元璹曾五次奉命出使突厥，他的建议颇具参考价值。他主张与突厥议和，绝非一厢情愿，事实上，颉利可汗入侵的同时，又派出使者请求和亲。

李渊面无表情地看着郑元璹，忽然转过头来，问："你也主张议和？"

封德彝说："议和是肯定的，但现在还不是时候。颉利仗着兵强马壮，轻视我朝，如果不战而和，示之以弱，明年他还会再来。不如先反击，战胜而后和，恩威并施。"

考虑到大唐在中原的统治日益稳固，李渊决定采取封德彝的建议。

然而，封德彝的建议并未给大唐带来长久的和平，武德六年（623）开始，突厥又开始频繁入侵大唐，而且他们开始采取直捣朝廷的策略，把主要进攻目标锁定在了关中。长安从此笼罩在突厥铁骑的阴影下，人心惶惶。

为了解决这一问题，有人提议李渊换一种方式思考，解决不了突厥，可以解决长安。他说："突厥之所以入侵关中，是因为我们的人口和财富都集中在长安，如果烧毁长安，迁都别处，突厥自然不会再入侵。"

李渊皱了皱眉头，他不赞同烧毁长安，但是，迁都的提议可以考虑，惹不起突厥，难道还躲不起吗？于是李渊派中书侍郎宇文士及前往樊州、邓州一带，巡视迁都之所。

为何要把迁都地址锁定在樊、邓一带？首先，此地位于今河南南部，当时还算经济发达、人口富庶地区；其次，此地距长安约800里、洛阳约400里，远离北部边境，足以避开突厥铁骑。

李渊很为自己的这一"明智之举"得意，然而，在一次朝会上，当他向群臣通报此事后，却引起了激烈的争议。支持李渊的其实还是占多数，李建成、李元吉、裴寂等宗室和重臣都支持迁都。反对的人数不仅少，而且见李渊态度坚决，根本不敢轻易劝谏，宰相萧瑀就是其中之一。

但少数反对者中，有一个敢于直言的重量级人物，且他的态度足以撼动李渊。此人正是李世民。李世民乘隙出击："夷狄之患，自古就有，陛下凭着英明神武，统一天下,手握百万雄兵,所向无敌,怎么能因为胡人骚扰边境,就迁都躲避?哪个天子这样做过?这不是给举国臣民遗羞,让后世讥笑吗?"

李渊悚然一震,他最担心的就是这点。

李世民乘机道:"霍去病不过是汉朝一员将领,尚且发誓扫灭匈奴,何况臣贵为藩王。希望陛下给臣几年时间,臣一定把颉利生擒入宫,交给陛下处置。万一不成功,到时再迁都也不晚嘛!"

一语惊醒梦中人,李渊情不自禁称赞道:"二郎说得好!"

见父亲称赞二弟,李建成不高兴了,他阴阳怪气地说:"当年樊哙也想以10万大军横行匈奴,秦王不会是樊哙第二吧?"

樊哙是西汉开国名将,刘邦去世后,匈奴单于冒顿写信调戏他的皇后吕雉。樊哙怒发冲冠,扬言:"臣愿率领10万大军,横行匈奴!"

没想到朝堂上突然传来一个刺耳的声音。说话者是大臣季布,他激动地说:"樊哙这种人就该斩首!当年高帝率领40万大军,尚且被匈奴围困白登山,你樊哙比高帝还厉害吗?凭什么靠10万大军横行匈奴?"

李建成把李世民比喻成樊哙第二,意在讽刺他口出狂言。李世民并不动怒,说:"不出十年,我肯定能扫清漠北,这可不是凭空妄言。"

李渊绝对相信李世民不是凭空妄言,经过再三考虑,李渊决定收回成命,他说:"既然二郎如此有信心,我看迁都的事就不要再提了吧。"

李建成向来听话,既然李渊不愿再提迁都之事,他也老老实实闭上了嘴。但这一次迁都风波,无疑让他和李世民的矛盾进一步激化。

有一天,他竟然对李渊说:"突厥不过是贪财而已,没有侵略大唐之意,所以每次入侵边境,掠夺到财物就会退兵。二弟难道不知道吗?孩儿怀疑,他所谓的抵御突厥,其实是想借机总揽兵权,阴谋篡位。"

李渊当然不会相信李建成的一面之词,但是,他也因此看到了兄弟俩的矛盾正在激化。

## 好心办坏事

武德七年（624）七月，李渊在长安城南设置围猎场，特意诏令李建成、李世民和李元吉三兄弟参加这次其乐融融的盛大围猎活动。

李渊希望通过这次活动，加深他和三个儿子的感情，同时也让三个儿子重温当年在太原的手足之情。围猎活动一开始很成功，大家都玩得很尽兴。

李渊让三兄弟骑马射猎，比试胜负。三兄弟都完美继承了李渊的骑射天赋，比赛非常激烈，各显神通，赢得围观官兵欢呼声不绝。

李渊更是惊喜地看到，三兄弟在比赛中，跨着坐骑风驰电掣的同时，还频频进行比赛交流，甚至也会为对方喝彩，看上去毫无嫌隙，一如他当太原留守时，三兄弟在他的带领下打猎那样。

毕竟血浓于水，三兄弟破裂的感情似乎正在被比赛的良好氛围迅速修复。比赛结束，三兄弟平分秋色，李渊没有宣布胜负。在李渊看来，这场比赛的目的已经达到，三兄弟谁胜谁负一点也不重要。

赛后，李建成牵着一匹膘肥体壮的胡马，笑意盈盈地走到李世民面前，说："这匹马跑得快，能越过几丈宽的涧水，二弟骑术好，要不要试试？"

李世民笑了笑，伸出右手牵过马来，纵身一跃上马。伴随着一声响亮的拍马声，胡马宛如一道宽大的闪电，朝目标飞奔而去。前方是一头健硕的野鹿，眼瞅着即将追上野鹿，胡马忽然长嘶一声，猛地尥起蹶子来。马背上的李世民摇摇欲坠，他连忙双手握紧马鞍，奋力一翻，稳稳地落在数步之外。待胡马安静下来，李世民又纵身上马，可没跑几步，胡马又开始猛烈尥蹶子，如是者三。

李建成早就知道这匹胡马喜欢尥蹶子，所以，李世民怀疑他居心不良。他骑在马上冷冷地盯着李建成，忽然回过头对宇文士及说："他想用这匹胡马害死我，但生死有命，他这是痴心妄想。"

话音甫落，只见前方的李建成满脸愠色。但李建成没有发作，他走到李渊的后妃身边，偷偷耳语了几句。

当天，后妃陪李渊宴饮时，煞有其事地对他说："秦王自称他有天命，当为天下主，怎么可能被一匹胡马害死！"

李渊勃然大怒，心想：我费心费力举办这场围猎活动是为了什么？怎么活动刚结束，就说出这种不利于兄弟和睦的话来？

他当即召来李世民，厉声责备道："天子自有天命，不是靠智谋和能力所能谋求的！你的野心也太大了吧，是不是恨不得马上取代我？"

李世民没有辩解。他免去王冠，俯伏在地，主动提出让司法部门调查他。因为他从未说过这样的话，不怕被调查，只有调查才能还他公道。

李渊怒气冲冲地瞪着李世民，正在考虑该如何处置他。但过了一会儿，李渊忽然转怒为喜，连忙起身扶起李世民，并好言让他戴上王冠。

李世民知道，李渊并没有原谅他，只是有求于他。李世民猜得没错，李渊变脸前，恰逢有关部门上奏突厥入寇。李渊需要李世民统兵反击突厥，所以只能改容安抚。

事实上，自此事后，李渊对李世民的信任与日俱减，而猜疑却与日俱增。虽然李世民的恩宠正在减少，但是李建平却一刻都不敢放松。他担心李世民狗急跳墙，于是他决定先下手为强。

## 矛盾升级：李建成摆鸿门宴

李世民其实比李建成更紧张，他甚至都已经开始谋划后路。

武德九年（626）六月，他让工部尚书温大雅驻守洛阳，同时秘密派车骑将军张亮率领一支千余人的队伍携带大量财物前往洛阳，广施恩惠，收买人心。万一在长安与李建成的斗争失败，就退守洛阳，与李建成分庭抗礼。

不过，张亮刚抵达洛阳，李世民的计划就被李元吉察觉。李元吉举报张亮图谋不轨，张亮被下狱，遭受严刑拷打。一旦张亮承受不住酷刑，将李世民的计划全盘托出，李世民就危险了。所幸，张亮始终咬紧牙关，一言不发，朝廷查无实据，只好放他回洛阳。

然而，张亮骗得过朝廷，却骗不过李建成。为了阻止李世民的阴谋得逞，更是为了自保，李建成终于狠下心来。李建成其实有过多次杀死李世民的机会，李元吉也多次劝他诛杀李世民，甚至连日后李世民最信任的大臣、时任太子洗马的魏徵，也可能劝说过李建成除掉李世民。

三年前的六月份，是李建成诛杀李世民的最佳时机。这月月底，李世民跟随李渊前往齐王府，李元吉令部将宇文宝率兵埋伏在寝室，准备刺杀李世民。李世民当时毫无防备，一旦宇文宝杀出，插翅也难逃。但关键时刻，李建成急忙叫停了这次刺杀行动，因为他实在不忍心把屠刀砍向自己看着长大的亲弟弟。

李元吉对李世民就没这么深的感情，他恼怒地说："我这是为大哥着想，杀了他对我有什么好处！"

但今时不同往日，李世民已经如此深谋远虑地算计他，他不能再心慈手软了。当晚，李建成热情地邀请李世民赴宴。李世民本不想去，但考虑到目前局势对自己不利，想乘机缓和一下和李建成的关系，使自己有更多周旋和应对的空间，所以答应下来。

谁曾想，这是一场鸿门宴。李建成给李世民准备的酒里下了剧毒，李世民饮酒后，突然胸口剧痛，跪倒在地，紧接着口吐鲜血，在一旁的李神通吓得不轻，连忙起身搀扶李世民，返回西宫治疗。看着李世民踉踉跄跄远去的背影，李元吉嘴角浮现出一丝阴谋得逞的冷笑。但结果让他很失望，李世民并没有死。

得知李世民饮酒吐血，李渊飞也似的赶到西宫探望李世民，并责备一旁的李建成："秦王不善饮酒，从今以后，不许你在夜间请他喝酒！"

李世民听到这话，胸口比喝了毒酒还痛。都这个时候了，父亲居然还在维护大哥！但李渊的心比李世民更痛，自己一手带大的两个儿子，怎么就闹到了要毒死对方的地步！

痛苦剥掉了李渊帝王的神圣外衣，他像一个调解兄弟矛盾的村野老叟，絮絮叨叨地对李世民说："当初晋阳起兵，是你最先提议的；如今天下一统，也是你的功劳。我提出过让你当接班人，是你自己拒绝了，现在这又是要干什么？"

李渊回头看了一眼李建成，说："你大哥终究是你大哥，况且他也做了这么多年太子，我怎么忍心废黜他？"

痛苦更让李渊失去理智，见李世民对自己爱搭不理，他竟然承诺道："我知道你们兄弟俩已经很难相容了，如果你继续留在长安，肯定会和建成发生冲突。这样，你去洛阳吧，陕州以东的地区都归你统领，特许你使用天子旌旗。"

这不是让李建成和李世民平分天下吗？李世民不想和李建成平分天下，尽管他正在经营洛阳，但洛阳只是他万不得已之下的一条后路，他的理想是整个天下。

他想拒绝李渊的提议，但又不能对李渊明言。父亲可以打感情牌，难道我不能吗？李世民灵机一动，号啕大哭："可孩儿舍不得离开您啊！"

可李渊却说："天下都是一家，洛阳和长安很近，如果我想念你，随时都可以去看望，你不必烦恼。"

李建成的理想也是整个天下，而且，在他看来，让李世民驻守洛阳，无异于放虎归山，远不如留在长安容易对付。

所以，当李世民即将启程的时候，他和李元吉连忙劝说李渊："秦王到了洛阳，一旦拥有土地和军队，便再也不能控制了。不如把他留在长安，如果他敢造反，不过是独夫而已，拿下他也容易。"

李渊不置可否。但在李建成看来，李渊没有明确反对，就说明他也很重视这一问题。现在他所要做的，就是渲染这一问题的严重性，让李渊因忧惧而改变主意。

三人成虎，李建成决定发动亲信上奏，宣传李世民镇守洛阳的后果。亲信们众口一词，声称："秦王府的人得知秦王要镇守洛阳，无不欢呼雀跃，察看秦王的动向，一旦他到了洛阳，恐怕就再也不会回来了。"

言外之意，李世民一旦镇守洛阳，就会割据洛阳，分裂大唐。

李渊绝不会容忍任何人搞分裂，可问题的关键是，李世民真的会割据洛阳吗？李渊相信他不会，毕竟他志在天下，但这一结论也给了李渊更深刻的启示，正因李世民志在天下，所以，他在洛阳站稳脚跟后，必会起兵西向与李建成争夺天下，如此一来，岂不天下大乱，生灵涂炭？

他绝不能让初安的天下再度烽烟遍地，当天，他急忙收回了让李世民出镇洛阳的诏令。

李建成自以为计谋得逞。但他也十分明白，这一次"胜利"并未对储位争夺的格局带来太大改变，一切不过回到原点，而且，秦王府的人依然在暗中经营洛阳。这一切，迫使李建成和他的东宫集团不得不采取更激进的手段。

# 第十八章 手足相残：玄武门之变

秦王府人心惶惶

釜底抽薪

李建成的阴谋

政变讨论会

玄武门之变

妥协的智慧：秦王即位

## 秦王府人心惶惶

武德九年（626）以前，李建成也煽动后妃攻击过李世民，但每次都是扭扭捏捏，放不开手脚，而且攻击的重点，也只是李世民如何跋扈。

但从武德九年开始，随着和李世民矛盾的加剧，他也终于豁出去了，不断怂恿后妃在李渊面前污蔑李世民，有时甚至撸起袖子亲自上场。而且，污蔑的重点，也不再是李世民跋扈，而是他图谋不轨。

这年六月，李渊几乎每天都会收到相同的举报，举报者当然都是李建成和后妃们，称李世民正在蓄谋造反。

李世民确实有造反的动机，加上众口铄金，李渊渐渐信以为真。他决定严惩李世民，没想到遭到宰相陈叔达的强烈反对。

陈叔达反对的理由并不充分，但他有充分的信心说服李渊，因为他知道李渊是个重感情的人。他对李渊说："秦王为国家立下大功，是不能废黜的。况且，他性情刚烈，一旦加以贬斥，万一忧愤成疾，陛下后悔还来得及吗？"

果然，李渊一听说李世民会被气病，立刻改变主意。

看来进谗言并没有太大作用，李建成气馁的同时，更是高度紧张，生怕此事被李世民知晓，采取激烈的报复手段。此刻比李建成更紧张的，大概就是李元吉了。

李元吉知道自己已经彻彻底底得罪了李世民，一旦李世民上位，他绝不会有好果子吃，所以，即使为了自保，他也要不遗余力地对付李世民。李元吉对付李世民的手段一直就比李建成更激进，而这一次，比以往还要激进，用极端形容也毫不为过。他竟然请求李渊诛杀李世民！

没错，李元吉确实早就想诛杀李世民，但以往都是计划偷偷摸摸地刺杀，与公然请求父亲诛杀自己一母同胞的二哥有本质区别！

李渊怒斥李元吉："你二哥有大功于国家，你说他蓄谋造反，你有证据吗？"

李元吉居然厚颜无耻地说："李世民平定洛阳的时候，迟迟不回长安，还广施恩惠，收买人心，违背陛下的命令，这不是想造反是什么？"

更厚颜无耻的是，见李渊不理睬，他竟然气急败坏地说："就应该赶紧杀掉李世民，还怕找不到借口吗（但应速杀，何患无辞）？"

李渊痛苦地、难以置信地凝视着李元吉，这还是当年唐国公府那个顽皮可爱的小四郎吗？

李渊虽然不忍诛杀李世民，但在秦王府的人看来，既然已经出现诛杀李世民的提议，就说明秦王的处境已岌岌可危。一旦秦王倒台，他们前途尽失不说，还可能受到牵连。

秦王府顿时人心惶惶，房玄龄与长孙无忌商量："现在仇怨已经结成，一旦祸发，岂止秦王府有难，整个国家都会面临危机。不如劝秦王效仿周公平定管蔡，安定社稷，时不我待，应该赶快行动！"

所谓周公平定管蔡，是指西周初年，周公摄政，辅佐武王之子成王，他的兄弟管叔和蔡叔在纣王之子武庚的煽动下，起兵叛乱。周公亲自领兵平定叛乱，杀管叔，流放蔡叔，安定天下。这起手足相残的军事行动，由于周公占据正义性，所以他一直受到后世的肯定。

长孙无忌时任比部郎中，只是刑部的一个中级官员，但他还有一个显赫的身份，那就是李世民的大舅哥，他的妹妹是李世民的发妻。作为李世民的大舅哥，长孙无忌当然是全力拥护他的，他对房玄龄说："我早就有此想法了，你的观点正合我意，我马上禀告秦王。"

可李世民却似乎不太愿意对李建成动武。得知是房玄龄的主意，他让长孙无忌把房玄龄请来。房玄龄乘机说："秦王功盖天地，理应继承大业。现在太子正在不择手段陷害您，这其实未必是坏事，这是上天提醒您该有所行动了。"

李世民的态度依然不明朗。在一旁的杜如晦心急如焚，赶忙走过去，连珠炮似的劝说李世民动手。

而与此同时，李建成也正在策划新一轮对李世民的打击。

## 釜底抽薪

他知道李世民之所以能与他抗衡，严重威胁到他的太子之位，是因为背后有一个势力庞大的秦王府。所以，他要瓦解秦王府势力，最好能拉拢李世民麾下猛将，让他们改换门庭，为己所用。

秦王府第一个被李建成拉拢的，是李世民最信任的将领兼救命恩人尉迟恭。

不得不说，李建成的确是一个干大事的人，在网罗人才这件事上，他从来都是不遗余力、不计成本。他送给尉迟恭的第一份见面礼，就是"一整车财物"，而且全是珍贵的金银器物。

不仅出手阔绰，他的姿态也放得很低，没有半点居高临下恩赐的架子。他给尉迟恭写了一封亲笔信，信中谦逊地说："希望能得到您的屈尊眷顾，以加深我们的布衣之交。"

只可惜，尉迟恭对李世民的忠诚是任谁也不能撼动的。

他给李建成回了一封信，旗帜鲜明地表达了三点看法——

一、李世民对他有大恩，因为他曾经跟随宋金刚对抗大唐，李世民不计前嫌，对他信任有加，还把他招入秦王府委以重任（久沦逆地，罪不容诛，秦王赐以更生之恩，今又策名藩邸）。

二、他不能接受李建成的礼物，因为无功不受禄，他没有为李建成做过任何贡献（于殿下无功，不敢谬当重赐）。

三、李建成靠金钱收买他很没意思，如果他收下了李建成的钱，说明对秦王有二心，贪财负义的人不值得李建成拉拢（若私交殿下，乃是二心，徇利忘忠，殿下亦何所用）。

李建成只好放弃拉拢尉迟恭的打算。尉迟恭从不向李世民隐瞒自己的秘密，事后，他将李建成收买自己之事一五一十地告知李世民。

李世民听完却反问尉迟恭："你为什么不收下那一车金银器物呢？"

尉迟恭难以置信："秦王你这是什么意思？"

李世民笑道："你对我的忠诚，如同山岳，别说一车金银，就算金银多得堆到北斗星，你也不会背叛我的。但是，你这样直截了当地拒绝我大哥，我担心你会惹祸上身啊。再说，如果你没有拒绝，不也可以了解他们的阴谋吗？"

李世民所料不错，尉迟恭果然惹祸上身了。李元吉见尉迟恭不愿投奔李建成，就决定替他除掉祸患。不久，他派出一位武林高手刺杀尉迟恭。不过，这一阴谋被尉迟恭提前得知。

一天夜晚，刺客偷偷潜入尉迟恭家，尉迟恭发现后，故意打开门窗，一个人悠然自得地躺在床上。刺客不知他葫芦里卖的什么药，又素闻他武艺高强，硬是不敢动手。

但尉迟恭的祸患并没有就此结束。见刺客刺杀不成，李元吉索性使出看家本领——诬告。他大肆炮制黑材料，向李渊诬告尉迟恭图谋不轨，导致尉迟恭被关进诏狱、判处死刑。好在李世民拼尽全力搭救，尉迟恭才得以逃过一劫。

然而，两次报复尉迟恭计划的失败，也让李元吉学聪明了。他知道偏激的手段固然能斩草除根，但操作难度也大，就比如这次诬告尉迟恭图谋不轨，根本不可能找到证据坐实他的罪状，所以他才会被李世民救出。

他决定采取相对缓和的方式。他在李渊面前诬陷程咬金，并提出把程咬金外放，以免他教坏秦王。只是将一个官员调职而已，李渊没有多想，下令将程咬金外放为康州刺史。可如此一来，不也相当于剪除李世民的羽翼吗？康州（今甘肃成县）距长安七八百里，一旦发生紧急情况，程咬金是帮不到李世民任何忙的。

程咬金不是第一个被调离秦王府的李世民亲信，接到调令后，他悲伤地对李世民说："秦王的股肱之臣都快走光了，秦王还怎么保全自身？我是宁死也不愿离开长安的，希望秦王早做打算。"

程咬金的意思是，李世民应该趁早发动政变，与李建成一决雌雄，不要等到自己真的沦为光杆司令，到时悔之莫及。李世民何尝不知？但他依然没有明确表态。

形势对他越来越不利，而李建成和李元吉正在变本加厉。李建成对李元吉说："现在秦王府有智谋才略的人，还有房玄龄和杜如晦，这两人也必须弄走。"

两人故技重施，再次向李渊进谗言，李渊将房玄龄和杜如晦也调离秦王府。

秦王府的武将基本都已收到调令，而谋臣只剩下长孙无忌一人，李世民的处境真的是岌岌可危了，秦王府也宛如一座摇摇欲坠的大厦，随时都可能轰然坍塌。

长孙无忌急忙召集秦王府仅剩的几名亲信，他的舅舅高士廉、尉迟恭、左侯车骑将军侯君集等人，日夜劝说李世民发动政变。

李世民终于有些被说动。可是，接下来发生的两件事，又大大削弱了他的政变积极性。

　　为了进一步提高政变成功的可能性，李世民想把李靖、李世勣拉拢到自己的阵营，但是被拒绝了，好在他们也没有告发李世民。

　　不过，李靖和李世勣告发与否都不重要，因为李建成已经决定对李世民发起最后一战了。

## 李建成的阴谋

武德九年（626）六月下旬，突厥再度南侵，郁射设统领数万骑兵进入黄河以南，围攻长安西北方向的乌城（今甘肃武威境内）。

李渊打算让李世民统领大军反击突厥，可李建成却提议，让李元吉代替李世民出征。李元吉统兵能力远不如李世民，而且，突厥人见利则来，不利则走，这一军事行动也很难立下大功，李建成为何非让李元吉出征？

李渊或许知道李建成的用意，所以同意了他的提议。果然，李元吉接到命令，乘机提出两个请求，一是让秦王府武将尉迟恭、程咬金、秦叔宝和段志玄等人随同他出征；二是从李世民的部队中挑选精兵，扩充李元吉北征突厥大军的兵力。

但李渊没想到，架空李世民，仅仅只是李建成计划的第一步。

当天，李建成派人通知李世民，李元吉出征那日，一同到昆明池为他饯行。昆明池位于长安城西，乃汉武帝为了训练水军，开凿的一个人工湖。李元吉出征突厥是一次重大军事行动，李渊都可能亲自为他饯行，李世民没理由不参加。

然而，正当李世民决定答应李建成时，一位不速之客匆匆闯入秦王府。此人名叫王晊，是东宫集团一位低级属官，时任太子率更丞。王晊地位虽低，却给李世民带来了一个含金量极高的情报。

这一情报事关李世民和整个秦王府武将的生死存亡。王晊对李世民说："我听到太子对齐王说，你已经掌握了秦王府的骁将和精兵，出征那日，我和秦王在昆明池为你饯行，记得提前埋伏好勇士，到时把他干掉，然后我们对陛下说，秦王是暴病而亡，陛下不会不相信的（使壮士拉杀之于幕下，奏云暴卒，主上宜无不信）。"

饯行时公然刺杀李世民，李建成难道不担心李世民的部下造反？

王晊说："太子早就防着秦王府的武将了，他还对齐王说，尉迟敬德等人已经成为你的部下，应该把他们全部坑杀，看谁敢不服（敬德等既入汝手，宜悉坑之，孰敢不服）！"

涉及身家性命的情报，任何人都是宁可信其有，不可信其无的。李世民连忙与长孙无忌和尉迟恭等人商议，得到的回应是，与其坐以待毙，不如先下手为强。

李世民终于不再反对发动政变，但是，他不想承担手足相残的骂名，说："手足相残，自古以来都是丑闻。我不是不知大祸临头，但还是希望等到太子和齐王先动手，然后我以正义反击他们。"

在李世民看来，如果李建成和李元吉先动手，他即使杀了李建成和李元吉，也不算杀兄屠弟，而是正当防卫。此言一出在场的无一人支持，尤其是尉迟恭。

尉迟恭对李世民说："大家誓死拥戴您，这是上天赐给您的机会，您不要不珍惜。灾祸随时都会发生，如果您还不当回事，如此看轻自己，对得起国家吗！"

"如果秦王不采纳我的主张，"尉迟恭越说越激动，甚至还"威胁"起李世民来："那我只好逃生荒野了。恕敬德不能留在您左右，任由太子宰割。"

长孙无忌也乘机附和："如果秦王您不听从敬德的意见，事情肯定会失败。敬德如果要走，那我也只好跟随敬德而去，不能再辅佐您了。"

连大舅哥也要弃他而去，李世民不能再坚持己见了。他退了一步，说："你们都说得很好，但我的话也不是全无道理，大家再讨论一下吧。"

没想到尉迟恭半步也不退让，说："秦王您处事迟疑，这是不明智的；面对危难不果断，这是不勇敢的。您养了八百勇士，是为了什么？现在他们已经入宫，被甲执兵，形势如此，您能制止住吗？"

李世民沉思良久，说："政变之事非同小可，我们也和府里其他人商量一下吧。"

## 政变讨论会

李世民召集秦王府属官召开政变讨论会,看到众人的反应,他不知是该难受,还是该高兴。所有人都强烈支持李世民发动政变,换句话说,所有人都希望他把屠刀砍向自己一母同胞的哥哥和弟弟。没有人知道李世民内心深处是何想法,但他的脸上充满痛苦。但这一情况也说明,秦王府的人都对他非常忠诚。这是李世民最宝贵的政治资源,也是他与李建成抗衡最大的资本。

李世民迟迟下不了发动政变的决心,除了担心背负屠杀手足的骂名,还有一件事萦绕于心,让他难以释怀。这件事就是李元吉联合李建成一起对付他。同样都是他一母同胞的亲哥哥,李元吉为何帮李建成,却不帮他?在外人看来,这是不是说明李建成更正义?

自己一个人对付哥哥和弟弟,李世民总感觉显得自己不占理。

众人得知李世民的顾虑后,告诉他:"齐王凶戾,是肯定不会长久辅佐太子的。他现在表面上辅佐太子,实际上是在利用他。齐王这人野心非常大。"

李世民忙问:"何以见得?"

众人于是向李世民讲述了一个有关李元吉的秘密。不久前,有一位名叫薛实的武将对李元吉说:"齐王您的名,合起来恰好是一个'唐'字,这难道不是天意吗?可见您将成为大唐之主。"

李元吉兴奋地说:"只要能除掉秦王,捉拿太子就易如反掌了。"

众人乘机劝说李世民:"齐王和太子谋划作乱还没成功,就想着捉拿太子了,他还有什么事干不出来?如果让这两人得志,大唐的江山恐怕都保不住。凭大王的贤能,除掉这两人如拾草芥,为什么要拘泥小节,不顾社稷呢?"

李世民沉默不语。

众人又问:"大王以为舜帝是什么样的人?"

李世民说:"是圣人。"

众人又问:"那圣人是不是值得学习?"

李世民说:"当然。"

众人乘机说:"大王为何不向舜帝学习?当年舜的父亲瞽叟和弟弟象横竖看舜不顺眼,总想着谋害他,让舜爬上屋顶修补粮仓,两人就在下面放火,舜跳下屋顶逃了。两人又让舜挖井,等井挖深了,两人就在上面填土,想把舜活埋,舜连忙在井旁挖通道逃跑。试想,如果舜面对瞽叟和象的谋害无动于衷,还能广施恩泽于天下,成为一代圣王吗?"

李世民说:"既然如此,一切就让老天爷来决定吧。"

他随即让人拿来龟甲占卜,这无疑意味着,如果占卜结果显示政变吉利,他便再也没有任何犹豫的理由,就会义无反顾地带领大家发动政变。然而,占卜前却发生了一起意外事件。

卜者恭敬地把龟甲摆放在李世民身前的案几上。正当李世民准备占卜时,一个胡须浓密的将领匆匆闯入,伸手抓过案几上的龟甲,狠狠扔在地上。此人名叫张公瑾,本为王世充部下,武德元年(618)投奔大唐,后在李世勣和尉迟恭的举荐下,成为李世民的幕僚。李世民脸色大变,半是生气半是疑惑地盯着张公瑾。

张公瑾厉声道:"占卜是为了决定疑难之事,现在事情并无疑难,还占卜干什么?如果占卜的结果不吉利,难道就可以放弃行动吗?"

言外之意,万一占卜结果不吉利,而政变依然要发动,这岂不会严重影响士气?这也正是众人所担心的,听张公瑾如此一说,他们连忙随声附和。既然不能占卜,把发动政变交给天意,就只能自己把握。

李世民终于下定决心——主动发动政变与李建成和李元吉进行决战!

政变既需要详细周密的谋划,也需要针对错综复杂的局面做出正确的决断,然而,李世民麾下最擅长谋略和决断的两名亲信——房玄龄和杜如晦,却偏偏已被李渊调离秦王府。

李世民派长孙无忌密召房玄龄和杜如晦到秦王府商议政变,可向来对他忠心耿耿的房杜两人,其表现却让他非常寒心。两人竟然对长孙无忌说:"陛下已经不许我们再辅佐秦王,如果我们私下去见秦王,肯定会因此获罪至死,恕我们不敢接受秦王的教令。"

得知房玄龄和杜如晦的态度,李世民生气地说:"房玄龄和杜如晦难道要背叛我吗?"

事实上,房玄龄和杜如晦并不想背叛李世民,只不过,他们担心的是,万一李世民没有下定发动政变的决心,自己岂不会被他坑了?两人的回复应该是一种试探，看李世民发动政变的决定到底有多大。而他们很快也试出了答案，尽管这份答案掺杂着帝王的冷酷无情。

李世民解下腰间的佩刀，把它交给尉迟恭，冷冷地说："你去一趟，看房玄龄和杜如晦到底是什么情况，如果他们不来，就砍下他们的脑袋来见我（公往观之，若无来心，可断其首以来）。"

这既是向房玄龄和杜如晦表明态度，也未必不是在做杀人灭口的打算。如果房玄龄和杜如晦真的背叛他，那么，为了防止政变计划泄露，必须让他们永远闭嘴。

看到尉迟恭手握寒光闪闪的宝刀严肃地走来，房玄龄和杜如晦心里五味杂陈。

但尉迟恭并没有把李世民的命令原原本本地告知两人，只是说："秦王已经决定发动政变，两位应该赶紧去秦王府商议大事。"

他不想摧毁李世民在两人心中的仁主形象，希望两人能够自己领悟。房玄龄和杜如晦都是聪明人，他们说："既然大王已下定决心，我等自然誓死跟随。"说完就准备随尉迟恭去秦王府。

没想到却被尉迟恭阻止："等等，这样不行。"

两人好像有些明白，果然，尉迟恭说："我们一起去秦王府太招摇了，我不能和你们一起去，而且两位也最好化一下装。"

尉迟恭于是让房玄龄和杜如晦伪装成道士，跟随长孙无忌前往秦王府，而他随后取道别处返回秦王府。

谋臣武将皆已召集，秦王府高度戒严，在幽深的府院内的一处偏房里，李世民正在和亲信们进行紧张的政变策划。

没人知道他们当天具体讨论了什么，只知道，李世民把政变时间确定为两天后即武德九年（626）六月初四。政变地点就在玄武门。

## 玄武门之变

李世民为何要将政变地点选择在玄武门？玄武门是太极宫北门，而太极宫位于长安城中轴线北部，是大唐宫城的核心地带，这里既是皇帝的生活区，也是办公场所。

李渊平常喜欢在太极宫北部的北海游玩。北海是一个大水池，李渊常在这里和后妃、亲信大臣泛舟。北海以南穿过甘露门是两仪殿。两仪殿属于禁内，外臣不得擅自进入，但李渊经常在这里接见宗室和大臣，并举行欢乐的宴会。两仪殿以南穿过朱明门则是大名鼎鼎的太极殿。太极殿是太极宫最重要的宫殿，也是李渊的主要办公场所，李渊临朝听政就是在这里进行。太极殿北门朱明门对面有一座名叫两仪门的大门，它是两仪殿的南门，朱明门和两仪门之间的宫殿群，就是李渊的居住区域。

太极宫东西两面还有两座著名的宫殿——西面是掖庭宫，此地是后妃、宫女和罪臣女性家属的居住区，而东面是东宫，正是李建成的生活和办公区。

从玄武门南入，进入太极宫后，往西经嘉猷门可以进入掖庭宫，往东经通训门可以进入东宫，可见玄武门的地位之重要。由于地位重要，玄武门防御工事非常坚固，而且是宫城禁卫军主要驻地，只要控制玄武门，就可以控制整个皇宫内廷，甚至控制皇帝。

同时玄武门是李建成进入太极宫的必经之路，太极宫东面的通训门虽然可以通往东宫，但通训门的门锁在太极宫这边。所以，李建成若想进入太极宫，必须先出东宫北门玄德门，然后往西抵达太极宫北，从安礼门或玄武门入宫。可安礼门通常是关闭的。这也就意味着，李建成只能从玄武门入宫。所以，只要趁李建成入宫，在玄武门设伏成功，就可以取得政变的胜利。

但李世民没想到，政变前一天，一场偶然事件的爆发，差点破坏了他的全盘计划。

六月初三，天象异常，太白星再次白昼滑过长空。太白星即金星，古人认为，金星白昼滑过长空是不祥之兆，意味着兵灾或政权更迭。

大唐著名天文学者、太史令傅奕更是发现了一个令人担忧的天象细节，他连忙密奏李渊："太白星出现在秦地分野，这是秦王拥有天下的征兆。"言外之意，秦王可能发动政变夺权。李渊不敢掉以轻心，立刻召李世民入宫。

李世民此次入宫的风险无疑是很大的，他图谋太子之位人尽皆知，现在又有秦王政变的天象征兆，如果李渊疑心发作，虽然不会乘机诛杀他，但完全可能把他软禁在宫中。如此一来，玄武门之变的计划便会胎死腹中。

李世民后来忆及此事，仍然心有余悸。一次宴会上，他对傅奕说："你当年那道奏疏，可差点害了我（汝前所奏，几累于我）。"

那么，他是如何从天象事件中脱身的？

如果李渊是一个冷酷无情的帝王，他是几乎不可能脱身的。正因李渊做不到对儿子杀伐果断，所以，李世民一到，他就把傅奕的奏疏交给了李世民。他想看看李世民看到这份奏疏到底有何反应，然后再做决定。李世民没有反应。没有反应说明不心虚，李渊很欣慰。但李世民接下来的一番话，却让他登时无地自容。

李世民突然想到迫使李建成入宫的计策还没有实施，现在既已入宫面圣，就应该把握机会，他乘机向李渊举报——太子和齐王淫乱后宫。

李渊还没反应过来，李世民再爆猛料："孩儿丝毫没有对不起兄弟的地方，但太子和齐王却想要杀孩儿，似乎是想为王世充和窦建德报仇。万一孩儿遭遇不幸，魂归地府，耻见王世充和窦建德。"

李建成和李元吉又真的想杀李世民为王世充和窦建德报仇吗？对李世民而言，真相一点也不重要，重要的是，李渊会不会相信。李世民不希望李渊完全不信，也不太希望李渊完全相信，因为前者会让他的举报失去意义，后者李渊可能会果断采取措施，不会给他留下可乘之机。

李渊的反应让李世民非常满意，"上省之，愕然"，愕然就是惊讶，惊讶却没有动怒，说明李渊只是怀疑，但并未全信。

于是，他接下来的决定就正中李世民下怀。李渊说："我明天就审问此事，你最好早些入宫。"

当晚，李世民开始调集亲兵。六月初四黎明，李世民率长孙无忌、尉迟恭、侯君集、程知节、秦叔宝、张公瑾、段志玄、宇文士及、屈突通等人上朝，并在玄武门埋伏亲兵。

虽然李世民的计划密不透风，但还是被一位政敌发觉，她就是李渊的宠妃张婕妤。当天，李建成正和往常一样准备入宫，张婕妤急匆匆地赶到东宫，告知他李世民举报他的事，并建议他不要入宫。可惜，张婕妤也只是猜测李世民将对李建成不利，却并不知晓李世民已在玄武门埋伏亲兵。

所以李建成并没有立刻表态，但他不敢大意，急忙找李元吉商议对策。

李元吉的建议很靠谱，他说："大哥应该称病不朝，牢牢掌控东宫和齐王府的军队，以观察形势。"

可李元吉万万没料到，自己一提到军队，反而让李建成信心陡增，坚定了他入宫的决心。李建成说："我们的军队防守非常严密，秦王钻不到空子的，四弟应该与我一同入宫，了解情况。"

李建成难道没想过李世民会在玄武门设伏吗？玄武门有大批禁卫军驻守，而秦王府亲兵只有800人，李建成即使想到，大概也认为李世民掀不起多大的风浪，因为禁卫军不会眼睁睁地看着秦王诛杀太子。

更让李建成放心的是，玄武门距东宫很近，一旦禁卫军牵制住李世民的亲兵，李建成可以立刻返回东宫征调东宫警卫部队反击。东宫的兵力远在秦王府之上，仅长林兵就多达2000人，如此看来，如果李世民在玄武门设伏，胜败尚未可知，也许李建成可以乘机诛杀李世民。

李建成和李元吉各骑着一匹骏马，心事重重地出了东宫，左转朝玄武门走来。

谁承想，这一走，就再也没有回来。问题究竟出在哪儿？李建成千算万算，却始料未及，原本中立的玄武门禁卫军早已被李世民渗透，当天值班的武将常何，早已成为李世民的亲信。

虽然如此，李世民还是差点功亏一篑。李建成非常敏锐，他和李元吉走到临湖殿时，嗅到了危险的气息。李建成发现危险后，急忙和李元吉调转马头，直朝玄武门狂奔。

这时，两人猛地听到身后传来一声响亮的招呼声，李元吉回头一看，原来是李世民。他知道李世民想杀他，当即决定先下手为强，趁李世民还没出手，连忙拿出弓箭，弯弓搭箭，准备射死李世民。

可由于太紧张，两三次都没有把弓拉满，这便给了李世民可乘之机。李世民从容不迫地弯弓搭箭，咻地一声，伴随着一声惨叫，李建成被当场射落马下。

李元吉吓得面色惨白，他努力平复自己慌乱的情绪，策马向东狂奔，没想到正赶上尉迟恭率领70名骁骑赶来。骁骑们纷纷弯弓搭箭，数十根箭矢像猎犬一样紧紧追咬着李元吉，李元吉左右闪躲，但还是被射中——好在，射中的只是战马。他从驰骋的坐骑上猛地摔下，连翻了几个跟头，也顾不上疼痛，撒腿就跑。前方是一片小树林，李元吉感觉抓到了一根救命稻草，李世民和尉迟恭等人都骑着马，只要逃入树林，他们就很难追上自己了。

李世民绝不能让李元吉逃走，一旦他逃出宫外，必然纠集齐王府和东宫的兵力反击，一场胜负难料的恶战在所难免。见李元吉逃入树林，李世民也顾不上树林不便骑马，策马狂追上去。这一追，追出了一个意外，差点让李世民性命不保。穿越小树林时，李世民被树枝绊住，不能动弹。李元吉见状，立刻掉头冲上来，一把夺走李世民身上的弓箭，企图用弓弦勒死他。

可谁曾想，半道上杀出个尉迟恭。李元吉刚准备把弓弦套在李世民脖子上，尉迟恭便策马赶来，发出雷霆般的喝止声。李元吉心中一颤，再次撒腿就跑。但这一次，幸运之神不再眷顾他，因为尉迟恭在背后张开了弓。

伴随着一声痛苦的号叫，李元吉仆然倒地，一命呜呼。

李建成和李元吉皆已被杀，但玄武门之变远没有结束，一场复仇之战即将上演。

李世民没想到李建成如此深得人心。李建成遇难的消息传出后，他的亲信翊卫车骑将军冯立长叹道："太子在世时对我恩重如山，难道他现在一死，我就只顾着自己躲避祸患吗？"

冯立于是联合副护军薛万彻、谢叔方等将领率领东宫、齐王府精兵二千攻打玄武门，企图入宫诛杀李世民，为李建成报仇。

复仇军团攻势迅猛，随时都可能攻入玄武门，关键时刻，张公瑾发挥了扭转乾坤的作用，他力大无穷，独自关闭了玄武门的大门。冯立等人被生生挡在了门外。但他们并不罢休，又企图击败玄武门守军，强行攻入宫中。

这并不是一个莽撞的决定，因为玄武门守军并不都是李世民的亲信，一旦战斗形势不利，他们很可能作壁上观，甚至向冯立等人投降。负责屯卫玄武门的是云麾将军敬君弘，其部下就是典型的中立派，当敬君弘决定率兵反击复仇军团时，部下纷纷劝说："现在形势还不明朗，不如先观察事态变化，等到兵力集结起来，再出战也不晚。"

但敬君弘对李世民忠心耿耿，并没有听从部下的劝说，反倒和中郎将吕世衡大呼而进，结果求仁得仁，以身殉主。敬君弘和吕世衡的牺牲并没有白费，大大鼓舞了玄武门守军中李世民支持者的斗志。

东宫和齐王的亲兵强攻玄武门多时,始终没有进展。困窘之际,薛万彻灵机一动,决定改变战术——攻打李世民的大本营秦王府。秦王府众将闻知,无不大惊失色。

薛万彻振奋无比,立刻率领部下大呼大叫向秦王府杀去,千钧一发之际,又是尉迟恭帮了李世民,他手提李建成和李元吉的头颅赶到秦王府,扔在"复仇军团"面前。将士们一见李建成已死,顿时一哄而散,东宫和齐王府集团就此被李世民彻底铲除。

现在的李世民,只剩下一个问题,那就是如何面对李渊。

## 妥协的智慧：秦王即位

很多人怀疑，玄武门之变前，李渊已经失去自由。李世民的真正计划是先发动兵变控制李渊，然后假传圣旨召李建成和李元吉入宫，乘机发动玄武门之变将其诛杀。这种观点似乎很有道理，但这种道理只停留于理论上，实际上没有太多操作意义。

首先，控制李渊的风险太大。宫廷守卫森严，尽管玄武门的守军，在太子和秦王之间选择支持秦王李世民，但在秦王和皇帝之间，却未必会依然支持秦王。所以，李世民想带兵进入太极宫控制李渊，难度非常大。一旦失败，李世民的政治生命必然宣告结束。

其次，李世民根本没必要控制李渊。作为一个优秀的政变策划者，一定要分清主要矛盾和次要矛盾，对李世民来说，主要矛盾是他和李建成的储位之争，至于李渊不愿废长立幼，只能算次要矛盾。次要矛盾往往依附于主要矛盾，只要解决主要矛盾，次要矛盾就会迎刃而解。除掉李建成和李元吉，李世民就成了李渊唯一的嫡子、唯一成年的儿子，当时他的庶子，年龄最大的也不过九岁，太子之位舍李世民其谁。

至于前文所说的意外，相比发动兵变控制李渊的风险，这点意外完全不算什么。

李世民当时也应该有信心避免意外发生，因为玄武门之变的过程并不长，整个军事行动不超过三个时辰，而临湖殿诛杀李建成，以及其后追杀李元吉，这一过程应该在一个时辰内。时间如此之短，不会给李渊发现政变的机会，即使他发现了，恐怕也来不及调集军队镇压。

事情的发展也的确如李世民所料。铲除东宫和齐王府集团后，李世民让尉迟恭前去保护李渊。尉迟恭当然知道李世民醉翁之意不在酒，只见他身披铠甲，手握长矛，穿越重重宫殿，气势汹汹地走到李渊面前——当时李渊正在太极宫北部的海池泛舟。

一见尉迟恭这架势，李渊当即意识到发生了大事，连发两问："今日作乱的是谁？尉迟将军来这里干什么？"

尉迟恭说:"作乱的是太子和齐王,不过陛下不用担心,秦王已经将他们诛杀。臣此番前来,是为了保护陛下。"

既然作乱的太子和齐王已被诛杀,你尉迟恭还有必要亲自前来保护吗?你到底是保护,还是乘机逼宫?李渊的内心极度愤怒,同时,更有无尽的悲伤。

亲手带大的三个儿子手足相残,两个儿子被杀,自己不仅要白发人送黑发人,还要面对胜利者二儿子的逼宫,此时的李渊悲愤交加,但他却以超人的意志力将痛苦深藏心底,不动声色地问:"没想到会发生这种事,你们认为该怎么办(不图今日乃见此事,当如之何)?"

李渊询问的对象是裴寂、萧瑀和陈叔达,三人都是李渊信赖的重臣。李渊多么希望三位老朋友能帮他排忧解难。

可萧瑀和陈叔达却说:"当初晋阳起兵,太子和齐王本就没有参与策划,统一天下的过程中,也没有立下什么功劳。他们嫉妒秦王功高,策划阴谋谋害他,秦王不得已才诛杀他们。现在朝廷上下都拥护秦王,如果陛下能立他为太子,委以国政,天下将太平无事。"

作为一位理智的政治家,李渊清醒地意识到,连萧瑀和陈叔达都表态支持李世民,自己再反对,已毫无意义,于是李渊欣慰地笑了,仿佛这一切是他早就期盼的结果,说:"你们说得很好,这其实是我长久以来的心愿(此吾之夙心也)。"

尉迟恭乘机提出一个要求。当时,玄武门之变并没有彻底结束,玄武门外,禁卫军、秦王府亲兵仍在与东宫、齐王府军队发生激战,尉迟恭说:"请陛下颁布手敕,命诸军皆受秦王统领。"

李渊自然没有不从之理。玄武门之变的硝烟终于散尽。

但眼下,李世民的问题还没解决,虽然李渊已经"原谅"他,但他总得见李渊一面,他不可能从此与李渊不相往来。见到李渊后,又该说些什么?是以胜利者的姿态在李渊面前耀武扬威,还是就诛杀兄弟之事诚恳地向李渊道歉?

正当李世民为难之际,李渊的敕书到了,他召李世民入宫相见。

既然李世民没法下台,就主动给他一个台阶下。父子俩的关系现在非常敏感,今后是继续做父子还是做仇人,可能只在一念之差,如果任由李世民为难下去,难保他不会一时糊涂,做出极端的行为来。

李世民神情木然地大步走来,李渊慈祥地伸出右手,招呼他到自己身边来。李世民站在李渊身前,李渊伤感地说:"这段日子以来,很多人都在中伤你,连我也差点误信谗言啊！"

话虽简短，但无疑给玄武门之变定了性，它不是野心家的阴谋篡位，而是受害者的被迫反抗。

这大大出乎李世民的意料，李世民本以为父亲即使不敢谴责自己，也不会如此设身处地地安抚自己。他顿时泪流满面，跪伏在李渊宽阔的胸膛上，号啕大哭。李渊张开宽大的双臂紧紧抱着李世民，眼角也溢出了滚烫的泪水。

父子俩似乎已冰释前嫌，但李渊并没有被现状迷惑，他深知，这种特殊场合下催发的情感是很容易被时间冲淡的，而一旦情感被冲淡，父子相疑的局面又会重演。

他必须还做些什么，让李世民彻底安心。李世民发动玄武门之变的目的是争夺太子之位，可现在他还是秦王。一日没当上太子，李世民的目的就一日没达到，就一日不能安心。为了让李世民安心，李渊决定满足他的心愿。玄武门之变三天后，六月初七，李渊宣布立李世民为皇太子，同时下诏："自今军国庶事，无大小悉委太子处决。"

此时的李世民，虽名为太子，但实际上已掌握皇权。他终于可以安下心来。

可李渊却开始烦恼起来。这个皇帝，李渊越当越觉得尴尬，越当越觉得无趣。册立李世民为太子仅仅过了九天，他就忍不住对裴寂说："我应该当太上皇。"

两个月后，李渊和李世民父子心照不宣，上演了一出传位大戏。

八月八日，李渊下诏传位李世民。李世民诚惶诚恐，连忙表示自己才德浅薄，还不足以胜任皇帝之位，李渊坚持要传位。

八月九日，李世民在东宫显德殿即位。

武德的时代就此黯然收场，贞观盛世的历史大幕以旭日东升之势徐徐展开。